南風《まぜ》に乗る

柳広司

小学館

南風《まぜ》に乗る

目次

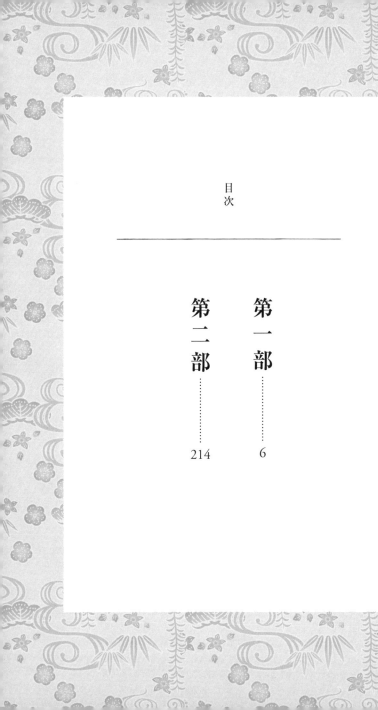

南風【まぜ】南からの風、または西南風のこと。「真風」とも。太平洋沿岸部の黒潮に沿った地域で広く用いられる。マは良、「良い風」の意。

第一部

1

バクさん、と呼ばれてふりかえったのは、黒縁の丸眼鏡をかけた端整な顔だちの男だ。歳《とし》のころは四十代半《なか》ばか。きれいに撫《な》でつけた豊かな髪には、よく見ればいくすじか白髪がまじっている。白いシャツにジャケット、ネクタイまで締めた、きちんとした身だしなみ。一見、大学教授か哲学者を思わせる風貌だが、眼鏡の奥できらきら光る大きな目と情熱的な口元、それにふとした拍子に見せる野生動物のような精悍《せいかん》さが男を何者かわからなくしている。

「バクさんですよね、ビンボウ詩人の？」

再度たずねられて、男は苦笑した。

山之口貘《やまのくちばく》。詩人である。貧乏《ビンボウ》は余計だが、まちがってはいないので、反論できない。

かれは周囲の者たちから〝貘《バク》さん〟と呼ばれている。

故郷沖縄で若くして天才と謳《うた》われ、東京に出てきて三十年近くになる。出した詩集は二冊きり。その間、貘さんは職を転々とした。書籍問屋の発送部を皮切りに、暖房工事、鍼灸《しんきゅう》師、ニキビ・

ソバカス薬の通信販売、隅田川のダルマ船乗りから汲取屋まで。手当たり次第、やれる仕事はなんでもやった。そもそも貘さん当人が「本職は詩人で、その他は付け足し」と思っているので、どの仕事も長つづきがしない。我慢が足りない、と面とむかって言われたこともある。仕事にあぶれると、必然的に公園や駅のベンチ、土管、キャバレーのボイラー室、友人の下宿先などを泊まりあるくことになるのだが、元来《がんらい》貧乏が気にならない性《たち》で、人の紹介で結婚したあとも——さすがに野宿をすることはなくなったものの——生活スタイルはたいして変わりがなかった。

最近では世間の方が貘さんの飄々《ひょうひょう》とした貧乏話を面白がって、すっかり「ビンボウ詩人」の代名詞のようになっている。

いま、貘さんの目の前に立っているのは、色白の瓜実顔《うりざねがお》に切れ長の目、長い髪を頭のうしろで高く結んだ若い女だ。たぶん十九か二十歳。火のついたタバコと飲み物の入ったグラスをそれぞれの手にもって、女は酔っている。

場所は銀座のバー「ゼット」。貘さんの知りあいがやっている店で、常連客には詩人や小説家、画家、音楽家、舞踊家など、いわゆる〝芸術家〟が多い。

カウンターの隅っこで一人新聞を読んでいた貘さんの隣の席に、酔った女は断りもなく座りこむ。氷をカランと転がし、前をむいて詩を口ずさむ。

とうちゃんの下駄なんか
はくんじゃないぞ
ぼくはその場を見て言ったが
とうちゃんのなんか

はかないよ
とうちゃんのかんこをかりてって
ミミコのかんこ
はくんだ　と言うのだ
こんな理屈をこねてみせながら
ミミコは小さなそのあんよで
まな板みたいな下駄をひきずって行った
土間では片隅の
かますの上に
赤い鼻緒の
赤いかんこが
かぼちゃと並んで待っていた

若い女は言葉をきり、ふうっ、とひとつ息を吐いた。それから貘さんをふりかえって、

「ミチコです。ヒグチミチコ。娘さんのミミコちゃんとは一文字ちがい」

そんなふうに自己紹介するので、貘さんはもう一度苦笑するしかない。八歳になる娘は本当は泉《いずみ》というのだが、

「隣り近所はこの子のことを呼んで／いずみこちゃんだの／いみちゃんだの／いみこちゃんだのと来てしまって／泉にその名を問えばその泉が／すまし顔して／ミミコと答えるのだ」

と貘さんが詩に書いて発表して以来、自他ともにすっかり〝ミミコ〟で定着してしまった。

「バクさんの詩、わたし好きだなあ」

若い女はグラスを火照《ほて》った頰にあて、うっとりしたようにいう。

ありがとう、と貘さんはゆっくりとした静かな声でお礼をいった。自分の詩を「好き」といってくれる読者はありがたい。けれど、彼女はいま酔っている。お酒だけではなく、たぶん自分にも酔っている。はたしてどこまで信用してよいものやら？

横目でうかがうと、若い女は指先にタバコをくゆらせ、軽く拍子をとりながら、店の中に流れる音楽に耳をかたむけている。

It don't mean a thing if it ain't got that swing
It don't mean a thing all you got to do is sing
It makes no difference if it's sweet or hot
Just give that rhythm everything you've got

若い女は異国の甘い音楽に目を細め、大人びた様子でタバコをふかした。それから、ふたたび貘さんをふりかえって、

「わたしは、日本が戦争に負けてよかったとおもう」

と、きらきらと目を輝かせて挑むようにいった。

貘さんは小首をかしげて目の前の若い女を眺めた。

日本が戦争に負けたのは六年八か月前のことで、そのとき彼女は十二、三歳。女学校にあがったところか？　それまでさんざん威張っていた軍国主義一本槍《いっぽんやり》の学校の教師や周囲の大人たちが、そ

の日をさかいに手のひらをかえしたように民主主義と反軍国主義を唱えだす珍妙な現象を経験した世代だ。身近な大人たちばかりではない。作品を読んで憧れていた詩人や文学者たちまでが、こぞってそれまでと正反対のことを言ったり書いたりするようになった。

――大人がふりかざす権威はどれもはりぼてで、もったいぶった言葉はみんなうそ。

そう認めるのは、多感な文学少女にとってはなかなかの衝撃だったはずだ。

自分は騙《だま》されていた。これからは自分の目で見たものしか信じない。

あれから多くの日本人がそんなふうにいっているし、子供たちにもそう言い聞かせている。けれどもそれは、口でいうほど簡単なことではない。

日本が無条件降伏した敗戦の日をさかいに〝神聖にして絶対不可侵〟だった天皇と、その天皇を担いできた日本の軍部は一夜にして権威を失った。その地位にとってかわったのが占領軍だ。

一九四五年（昭和二十年）八月三十日、アメリカ太平洋陸軍総司令部司令官ダグラス・マッカーサーが約三百名の幕僚を率いて厚木基地に到着、対日占領が始まった。

〝敗戦国〟日本を占領したのは連合国総司令部（ＧＨＱ）。実態は、アメリカ軍による単独占領である。

わずか半月前――八月十五日――まで「鬼畜米英」「撃ちて止《や》まむ」「竹槍で敵を突き殺せ」と叫んでいた日本の人たちは、アメリカ太平洋陸軍総司令部司令官ダグラス・マッカーサーを熱烈に歓迎する。マッカーサー宛にたちまちファンレターが殺到し、そのあまりの数の多さにマッカーサーが「これらの手紙は全部本物なのか」とわざわざ確認したほどだ。

「熱烈歓迎」「日本を野蛮な軍部から解放してくれてありがとう」「この国を正しい方向に導いてほしい」「民主主義、万歳」……。

仮にも外国の軍隊による占領、言葉を変えれば異民族侵略者による軍事支配である。

戦争末期、零戦《ゼロ・ファイター》による特攻攻撃や玉砕《ぎょくさい》覚悟のバンザイ突撃など、狂気ともいえる攻撃性を発揮した同じ民族とは思えない、拍子抜けするほどの柔順ぶりだ。多少の物理的、少なくとも心理的抵抗（敵愾心《てきがいしん》）を予期していたアメリカ軍にとっては、気味が悪いほどの反応だった。

もっとも、日本の国民の側で何かが変わったわけではない。

天皇と軍部のポジションに、ダグラス・マッカーサーとＧＨＱが入れ替わった。軍歌がジャズに変わっただけの話だ。どちらも人を酔わせることに、じつは変わりはない。

パリ解放にさいして、あるフランス人女性が、

「頭に乗っけるものは軽い方がいい。重い帽子はいや。わたしは羽根のように軽い帽子が好き」

と歌ったそうだが、もしかすると日本の人たちは頭の上に乗っけるものは何でもありがたく押しいただくくせがあるのかもしれない。

（それも、今日でまた状況が変わる）

貘さんは、隣に座った若い女の肩ごしにタバコの煙で白くけむる店内をぐるりと見まわした。

それとも、何も変わらないのか？

そんな気もする。今日は特別な日のはずだ。それなのに――。

店の奥で酔っぱらいの一人が急にたちあがり、

「独立、万歳！　日本の独立に、乾杯！」

と声高に叫んで、グラスを高く掲げた。

店内の反応は、残念ながら、ムニャムニャ、と気の抜けた声がまばらにかえってきただけだった。

一九五二年（昭和二十七年）四月二十八日午後十時三十分、サンフランシスコ講和条約が発効する。

この瞬間、日本は六年八か月におよぶ占領軍による支配を脱して国際社会における主権を回復し、〝独立〟を果たした。

六年八か月は決して短い時間ではない。詩が好きなオカッパ頭の文学少女が銀座のバーにもぐり込んで酔っぱらい、ビンボウ詩人相手に生意気をいうようになるくらいだ。

独立記念日

というべきこの日の東京銀座の様子について、翌日の新聞は「街は案外ひっそり」、「〝独立〟景気を当て込んでシャンパンを山と積んだ店もあったが、『静かなものよ』と女給さんたちは手持ち無サタ」と伝えている。

実際、多くの日本国民の反応は〝気の抜けたシャンパン〟さながら、何とも盛りあがりにかけるものだった。その後も「四月二十八日」が日本人のあいだで「独立記念日」として記憶されることはなく、いつのまにか忘却の彼方《かなた》に押しやられようとしている。独立記念日は国を挙げて盛大なお祭り騒ぎとなる、欧米、アジア、アフリカなどの諸外国とくらべれば、奇妙なまでの冷淡さだ。

なぜこんなことになったのか？

第一条で、

「連合国は、日本国及びその領水に対する日本国民の完全な主権を承認する」

と高らかに謳《うた》うサンフランシスコ講和条約は、しかし、日本国民にとって看過しがたい大きな問題をいくつか孕《はら》んでいた。

第一に、「連合国は……」という主語にもかかわらず、批准国にソ連や中国は含まれず、その意味するところは、この条約は日本と戦争当事国であったかれらとの「戦争状態終結」を保証するものではないということだ。日本はあくまで西側世界において国際社会に復帰、主権を回復したにすぎない。

第二に、講和条約とともに結ばれた日米安保条約にもとづいて、日本の領土内に広大な米軍基地が〝占領状態のまま〟残されることになった。講和条約発効にともない廃止されるＧＨＱは、ふたを開ければそのまま「米国極東軍総司令部」と名前をかえただけだ。講和条約発効の四月二十八日を一期として天皇が交替するという噂《うわさ》も結局立ち消えになった。戦争責任はうやむや。元号も、戦前、占領下、独立を経て、同じ「昭和《しょうわ》」のまま変わりがない。

この日発効した講和条約には、さらにもう一つ、大きな問題があった。

「北緯二十九度以南の南西諸島（琉球《りゅうきゅう》諸島、大東《だいとう》諸島、小笠原《おがさわら》群島）の領域及び住民に対し、アメリカ合衆国は行政、立法、司法上の全権力を行使する権利を有する」

と定めた第三条だ。

日本は琉球（沖縄）、奄美《あまみ》、小笠原諸島に住む人たちを人身御供《ひとみごくう》としてアメリカに差し出す代わりに国際社会に復帰した。果たしてそれが本当の独立といえるのか？

講和条約発効直後に行われた「日本は独立国家になったと思うか？」という世論調査の結果は「独立した」が四十一％、「そうは思わない」が四十％、残りは「どちらともいえない」。

日本国民の約半数が「これは本当の独立ではない」「日本は変わっていない」と感じていたということだ。

銀座のバー「ゼット」に集まる詩人や画家のなかには沖縄や奄美出身者も多い。講和条約発効をもって独立を祝う熱狂的な反応を求めるのは、いささか無理な相談だった。

「何を読んでいるんですか？」

若い女は、隣に座る貘さんの手元を覗《のぞ》きこんでたずねた。

「へぇ。これって沖縄の新聞ですよね？　珍しい。あっ、でも日付が古い。三月の……三日？　こっちは四日付かぁ……」

身を乗り出し、新聞記事を読もうとする。

目の前の女の頭が邪魔になって、新聞が読めない。貘さんは、また苦笑するしかない。

「ごめんなさい」女はようやく気がついて、もとの席に収まった。グラスの酒を一口飲み、そのあとで貘さんをふりかえって目顔でたずねた。それで？

貘さんがさし示したのは、先月米軍占領下の沖縄で行われた第一回立法院議員選挙の結果を伝える新聞記事だ。

〝乱戦と伝えられた第五区では瀬長亀次郎《せながかめじろう》氏（四五）がゆうゆうトップ当選、一二八六七票……〟

女はそれが何だといったように細い眉を寄せた。

「知っている人かもしれない」

貘さんは丸みのある穏やかな声でこたえた。


貘さんが地元の沖縄県立第一中学校（現首里高校）に通っていたころ、「隣の第二中学校（現那覇高校）に面白い下級生がいる」という噂を聞いたことがあった。

那覇の南に隣接する豊見城《とみぐすく》から二中に通うその下級生は、学校から帰ると毎日、村外れにある高い松の木にのぼり、大きな枝にまたがって大きな声で本を読んでいる。近所のオバアたちは、最初は「あれまあ。仲西門《ナカイリジョウ》（かれの家の屋号）の子は、今日も木の上で大きな声を出しているサ」

と笑っていたのだが、いまではかれが本を読みはじめると、それを聞きにわざわざ集まってくるという。

「それが、おかしな話でな」と豊見城に親戚の家がある友人は、いたずらっぽく黒目をくるりとまわして貘さんに告げた。

「そいつが読んでいるのは英語や理科の教科書なんで、オバアらに意味がわかるはずはないんやが、それでもオバアらは面白がって集まってくるんサ。おかしな話サァ」

そのときは、ふうん、と思っただけだったが、妙に頭に残った。

松の木の上で大声で本を読んでいた〝面白い下級生〟の名は瀬長亀次郎といった。

その後、同じ友人と那覇の街を歩いていたときに「あれが例の噂の亀次郎サ」と耳打ちされた。ぴんと背筋をのばして歩く亀次郎は、額の広い、眉がすさまじいほどはねあがった、眼光鋭い少年だった。小柄ながら、あごの張った口もとからは、負けん気の強そうな、エネルギーの塊のような印象を受けた。

亀次郎は沖縄ではよくある名前のひとつだが、口をへの字に結び、あごを上げ、カメラをにらみつけた新聞の写真には昔の面影がある。年齢も合っている。当人でまちがいあるまい。あのころは、将来は医者になるのだと周囲に息巻いていたようだが、英語や理科の本を読んでさえ近所のオバアたちを集めるかれの弁舌の力は、むしろ政治の方が発揮できるかもしれない――。

貘さんは口元に笑みを含みつつ、穏やかな口調で若い女にそんな話をした。

女は小首をかしげ、少しして、貘さんの顔を覗きこむようにしてたずねた。

「沖縄の新聞をこんなところで、そんな熱心に読んでいるのなら、どうして沖縄に帰らないの？　バクさんは沖縄に帰りたくないの？」

貘さんは無言で肩をすくめた。その問いがどれほど残酷なものなのか、若い女は気づかない。沖縄は今度の戦争で手ひどくやられた。終戦前年の十月十日の空襲で貘さんの生家は全焼した。終戦の年の十一月に長兄が、去年六月には母が沖縄で亡くなっている。知らせを聞いた日も貘さんには帰る旅費もなく、手立てもない。一夜、白湯《さゆ》を飲んで遥《はる》かに故人を偲《しの》んで通夜をしただけだ。

泡盛《あわもり》の島
蛇皮線《じゃびせん》の島

唐手《からて》の島
踊りの島
詩の島

九年母《くねんぼ》などの生る島
パパイヤにバナナに

焔《ほのお》のように燃えさかる島
仏桑花《ぶっそうげ》や梯梧《でいご》の真紅の花々の
蘇鉄《そてつ》や竜舌蘭や榕樹《がじゅまる》の島

いま　こうして郷愁に誘われるまま

途方に暮れては
また一行ずつ
この詩を綴《つづ》るこのぼくを生んだ島

帰りたくないいわけがないい。けれど沖縄は、いまもなお米軍政府の許可と、旅券《パスポート》なしでは入れない場所なのだ。日本が独立して、同じ国だというのに！

けれど、そうしたことを貘さんは若い女に詳《つまび》らかに語らない。語っても仕方がないことだから。

その代わりに貘さんは、

「ビンボウ詩人だからねぇ」

そういって笑ってみせる。

2

名前を呼ばれても、男はそしらぬ顔であった。

「セナガ、カメジロウくん」

もう一度、名前を呼ばれた。男はやっぱり知らん顔だ。

一面のサトウキビ畑に風がわたっていくように、会場じゅうに低い囁《ささや》き声が広がっていく——。

かつて貘さんが那覇の街なかで見かけた隣の中学の〝興味深い下級生〟瀬長亀次郎は四十五歳になっていた。額が広く、眉はねあがり、ひきしまった口もと、負けん気の強そうな、エネルギーの塊のような印象はそのままだ。

中学卒業後、亀次郎は医師を目指して七高（現鹿児島大学）に進学した。ところが、在学中に「思想犯を匿《かくま》った」疑いで警察に勾留され、起訴はされなかったが、これが原因で退学となる。

医師への途《みち》を断たれた亀次郎は沖縄を離れ、本土にわたる。京浜地区川崎の飯場《はんば》ではたらくうちに、劣悪な労働環境改善を求める労働争議を指導したとしてふたたび逮捕。今度は治安維持法違反で懲役三年をいいわたされた。

満期出獄後、亀次郎は地元沖縄で特高監視のもとにおかれる。そんななか、西村フミと結婚。子供もうまれた。その後亀次郎は沖縄で蒔絵《まきえ》工や新聞記者、県の農業会に職を得るなどして暮らしをたててきた。

やがて日本がアメリカ相手にはじめた戦争は次第に敗色が濃くなり、米軍機が沖縄上空に頻々《ひんぴん》と姿をあらわすようになった。米軍機は、爆弾に先だって、大量の宣伝ビラを沖縄に投下した。宣伝ビラには、

〝日本にはもはやこの戦争に勝ち目がない〟

〝戦争は日本の軍閥と一部資本家が始めたものであり、日本の国民はむしろ被害者だ〟

〝アメリカは日本を解放する〟

といった内容が日本語で書かれていた。皇軍（旧日本軍）は米軍の投下物をひろうことを沖縄住民に禁じ、「隠し持っている者があれば処刑する」と脅したが、目の前の文字を見るな、読むな、というのは無理な話だ。米軍ビラの内容は沖縄住民のあいだで口伝えにひろまった。

戦局の悪化とともに特高の監視は強まり、窮屈な生活を余儀なくされていた亀次郎にとって、戦争終結は一縷《いちる》の希望であった。内心〝自由の国アメリカ〟への期待がなかったといえば嘘になる。

戦争末期、米軍の来襲を目前にして、那覇や首里に住む人たちには三つの選択肢があった。一つは、皇軍がアメリカをやっつけてくれることを信じて、いま居る場所に留《とど》まる。二つめは、島の南西部に避難する。三つめが、島の北部に疎開する（受け入れ先があれば島外疎開も選択肢だが、児童約八百人を含む一千五百人もの犠牲を出した対馬《つしま》丸のように、この時期すでに船での移動は大きな危険をともなった）。

沖縄では南部島尻《しまじり》を下方《しもかた》、中部中頭《なかがみ》を田舎《いなか》、北部国頭《くにがみ》を山原《やんばる》という。呼びが示すように、那覇や首里の人たちにとって山原はさまざまな意味で〝遠い場所〟だった。亀次郎は家族にその山原への疎開を提案した。過去の経験から、亀次郎は皇軍を信用していなかった。〝米軍が上陸したら大変なことになる〟。亀次郎はそう言って、しぶる家族を無理やり山原にひっぱっていった。その直後、海を埋めつくす米軍艦一千五百隻からの艦砲射撃をうけて那覇・首里は文字どおり一面の焼け野原となる。さらに、皇軍が避難民をまきこむ徹底抗戦方針をとったため、南西部の海岸では悲惨な事態が生じた。結果として、亀次郎の判断が正しかったわけだ。

だが、終戦を沖縄で迎えた亀次郎の目に映った米軍もまた、とてもではないが〝解放者〟などと呼べた代物《しろもの》ではなかった。

亀次郎が沖縄に上陸した米兵の野蛮を最初に目にしたのは、避難した山原でひどい栄養失調に倒れ、担架《たんか》にのせられて野戦病院に運ばれる途中のことだ。乾いた田んぼで一人の婦人が米兵に暴行されていた。しかも、妻を守ろうと必死に抵抗する夫がその場で射殺されてしまったのだ。

亀次郎は、身動きのとれない担架の上で無念に呻《うめ》いた。

その後、英語ができる亀次郎は、避難民収容キャンプで総務係（避難民と米軍との調整役）を務める。ここでもかれは米兵によるさまざまな犯罪行為を目《ま》のあたりにする。

避難民収容キャンプではまず、食料配給量が絶対的に不足していた。米軍に対していくら増配を訴えてもなしのつぶてだ。終戦後、沖縄の避難民収容キャンプで多くのひとが栄養失調のために亡くなった。亀次郎の母親もそのなかの一人だ。不足する食料を補うべく、野生のノビル、ヨモギ、ヤマイモなどを採りに山に入った婦人や少女らが、今度は米兵に乱暴されるという事件が頻発した。また、米軍ＭＰ（憲兵）が取り調べを口実に婦人や少女を辱めたという訴えも、総務係の亀次郎のもとに毎日のように届けられた。

亀次郎らは避難民を代表して米軍に抗議し、規律を正すよう申し入れた。が、そのたびに米軍担当官は「証拠がない」「女の方から誘ったのではないか」と首をふり、あるいは「個人個人の楽しみまでは規制できない」「男女の恋愛問題に口を出すつもりはない」などとニヤニヤ笑いながら言うだけで、何ら手を打とうとしなかった。揚げ句、一九四六年の諮詢《しじゅん》会（沖縄戦後初の政治機構。実質的には米軍との連絡会）では、米軍から派遣されたワトキンス少佐が、

「沖縄を支配する米軍はネコで、沖縄はネズミである。ネコとネズミは場合によっては良い友達ともなりうるし、私自身はあまり荒っぽいネコではないが、ネコの中には多少荒っぽいものもいるかもしれない。ネコが許す範囲でしか、ネズミは遊ぶことができない。その点は（ネズミの側でも）了承してもらいたい」

と、反省や謝罪など一切感じられない言葉を平気で口にする始末だ。

——これが解放軍（者）とは聞いて呆《あき》れる。

米軍に対する亀次郎の見方は、この時点で定まったといって過言ではない。

亀次郎は〝野蛮なネコ〟米占領軍との闘いを開始する。

子供のころから、何があっても「困った」「参った」とは口にしたことがない負けずぎらいの性

格だ。中学に通っていたころ、友人たちの手前、校庭の鉄棒で大車輪をやってみせることになり、見事に失敗。地面に叩《たた》きつけられて骨折して、入院するはめになった。そのときも亀次郎は意気消沈することなく、見舞いに来た従姉妹《いとこ》に「将来僕が医者になって病院を建てるので、君は看護婦資格を取りなさい」と熱心に説き、実際に資格を取らせてしまった。当人が医師になれなかったのは残念だが、学力や努力不足で途を断たれたわけではない。米占領軍の人権無視の蛮行、沖縄の人たちを虫ケラのように扱う射殺事件、婦女子への暴行の多発、苛酷な奴隷的労働の強制など、日々目の当たりにする数多くの屈辱に対して、亀次郎は闘志をかき立てられこそすれ、頭を下げ膝を屈するつもりはは〻なからなかった。

だが、沖縄で圧倒的暴力装置（軍事力）を独占する米軍政府に対して、徒手空拳、身に寸鉄帯びぬ者がいったいどうすれば闘いを挑むことができるのか？

亀次郎は同志を募り、「沖縄人民党」をたちあげる。

一人の声は無視できても、十人、百人、千人、万人が団結して声をあげれば、その声はやがて無視できないものとなる。戦前の日本政府はこれを恐れ、治安維持法で国民から団結権を奪い、抵抗する者たちをかたっぱしから検挙、投獄した。

自ら「解放者」を名乗るアメリカ軍は、避難民収容所《キャンプ》ごとに「市長」や「議員」をえらぶ選挙を実施するなど、民主主義の原理原則を建前としている。政党政治はアメリカが標榜《ひょうぼう》する民主主義の基本だ。政党結成を拒む理屈はない。

占領下の沖縄では「沖縄人民党」のほか、「沖縄民主同盟」「共和党」など、いくつかの政党が結成され、一九五〇年（昭和二十五年）九月には戦後初の沖縄知事と議会議員選挙が行われることになった。戦前の日本政府による苛酷な弾圧を思えば、隔世の感がある普通選挙だ。民主主義的な選挙手続きも保証され、以後、住民の意思が反映された民主政治が沖縄で行われたかといえば、決してそんなことはなかった。

この話には裏がある。

占領下の沖縄では、住民選挙で選ばれた者たちの上に米軍が君臨していた。知事や議会には「米軍政府（占領軍）の意図に反しない限りにおいて尊重される」という、限定付きの権限しか与えられなかったのだ。

――ネコが許す範囲でしか、ネズミは遊ぶことができない。

ワトキンス少佐の発言は、ここでも沖縄を支配していた。

アメリカ軍による軍事占領が長引くにつれ、沖縄の人たちのあいだに自然とネコ（米軍政府）の顔色を窺《うかが》い、〝ネコの許す範囲でしか遊べない〟ことを当然だと思う、諦めにも似た空気が流れはじめていた。仕方ないサ、と実際に口にする者もいた。

この事態に、亀次郎がひどく歯痒《はがゆ》い思いをしていたのはいうまでもない。

殴られて黙っている者は、その後も一方的に殴られつづける。

亀次郎は戦前、本土・京浜地区の飯場で働くなかで、そうした関係をいやというほど目にしてきた。物理的にせよ制度的にせよ、力の差があればあるほど、暴力をふるう者は殴られる側の痛みに鈍感になる。個人においても国際社会政治においても、その関係性に変わりはない。

沖縄を占領するアメリカ軍に対して「痛い！」「殴るな！」と声を上げなければ、米軍のみならず、沖縄の人たちの側でも、いつしか「世の中はこんなものだ」という思いが根づくことになる。

――何か、目に見えるはっきりした形で、抵抗の意思を示す必要がある。

亀次郎は奥歯をかみしめ、辛抱強く機会を窺った。今勝てないのならば、負けない。そして、勝つまで諦めない。亀次郎の闘いには、その後も一貫してそうしたところがある。

突破口は、思わぬところから転がり込んできた。


一九五二年四月、「琉球政府」が設立された。

前年九月、沖縄、奄美、小笠原諸島切り捨てを前提に国際社会における日本の主権回復——独立——を定めたサンフランシスコ講和条約が調印され、アメリカはこれらの諸島の領域及び住民に対してすべての権力を行使する唯一の存在となった。

講和条約発効に先立ち、沖縄を占領する米軍政府は「琉球列島米国民政府」（United States Civil Administration of the Ryukyu Islands。頭文字をとってUSCAR《ユースカー》とも）と看板を掛け替える。

これは文字どおり〝看板を掛け替えただけ〟で、軍服を着た米軍将校および米兵が沖縄を支配する状況に何ひとつ変わりはない。組織トップの民政長官は東京の米極東軍総司令官が兼ね、実質上は米琉球軍司令官ビートラー民政副長官が沖縄を支配する構図だ。言葉による誤解を避けるために、本稿では以下、あえて「米軍民政府」と表記する。

米軍民政府のもとで沖縄住民による琉球政府が設立され、一九五二年三月、沖縄全土で第一回立法院議員選挙が実施されることになった。

亀次郎はこの選挙に那覇区から立候補、トップ当選をはたした。かつて松の木の上で英語の本を朗読して近所のオバアらを集めた独特の〝亀次郎節〟は、選挙演説でも「亀次郎の話は内容はともかく面白い」という評判をとり、演説会は毎回多くの聴衆を集めた。貘さん（山之口貘）が東京で読んだ選挙結果を伝える新聞記事は、このときのものだ。

選挙結果を受けて、四月一日、琉球大学校庭で「琉球政府創立式典」が開催される。

琉球政府は、建前上、
「琉球における政治の全権を行うことができる」
とされたが、一方で、
「米軍民政府の布告、布令及び指令には従うこと」
「米軍民政副長官は（略）制定された法令規則の施行を拒否し、禁止することができる」
とも定められていて、要するに〝ネコ（アメリカ）の許す範囲において〟という例の条件つき自治だ。

式典がおこなわれる琉球大学は跡形もなく破壊された首里城跡に米軍が建てた施設であり、「四月一日」は米軍の沖縄本島上陸の日だ。

凄惨な戦争の記憶を、民主主義的装いで上書きしようとする米軍の意図は明らかだった。

琉大校庭に椅子がならべられ、青天井の下、即席で会場が設置された。

当日は朝から雲が低く垂れこめ、強い北風がふく生憎《あいにく》の天気となったが、式典には米軍民政府副長官を筆頭に、米軍将官、各市町村長、各種団体や会社の代表などの招待客の他、新聞記者や学生、一般市民、あわせて二千人以上の人たちが集まった。

午前十時すぎ、米陸軍軍楽隊のマーチ演奏で式典がはじまる。ビートラー民政副長官による祝辞挨拶があり、その後式典はとどこおりなく予定どおりすすめられた。

事件が起きたのは式典終盤、選挙で当選した議員による宣誓文の朗読がはじまったときだ。

式典に参加した全議員が起立し、脱帽して直立不動の姿勢をとるなか、議員席の一番うしろで、ただ一人着席をつづける人物がいた。頭には鳥打ち帽をかぶったままだ。

最初に気づいたのは新聞記者だった。カメラマンが着席をつづける人物にカメラをかまえ、何枚も写真をとりはじめた。

式典を見学にきた一般市民や学生のなかにも異変に気づいた者があり――なにしろ一段高い議員席の最後尾、一番目立つ場所だ――宣誓文の朗読がつづくなか、観客のあいだに水紋のように低くざわめきがひろがった。

壇上の軍民両政府高官らも眉を寄せ、あるいは顔をこわばらせている。

宣誓文朗読終了後は、米軍民政府任命の議長による議員紹介だ。第一区から順に名前が呼ばれ、いったん着席した議員が返事をして起立。壇上に会釈をする。

第五区（那覇区）まで来たところで、ふたたび異変が起きた。

「セナガ、カメジロウくん」

議長が名前をよみあげても、返事がない。

観衆の視線が一点に注がれた。

名前を呼ばれたその男――瀬長亀次郎はそしらぬ顔だ。最後列の席に腰をおろし、鳥打ち帽をかぶったまま、平然とした様子で議長の困惑した顔を見かえしている。

宣誓拒否。

アメリカに対する挑戦状だ。

観衆のあいだでざわめきがいちだんと高くなった。

気がつくと、風の向きが変わっていた。強い南風が吹き、頭の上に長くのしかかっていた鉛色の雲が吹きはらわれて久しぶりに青空が顔を覗かせた――そんな爽快な気分が集まった人たちの間にひろがった。

亀次郎の行動は、講和条約で本土《ヤマト》に切り捨てられ、いつまでつづくかわからない米軍支配の現実に希望を失いかけていた沖縄の人たちを勇気づけた。

――占領軍アメリカの言いなりになることはない。沖縄は抵抗することができるのだ。

亀次郎はそのことを、公の場で身をもって示してみせた。

宣誓拒否の一件は、またたくまに沖縄中にひろまった。

米軍の傍若無人なふるまいを仕方ないと思いかけていた人たちは、亀次郎の行動に目からうろこが落ちる思いであった。

亀次郎が突破口となる行動を思いついたきっかけは、式典前日、立法院事務局から届いた「印鑑を持参するように」という通知だった。

式典で朗読する宣誓文に議員全員が捺印《なついん》する必要があるという。

念のため日英両方の宣誓文を確認すると、末尾に、

「われわれは（略）米軍民政府ならびに琉球住民の信頼にこたえるべく、誠実かつ公正に、その義務を遂行することを厳粛に誓います」

とある。

亀次郎は、ふん、と鼻を鳴らした。

議員三十一人中すでに二十七人が捺印していた。が、亀次郎自身は沖縄住民の信頼を託されたのであって、〝米軍民政府の信頼にこたえる〟つもりで議員になったのではない。

文案修正をめぐって事務局と何度かやりとりするうちに、亀次郎はあることを思い出した。

終戦直後、北部の避難民キャンプで総務係をしていたときのことだ。避難民キャンプ総務係の仕事のひとつは、戦禍を逃れてきた数万の避難民が一刻も早く、かつ無事に、それぞれもとの場所に帰ることができるよう手配をすることだった。行き先ごとに避難民をグループ分けし、米軍と交渉して車両を確保、住民の健康状態におうじて移動のタイミングを決める。

亀次郎は米軍担当者と粘り強く交渉し、終戦直後は十万人以上いた避難民の多くを一年を経ずして元の場所に帰すことができた。

ところがしばらくすると、帰ったはずの避難民のなかにキャンプにまいもどってくる者があった。不思議に思って理由をたずねると、自分の家や田畑があった場所が米軍の基地になっていて、近づいただけで銃で威《おど》され、追い払われる。戻ろうにも戻る場所がないという。

亀次郎は眉をよせた。半信半疑で調べてみると、驚いたことに、米軍は沖縄各地で家や田畑を潰して、あたかも白地図に線をひくように勝手に基地を建設していた。

亀次郎は早速、米軍に対して「基地を作るのであれば地権者の了解を得てほしい。せめて生活の保障をしてくれ」と申し入れた。

翌日、亀次郎は米軍担当官に呼び出された。

「われわれ占領軍は、その求めるところにおいて土地を収用できるし、保障もしない」

担当官の言葉に亀次郎は唖然《あぜん》とした。

「そんな馬鹿な話があるか。戦争は終わったのだ。占領軍だからといって何をしてもいいという法はない」

と食ってかかると、相手は肩をすくめ、「法はある」といって英語で書かれた法律書類を机の上に取り出した。

「ハーグ陸戦条約には、戦前の日本も批准している」と担当官はいった。「沖縄での米軍の行動はこの戦時国際法にもとづいており、何ら非難されるものではない」

亀次郎はハーグ陸戦条約を端から端まで徹底的に読んだ。それで必ずしも納得したわけではなかったが、それ以上に奇妙に思えたのは、婦女子暴行の件ではいつものらりくらりと言い訳するばかりの米軍担当官が、今回の件ではわざわざ国際法を持ち出して正当性を主張したことだ。たとえば旧日本軍であれば、力ずくで土地を接収し、国際法など少しも気にかけなかったはずだ。

(米軍は兵士個人の行為と軍の行動をわけて考えている？　基地用地の件は、米兵個人の行動ではなく、軍の行為であるがゆえに国際法に縛られるということか？)

アメリカは国際社会における自分たちの立場を、日本人には想像できないほど気にしているのかもしれない――。

今回、宣誓文を巡る事務局とのやりとりのなかで思い出したのは、そのとき読んだハーグ陸戦条約だ。

「占領地の人民は、敵国に強制的に忠誠の誓いを為さしめられることはない。」

たしか、そんな一文があった。

サンフランシスコ講和条約で、沖縄は本土から切り離された。本土が独立しても、沖縄は屈辱的な占領状態がつづいているということだ。

(使えるのではないか？)

亀次郎の頭にある作戦が浮かんだ。

沖縄において圧倒的な暴力装置を独占する占領軍アメリカに抵抗するためには、非暴力、不服従しかない。問題は、沖縄の人たちの目にはっきりと見える形でそれをどう表現するかだ。

そのひとつの答えが、見えた気がした。

宣誓式での不起立と沈黙の抵抗は、亀次郎にとっても一種のかけであった。占領状態を逆手にとった亀次郎の行為にアメリカがどう反応するのか、正直、やってみなければわからないところがあった。場合によっては力ずくで排除される——立法議員の資格剝奪や逮捕される可能性もあると覚悟していた。

亀次郎は乱暴なネコに噛《か》みつき、抵抗の意志を示した。

乱暴なネコは何もできなかった。

占領軍アメリカといえども、国際法を公然と無視するわけにはいかない。米軍も、沖縄でなんでもできるわけではないのだ。

亀次郎はかけに勝った。

——自分たちは米軍の理不尽な暴掠に否《いな》ということができる。抵抗することができる。

沖縄の人たちの目に、そのことをはっきりと示して見せた。

亀次郎の行動は、自信を失いかけていた沖縄の人たちの世界に対する見方を一変させた。最初から〝出来ない〟と思っているのと、〝やれば出来る〟と思うのでは、世界に対する見方が根本から変わってくる。

この一件を境に、カメジローの名は占領に苦しむ沖縄にとって抵抗の象徴となり、同時に沖縄を占領するアメリカ軍に〝やっかいな異物〟と認識されることになる。

3

池袋駅西口の路地を一本入った場所にある、泡盛と琉球料理の店「おもろ」。

「おもろ」は「思《おも》う」の琉球古語で、古い謡《うた》のことだという。

貘さんは毎月第三日曜日にこの店でひらかれる「琉球舞踊の夕《ゆうべ》」に、かならず顔を出している。

泡盛と琉球料理を楽しむため、だけではない。貘さん自身が舞台（店の奥の三畳の小上《こあ》がり）に立って踊っているのだ。

ビンボウ詩人の貘さんは琉球踊りの名手であり、また、指笛《ゆびぶえ》の達人でもあった——。

貘さんの踊りと指笛の腕前を紹介する前に、泡盛と琉球料理についての説明を少し。

泡盛は沖縄でひろく飲まれている蒸留酒で、アルコール度数は二十五度から三十度、なかには四十度を超えるものもあり、同じ米を原料とする日本酒（醸造酒）にくらべるとかなり〝強い酒〟だ。戦前の東京の泡盛屋ではこれをコップで出していて、その場合、店内にはたいてい「三杯以上お断り」と貼り紙がしてあった。日本酒のつもりで飲んだ客が酔っ払い、あとあと面倒になることが多かったかららしい。

「おもろ」では泡盛をカラカラで出す。カラカラは小型の土瓶の形をした沖縄特有の陶製の酒器で、注《つ》ぎ口が細く、盃《さかずき》に注いでチビチビ飲むのに適している。お酒にはそれぞれ向いた酒器がある。

泡盛と一緒に楽しむ琉球料理は多彩であり、ひとまとめに語ることはできない。「おもろ」のお品書《しながき》には、たとえばミミガー、アシティビチ、チャンプルーなど、本土では見慣れない名前がならんでいる。

ミミガーは一口にいえば豚の耳の料理だ。よくゆでた豚の耳をうすくきざんで、野菜と一緒に三杯酢で食べる。クラゲに似た、こりこりした、さっぱりとした食感である。

アシティビチは豚の足の料理で、長時間かけてとろとろになるまで煮込んだもの。

チャンプルーは一般的な家庭料理で、野菜と豆腐の油炒《いた》めをいう。使う野菜によってゴーヤ（れいし）チャンプルー、ビラ（ねぎ）小《グワ》チャンプルー、マーミナ（もやし）チャンプルー、チリビラ（にら）チャンプルー、と名称が変わる。

「おもろ」では、その他にもナーベラーンブシー（ヘチマと豆腐の味噌《みそ》煮込み）やスクガラス（三センチほどの小魚をそのままの形で塩辛にしたもの。生豆腐に載せて食す）といった珍しい料理を味わうことができた。

沖縄出身者が多くあつまる店内には沖縄方言がとびかい、守り神のシーサー（狛犬《こまいぬ》に似た二体一対の置物、沖縄ではほとんどの家屋にこれがある）や独特な色と形の琉球赤瓦などが置いてある。そのうち、お客の誰かが店の三線《さんしん》をとって弾きはじめる。

泡盛が入り、三線の音が聞こえてくると、貘さんはそわそわしはじめる。じっとしていられなくなる。銀座のバーで飲んでいたときの〝大学教授か哲学者を思わせる落ち着いた雰囲気〟はどこへやら、口かずも多くなり、酔い方は一段と陽気になる。見かけからして十歳は若返る感じだ。

頃合いを見はからって、紅型《びんがた》の幕を巡らせた三畳小上がりの舞台に司会があらわれる。

「みなさま、今日は琉球舞踏の夕にようこそ。本日みなさまにご覧いただく琉球舞踏が確立されましたのは、今からおよそ三百年前……」

と、流暢《りゅうちょう》に司会をつとめるのは伊波南哲《いばなんてつ》。八重山出身者で、貘さんとは少年のころからの友人である。ともに詩人を志し、沖縄にいたころは一緒にガリ版刷りの同人誌を出していたこともある。

伊波南哲は戦前の東京で警視庁に勤めながら詩を発表し、一時期「詩人巡査」として有名になった。照れ屋の貘さんとは対照的に、講道館柔道三段、体格のすぐれた押しだしのよい人物だ。

「……かたい話はこれくらいにして、それではみなさん、本日はごゆるりとお楽しみください」

悠然と舞台袖にさがった伊波は、そのまま三線をとりあげた。

三線は、四角い胴に棹《さお》をさしこんだリュートに属する沖縄の楽器で、水牛の角でできた義甲を指にはめ、三本の弦を弾いて音を出す。三線が最初に京（都）や大坂に伝わったのは室町末期。はじめて聞く音色に民衆はたちまち熱狂した。独特の音色とリズムに手足が勝手に動きだし、熱にうかされたように踊りに興じた。そのあまりの熱狂ぶりに当時の為政者（江戸幕府）は恐れをなし、三線入りの歌舞を厳しく禁じたほどだ。その後京や江戸では三線の陽気な音色は姿を消し、屋内向きの三味線《しゃみせん》の響きとなって、こぢんまりした江戸文化のうちに吸収されていく。

三線は沖縄と八重山にのみ残された。残されただけでなく、本土の三味線の長所もとりいれ、より洗練された楽器として沖縄の歌舞音曲の発展に寄与した。こんにち沖縄や八重山が「詩と唄の島」と呼ばれるのも三線独特のリズムと音色あっての話だ。

八重山出身の伊波南哲は三線の名手である。太鼓も叩くし、唄もうまい（貘さんはかつて、月夜の八重山の浜辺でかれの三線と唄を一晩中聴いていたことがある）。

三線の音色に誘《いざな》われるように、最初に舞台に立ったのは平良《たいら》リエ子。沖縄出身の若い女性だ。琉装を凝らした彼女が三線に合わせて踊りはじめると、不思議なもので紅型《びんがた》の幕を巡らせただけの三畳の小上がりがたちまち特別な場所に見えてくる。踊りの題目は、

「御前風《ぐじんふう》」

その昔、琉球国王の御前で奏されたもので、琉球の歌舞音曲を奏するときはかならずこの曲から

始めるしきたりになっている。

今日の誇らしやや 何《なを》にぎやかな譬《たて》る 莟《つぼみ》でをる花の 露きやたごと

（今日の嬉《うれ》しさは何にたとえよう。花の莟が露にめぐり逢《あ》ったようだ）

ゆっくりとした品のある踊りで、柔らかな手の動きが観《み》る者をうっとりさせる。

本来は「かぎやで風節」「特牛節《くてい》」「恩納節《おんな》」「中城《なかぐすく》はんた前節」「長伊平屋節《ながいへや》」五つからなる大曲だが、一般に御前風といえば「かぎやで風節」を指し、若い女性が踊ることが多い。

琉装を凝らした平良リエ子がしずしずと舞台袖にひっこんだあと、曲想は一転、三線は陽気なリズムを奏ではじめる。

お次ぎは、

「谷茶前《たんちゃめえ》」

こちらは庶民の生活をコミカルに謳った軽快な二人舞だ。男は櫂《かい》、女は笊《ざる》をもって、誇張された陽気な動きが観る者の笑いをさそう。

男の踊り手は南風原朝光《はえばるちょうこう》。沖縄出身の画家で、貘さんにとっては東京の美術学校入学試験場で声をかけられて以来、沖縄方言で心おきなく語ることのできる一番の親友である。色の浅黒い、小柄な、くしゃくしゃの縮れ毛と太い眉。眉の下のぎょろりとした眼は、どこかいたずら坊主めいたユーモラスな光をたたえている。縦縞《たてじま》の芭蕉布《ばしょうふ》の衣装をきた朝光は、櫂を肩に、きびきびとした軽快な足さばきだ。

その踊りを、客席から貘さんの指笛が囃《はや》したてる。

ピイッヨッ、ピイピイ、ピイヨッ、ピイ……

指笛は指を唇の間にさしこみ、息を吐き出しながら音をだす技術で、口笛とは息の使い方が異なる。外国映画でときどき犬を呼ぶのに指をくわえてピーッと高く鳴らしている。あんな感じだ。沖縄の指笛はたんに音を出すだけでなく、ピイヨッピイピイヨッピイとか、ピイヨピイヨピイヨピイヨなど、踊りの変化に合わせてリズムも音階も変化する。

指笛の陽気な音色とリズムに煽《あお》られて、観客側の気分も一気に盛りあがる。自然に手拍子がわき起こる。

貘さんは指笛の達人だった。指笛は通常、人差し指と親指の二本を丸めて音を出すが、貘さんがそのやり方をすると「おもろ」の狭い店内では音が響きすぎる。近くで観ている人に迷惑になる。そこで貘さんは左手の小指一本使った指笛で合いの手をいれる。

ピイッヨッ、ピイピイ、ピイヨッ、ピイ……

三線や太鼓にあわせて、リズムや音程を自在に吹きわける。貘さんの指笛は、それだけで一見の価値があった。はじめて「琉球舞踏の夕」を観に来たお客のなかには、舞台より、小指一本の指笛で合いの手を入れる貘さんの方を目を丸くして眺めている者がいたくらいだ。

――指笛に関しては、私も、父が世界一うまいと思っていた。

と、後年、娘の泉さん（ミミコ）が感心したように書いている。身内だけでなく、沖縄から舞踏団が東京に来たときも「指笛要員」としてわざわざ呼ばれたくらいだ。沖縄の人たちのあいだでも、貘さんの指笛は有名だったらしい。

舞台は一息ついた後、いよいよ次が大トリ、貘さんの出番である。

「最後はわれらが沖縄が生んだ偉大なる詩人、山之口貘の十八番《おはこ》、浜千鳥節《はまちどり》です」

伊波南哲がふたたび舞台に立って紹介した。かれは客席にむかって声をひそめ、

「ここだけの話ですが、かれは詩より舞踏がうまいのです」

すました顔でそういって、さっさと袖にひっこんだ。

客席がどっとわき、やんやと歓声があがる。

三線と太鼓の音に合わせて、貘さんが舞台に登場する。紺地の着物を琉装風にまとい、頭に紫の布地を巻いている。「浜千鳥」は本来は女踊り。紫の布地はかつらの代わり。貘さんは女形《おやま》になりきっている。

背がすらりと高く、子供のころから運動神経抜群で、空手や水泳の名手だった貘さんは、踊りもうまい。那覇にいたころは、琉球踊りきっての女形と称《たた》えられた親泊興照《おやどまりこうしょう》の舞台を観に芝居小屋に通いつめたこともある。

出だしこそ客席からクスクスという忍び笑いが聞こえたものの、皆、すぐに貘さんの踊りにひきこまれ、すっかり感心したように眺めている。

旅や浜宿《はまやど》い
草ぬ葉《ふぁ》ぬ枕
寝《に》てん忘《わし》らん我親《わや》ぬ御側《うすば》……

貘さんは女形になりきり、三線と太鼓の音に合わせて手をあげ、手のひらを返し、足を曲げ、小首をかしげて、見得《みえ》をきる。

――立ち姿がきれいで、手の動きがとても優雅でした。

「おもろ」で同じ舞台に立ち、のちに琉球舞踏公演で名を馳《は》せた平良リエ子が、貘さんの踊りの印象をそう評している。

ふざけたところなど少しもなく、大まじめで、何ともいえない気品ただよう踊りだった。片目がやや斜視気味の貘さんはいつも眼鏡をかけているが、踊りのときは眼鏡をはずす。眼鏡をはずした貘さんが目をすがめて踊る様子は、なんだか色っぽい感じがした。

という証言も残っている。

曲が終わり、貘さんが袖にひっこむと、割れんばかりの拍手と歓声が店内を包みこんだ……。

実をいえば、毎月第三月曜の「琉球舞踏の夕」は貘さんの提案ではじまったものだ。

沖縄から東京に出て来て以来、貘さんはこれまで自作の詩や、時折頼まれる随筆でも故郷（沖縄）を扱うことはほとんどなかった。

貘さんの詩は、平明な言葉を用いた人間存在そのものへの問いかけだ。極限まで意味を削《そ》ぎ落とした一つ一つの言葉を継ぎ目も見えないほど精緻に組み合わせて全体を構築する作風は、あたかもシンプルなフォルムで普遍を指向したイサム・ノグチの彫刻群を思わせる。「恐ろしいほどの推敲《すいこう》魔」、「一つの詩に百枚も二百枚も原稿用紙を反古《ほご》にした」という伝説もその辺りからきたものだろう。

貘さんにとって、故郷・沖縄や沖縄への思いは意味をもちすぎる。詩作には逆に使いづらい言葉だった。

だが、この時期を境に、貘さんの詩や文章には「沖縄」という言葉がストレート、かつ頻繁にあらわれるようになる。

ぼくはしばしば
波上《なんみん》の風景をおもい出すのだ
東支那海のあの藍色
藍色を見おろして
巨大な首を据えていた断崖
断崖のむこうの
慶良間島

くり舟と
山原船《やんばるせん》の
なつかしい海
沖縄人のおもい出さずにはいられない風景

貘さんは詩を読む者に強く訴えかける。
——沖縄を忘れるな。

貘さんには、沖縄を切り捨てて独立をはたした本土《ヤマト》、ことに東京の人々が沖縄から目を逸《そ》らし、沖縄を忘れ去ろうとしているように思えてならない。
一面の焼け野原だった東京は急激に姿を変えつつあった。廃材寄せ集めのバラックは強制的に撤去され、跡地に真新しいビルが次々に建っている。襤褸《ぼろ》をまとった見すぼらしい戦争難民や傷痍《しょうい》軍人は表通りから姿を消し、代わりに派手な恰好《かっこう》をした成金《なりきん》連中がわが物顔で闊歩《かっぽ》している。

東京は復興景気にわき返っていた。経済指標の多くが戦前をすでに上回り、二倍に達しようとする勢いだ。

なぜこんなことになったのか?

先の世界戦争で、日本は文字どおり完膚なきまでに敗れた。空襲によって国土は焼け野原となり、生産施設はすべて焼失、経済活動は完全に破綻《はたん》した。そこへ大量の復員兵と海外からの引き揚げ者約三百二十万人が流入したことで国内人口が一気にふくれあがり、一時は一千三百万人ともいわれる大量の失業者が発生した。そこに記録的な米の凶作が加わって食料が極度に不足し、国民生活は困窮を極めた。闇市《やみいち》での物価上昇は歯止めがかからず、悪性のインフレが進行して、「円」への信頼は大きく損なわれた。

その後アメリカの介入でインフレは一段落するものの、今度は輸出不振による中小企業の倒産が相次ぎ、失業者はさらに増大する。日本政府にはもはや打つ手はなく、都市部失業者のあいだには革命前夜を思わせる騒然とした雰囲気が流れていた。

この状況を一変させたのが「朝鮮戦争」だ。

日本が連合軍の占領下にあった一九五〇年(昭和二十五年)六月二十五日。

北朝鮮軍が突如、停戦ラインの北緯三十八度線を越えて韓国領内に侵入。朝鮮半島は内戦状態に陥《おちい》った。米中両大国が双方の立場で軍事介入して大規模な戦闘が行われ、両軍が半島を往復する極めて異常な事態となる。朝鮮戦争では、戦闘員だけでなく民間人にも多くの被害が出た。正確な数字はいまだ不明ながら、死傷者数は三百万人以上。第二次世界大戦での日本人の死者・行方不明者に匹敵する壮絶かつ悲惨な数字だ。その傷痕は深く、欧州では東西ドイツが統合されて四半世紀以上が経《た》つこんにちなお、朝鮮半島は南北に分断されたままである。

隣国で起きたこの戦争が、破綻寸前だった日本経済への「神風《かみかぜ》」となった。
国連軍（実質上はアメリカ軍）は、朝鮮半島の戦場で使用する物資の多くを占領中の日本で調達した。主な発注品は、綿布、毛布、麻布などの繊維関係（いわゆる「糸へん」）と、トラック、鋼材、鉄柱、ドラム缶、有刺鉄線などの重工業品（「金へん」）、加えてサービス需要として車両・機械修理整備、建物や基地の建設整備、輸送・通信といったもので、発注額は戦闘がつづいた三年間で約十億ドルにのぼる。このほか、一時滞在の米兵が個人的に日本で消費するドル（いわゆる「パンパン経済」）が国連軍発注額と肩を並べるほどの金額となった。
豊富な〝強いドル〟が流れこんだことで、日本経済は一気に息をふきかえした。倒産寸前だったトヨタ自動車工業（現トヨタ自動車）はトラックの大量注文を受けて奇跡的な再建を遂げ、GHQ命令で解体された各財閥系企業も取引銀行を中心に系列会社として復活する。
戦前の日本の大手企業は軒並み甦《よみがえ》った。だが、
朝鮮特需
国連特需
基地特需
どう名付けようとも、戦争需要を背景にした特殊な形態の経済復興だ。
横須賀、佐世保など、占領下の日本各地の港から連日のように武器や兵士を満載したアメリカの軍艦が出航していた。
横田、福岡、小倉といった航空基地からは爆弾を積んだ米軍機が朝鮮半島に飛び立った。かれらが手にしている武器や爆弾は、ほんの数年前まで日本人を殺すために使われていたものだ。
戦争で焦土と化した日本が、隣国の悲惨な戦争のおかげで奇跡の復興を遂げる。隣国で流される

人びとの血の上の復興を享受する――。

グロテスクともいえる状況に日本の人びとはあえて目をつむり、食うためだから仕方がない、と言いわけしながら目の前の仕事に邁進《まいしん》していた。

貘さんにはしかし、トクジュなどまるで関係のない話だ。勤め先も辞めてしまい、定収入もなく、相も変わらぬビンボウ詩人である。戦争中疎開していた田舎から東京にもどり、ひとまず知り合いの家の六畳一間に一家三人（貘さん、妻、ミミコ）で身を寄せた。二か月の約束で、その予定だったのだが、ずるずると延びてもうすぐ四年になる。いつになったら出ていけるのか、貘さん自身、見当もつかない。

そんななかで、貘さんは詩をつくり続ける。

遠い沖縄に目を凝らし、沖縄の詩をつくる。

見えてくるのは、貘さんが実際には目にしたこともない奇妙な風景だ。

守礼《しゅれい》の門のない沖縄
崇元寺《そうげんじ》のない沖縄
がじまるの木のない沖縄
梯梧の花の咲かない沖縄
那覇の港に山原船のない沖縄
在京三〇年のぼくのなかの沖縄とは
まるで違った沖縄だという

沖縄の話を聞き、沖縄の記事を読むたびに、貘さんはふかぶかとため息をつく。

それでも沖縄からの人だときけば
守礼の門はどうなったかとたずね
崇元寺はどうなのかとたずね
がじまるや梯梧についてたずねたのだ

戦前に沖縄を訪れた慧眼《けいがん》の美術評論家、民芸研究家の柳宗悦《やなぎむねよし》は、

――沖縄に来ると、まことに果てしもない世界が知識の前に広げられ、情緒の前に開かれてくる。いったい本土のどの県に、これほどの魅力がひそむであろうか。

と、興奮をおさえきれない口調で語っている。


柳宗悦を圧倒した沖縄の文化財は、戦禍によって根こそぎ失われた。

かれが「ここを訪《おとな》わずして沖縄を訪うたということは出来ぬ」とたたえた崇元寺も、「姿美しく、周囲の自然と相俟《あいま》ってそぞろに詩情を誘《いざな》ふ」弁財天堂も、「こんなにも霊の力に打たれる場所は嘗《かつ》てどこにもなかった」という玉陵《たまうどうん》も、「就中《なかんづく》巌上に立つ左方の一個は恐らく琉球第一の彫刻であろう。物凄《ものすご》いばかりのものである」という玉陵を守る怪物の像も、「この世に墓は色々あろうとも、是等の兄弟より見事なものはそうあるまい」と感嘆した辻原《つじはる》の三墓塚も、「沖縄の名木第一」をうたわれた樹齢四百余年の赤木《あかぎ》の巨木も、首里城から龍潭《りゅうたん》の池につづく「はんたん山」も、それをいえば首里城そのものがまるごと消え去った。至るところで見られたがじまるの木も、燃えるような花を咲かせていたでいごの木も、いまでは一本も見ることができないという。

一体どうしたらそんなことになるのか？

そんなことが、本当にあるものだろうか？

貘さんは話を聞くたびに信じられない思いで茫然《ぼうぜん》となる。

沖縄に〝鉄の暴風〟が吹き荒れたのだという。海を覆い尽くすばかりの米軍艦からいっせいに放たれた艦砲射撃が沖縄を破壊した。陸軍司令部が置かれた首里城は石垣ごとうち砕かれ、貘さんの故郷・那覇も、建物ばかりでなく、いたるところに緑陰を落としていた木々までが残らずなぎたおされた。沖縄の風景はすっかり変わってしまった。沖縄にはもはや何ひとつ残っていない……。

いやいや、そんなことがあってたまるか。

話を聞くたびに、貘さんは強く首をふる。

いくら〝鉄の暴風〟でも形のないものまでは壊せない。

沖縄の音楽や舞踊は失われてはいない。

それに、沖縄の料理も。

上陸した米軍と日本軍との戦争にまきこまれて、信じられないほど大勢の沖縄の人びとが犠牲になった。軍人だけでなく、女も子供も、年よりも赤ん坊も、みんな見境なく殺されたという。

それでも沖縄には、戦争を生き延びた人たちが、いまこの瞬間も生きているのだ。本土が独立したあとも、占領軍の苛酷な軍政に苦しんでいる……。

沖縄の現実から目を逸らすな。

沖縄はここにある。

貘さんは意を決して、詩や文章にこれまで避けてきた沖縄を積極的にとりいれる。友人たちとともに「琉球舞踏の夕」を企画し、得意の指笛で盛りあげ、自分でも浜千鳥を踊ってみせる。

浜千鳥の主題は望郷。異郷にあって旅愁をうたうものだ。

貘さんは沖縄に手をのばす。

三十年以上離れたままの遠い故郷に、貘さんの手は届きそうで、なかなか届かない。

4

盛大な拍手と高く吹き鳴らされる指笛の音は、いつまで待っても鳴りやみそうになかった。

(まいったな……)

司会を務める国場《こくば》幸《こう》太《た》郎《ろう》は顔をしかめた。

次の弁士が待っている。時間も押している。何とかしなくては、そう思いながらも、頬がゆるみ、口元に笑みが浮かぶのを自分でもおさえることができない。

拍手と指笛の合間に、会場のあちらこちらから声がとぶ。

――よく言った《シタイヒャー》、カメジロー。

――カメさん、しっかり!

――頑張れ《チバリヨー》、カメジロー!

那覇で開催された演説会でのことだ。

会場に集まった数千の聴衆は亀次郎の演説にすっかり興奮したようすで、指笛を吹き、足を踏み鳴らして、声をあげる。目をかがやかせ、会場に集まった見知らぬ者同士、肩をくんで歌をうたいださんばかりの勢いだ。

あたかもロック・コンサートを思わせるこの状況は、いかにして発生したのか？

演説会の様子が当時の映像資料に残っている。

時刻は夜。裸電球の下、壇上に立った亀次郎は白い半袖シャツ姿だ。演台の上にはやかんが一つ、あとはコップとマイク。メモの類《たぐ》いは見あたらない。顎《あご》の張った面長の顔、小柄で痩せた亀次郎は、背筋をぴんと伸ばし、聴衆をまっすぐに見て声をあげる。

「われわれ沖縄は、日本の一員としてアメリカ相手に戦争をして、その戦争に負けた。家も財産もみんな焼かれた。沖縄はいまや無一物だ。百歩譲って、ここまでは仕方がない。けれど、戦争は終わった。戦争が終わったあとも、アメリカは沖縄に居残って好き勝手している。沖縄で土地を奪い、家を焼き、罪を犯して罰せられない。女性に乱暴したり、面白半分に人を銃で撃っても、連中は罰せられない。どう考えても、これは間違いだ」

美声ではない。

ややかん高い、かすれ気味の亀次郎の声は、しかし、状態の悪い録音をつうじてなお、聴く者を魅了せずにはいない不思議な力が感じられる。

亀次郎は演説中は一切メモを見ない。終始、聴衆に自分の言葉で話しかける。

いまも語り継がれる有名な演説がある。

「一握りの砂も、一リットルの水も、一坪の土地も、沖縄にあるものはぜんぶ沖縄のものだ。アメリカのものではない！」

亀次郎はそう言ってこぶしを高くあげ、力強く訴える。一呼吸おいて、

「空気は、われわれがただで吸わせてやっている」

と笑いをとる。その後、また調子をあげて、

「海のむこうから来て、沖縄の土を、水を、そして沖縄の土地を勝手に奪っているアメリカは、泥棒だ。泥棒は沖縄にいらない。アメリカは沖縄から出ていけ！」

ユニーク、かつ大胆な亀次郎の演説は、聴衆のどぎもを抜いた。

当時、沖縄ばかりでなく、日本全土を見まわしても駐留軍（占領軍から名前が変わったばかり）アメリカを公然と〝泥棒〞呼ばわりする政治家は一人もいなかったはずだ。

演説会に集まった聴衆の多くは、最初のショックから覚《さ》めると、

――アメリカは沖縄から出ていけ！

この言葉を自分たちがどれほど望んでいたのか、はじめて気がついた。みんなが思っていながら口にできなかったことを、亀次郎が言葉にしてくれた。自分たちの代わりに言ってくれた。ここに自分たちの言葉がある。

胸がすく思いだった。

会場に集まった沖縄の人たちが亀次郎の演説に指笛を高く吹き鳴らし、拍手が鳴りやまないのは、まさにロック・コンサートに集まった若者が「これぞ自分たちの音楽だ」と感じたミュージシャンにアンコールの拍手と声援を送るのと同じ反応だった。ロックの言葉は、生ぬるいより過激なくらいの方がよい。

亀次郎の演説は、たんに舌鋒《ぜっぽう》鋭くアメリカを攻撃するだけではない。独特のユーモアと明るさ、庶民性、といったものをかねそなえている。カメさん、カメジロー、と親しく呼ばれるのはそのせいだろう。演説会は回をかさねるごとに聴衆の数がふえ、最近ではどんな遠い会場にも毎回かならず顔をだす熱心なカメジローファン――追っかけ――まであらわれはじめた。

亀次郎の演説はまたとない娯楽であり、同時に米軍の圧政にあえぐ沖縄の人たちに〝ここではな

いどこか〟――海の彼方にある伝説の楽園ニライ・カナイ――を垣間見《かいまみ》せてくれる希望だった。

鳴りやまぬ拍手と歓声、そこかしこで吹き鳴らされる指笛の音を聞きながら、司会を務める国場幸太郎は、亀次郎の〝空気のつかみ方〟に舌をまく思いだ。

国場はこの春東京大学を卒業し、高校の教師になろうと思い、故郷・沖縄に帰ってきた。ところが、沖縄に着いたあとで米軍民政府から圧力がかかり、教員になることを拒否された。東京での学生運動の経歴が問題視されたらしい。二十六歳。ひとまず瀬長亀次郎率いる沖縄人民党で事務方としてはたらいている。

国場にとっても、生で聞く瀬長亀次郎の演説は感動的だった。なるほど聴衆が熱狂するのも当然だ。もし他の者が、同じ内容、同じ言葉で演説したとしても、これほどの反応はけっして得られないだろう。瀬長さんが中学生のころ、木の上で英語の本を読んでいると地元のオバアらが集まってきたという話を聞いたことがあって、半信半疑だったが、なるほどかれの声には人をひきつける独特の魅力がある。言葉と言葉の間《ま》の取り方、リズム、ちょっとした身ぶりや手ぶり。その場の空気を瞬時に読みとり、対応し、支配する能力は天賦の才能だ。政治家にかぎらず、多くの者を魅了する歌手や俳優でも同じことがいえるが、これればかりは理由をいくら追い求めても、タマネギの皮をむくのと同じで答えのある話ではない。

亀次郎は壇上から聴衆に檄《げき》を飛ばす。

――アメリカは沖縄から出ていけ！

聴衆もかれの言葉に応える。

――そうだ、アメリカは沖縄から出ていけ！

実をいえば、沖縄に戻ってまもない国場は聴衆の反応にやや戸惑っていた。沖縄の人たちがこれほどアメリカを憎むようになるとは、思っていなかったからだ。

国場が知るかぎり、終戦直後の沖縄ではむしろ、

――日本軍、憎し。

――解放軍アメリカ、ウェルカム。

の声が圧倒的であった。


戦前、沖縄の人たちの皇軍（旧日本軍）への信頼はきわめて厚かった。

沖縄は南海の地の利を生かし、古くから東南アジア、中国、朝鮮、日本を結ぶ中継貿易の拠点として繁栄してきた。

「舟揖《しゅうしゅう》を以《もっ》て万国の津梁《しんりょう》（懸け橋）となし、異産至宝は十方刹に充満せり」

かつて首里城正殿に掲げられたこの文言こそが沖縄の方針であり、中国や日本、朝鮮が鎖国方針を打ち出したあとも、かれらと関係を断絶することなく、それぞれの間の貿易を取り結ぶ役割を巧みにはたしてきた。近代以前、中国・日本・朝鮮すべての国情を見聞する機会をもっていたのは、唯一沖縄だけだ。

だからこそ日清《にっしん》戦争（一八九四〜九五）の結果は、沖縄の人たちにとって信じられないほどの衝撃だった。

（あの乾坤《てんち》そのもののような大国・清と戦争して、日本が勝った？　明治新政府の軍隊とは、それほどまでに強いのか？）

沖縄の人たちのあいだに日本軍への絶対的な信頼が生まれたのはこのときからだ。その後、明治、大正、昭和と時は移り、日本が中国・アメリカ双方と無謀な両面戦争をはじめたあとも、

――たとえアメリカが沖縄に攻めてきても、日本の〝皇軍〟が自分たちを守ってくれる。日本軍が負けるはずはない。

沖縄の人たちの多くが、心からそう信じていた。日本軍が打ち出した「軍民一体共生共死」などという異様な方針（軍人が戦死すれば少なからぬ恩給が出るが、民間人の戦死に国家はびた一文支払わない。民間人は文字どおり殺され損）さえ、さほど抵抗なく住民のあいだに受け入れられたことからもその信頼ぶりが窺えよう。

だが、一九四五年三月三十日の慶良間諸島米軍上陸、続いて四月一日から沖縄本島ではじまった地上戦において、沖縄の人びとの信頼は手ひどく裏切られる。

日本軍は慶良間の人びとを実質〝見殺し〟にした。さらに本島では、沖縄守備隊第三十二軍が首里城地下壕《ごう》の司令部を捨てて南部への撤退を決定するが、南部にはすでに大勢の住民――女子供と年寄りたち――が避難していた。日本軍の決定は、避難民の巻き添えを前提にした徹底抗戦の方針だった。

沖縄には〝ガマ〟と呼ばれる天然の壕（鍾乳洞《しょうにゅうどう》）が多く存在する。住民が避難していたこのガマに、日本兵が次々になだれこんだ。かれらは住民に対して「ここは皇軍が使用する。お前たちは出ていけ」と命じる。反論する者には「戦争中は軍の命令が絶対だ」と突き放し、さらに「お前たちはここを出て、沖縄を守るために闘え。われわれ皇軍は日本のために闘う」といって住民から食料を奪い、ガマから無理やり追い出した。

別のガマでは、日本兵は避難民を追い出さなかった。かれらは逆に、銃やナイフを住民に突きつけてガマ内に留まるよう命じ、逃げ出さないよう厳重に監視した。「沖縄人は敵のスパイになる」というのがその理由だ。

いずれの場合も、その後多くの住民が戦闘の巻き添えとなり、あるいは、軍民一体の方針の下、「生きて虜囚《りょしゅう》の辱めを受けず（戦陣訓）」なる国際法無視の妄言を真に受けた日本兵によって自決を強要された。

六月二十三日に沖縄守備隊司令官・牛島満《うしじまみつる》が自決し、日本軍の組織的抵抗は終了する。だが、自決にさいして牛島が沖縄全軍に「徹底抗戦」を命じたため、本島各地で戦闘が継続。米軍による掃討作戦がその後もつづけられることになった。

沖縄での降伏調印は、本土降伏から半月以上経った九月七日。その間《かん》も犠牲者は増えつづけ、沖縄戦での死者は県民のじつに四分の一以上にのぼる。四人に一人。親兄弟、親戚から戦争犠牲者を出さなかった沖縄県民は一人もいないということだ。

沖縄地上戦や、住民を置き去りにして軍が先に逃げた満州でもそうだが、敗戦によって明らかになったのは、

一、軍は住民を守らない。

二、軍が守るのは軍（国家は抽象概念に過ぎない。軍が現実に守るのは軍そのもの）。

三、住民は真っ先に切り捨てられる。

というみもふたもない即物的な現実だった。

ある意味これは〝当然のことが明らかになっただけ〟とも言える。徴兵制を基礎とする近代国家の軍隊は必然的に官僚組織とならざるを得ず、官僚組織において最優先される生理は「保身」と「自己保存」の本能だ。もし、終戦間際に一部軍人が狂信的に唱えていた本土決戦が強行されたとすれば、日本全土で同じ地獄が生じたのはほぼ間違いない。

現実には、本土決戦は行われず、沖縄では地上戦が行われた。

沖縄県民だけが、地上戦の地獄の中で軍隊の本性を目の当たりにすることになった。明治以降、「皇軍不敗」「神州不滅」と教えられ、そう信じていた沖縄県民にとって、心から信頼していた分、皇軍の〝裏切り行為〟は決して許せるものではなかった。

日本軍、憎し。

解放軍アメリカ、ウェルカム……。

国場がかつて聞いた沖縄の声はそのときのものだ。

だが、わずか数年でその声は反転する。

沖縄の人たちの前に現れたアメリカ軍は、とてもではないが解放軍などと呼べた代物ではなかった。かれらは、自分たちは戦争に勝ったのだから好き勝手ふるまう権利があるという態度を隠そうともしなかった。米兵は沖縄人を〝敵〟呼ばわりし、差別し、徹底的に見くだした。〝無気力でお人よしの、哀れむべき未開民族〟。そういって憚《はばか》ることがなかった。

もはや戯画としか評しようのない、暴力をかさにきた異民族支配者の姿だ。

このころ沖縄を訪れたアメリカ人記者フランク・ギブニイは『タイム』誌（一九四九年十一月二十八日号）に次のような記事を書いている。

——オキナワは、米陸軍の才能のない者や除け者の態《てい》のよいはきだめになっている。その軍規は世界中の他の米駐留軍と比べて最悪であり、最低の者たちを集めた一万五千の部隊が、絶望的貧困のなかに暮らしている六十万のオキナワ住民を統治している。過去六カ月間に米軍兵士は、オキナワで殺人二十九、強姦十八、強盗十六、殺傷三十三という驚くべき数の犯罪を犯した。

と、まるで自国の軍隊に唾を吐きかけるような書きぶりだ。よほど見かねる状況だったのだろう。もっとも、占領軍とは元々そうしたものなのかもしれない。馬に乗り剣で切り合う中世の戦《いくさ》は知らず、近代以降の戦争では敵を同じ人間と見做したのでは使用できない武器が多すぎる。同じ人間が隠れているガマに爆弾を投げ入れ、あるいは強力な火炎放射器をガマ内にむけることなど、正気の者には到底不可能だ。近代以降の戦争では、兵士のみならず国民すべてが敵国の人間を同じ人間と思わないよう〝洗脳〟される。相手を同じ人間と思っていない以上、ルールを守る必要はない。沖縄戦では米軍側にも一万二千名におよぶ戦死者がでている。目の前で戦友を殺された米兵のなかに、個人的な復讐《ふくしゅう》心に燃える者がいなかったとは考えづらい。

ギブニイの記事に付け加えるべきはむしろ、沖縄での米兵の重大犯罪の多くが〝裁かれることさえなかった〟という事実だ。米兵が沖縄で人を殺したり、傷つけたりした事件を扱うのは非公開の軍事法廷で、検事と裁判官は法律の専門家ですらない米国軍人がつとめた。判決結果は公表されない。被害者遺族には、犯人がその後どうなったのかさえわからない。殺され損の、泣き寝入りである。

終戦七年後、サンフランシスコ講和条約で日本が独立したあとも、沖縄の状況は何ひとつ変わらなかった。本土《ヤマト》は沖縄を切り捨てた――売り渡した――といわれるのも当然だ。講和条約が発効した〝日本の独立記念日〟四月二十八日は、沖縄では「屈辱の日」として記憶されている。

講和条約発効後、苛酷な軍政に苦しむ沖縄をさらに絶望の淵《ふち》に追いやるように、沖縄各地に本格的な軍事基地の建設が次々とはじまる。それらはもはや、たわむれにも〝キャンプ〟などと称される一時的施設でなく、恒久的使用を目的とした軍事基地《ベース》であるのは明らかだった。

冗談じゃない。こいつらは沖縄に居座るつもりだ。

アメリカの兵隊は沖縄から出ていけ！

亀次郎の演説は、沖縄の人たちが言葉にできないでいた胸の内の鬱憤をすくいあげた。だからこそかれの言葉は、あたかも乾いた砂に水が染み込むようにまたたくまに沖縄中にひろがったのだ。

——頑張《チバリヨー》れ、カメジロー！

亀次郎は壇上から聴衆の声援に手をふる。指笛と拍手がいちだんと大きくなる。

沖縄の人たちは瀬長亀次郎を戦後初の立法院選挙で最高点当選させた。それだけ期待が大きいということだ。

凧《たこ》が風をはらみ、空高くのぼってゆく……。


立法院議員となった亀次郎がまっ先に取り組んだのは、沖縄の労働者問題だった。

本土ではすでに日本国憲法第二十八条の理念にもとづく労働三法（労働基準法、労働関係調整法、労働組合法）が施行され、労働者の権利が保障されていた。が、米軍占領下におかれた沖縄や奄美大島在住者には本土の法律が適用されず、〝法律の真空地帯〟というべき状況が生じていた。

特に問題になっていたのが、米軍基地建設に雇われた労働者の待遇だ。

一九五〇年度米国会計予算に「沖縄基地建設費用」が計上されて以来、沖縄の米軍基地建設には強い米ドルを目当てに、大成建設や清水建設、島藤建設といった本土の大手建設業者が次々に参入。基地建設は業界内で「沖縄特需」「基地特需」とよばれる一方、費用を抑えるために労働法の外におかれた沖縄・奄美出身の労働者に対して露骨なまでの差別的待遇が行われていた。

亀次郎が最初にとりあげたのは、那覇市北、浦添《うらそえ》地区牧港で行われていた米軍の電力発電所建設工事現場の実態だ。亀次郎が議会に提出した資料によって、基地建設現場での沖縄・奄美出身者の〝悲惨〟としかいいようのない差別的労働環境が次々に明らかになった。

建設会社がかれらに用意した「宿舎」には、畳はおろか蚊帳《かや》も毛布も一枚も用意されておらず、雨が降れば雨漏りがして土の床はたちまち泥まみれになる有り様だった。食事は毎度盛り切り一杯の飯にソーメン汁のみ。食器は数が足りず、六、七人で一つの食器を使いまわし。箸や匙《さじ》の用意もなく、労働者たちは手づかみや〝犬食い〟を余儀なくされた（本土から来た労働者用の宿舎には、畳も蚊帳も人数分の食器も、ラジオさえ備わっていた）。沖縄・奄美出身者は一日の仕事が終わったあともセメントまみれの体を水で流すことも許されず、二、三日もすれば肘《ひじ》が固まって曲がらなくなった。病気で仕事をやすめば殴る蹴るの暴行をくわえられ、はては「セメントと一緒にコンクリートに叩き込むぞ」と脅される始末である。

さらに賃金面でも、本土他県労働者の半分、フィリピン人の四分の一、アメリカ人に比べれば十五分の一から三十分の一というべらぼうな安値が設定され、しかもその金額さえ未払いの状態がつづいていた。

耐え兼ねた者たちが待遇改善を求めてストライキを起こすと、会社は容赦なく解雇もしくはさらなる賃下げをいいわたした。

「明治時代のタコ部屋以下、もはや奴隷労働としか呼びようのない状況で、労働条件云々《うんぬん》以前、人権上、人道上の問題である」

亀次郎は立法院に居並ぶ議員の顔を見まわして声をあげた。そのうえで、

――工事を請け負ったのは本土からやってきた清水建設。直接の現場監督は日本道路建設なる下請け会社である。

と名指しで指摘した。

議会には沖縄の新聞各社も傍聴に来ている。

立法院としても無視するわけにはいかず、亀次郎が提出した本件に関する緊急動議を全員一致で

採択。その後、議長以下立法院が一体となって直接親会社の清水建設にかけあい、最終的に「解雇撤回」と「未払い分とスト期間中の賃金支払い」を認めさせた。

同様の問題が沖縄各地で起きていた。

別の日、亀次郎は美里村知花《ちばな》（現沖縄市）の軍用道路舗装工事現場で起きたストライキに駆けつけた。問題になっているのは、ここでもやはり沖縄・奄美出身の労働者への差別待遇であった。亀次郎が労働者から聞き取り調査を行っていると、突然、MPの腕章をつけた米兵数名が現れた。かれらは亀次郎にピストルを突きつけ、即刻現場を立ち去るよう命じる。問答無用。目撃者によれば「一触即発の危険な雰囲気」だったという。

さらに、先の発電所工事現場の問題では一切口出ししなかった米軍民政府が、本件では打って変わった強行姿勢をとる。かれらは亀次郎を名指しした上で「立法院議員としての立場を弁《わきま》えるように」と通告してきたのだ。

あからさまな米軍民政府の介入（脅し）に、議員のなかには震えあがる者もいた。「だから言わんこっちゃない」「どうなっても知らんぞ」「いまに亀次郎はアメリカに連れて行かれるサ」「巻き添えだけは勘弁してほしい」……。

議員仲間の聞こえよがしな囁き声にも、亀次郎は平然としたものだ。心配する周囲の者には、

「米軍民政府は、立法院の決議が先立つ場合は何もできなかった。一方で、ストライキ中の労働者と直接接触することには強い拒否反応を示した。つまり、そのあたりが連中の境界線というわけだ。目に見えない線をむこうが勝手にひいているので、こればかりは実際に線を踏み越えてみないとわからない」

と、けろりとした顔でこたえた。

「気をつけてください」

国場幸太郎は支持者があつまる宴席で亀次郎をつかまえ、会場の隅にひっぱっていって苦情を申し込んだ。

「あなた一人の身体ではないのです。あなたはいま、沖縄の人たちの代表であり、希望なのだから。気をつけてもらわないと困ります。さもないと……」

米軍に消されるのではないか。

という言葉は、支持者たちの手前、さすがに口にできなかった。

亀次郎は指で顎先をつまんで、目の前の若者の顔を眺めた。二十歳ちがい。親子といっても不思議でない年齢差だ。

「きみはこの春、東京大学を卒業したんだったね？」

「ええ、そうですが……」と国場は戸惑いながらこたえた。

「学部はどことったかな」

「経済学部……有澤《ありさわ》ゼミです」

「有澤先生はたしかマルクス経済が専門だったね？　すると君は、マルクス経済学の観点からこの世界の謎を説き明かす訓練をしてきたわけだ」亀次郎はそういって感心したようにうなずいた。「マルクス経済は、格差や貧困といった問題がいかにして生じるのか、その矛盾をいったいどうしたら解決できるのかを示唆してくれる、素晴らしい学問だ」

（この人は、いったい何を言い出したのか？）

国場は首をかしげた。

「私は若いころ、医者になろうと思っていた。そのために東京に出たこともある」

亀次郎は昔を思い出したらしく、懐かしそうに目を細めていった。

「東京では豊見城出身の先輩に同居させてもらってね。東京帝国大学法学部に在籍する優秀な人だった」

亀次郎がもぐり込んだ同郷の先輩・喜屋《きや》武《ん》保昌のアパートには、大正デモクラシーを代表する思想家・吉野作造教授のもとに結成された学内研究会「新人会」のメンバーがよく訪ねてきた。

「かれらの話を横で聞いているうちに、あるとき急に目の前がぱっと開けた気がした」亀次郎は照れたようにくすりと笑った。「私も若かった。考えてみれば、いまの君より若い。かれらの話を聞いて、私は〝法律は武器になる〟ということを学んだのだ」

「法律が武器、ですか……」

国場は眉を寄せてつぶやいた。

法律はたしかに武器となる。だが、現在の沖縄では立法院の上に米軍が君臨し、かれらが出す布令、布告、指令が法律に優先される。先ごろ立法院で苦労して成立させた労働組合法も、米軍民政府による「基地労働者を除く」という〝但し書き布令〟が出て、実質上骨抜きにされてしまった。そもそも沖縄の裁判所は沖縄人のあいだで起きた事件しか裁くことができない。沖縄で起きた米兵の犯罪ひとつ裁けない状況では、法律が武器になるとはとても思えない――。

顔にそう書いているのを読みとったのだろう、亀次郎は語調を変え、

「君は、ミミガーは好きかね？」とたずねた。

国場はとっさに何の話かわからず、ぽかんとしていると、亀次郎はいたずらっぽく笑いながら、

「使えるものは目いっぱい使う。それが沖縄のやり方だよ。米兵が捨てたコーラの瓶を半分に切ってコップにして使う。米軍おさがりの軍服を舞踊の舞台衣装に仕立てなおす。終戦直後の収容所で

は、缶詰の空き缶にあり合わせの棒きれを棹《さお》にして、パラシュートの糸を張った三線で、歌ったり踊ったりしていたんだ。飛行機の残骸のジュラルミンを回収して、鍋や釜を作る。鉄屑《てつくず》を集めて農機具にする。壊れた機械を別の用途に役立てる。みんな、沖縄の得意とするところだ。本土じゃ捨てる豚の耳だって立派な料理になる」そういって、国場の肩をぽんっと叩いた。

「魔物《マジムン》を沖縄から追い出そう。そのための秘策を、いま練っているところだ」

「マジムン？」

「米軍と、連中が沖縄に建設している軍事基地だよ。いつかまとめて沖縄から叩き出してやる」

国場は呆気《あっけ》にとられて目をしばたたいた。

この人は本気で、そんなことを考えているのか？

「そのためにいま、連中の出方を色々とためしているところだ。アメリカのいう民主主義が、いったいどこまでのものなのか？　かれらは民主主義をどこまで本気で守るつもりがあるのか？　己を知り、敵を知れば、百戦危うからず。多少の危険はやむをえないサ」

「しかし……いったいどんな秘策なのです？」

「時期が来たら話すので、そのときはぜひ君の意見も聞かせてほしい」亀次郎はにやりと笑い、

「アメリカに宣誓を拒否した私はかけに勝った。〝真実の上には弓矢も立たない《マクトゥヌウィネエーユミヤンタタン》〟。それがヒントだ。なにより、沖縄の声に耳を傾けることだよ」

と謎めいた言葉を口にした。それから、急にそしらぬ顔になって、

「話はこのくらいにして、さて、今日はひとつ踊ろうかね」

国場の腕をとり、支援者の踊り輪へとひっぱっていった。すでに酒がはいった支援者たちは、三線と指笛の音に合わせて踊りだしている。亀次郎もかれらの輪にくわわるが、残念ながら、亀次郎

の踊りはあまりうまくない。中学生のころ鉄棒で大車輪を失敗して大怪我《けが》したのも、たぶんそのあたりの問題だろう。演説会では向かうところ敵なしの亀次郎も、なんでもできるスーパーマンというわけではない。

周囲の者たちは、手と足の動きが合わない亀次郎の踊りを見てふきだしながらも、亀次郎のまわりに集まってくる。亀次郎を中心に、たちまち輪ができる。

(やはり特別な人なのだ)

支援者に囲まれて踊る亀次郎を頼もしく思いながら、国場の脳裏をふと不安がかすめた。

政治の世界において、個人の資質に寄りかかり過ぎるのは危険ではないだろうか?

一九五四年十月六日夜。

その知らせを聞いた瞬間、国場幸太郎は言葉を失った。顔から血の気がひいていくのが、自分でもわかる……。

飛び込んできたのは、瀬長亀次郎逮捕の一報だった。

5

一九五四年十一月三日、海から現れた巨大怪獣が東京品川に上陸。巨大怪獣が口から吐く謎の熱光線によって、都心はたちまち火の海と化した――。

特撮怪獣映画『ゴジラ』（東宝）は封切りと同時に空前の人気を博し、日本全国に一大ブームをまきおこした。観客動員数はのべ九百六十一万人。日本国民のおよそ十人に一人がこの映画を観た計算だ。昨今のグッズ目当てのリピーターなど存在しない時代性を考えれば驚異的な数字である。

本作の主人公（？）ゴジラは身長五十メートル、ジュラ紀から海中に生息してきた巨大怪獣（恐竜）にして、口から放射能を帯びた白熱光線を吐くという荒唐無稽な設定だ。いかに〝特撮の神様〟円谷英二《つぶらやえいじ》渾身の映像作品にせよ、一千万人ちかい国民を映画館につめかけさせた背景には、当時の日本の社会情勢が影響していた。

映画『ゴジラ』のキャッチコピーは、

――放射能を吐く大怪獣の暴威は　日本全土を恐怖のドン底に叩き込んだ！

そのころ日本は、まさに「放射能の恐怖のドン底に叩き込まれて」いたのだ。

同年三月一日。マーシャル諸島沖で操業していたマグロ漁船「第五福竜丸《ふくりゅうまる》」の乗組員は、西の空から巨大な太陽が昇るのを目撃した。西の空に現れた真っ赤な火の玉はどこまでも高くたちのぼり、やがて空から白いものが降ってきた。

雪のように白い、ジャリジャリとした降下物を浴びた第五福竜丸乗員二十三名は、翌日から具合が悪くなった。食欲がなくなり、頭痛と目眩《めまい》とひどい下痢。顔が真っ黒になった。いわゆる船員焼けとはあきらかに異なる不気味な黒さだ。やがて皮膚がただれ、髪の毛がごっそりと抜け落ちた。

二週間後、焼津港《やいづ》に戻ったかれらは病院に行き、自分たちが見たものを語った。ビキニ環礁でアメリカ軍が水爆実験をおこなったことを知ったのは、そのあとだ。

「ブラボー」と名づけられたその実験では、アメリカの科学者たちの計算をはるかに超える巨大な核爆発が生じていた。五十メートルの鉄塔上に仕掛けられた装置《ガジェット》はビキニ環礁を一瞬で蒸発させ、大量のサンゴ礁のかけらと粉末を三十五キロの上空高くふきとばした。破壊力はヒロシマ型原爆の推定数百倍。環礁に穿《うが》たれた穴《クレーター》は直径約二キロ、深さ七十五メートルに達する。原爆が地上のすべてを焼き払う悪魔の兵器だとすれば、水爆は地形そのものを変えてしまう異次元の新兵器だ。

予想を超える爆発——実験失敗——の結果、百五十キロ以上離れた場所でマグロ漁操業中の第五福竜丸の乗組員が「死の灰」を浴びることになった。第五福竜丸がもちかえったマグロに科学者がガイガー・カウンターをむけると〝一分間に二千カウント以上の激しい反応〟があった。それを見た漁師たちはいみじくも「マグロが泣いている」と表現した。

汚染されたのは第五福竜丸のマグロだけではなかった。遠洋漁船が南洋からもちかえったマグロやカツオ、クジラなどから次々に高い放射線が検出された。「死の灰」の降下はビキニ環礁から五百キロ以上離れた場所でも観測され、汚染された漁船は日本船だけで六百八十三隻。五百トン近い膨大な量の魚が港で廃棄された。

日本中がパニックになった。最初に魚屋の店頭からマグロが消え、やがて日本全国の食卓から一切の魚が姿を消した。

さらに日本各地で放射性物質を含む降雨が確認され、各種野菜からも放射性物質が検出されるにおよんで、国内の混乱は頂点に達する。

二〇一一年三月十二日に福島第一原発が爆発した後、東北・北関東産の魚介類農産物が店頭から姿をけし、東京の水道水からセシウムが検出されるとミネラル・ウォーターが奪いあいになった——あのときと同じ恐怖と混乱が日本国中を覆っていた。

そんな状況下で公開されたのが〝水爆大怪獣〟『ゴジラ』だ。

ゴジラは〝たびかさなる水爆実験によって安住の地を追われた〟せいで日本に上陸し、〝放射能を帯びた白熱光線で東京を破壊〟する設定だ。ゴジラの足跡から放射性物質ストロンチウム九〇が検出され、劇中では「長崎で助かったのに、こんなところで死にたくない」「また疎開先をさがさなくては」など、戦後十年に満たない日本の世相を強くうつす台詞《せりふ》がちりばめられている。

映画館でゴジラを観た日本人の多く——国民の十人に一人——が「これこそ現代を生きる自分たちの物語だ」と感じたのは当然だった。再度裏をかえせば、当時、日本全土が未知の巨大怪獣ゴジラが暴れまわるほどの〝混乱と恐怖のドン底に叩き込まれていた〟ということだ。

アメリカ側の対応が、混乱にさらに拍車をかける。アメリカは軍の最高機密であるとして実験の詳細をあかさず、逆に「こちらで調査するので」といって入院中の第五福竜丸乗組員二十三名の身柄ひき受けを申し出た。日本の医者団はこれに反発する。戦後広島・長崎入りしたアメリカの調査機関（ABCC）の方針が「調査すれども治療せず」であったことが判明し、日本国中にショックをあたえたばかりだ。アメリカの水爆実験で被曝《ひばく》した患者をわたせるわけがない。

日本の医師団は「治療は日本でおこなう」として、実験で用いた放射性物質の情報共有を求めたが、アメリカはとりあおうとしなかった。それどころか、米軍は当初、第五福竜丸乗組員の症状を「気のせい」「おおげさだ」といい、その後、造血作用の破壊等の放射線障害（当時は「原子病」と呼ばれた）があきらかになると、今度は一転「第五福竜丸は危険区域でスパイをしていたのではないか」と〝いちゃもん〟をつける始末だ。さらに、

——日本人は魚を食べたくないなら肉を食えば良い。

と、あたかもフランス革命時の王妃マリー・アントワネットさながらの発言（〝パンが食べられなければお菓子を食べれば良いのに〟）がアメリカから伝えられるに至って、日本国民の怒りが爆発した。

最初に声をあげたのは、杉並区の主婦たちだった。

四月十六日、同区の魚屋のおかみさん（菅原トミ子）が公民館で行われた婦人集会で「水爆問題を取り上げてください。水爆被害で魚屋を閉めなければなりません」と訴えたことを受けて、杉並区議会は満場一致で「水爆禁止決議」を可決する。

この動きに賛同する団体が次々にあらわれた。

五月九日、杉並区内の魚商協同組合、婦人団体協議会、PTA連合会など二十四団体が、共同で「杉並アピール」を発表。全国民にむけて「水爆禁止署名運動」が開始された。


〝この署名運動は特定の党派の運動ではなく、あらゆる立場の人々をむすぶ全国民の運動であります。またこの署名運動によって私たちが訴える相手は特定の国家ではなく、全世界のすべての国家の政府および国民と、国際連合そのほかの国際機関および国際会議であります。〟


NGO、NPO運動の先駆けとなる「杉並アピール」は、日本全国の女性の圧倒的支持を集めた。戦前の日本の女性には選挙権が与えられていなかった。「普通選挙」と称しながら、参政権は国民の半数にすぎない男性が独占し、男性の利益を代表する政治家たちによって日本の政治の意思決定がなされていたということだ。

政治と経済（と戦争）は男に任せておけ。女は口を出すな。

その結果もたらされたのは、泥沼のような戦争と、果てしもない戦線の拡大だった。目にしたのは無差別爆撃と原爆投下による、女子供見さかいなしの皆殺しの世界だ。日本の都市は一面焼け野原となり、揚げ句の果てに無条件降伏ときた。敗戦後は二百倍ものインフレで貨幣価値はゼロとな

り、子供や家族に食べさせるために〝買い出し〟と〝闇市通い〟の日々だ。〝敗戦国〟日本の女性のなかから、

──これ以上、政治を男たちだけには任せてはおけない。

そう思う者が出てきたとしても何の不思議もない。

一九四七年（昭和二十二年）五月三日に施行された日本国憲法によって、日本の女性は初めて基本的人権と参政権を保障される存在となった。

わずか七年前の出来事だ。

当時の日本の女性の多くが感じていた解放感と自負心は、きらきらと目がくらむほど目映《まばゆ》いものだったにちがいない。

第五福竜丸の悲劇に直面した彼女たちは、新たに得た自分たちの権利を適切に行使する。誰のためでもなく、自分と、家族のため、何より子供たちのために、声をあげる。

「原水爆はもうこりごりだ」

「安心で安全な魚を食べることができる社会を」

「政党や国同士の争いに自分たちを巻き込まないでくれ」……。

杉並アピールは、声を得た女性たちがあげる当然の主張だった。

水爆禁止署名運動は女性たちを中心に、あっという間に全国にひろがっていく。

＊

われらが貘さんはきちょうめんで、きれい好き。そのうえ、想像力をあり余るほどもっている。

頭の上がすっかり放射能の雲に覆われ、食べ物や飲み物が汚染された世の中は、貘さんを強く怯《おび》やかした。貘さんは医者でも科学者でもない、自他ともに認めるビンボウ詩人だ。貘さんには放射能がどれほど危険なのかわからない。新聞や雑誌を読んでも、政治家や科学者のいうことはまちまちだ。ある者は「いま魚を食べるのはたいへん危険だ」といい、別の者は「このくらいなら平気だ」という。入院中の第五福竜丸の乗組員についても「犠牲者が出るだろう」と悲観的な見解から、「障害の程度はたいしたことはない」「すぐに退院できる」「もうよくなっているはず」というものまであって、てんでバラバラ、何を信じてよいのかさっぱりわからない。

魚が危険なら、米は大丈夫なのか？　野菜は良いのか？

放射能は目に見えない。口に入れる食べ物がどれくらい汚染されているのかわからない。見れば見るほど怪しくなってくる。

潔癖症といえるほどきれい好きの貘さん――かわいがっている犬の頭をなでたあと、二度も三度も手を洗う――には、この状況が耐えられない。

耐えられないが、食べないわけにはいかない。食べなければ飢える。ふだんから暮らしに余裕があるわけではない。お昼はコーヒー一杯で済ますことも多い。つましい生活だ。食膳に出されたものを、貘さんは仕方なく食べる。

ストロンチウムだ／
ちょっと待ったと／ぼくは顔などしかめて言うのだが／
ストロンチウムがなんですかと／女房が睨み返して言うわけなのだ／／
セシウムだってなんだって／食わずにいられるもんですかと／

女房が腹を立ててみせるのだ／／
女房に叱られては／眼をつむり／
カタカナまじりの現代を食っている……

貘さんは眼をつむってカタカナまじりの現代をがぶりと食べる。食べるのだが、どうにも納得がいかない。納得がいかないから、詩をつくる。

地球の上はみんな鮪《まぐろ》なのだ
鮪は原爆を憎み
水爆にはまた脅やかされて
腹立ちまぎれに現代を生きているのだ

〝腹立ちまぎれに生きている……〟

映画『ゴジラ』のなかで、与党議員らしき男性政治家がゴジラの出現と水爆実験の関係性を学者に指摘されたとたん、急に慌てたようすで「そんなことを発表したら、ただでさえうるさい国際問題がいったいどうなるか！」と大声をあげて秘密主義を主張する場面がある。

観客には、男性政治家がいう「国際問題」が「アメリカとの関係」であることは明白だ。「原子マグロ」や「放射能雨」といった目に見えない恐怖に国民がおびやかされていながら、日本の政治家（国会）は、原因となった水爆実験実施国アメリカに対して驚くほど腰がひけていた。日本政府はアメリカに毅然《きぜん》と抗議するわけでも、正式に補償を求めるわけでもなく、ひたすら〝事故の調査〟をつづけながら、アメリカの出方をうかがっている。国土に放射能雨が降り、野菜から放射性物質が検出されても、国民に対する政府の指示は「よく洗って食べるように」。

任せておけない。

そう思ったのは女性たちばかりではなかったはずだ。

この少し前、自由党幹事長・佐藤栄作への逮捕請求（収賄容疑）を法務大臣が超法規的に握り潰した、〝造船疑獄〟が世間の注目を集めたばかりだ。国民のあいだに、政府と国会議員への不信と不満がとぐろを巻くように黒く渦巻いていた。

ゴジラが国会議事堂を踏みつぶす場面になると、映画館につめかけた観客はいっせいに喝采をおくった。

「いいぞ、ゴジラ。やっちまえ！」

映画館の暗闇にそんな声が飛びかった。貘さんも映画を観たならきっと得意の指笛を披露したにちがいない。

第五福竜丸乗組員二十三人はその後どうなったのか？

入院当初〝重度の原子病〟と伝えられた若者二人は医師団も驚くほどの奇跡的回復をはたした。

一方で〝軽症〟だったはずの無線長・久保山愛吉《くぼやまあいきち》さんの容体が悪化。九月二十三日、久保山さんはついに帰らぬ人となる。四十歳。奥さんと幼い娘三人を遺《のこ》しての、無念の死だ。

ヒロシマ、ナガサキにつづいてアメリカの核兵器による三度目の日本人犠牲者となった久保山さんの死は日本国中に衝撃を与えた。

〝三たび許すまじ、原爆を！〟

杉並の主婦たちがはじめた水爆禁止署名運動は、全国規模の「原水爆禁止署名運動全国協議会」へと発展。運動は日本国内にとどまらず、世界へとひろがっていく。

英語で福竜は〝ラッキー・ドラゴン〟。実験名〝ブラボー〟、久保山さんの名前に含まれる〝愛《ラブ》〟とともに〝第五福竜丸〟は反核運動の象徴的な存在となる。

一九五五年八月六日。

ちょうど十年前、広島市民の頭上に原爆が投下されたその日、広島平和祈念公園で第一回原水爆禁止世界大会が開かれた。

大会には全世界から二百通を超えるメッセージが寄せられる。原水爆禁止をもとめる署名はこの日までに、日本国内で三千二百八十三万筆、全世界では六億七千万筆に達した。

〝私たちの声は全世界の人々の良心をゆりうごかし、人類の生命と幸福を守る方向へ一歩を進めることができると信じます。〟

杉並アピールに込められた祈りは、確実に世界の人びとに届いている。

6

パトカーが赤いライトを点灯させながら現れたのは、亀次郎が那覇市楚辺《そべ》の自宅兼雑貨店に戻ってまもなくのことであった。

警察車両三台にアメリカ軍の車両二台が店をとりかこむように次々に停車し、制服姿の男たちがどかどかと降りてくる。

最後に車をおりた私服の刑事が家にはいってきて、亀次郎に逮捕状をさしだした。

亀次郎は逮捕状を一瞥《いちべつ》すると、ふん、とひとつ鼻をならし、

「君たちに、常識というものはないのか?」

と表の道にあごをしゃくった。

「理由もなく店の営業を妨害するのは違法行為だ。このままだと、君たちの方が先に逮捕されることになる。すぐに車両をかたづけなさい」

私服刑事ははっとした顔になり、慌てて部下の制服警官に車両を移動するよう指示した。

亀次郎は、よろしい、と頷いた。それから、

「いま立法院から帰ったばかりだ。まだ顔もあらっていない、飯もくっていない。洗面し、食事が終わるまで待っておれ」

そう言って悠然と顔をあらい、飯をかきこんだ。かき、こんだのは待っている警官たちに気がねしてのことではなく、いつもどおり、ふだんと同じ食べ方だ。食べ終えて、タバコを一服。そのあとでようやく立ちあがり、妻のフミと子供たち、様子を見に来た近所の人たちに軽く手をあげて、

「ちょっと行ってくる」

そう言いのこしてパトカーに乗り込んだ。

亀次郎を乗せた警察車両がまがまがしいサイレンを鳴らして走り去る。車両五台。屈強凶悪な殺人犯なら知らず、五尺(約百五十センチ)そこその、小柄で痩せた亀次郎一人逮捕するにしてはいかにも場ちがいな、ものものしい雰囲気だ。

サイレンの音が遠ざかり、やがて聞こえなくなったあとも、亀次郎の家族と近所の人たちは長いあいだその場に立って見送っていた。

一九五四年十月六日夕刻、瀬長亀次郎は逮捕された。

容疑は犯人隠匿幇助《ほうじょ》――。

というが、この事件が〝おかしなもの〟だということは、当時、誰の目にもあきらかだった。

亀次郎が隠匿したとされる〝犯人〟林義巳と畠義基の二人の罪状は「不法滞在」。

前年十二月二十五日、奄美諸島が日本に分離返還されたことをうけて、沖縄ではたらく奄美出身者は今度は〝日本人としての滞在許可《パスポート》〟が必要になった。

二人は五六年三月末まで滞在許可を交付されていたが、五四年七月十五日、米軍民政府は突然、二人に対して「四十八時間以内の沖縄からの立ち退き」を命じる。ところが「四十八時間以内」に那覇から奄美にむかう民間の船はなく、米軍民政府が送りとどけてくれるわけでもない。何もしなければ不法滞在者扱いだ。二人は座して逮捕されることを拒否し、ひとまず姿をくらました。

その後、林は奄美に無事脱出する。一方、畠は亀次郎の故郷・豊見城村に〝潜伏している〟ところを逮捕された。このとき、豊見城村村長に当選したばかりの又吉一郎も一緒に逮捕されている。容疑はやはり犯人隠匿だ。

一か月ほどして、今度は亀次郎が逮捕された。

何かおかしい、と思うのは当然だろう。

林義巳、畠義基、又吉一郎、瀬長亀次郎。

四人の共通点は「沖縄人民党員」であること。

逮捕の場に米軍車両が同行していたことからも明らかなように、米軍民政府による沖縄人民党への狙い撃ちであった。

亀次郎逮捕の知らせを受け、支持者や党員が事務所に集まって対応策を協議していると、そこへ警察が踏み込み、その場にいあわせた者たちをかたっぱしから逮捕した。抗議の手書きポスターをはりに出ていた人たちも、外で捕まった。この日の逮捕者は合計四十名を超える。

留置場にいる亀次郎は、次から次にほうり込まれてくる同志たちから話をきいて、さすがにあきれかえった。

まるで、戦前の日本の特高警察と同じ手口ではないか。仮にも「思想、言論の自由」を国是に掲げるアメリカにしては、いくら何でも乱暴すぎる。

何が米軍民政府をして、戦前日本の特高警察と同じ手段をとらせるにいたったのか？

考えるまでもない。

基地（土地）問題をおいて、ほかになかった。

前年四月、米軍民政府は布令一〇九号「土地収用令」を施行した。

沖縄における軍用地強制収用手続きを定めた本布令は〝問答無用の土地取り上げ宣告〟だ。早速、真和志村安謝《あじゃ》、銘苅《めかる》など一部地域で布令にもとづく強制接収がおこなわれた。出動した米軍が力ずくで家屋を破壊、ブルドーザーで耕作地を容赦なく均《なら》してまわる乱暴さだ。

事態を受け、琉球立法院は急遽《きゅうきょ》「土地収用令反対決議」を採択する。

「このたびの強制的土地収用は、資本主義の根幹をなす私有財産制の否定につながる。アメリカが敵とみなす共産主義諸国と、まさに同じやり方ではないか」

立法院から「共産主義と同じやり方」と指摘されて、米軍民政府はいったん鉾《ほこ》をおさめたかに見えた。が、翌年三月、今度は「軍用地料一括払い（用地買い上げ）方針」を発表する。

「これは所有権の否定ではない」

と、米軍民政府はいう。

「米軍と土地所有者である沖縄農民との正当な売買契約である。資本主義経済下においては、およそすべての物は合意による売買が可能だ」

「一括払い方針」が示されたのが「土地収用令」からちょうど一年後。

自分たちでやっておきながら「土地収用令」ではさすがにまずいと考えたのだろう。代替案として出てきたのが「軍用地料一括払い」の方針だ。以後、安謝・銘苅などでの乱暴きわまる強制接収はむしろ〝一括払いを受け入れなければあんなふうになるよ。強制収用でいいの?〟という、見せしめと脅しとして使われる。

一括払いで米軍が提示した条件は、米軍査定の地価の六パーセントかける十六・六か月分。米軍に土地を売った農民には、八重山群島に代わりの土地を用意する。土地売却代金は、そのための資金となる。

——冗談じゃない。

というのが、沖縄の農家の人々の反応だった。何が正当な売買契約か。要するに、先祖伝来のたいせつな農地を奪われ、見知らぬ場所に追いやられるということではないか。そもそも米軍査定は異様に安く、地価の六パーセントではコーラ一本、タバコ一個、買うことができない。十六・六か月分などという計算根拠はいったいどこにあるのか。こんなはした金での一括払い(売却)案など、受け入れられるわけがない。

農家の人々の声をうけて、琉球立法院は「軍用地処理に関する請願」を全会一致で採択する。

瀬長亀次郎議員発議による本決議は、件名こそ「請願」だが、中身は、

一、一括払い方式に反対する。
二、査定を見直し、適正額を保証せよ。
三、米軍はこれまでの損害賠償をせよ。
四、新規の土地接収は絶対反対。

と、米軍の申し出をまっこうから蹴飛ばす内容だ。

議会での請願決議と同時に、立法院、行政府、市町村長会、土地連合会（軍用地主の組織）の四団体は四者協議会を結成。合同で米軍民政府と交渉することを取り決める。

「土地強制収用」（恫喝《どうかつ》）と「軍用地料一括払い」（甘言《かんげん》）は、いずれも、アメリカ自身が標榜する民主主義、自由主義、資本主義の名において沖縄から拒否された。米軍民政府が差し出した姑息《こそく》な一括払い方針に、沖縄の人々は被占領者としての従順さをついにかなぐり捨て、米軍の基地拡張政策と対決する腹をくくった形だ。

請願四原則は「土地を守る四原則」とよばれ、この後、基地土地問題に苦しむ沖縄全土で抵抗の旗印となる。

事態があきらかになると、米軍民政府のいらだちは頂点に達した。かれらにしてみれば、せっかく差し伸べてやった手をふりはらわれた感じだろう。昨今見られるＤＶ野郎にありがちな反応である。怒りの矛先は「土地を守る四原則」を発議した瀬長亀次郎と、かれが率いる沖縄人民党へとむけられた。

――やつらさえいなければ、うまくいったのだ。

米軍民政府による、沖縄人民党へのさまざまな嫌がらせがおこなわれた。二年前、前民政副長官ビートラーは立法院本会議で亀次郎と沖縄人民党を名指しして「テロ行為や非合法的手段によって目的を達しようとしている」「破壊分子」「共産主義という病気の媒介者」などと約四十分にわたって口ぎたなく罵倒したが、その後を継いだオグデンは議会での名指し攻撃だけでは飽き足らず、同内容の印刷物を何万枚も作成し、トラックやヘリコプターを動員して沖縄全土に大量に配布するという徹底ぶりだ。

亀次郎の人気はしかし、そんなことでは少しも衰えることがなかった。演説会は、回をかさねるごとに聴衆の数が増える一方だ。

——もはや、正攻法ではセナガを議会から追放することはできない。

この頃、沖縄からアメリカ本国に対し〝セナガ・ファイル〟と呼ばれる報告書が送られている。「次の段階の措置」の許可を求める内容だ。

沖縄の米軍民政府に戦前の日本の特高警察と同じやり方をとらせたのは、逆に言えば、かれらがそれだけ追い詰められている証拠だ。亀次郎の狙いどおりともいえる。だが、それにしても、一度に四十人もの同志が逮捕されることになろうとは、正直予想外だった。

留置場の隅で、亀次郎は首をひねる。

(アメリカはいったい何を焦っているのか?)

満員の那覇署留置場内で誰かが労働歌をうたいはじめた。歌は、たちまち留置場中にひろがった。見まわりの署員が汗だくになって制止するが、誰一人きかない。

歌声にまじって「セナガさんだ」「オヤジ」「元気か」「頑張って」などという激励の声が聞こえる。そのうち、関係のない一般の収容者たちも一緒になって、声を和して労働歌をうたいはじめた。

みな、やけくそのように声をはりあげる。一時は那覇署の建物が崩れ落ちるのではないかと思うほどだった。

十月二十一日。亀次郎は沖縄高等軍事裁判所において二年の懲役刑を宣告された。弁護士を呼ぶことも許されない「政治（軍事）裁判」、上告不可の一審制だ。

亀次郎はそのまま沖縄刑務所に送られた。

もっとも、沖縄刑務所は亀次郎の自宅（兼雑貨店）のすぐ隣、塀一枚隔てた場所にある。距離としてはむしろ近くなったわけだ。が、いくら近いとはいえ娑婆《シャバ》と刑務所では雲泥のちがいだ。すぐ隣に住んでいる家族にも自由に会うことができない。子煩悩の亀次郎にとって幼い子供たちと会えないのは、身を切られるような辛《つら》さだった。

一九五四年十一月二日。亀次郎は独房内で日記をつけはじめる。その後断続的に生涯にわたって書き継がれる日記の第一文は、

「獄中日記を書きはじめる。」

没後公開された亀次郎の日記——独特のくせ字で横書き。大学ノート二百冊に及ぶ——から窺えるのは、多くの者がイメージするあたりまえの囚人生活（規則正しい生活、退屈な反省の日々）とはほど遠い、波瀾万丈《はらんばんじょう》な、激動の日々である。

例えば亀次郎が日記をつけはじめたわずか五日後、十一月七日深夜に沖縄刑務所内で暴動が起きている。

みなで労働歌をうたう——といった生半可《なまはんか》な騒動ではない。この夜、囚人たちは監房の閂《かんぬき》を叩きこわし、扉を破壊して、刑務所中央広場に殺到した。所内は騒然、怒声が轟《とどろ》き、指笛が高らか

になりひびく。鎮圧に努める刑務官にたいして囚人らは手当たりしだい石や棒切れを投げつけて抵抗し、ついに武装警察が出動する事態にいたった。警察は〝威嚇目的〟と称して銃弾（実弾）を発射、囚人側には撃たれて怪我をする者も出た。

囚人たちは所内に立てこもり、飼われていた豚を殺して食べ、薬品倉庫から持ち出した薬用アルコールで酔っ払って大騒ぎをする。刑務所内にある種の無法地帯《アジール》が出現したおもむきだ。

入所後半月、刑務所では〝新参者〟の亀次郎は、刑務所長並びに暴動を起こした囚人たち双方から請われて、暴動の調整役をつとめることになる。

話を聞けば、囚人たちが暴動を起こしたのには理由があった。沖縄刑務所の定員は二百三十名。ところがこのとき、刑務所には四倍の一千人近い囚人が収容されていた。明らかな過密拘禁で、独房に三、四人がすしづめにされることなどざらだという。劣悪な環境に囚人側の不満が蓄積し、不穏な空気がただよっていた。となれば逆に、看守のなかには力ずくで規律を維持しようと不当な暴力をもちいる者もあって、囚人たちのさらなる怒りをかっていた。

亀次郎は囚人たちの声を聞いて、九つの要望にまとめた。

一、看守による私的制裁（リンチ）の禁止
一、通信の自由と面会の自由を与えよ
一、受刑者による食料と炊事の管理
一、入浴は監獄法に決められた通り実施せよ
………

亀次郎がかかわると、獄中暴動があたかも労働争議の様相を呈《てい》してくるのは不思議なほどだ。亀次郎に言わせれば、

「これは暴動ではない。苛酷な圧政に対する抵抗であり、一部の刑務官の暴行に対する正当な抗議である」となる。

亀次郎はその後も生涯を通じ、一貫して〝暴動〟を嫌った。

――暴動はこの沖縄では行われてはならぬ。暴動は沖縄にいる米軍に暴力行使の口実を与えるだけだ。

というのがその理由である。

結局、刑務所側が大幅に譲歩することで、囚人たちの騒ぎはなんとか収まった。囚人たちのあいだで悪名高い〝凶悪看守〟は馘首《かくしゅ》された。ハブラシや歯磨き粉、新しい洗面器が配られ（それまでは米兵の古い鉄カブトが代用品として用いられていた）、さらに食事の内容が改善されるにおよんで、囚人たちのあいだでいくつかの認識が共有されるようになった。

〝声をあげれば現実を変えられる〟

〝現実を変えるには必ずしも暴力を用いる必要はない〟

〝正当な権利は主張してこそ自らのものになる〟

といったことだ。

騒ぎからおよそ二か月後。

刑務所内の動揺が収まるのを見計らったように、亀次郎は突然、宮古島刑務所への移送を言い渡される。移送理由は告げられず、通告十分後には護送車で港にむかっているという慌ただしさだ。

宮古島は那覇から南西約二百九十キロ。船で片道十八時間ほどかかる。

どうやら米軍民政府のなかに、

――沖縄刑務所で起きた囚人暴動はセナガのせいだ。暴動はセナガが主導したにちがいない。

――セナガを沖縄民衆（囚人たち）のなかに置いておくのは危険だ。

と主張する者があり、亀次郎を知る者が少ない離島刑務所への〝島流し〟が決定されたらしい。

宮古島刑務所への身柄移送は極秘のうちに行われた。しばらくして沖縄刑務所に面会に行った者が、亀次郎がいないことを知って大騒ぎしたほどだ。

――これでセナガは沖縄民衆から切り離され、完全に孤立した。

米軍民政府担当官のほくそ笑む顔が見えるようだ。

だが、亀次郎は絶望していない。かれは日記にこうしるしている。

「生命力を枯渇させんとする監禁生活。だからこそ、どうすれば生命力を旺盛にし、枯渇どころか、さらに充実ピチピチしたものにするかに全努力がかたむけられなければならない。」

「日々を単調にするか、内容ある生活をつくりあげていくかは、思想の力にかかっている。」

亀次郎は猛烈に読書をはじめる。

日記に残された獄中読書リストには、クラウゼヴィッツの「戦争論」にはじまり、トルストイ「戦争と平和」、サルトル「自由への道」、ゲーテ「ファウスト」（英書）、小林秀雄「ドストエフスキイの生活」、「ジュリアス・シーザー」「ローゼンバーグの手紙」、「資本論」「日本資本主義講座」「日本資本主義発達史」「ハリス日本滞在記」「ペルリ日本遠征記」「アメリカ帝国主義の史的分析」「アジア経済図説」「アジアの目覚め」「死の灰」といった書名がならび、その他、魯迅、エンゲルス、フォイエルバッハに「ロマン・ロラン全集」、さらには「朝日年鑑」「立法院会議録」「琉球統計」……。法律関係の書物も多い。「六法全書」を手はじめに「日本講和条約の研究」「国際法学」「国際私学」「国際条約集」「世界憲法辞典」「国際連合憲章の解説」。変わったところでは「宮古教育時報」といったものまで読んでいる。

活字であれば何でも手当たり次第、もはや活字中毒者のレベルである。大正時代の無政府主義者・大杉栄《おおすぎさかえ》は逮捕されるたびに外国語の辞書と文法書を監獄にもちこみ、「一犯一語」と嘯《うそぶ》いたというが、亀次郎にとっても獄中での徹底的な読書がその後の思想と行動の礎《いしずえ》となったことは間違いない。

亀次郎が宮古島刑務所独房内で孤独な闘いをつづけていたまさにそのころ——ちょうど、本土の女性たちが原水爆禁止運動にたちあがったのと時を同じくして——沖縄の女性たちもまた、懸命な闘いをくりひろげていた。

普天間基地に隣接する宜野湾村伊佐浜《いさはま》に「土地収用通告」が行われたのは五四年十二月三日。伊佐浜は長年沖縄の人々の生活をささえてきた〝沖縄一〟とうたわれる肥沃な水田地帯だ。突然、かつ一方的に先祖伝来の美田を明け渡し、見ず知らずの土地に移り住めと言われて、伊佐浜の人たちは驚愕《きょうがく》した。はい、そうですか、とは当然ならず、最初は何を馬鹿なことを、冗談に決まっている、と笑い飛ばす者もあった。だが、米軍民政府は伊佐浜住民に無慈悲な二者択一を迫る。〝強制収用と一括払い（売却）のどちらがいい〟〝どうせ強制収用されるのなら、お金を受け取った方がいいんじゃないのか〟。米軍の圧力に屈した村長や村役人に説得され、男たちのなかに抵抗を諦める者があらわれる。すると、かれらの発言が大きくとりあげられて「円満解決」と報じられた。

——やっぱりアメリカにはかなわない。仕方がないのか。

沖縄じゅうにひろがる諦めムードをふきとばしたのが、伊佐浜の女性たちの行動だった。

「男たちは昼間から酒飲んで、やけくそ《アッパンガラー》になっている。男はそれですむかもしれんが、産《な》し子産《ぐぁな》し出じゃる女《いなぐ》は、あねー（あんなふうに）してられねえ」

「農民が土地取り上げられたら、子供らは強盗か泥棒にでもなるしかない。みんながみんな泥棒はできんから、泥棒できん者は死んでしまうしかない」

「子供らのこと考えると気が狂いそうだ。このままでは死んでも死にきれん」

年が明けた一月三十一日、伊佐浜の女性たちは大挙して琉球政府につめかけ、比嘉《ひが》行政主席に対して膝づめの直談判《じかだんぱん》をおこなった。

「わたしら伊佐浜の女には何の相談もなく、何が円満解決か」

「わたしらに生きる権利はないのか」

伊佐浜の女たちの生の声は「円満解決」という官製報道の欺瞞《ぎまん》性を暴露し、強制的土地収用の本当の姿を白日の下に曝《さら》けだした。

沖縄には古くから、

肝苦《ちむぐり》サン

という言葉がある。「相手の痛みを自分のものとして感じて辛くなる」といった意味で、共同体の底流をなす重要な感情だ。

立ち退きを拒む伊佐浜の女性たちへの〝ちむぐりさん〟は、たちまち沖縄全体にひろがった。琉球政府も立法院も、沖縄全土から寄せられる強い訴えを無視するわけにはいかず、米軍民政府に「再考」を求める決議を行う。

だが、三月に入ると、米軍は強大な武力をかさに沖縄の声を無視して、有無をいわせぬ強制収用を開始する。武装兵の一隊が座り込む農民たちを強制的に排除、次々に現れる巨大なブルドーザーが先祖伝来の美田に土砂を投入した。土砂のなかには戦争で亡くなった人たちの遺骨も交じっている——現在の辺野古《へのこ》と同じ光景だ。

同じ日、上陸用舟艇に乗った米軍の武装兵が伊江島に上陸する。かれらは農作物を焼きはらい、家屋を引き倒して村落自体を破壊、銃で脅して無理やり村民をまとめ、床もない軍用テントに押し込めて監視した。

問答無用。伊江島村民の訴えなど一切聞く耳をもたない剝《む》き出しの暴力だ。この時期、米軍民政府はあたかも〝小うるさい〟亀次郎を宮古島に排除したことでたがが外れてしまった感じである。目の前の状況に、それまで「米軍民政府との協力」を掲げ、仲裁を試みてきた沖縄財界、琉球民主党、比嘉主席らもさすがに方針を転換する。〝これ以上は協力できない。われわれも沖縄人だ〟かれらは米軍民政府に対して首を横にふった。

農地を強奪され、生活のすべを断たれた伊江島の農民たちは琉球政府前に座り込み、沖縄全土にむけて〝乞食行進〟を開始する。〝これはわれわれだけの問題ではない。沖縄全土の問題なのだ〟と強く訴える……。

宮古島刑務所独房内で新聞の閲覧は制限されていたが、いくら情報を遮断しても、米軍の非道を謗《そし》る沖縄のひとびとの声は亀次郎の耳にきこえてくる。

何もできないことに、亀次郎は身を揉《も》むような思いだった。活動さえしていれば、どんなに睡眠時間を削り、立ったまま食事をするほど忙しくとも、気力にあふれ、元気いっぱいだった亀次郎は、刑務所で規則正しい生活をおくりながら、ひどく体調をくずした。もともと傷《いた》めていた胃腸の状態が悪化し、六月には「開腹手術が必要」と判断されるまでに病状がすすんだ。どうやら亀次郎には、泳ぎつづけなければ窒息してしまう魚のような傾向があるらしい。

ようやく手に入れた医師の診断書を携えて、亀次郎は宮古島を離れる。

半年ぶりに沖縄本島に帰った亀次郎は、米軍病院からの手術の申し出を断り（危なくて任せられたものではない）、那覇中央病院に入院。信頼する長浜《ながはま》医師の手術を受けることになった。長浜医師の診断は「十二指腸潰瘍、並びに右遊走腎兼右遊走腎による右腎水腫」という長たらしいもので、「根治には二度もしくは三度の手術が必要」という。心配する家族に亀次郎は「自分の病気の手術で死ぬわけにはいかない。沖縄のために、まだまだやることがあるのだから」と言ってニヤリと笑ってみせた。

病状はかなり進行していて、胃の三分の二を切除する大手術となった。

亀次郎が手術を受けるという話をきいて、献血のために沖縄じゅうから大勢の人たちが病院を訪れ、列をなした。手術では実際、一時大量の輸血が必要になる事態となった。手術前、

——沖縄のために、まだ死ぬわけにはいかない。

と言っていた亀次郎は、沖縄の人たちによって生かされたのだ。

麻酔から覚めたあと、亀次郎はその事実を知っていたく感動した。そして、その感動を生涯忘れなかった。

7

最近はビンボウ詩人らしくないじゃないか、といわれる。

先日も貘さんが池袋西口の「おもろ」で一人で飲んでいると、うしろからぽんと肩を叩く者があった。店の常連客で、顔は見たことがあるが、名前は知らない相手だ。二十代後半。貘さんよりずっと若い。若い男は貘さんをじろじろと不躾《ぶしつけ》にながめて、

「貘さんも、最近はすっかり紳士になりましたね」

という。そうして、

「なにか変だなあ。やっぱり貘さんは、むかしの貘さんがいいよ」

といって首をひねっている。

貘さんは泡盛が入ったカラカラを無言でとりあげ、盃に注ぎながら苦笑する。

紳士もなにも、着ているダブルの上着は詩人の金子光晴《かねこみつはる》にもらったものだ。すらりとした長身、手足の長い貘さんはなにを着てもたいてい元の持ち主以上に似合ってしまう。〝紳士〟のように見えてしまう。しかし、だからといって、ダブルの上着を脱いで金子光晴にかえし、ズボンを脱いで『群像』編集長の森健二にかえし、はいている赤い革靴を脱いでフランス帰りの画家の佐藤英雄にかえして、昔のるんぺん姿にもどるわけにはいかないではないか？

それにしても、と貘さんは首をかしげる。

ビンボウ詩人がみんなぼろをまとっているわけではあるまい。貘さんにしたところで、沖縄から東京に来てしばらくの間はいかにもぼろを着ていたこともあるが、結婚し、子供ができてからは、極力身奇麗な恰好を心がけている。もともと那覇の名家といわれる裕福な家庭の三郎《サンルー》（三男坊）として甘やかされて育った貘さんは、着こなしもうまい。誰かのお古や質流れの品でも、貘さんが着ればぴたりと様《さま》になる。紳士のように見える。

声をかけてきた若い常連客にしたところで、ぼろを着た〝むかしの貘さん〟を実際に見たことがあるのかどうかは怪しいものだ。そんな連中に、ビンボウ詩人のイメージとちがう、と文句をいわれても困る。

どうやら世のなかでは〝ビンボウ〟そのものが珍しくなってきているらしい。

朝鮮戦争特需をきっかけに、日本経済は空前の好景気に沸き立っていた。巷《ちまた》では「ジンム景気」なる言葉がとびかっている。聞けば〝初代神武《ジンム》天皇以来の好景気〟という意味で、先ごろ「人間宣言」をしたはずが、またぞろ神話の世界に逆もどりな感じだ。「いま儲《もう》けられないのは、よほど運が悪い者だけだ」などと品のない言葉を口にする者もあるが、貘さんはどこ吹く風、相変わらず月田家の六畳一間に一家三人で居候《いそうろう》をつづけている。

ふだんの貘さんは、夜ふかしの朝寝坊。昼前に池袋の喫茶店「小山」にぶらりと出かけ、仕事場兼連絡事務所として便利につかっている。日がな一日仕事をして、日が暮れると仕事をたたんで、「おもろ」にちょっと顔をだして、家に帰る。うしろ髪をひかれつつ、まっすぐ帰ることもある。

貘さんの仕事は、もちろん詩を作ることだ。依頼があれば随筆や評論や小説（めいたもの）も書くが、本業はなんといっても詩人である。詩を作る。作った詩を推敲する。よりよい詩にするために何度も何度も手を入れる。さんざん手を入れたあげく没《ぼつ》にすることも珍しくない。そんなときは最初に戻って一からまたやり直しである。

毎日毎日、判《はん》で押したようなくりかえしだ。よく飽きないものだ、と呆れる者もあるが、貘さんにとって詩を作るのは、ご飯を食べたり水を飲んだり、話をしたり、笑ったり、泣いたり怒ったり、つまりは生きることと同じ範疇《はんちゅう》の話なので——他の人たちが生きることに飽きないように——詩を作るのに飽きるということがない。

しゃべる僕のこのしゃべり方が／ぼくの詩にそっくりだという／／
なにしろ僕も詩人なので／しゃべるばかりがぼくの詩に似ているのではないのである／
ごはんの食べ方／わらい方／ものをかんがえる考え方／こいの仕方／うんこの仕方まで／

どれもがまるでぼくの詩なのである

それと、世間でいう〝お金になる仕事かどうか〟は、全然また別の問題である。詩を作る。推敲をかさねる。また新しい詩を作る。そのくりかえしのなかで、貘さんは時折ふと手をとめ、物思いにふける。頭に浮かぶのは、きまって故郷・沖縄のことだ。

たとえば庭の仏桑花《ぶっそうげ》。

アオイ科に属する灌木《かんぼく》で、沖縄ではアカバナの名で呼ばれている。真っ赤な花弁五つがラッパ状にひらき、芯が長くとびでている。本土の人なら、ハワイに咲くハイビスカスとまちがえるかもしれない。那覇で庭のある家なら、どこの家にもきっとアカバナが咲いていた。庭のない家でも井戸端や垣根のところに咲いていて、沖縄では日常の生活のなかに生えている普段着の花だ。仏桑花の赤い花は仏壇や墓参りにも欠かせない。夏から秋にかけて咲くというが、沖縄では年中咲いていたような気がする。

茉莉花《ムイクワ》は沖縄ジャスミンのこと。

沖縄には清明茶《シーミー》というものがあって、茶葉のなかに香りの高いこの乾燥花がはいっている。子供のころ、貘さんの父親は庭に咲くこの花を摘んでお茶に浮かべ、香りを楽しみながら朝茶を味わうのが日課だった。朝起きてきた父親が庭を前に端座し、煙管《キセル》をくわえて一服。お茶を待つあいだに白い花を二つか三つ摘んでくるのが貘さんの役目だ。「三郎《サンルー》、ムイクワの花を摘んでおいで」。ムイクワの白い花を思い出すたびに、父の声も一緒に思い出す。もし将来自分の家が実現するようなら庭に一本だけムイクワがほしい、と貘さんは心ひそかに願っている。沖縄ジャスミン。香り高い、ムイクワの白い花。

そして、梯梧《でいご》。

老木になると高さが十五、六メートルにもなる喬木で、幹は大人二人か三人でどうやら抱えられるほどの太さになる。花は真紅で、無数の花を綴《つづ》って総状《ふさ》になって咲くのだが、亜熱帯のコバルト色の空のなかに燃える焔を高くかざしたように咲いているのは、なんともいえない美しさだ。沖縄でデイゴの花は、老若男女を問わず〝情熱の象徴〟として愛されている。

貘さんが仏桑花や茉莉花や梯梧と別れて、いつのまにか三十年以上経ってしまった。

その間、貘さんは一度も沖縄に帰ったことがない。講和条約で日本から切り離された沖縄は、敗戦十年を経てなお、帰るにはパスポートが必要な故郷だ。いろいろと面倒な審査や手続きが要るらしく、先日も「おもろ」に顔を出した沖縄出身の知り合いが「夏休みに帰ろうと思って申請したが、許可が下りたのは二か月もあとで、とっくに夏休みは終わっていたサ」とぼやいていた。

ビンボウ詩人の貘さんには、そもそも沖縄に行くお金を捻出するあてもない。面倒な審査や手続き以前のはなしである。

沖縄は戦争でいろいろ変わってしまったそうだ。

特に貘さんの故郷・那覇の変わりようはひどく、行ってきた人の話では、仏桑花や茉莉花や梯梧の花を街中で見かけることはまずないという。「ガジュマルもフクギもデイゴも、大きな木は〝鉄の暴風〟でみんなやられてしまった。沖縄はすっかり変わってしまったサ」という。

貘さんは話を聞くたびに、本当かしらん、と思う。そんなことが本当にあるのだろうか、と首をひねる。国破れて山河あり、というあのことばはどこにいってしまったのか？

自分の目で見るまでは信じられない。

信じたくない——といったほうが正確かもしれない。

一昨年に公開された映画『ひめゆりの塔』は本土の者たちに衝撃をもって迎えられた。

戦争末期、日本で唯一地上戦が行われた沖縄で何があったか、どんなことが起きたのか。看護婦部隊「ひめゆり」に編入された沖縄師範女子部、県立第一高女の女学生の悲劇（約七割が死亡）を描いた映画は、封切り直後から大きな話題となり、各地の上映館に大勢の人たちがつめかけた。

観客は三〇歳未満の青年層、とくに女性が多いという。前年まで占領下にあった日本では米軍による厳しい報道管制《プレスコード》が敷かれていた。ヒロシマ・ナガサキの原爆被害もそうだが、講和条約発効後、多くの日本人、とくに若い人たちにとっては初めて触れる戦争の現実だった。

『ひめゆりの塔』は〝日本映画史上最高のヒット作〟となった。観客動員数・興行成績は、その後公開された話題作『ゴジラ』を上まわるほどだ。

当時、貘さんの周囲の本土の沖縄出身者のあいだでも『ひめゆりの塔』は話題となった。が、かれらの目にはどうしても、映画で描かれる沖縄の風土や言葉、本土の女優陣が演じる沖縄の女子学生の姿に違和感がぬぐいきれず、落ち着かない感じだった。なにより映画を観た者たちがこぞって沖縄を「悲劇の島」と見做し、「かわいそうな沖縄」「戦争の時は大変だったね」といわれることに、抵抗があった。

「悲劇の島」「かわいそうな沖縄」「戦争の時は大変だったね」

では、過去の話ではないか？

貘さんは沖縄のいまが知りたいのである。

沖縄ではいまこの瞬間も人々が生活している。本土独立とひきかえに米軍支配が継続され、実質上の軍政がつづいている。米軍基地に農地を奪われて基地建設労働者になるしかなく、理不尽な労働環境の下、貧しい生活を強いられている――。

そういったことを、本土のメディアは何も伝えない。沖縄の〝いま〟がどうなっているのか本土にいたのでは何もわからない。

貘さんは焦《じ》れったくて仕方がない。


沖縄のいまがようやく報じられたのは、戦後十年目となる一九五五年一月十三日、朝日新聞朝刊の記事によってであった。

「米軍の『沖縄民政』を衝《つ》く」

と題された特集記事は、国際人権連盟R・N・ボールドウィン議長の要請を受けた日本の自由人権協会が約十か月の調査の結果、米軍による人権侵害と軍政に苦しむ沖縄の現状を明らかにしたものだ。社会面のほぼ全部を使った記事ではまず、

――農地を強制借上げに　煙草も買えぬ地代。

との見出しで、土地問題を大きくとりあげる。

「一坪の地代ではコカコーラ一本、煙草一箱買えない」

と沖縄農民から実際に発せられた悲痛な声を引用。一方で米国政府関係者から「現地の対応（土地代査定）は陸軍省内部だけで検討されたもの」という発言を引き出している。

記事は、さらに労働問題や人権問題でも、

「労賃にも明らかな沖縄差別」

「弁護人なしの即決軍事裁判」

など、沖縄でおこなわれている人権や民主主義無視の実例をあげ、

「本件は一月二十五日からインドのカルカッタで開かれるアジア法律家会議に特に代表を送って、アジア諸国の共感を求めることになった。国際社会の世論を喚起したい」

と日本人権協会の〝今後の方針〟をとりあげている。

民主主義と人権の尊重を国際社会に掲げるアメリカが、占領地オキナワで厳しい軍政を敷き、住民の人権を平然と踏みにじり、民主主義など存在しないがごときふるまいをつづけている――。米ソ冷戦たけなわの時代だ。放っておけば、共産主義側からはむろん、同盟諸国からもどんな非難を受けるかわかったものではない。

掲載三日後。東京に本部を置く米軍極東司令部は朝日記事を全面否定する発表をおこなった。

――日本人権協会の調査は東京在住の沖縄出身者への聞き取りをもとにしたものであり、沖縄で取材したものではない。記事は事実ではない。

そう主張するとともに、「内外の記者団を沖縄に招待する」と申し出た。

――実際に沖縄で取材して、事実を書いてほしい。

というわけだ。

その後五日間、沖縄に滞在した二十五名からなる国際記者団の現地報告は、しかし、米軍極東司令部の意図に反して朝日記事と人権協会の調査を裏付ける結果となった。米軍関係者による細心の心くばりと接待攻勢にもかかわらず、沖縄を訪れた各国記者の目に映ったのは、フェンスに囲まれた広大な基地と美しい米軍施設――色あざやかな緑の芝生と白くペンキを塗った米軍ハウス――と、その一方で土地を奪われ、貧しい生活を余儀なくされている沖縄住民の痛烈な対比であった。

貘さんは一連の記事を熱心に追い、隅から隅まで何度も読んで、絶句した。風のたよりに聞いてはいたが、沖縄では依然として〝ビンボウが珍しい〟どころの話ではないではないか？

絶句したあげく、貘さんは、貘さんにしては珍しい直截《ちょくせつ》すぎる言葉で詩をつくる。

戦禍の惨劇から立ち上り／傷だらけの肉体を引きずって／
どうやら沖縄が生きのびたところは／
不沈母艦沖縄だ／
いま八〇万のみじめな生命達が／甲板の片隅に追いつめられていて／
鉄やコンクリートの上では／米を作るてだてもなく／
死を与えろと叫んでいるのだ

貘さんはジンム景気に浮かれている本土《ヤマト》の人たちに、沖縄のいまを知ってもらいたいと思う。懐かしい故郷に、なんとか手をさしのべられないものかと思う。

敗戦直後の焼け野原だったころ、本土の人たちは「申しわけないが、いまはそれどころじゃない。自分のことで精一杯だから」といっていた。朝鮮戦争をきっかけに経済がたちなおり、年一〇％の高度経済成長を達成して「もはや戦後ではない」といわれるようになったらなったで、やっぱり「いまはそれどころじゃない。自分のことで精一杯だから」といって金儲けに邁進している……。

なんだか最近は、お金の話が多くなった。

貘さんが「おもろ」で開かれた琉球舞踊の夕《ゆうべ》を得意の指笛でもりあげ、自分でも踊っていると、ある人から「店からいくらもらっているんだ」ときかれて墨を呑《の》んだようないやな気分になった。お金などもらっているわけがない。当日自分で飲んだ分だって、もちろんちゃんと自分で払っている。持ち合わせがなくて、つけになることもあるが、それはまた別の話だ。

なにかうまい金儲けの話はないかと、みんないつも目をキョロキョロさせている。そうして、貘さんをつかまえて「最近はビンボウ詩人らしくないじゃないか」という。「店からいくらもらっているんだ」と訊《たず》ねる。

世の中どうかしてしまったんじゃないか、と思う。

貘さんは最近熱心に新聞を読んでいて、気づいたことがある。

講和条約発効後、独立三年目を迎えて相も変わらず日本に駐留をつづける米軍への抗議活動が各地で起きていた。

石川県内灘《うちなだ》村では、米軍射爆場として接収された砂丘地に住民と支援者が座り込みを続けていた。浅間山・妙義山（長野県、群馬県）では全県あげての基地化反対運動が行われ、東京でも横田基地拡張反対申し入れや、「土地に杭《くい》は打たれても心に杭は打たせない」のスローガンのもと、その後数百名の負傷者を出しながらついに測量中止を勝ちとった立川基地（砂川町）拡張工事反対運動など、米軍と米軍基地への抗議運動が日本各地で盛りあがりをみせている。

基地周辺の町では米軍機離発着時の騒音被害にくわえ、米兵による婦女子暴行、麻薬の売買、性風俗の紊乱《びんらん》など、住民の日常生活をおびやかす社会問題が次々と起きていた。

こうした問題に対し、特に子供たちへの影響を危惧する父母らが中心となって、「第一回　基地の子どもを守る全国会議」が横須賀で開催。全国に「基地の子どもたちを守る会」運動がひろがっていた。

地元住民の声を無視した危険な実弾演習

有無をいわせぬ基地拡張工事

頻発する米兵による婦女子暴行事件……

独立主権国家内に外国の軍隊がわがもの顔で駐留し、傍若無人なふるまいをつづけている。そのことに対して、
おかしいのではないか？

と基地周辺住民が抗議の声をあげはじめたのは、ある意味当然の反応だった。

――米軍基地は日本から出て行け！

――基地のない平和で安全な町を！

各地で行われている基地反対運動の記事を目にするたびに、貘さんは抗議住民の言葉にふかく共感する。抗議行動に拍手をおくりたくなる。

けれど、その一方で貘さんの頭にはこんな疑問も浮かぶのだ。

米軍基地や米兵たちを日本から追い出して、かれらはいったいどこに行くのだろうか？

8

一九五六年四月九日。亀次郎は沖縄刑務所を出獄した。

懲役二年の刑期を約半年残しての仮出獄だ。刑期未満での仮出獄（実質的減刑）も、先の〝獄中争議〟で受刑者が勝ち取った権利のひとつであった。敗戦後十年にわたって、沖縄の受刑者は本土《ヤマト》とは異なる刑期条件に縛られてきた。これを〝本土と同じ扱い〟にするよう交渉した結果だ。

本土では当然の権利も、沖縄では主張してはじめて自らの権利となる。

亀次郎出獄の知らせが伝えられると、当日は朝早くから大勢の人たちが刑務所前につめかけた。その数は次第にふえ、九時を過ぎるころには五百名以上にふくれあがる。みんな、久しぶりの亀次郎をひとめ見ようと集まった者たちだ。

「祝出獄！」「カメジロー万歳」「長い間ご苦労さま」と書いたのぼりやプラカードを持つ者がある。「お父さん、おかえりなさい」とあるのは、家族の出迎えだろう。

午前九時十五分。刑務所の鉄扉がひらき、中から小柄な痩せた男が背筋をのばして歩みでた。白いシャツにネクタイ、上下の白い背広は、この日のために妻のフミがさし入れたものだ。

一年半におよぶ苛酷な獄中生活にも、カメジローは少しもへこたれていない……。

出迎えの人たちのあいだに期せずして安堵《あんど》の笑みがひろがった。

亀次郎は高く右手を挙げ、出迎えの人たちに笑顔でこたえた。日焼けした顔に、入獄中に作り直した新しい義歯が白く映える。

おおーっ、という地鳴りのような声が亀次郎を包み込んだ。

高く手を挙げる亀次郎から、やわらかな南風が吹いてくるようだ。

亀次郎はそこから、通りの両端にずらりとならぶ人の列の前を手をふって歩くことになった。大勢が亀次郎について歩くと「デモ行進禁止布令」に抵触する可能性があり、米軍民政府にまたぞろインネンをつけられる——というので、出迎えの人たちは動かず、亀次郎が歩いて挨拶してまわることにしたわけだ。

亀次郎が歩くと、道の両側から「おっ、カメさんだ」「ひさしぶり」「セナガ万歳」「お疲れ、カメさん」「待ってたよ、カメジロー」「待ちくたびれたさ」といった明るい声がとぶ。笑い声が起きる。みんな笑顔なのは、まったく不思議なほどだ。

夜七時から「瀬長亀次郎出獄歓迎大会」が那覇・美栄橋広場でひらかれた。

亀次郎の出獄を歓迎する大会には、じつに一万人以上の人が集まった。〝万余の人垣築く〟〝これだけの人たちが集まるのは沖縄占領始まって以来〟〝戦後最大の大群衆〟など、翌日の新聞にはいずれも驚いたような見出しがならんでいる。

聴衆の多くは亀次郎の演説目当てに集まった者たちだ。超党派の弁士が順に挨拶をつづけるなか、主催者側には不安げに顔を見合わせる者たちがあった。

亀次郎が大勢の人の前で話すのは実に一年半ぶりだ。音楽コンサートなどでもそうだが、大規模な演説会では集まった聴衆をペースに巻き込む独特のかけひきが必要となる。聴衆の反応を見ながら緩急をつけ、呼吸をはかり、ここぞというときに一気にたたみかける。格闘技にも通じる真剣勝負だ。獄中の一年半はブランクとしては長い。そのあいだに亀次郎の演説センスは錆《さ》びついてはいないか？　以前と同じように、小気味のよい胸のすく台詞を、タイミングよく放つことができるだろうか？

演台に上がった亀次郎が口を開いた途端、そんな心配はまったくの杞憂《きゆう》であることが判明した。

「沖縄のみなさん、カメジローは帰ってきました！」

第一声で、亀次郎は全聴衆の心を一気にかっさらった。

「一年半ほどレンガ塀の中に押し込められていましたが、今日ようやく出所しました。やァ、長かった」

笑い声と指笛が、聴衆のあいだから自然にわきあがる。

「獄中で何をしておったかというと、まァ、本ばかり読んでおったわけです」

亀次郎はそう言って手をあげ、聴衆の注意をひきつけ、語調をあらためる。

「私が獄中で本を読み、また入獄中に病気を治すことができたのは、すべて沖縄のみなさんが払ってくれた税金のおかげです。米軍のおかげではありません。それらを全部、私はこれから沖縄のために働くことでお返ししたいと思います。基地権力者のためでなく、沖縄のために働く。そのせいで私は再び監獄に入れられることになるかもしれない。そのときは……まァ、またたくさん本を読んで、その知識を沖縄のために役立てるばかりです」

緩急自在。獄中での豊富な読書経験から得た知識、さらに〝新しい義歯〟という武器を手に入れた亀次郎の演説は以前にもましてはぎれ良く、その後は終始、歓声と笑い、拍手と指笛が乱れ飛ぶ、他の弁士の追随を許さない破格のパフォーマンスとなった。

演説はじつに二時間に及んだ。米軍支配の矛盾を指摘し、平和の擁護と祖国復帰、民族独立を訴える、ややもすれば説教臭くなりそうな内容でありながら、その間、真面目《まじめ》一方ではない独特のユーモアと、親しみやすい沖縄方言を交じえた話しぶりで万余の聴衆を一瞬も飽きさせない。

一年前、米軍民政府は「囚人暴動はセナガが画策したものだ」という見解を表明した。事実無根、根も葉もない言いがかりで、米軍民政府もさすがにすぐに撤回せざるを得なかったのだが、この情況を見れば、必ずしも理不尽な言い掛かりとばかりは言えないのではないかとさえ思えてくる。

亀次郎の存在は周囲の人々を勇気づけ、行動に駆り立てる。〝発火点〟となる可能性を秘めている。世界レベルのスポーツ選手や歴史に名前を刻む革命家がそうであるように、それは持って生まれた資質であり、自身の弛《たゆ》まぬ努力によってみがきあげ、身につけられた特殊能力だ。

……歴史には巡り合わせというものがある。

もし亀次郎が判決どおり半年遅く出獄していれば、その後の沖縄の歴史はちがったものになったかもしれない。

亀次郎が沖縄刑務所を出獄した二か月後。

沖縄全土がにわかに騒然となった。

原因はモーア米軍民政副長官が伝えた「プライス勧告概要」だ。

前年十月二十三日、米国下院議員メルヴィン・プライスを団長とする調査団が沖縄を訪問、二十六日まで滞在して沖縄における米軍支配の実情を調査してまわった。米軍の「軍用地料一括払い」方針と、これにまっこうから反対する住民のあいだで板挟みとなった沖縄の与党政治家数名が決死の覚悟でアメリカ本国に赴き、調査団を派遣してもらうよう直談判した結果である。

プライス調査団に対して、沖縄のひとびとは大いなる期待を寄せた。

沖縄に君臨する米軍民政府は、民政府とは名ばかり、モーア副長官の本来の肩書は「米軍陸軍少将」、東京常駐のレムニッツァ長官の記章は「米軍陸軍大将」で、実質は軍人支配だ。

先の戦争で沖縄は、軍というものの本質をいやというほど思い知らされた。友軍敵軍を問わず、軍隊そのものへの不信感が苦い記憶として体に刻まれている。だからこそ、亀次郎が出獄したころの沖縄には、今度こそ、という思いがあった。いま自分たちが置かれている理不尽な情況は米軍独特のいびつな理屈によってもたらされたものにちがいない。プライス調査団が——いやしくも米国下院議員であるプライス氏が沖縄の現実を目の当たりにすれば、必ずや本国議会に是正を訴えてくれるはずだ。わずか二日半の滞在とはいえ、プライス議員は軍用地で耕作をつづける農民に直接インタビューして、ふみこんだ質問をするなど、精力的に調査をおこなった。沖縄を去るさいは、琉球政府職員が総出徹夜で作成した分厚い資料を携えていった。アメリカの議会には本物の民主主義がある。アメリカの民主主義に期待しよう。

結果を心待ちにする雰囲気が沖縄全土に漂っていた。

だが、六月八日、沖縄に伝えられた「プライス勧告概要」は沖縄の期待を根底から打ち砕くものだった。

モーア民政副長官によれば、米国議会に提出されたプライス勧告は、沖縄における「米軍の土地の一括払い」と「新規土地強制接収」を認め、今後も沖縄を「極東における制約なき核兵器基地として使用すること」を容認する方針だという。

沖縄のひとびとの思いは完全に無視された。

理由は「沖縄の軍事基地は今後もアメリカに必要だから」という、およそ馬鹿にしたものだ。

会見場に集めた記者たちを前に、モーアは、

「プライス勧告に米国議会の承認が取れ次第、われわれは沖縄で必要な軍用地の強制接収を再開する。以上だ」

と冷ややかな声で言い放った。

琉球政府立法院は緊急本会議を開く。

多くの議員が青い顔で殺気だつ異様な雰囲気のなか、米軍任命主席・比嘉秀平も出席した議会は「プライス勧告に反対する」決議を全会一致で採択する。ふだんは亀次郎ら沖縄人民党をアカよばわりしている保守派・琉球民主党議員からも「プライス勧告は民主主義を否定するものである。私有財産を否定し、人権を無視するのは共産国家である」と、激しい言葉が飛びだした。

かれらの怒りはなお収まらず、

「今やわれわれは八十万沖縄住民の意志を踏みにじる施政権者の代行機関となるべきではない。勧

告撤回がなされなければ、全員が引責辞任して覚悟を示すべきだ」

という思い切った意見も出された。

六月二十日。沖縄全市町村の八割を超える五十六の市町村で「プライス勧告反対」を掲げる住民大会がいっせいに開催される。参加者数は報道機関によって異なるが、十六万から三十数万人——沖縄全人口の二割から四割にあたる途方もない数だ。注目すべきは、直接軍用地問題を抱えていない多くの市町村でも住民大会が開催されたことである。

プライス勧告によって軍用地問題は、土地強制収用に抵抗する当事者だけにとどまらず、沖縄全体の問題となった。

五日後には早くも第二回住民大会が那覇とコザの二市で開催され、数万の市民が「プライス勧告反対」の声をあげた。

亀次郎はむろん人びとの中にいる。

出獄報告会に各地を精力的に飛びまわったせいで一時は出獄時より二キロ近く体重が減り、周囲から静養するよう言われていたが、こうなればじっとしてなどいられない。

亀次郎は各地の集会に参加し、先頭に立って壇上から沖縄のひとびとに呼びかけた。

「プライス勧告粉砕！」

「土地を守る四原則貫徹！」

集会に参加した者たちは亀次郎と一体となって声をあげる。

「プライス勧告粉砕！」

「土地を守る四原則貫徹！」

モーア副長官が伝えた「プライス勧告概要」のなかには、

「沖縄にはごく一部の騒々しい少数政党を除いて反米勢力は存在しない。沖縄人は総じておとなしい。だからアメリカは安心して沖縄を使い続けることができる」という文言があった。

ずいぶんとなめられたものだ。

だが、プライス米国下院議員が沖縄に滞在中、亀次郎は獄中にあった。

プライスは亀次郎を見ていない。

亀次郎は数万の聴衆を前に、こぶしを高く突きあげ、壇上から呼びかける。

「軍事基地も米軍も、沖縄にはいらない！　米軍は沖縄から出ていけ！」

ひとびとは指笛を鳴らし、足を踏み鳴らして、亀次郎の演説に熱く応える。

「いいぞ、カメジロー。よく言った！」

「米軍は沖縄から出ていけ！」

「ヤンキー、ゴー、ホーム！」

もしプライスがこの状況を目にしていたら、はたして同じ文言を書き得たかどうかは甚だ疑問だ。

プライス勧告をきっかけに、長いあいだ抑えに抑えられてきた沖縄の怒りが一気に爆発した。

いまも語り継がれる「島ぐるみ闘争」の始まりだ。


もっとも、プライスにとっては己の「勧告」がかくも激烈な反応を引き起こしたのはやや意外だったかもしれない。

実をいえば、モーア民政副長官が沖縄に伝えたプライス勧告概要は、間違ってはいないが、正確さに欠ける。

長文の「勧告」全文を読めば、アメリカと沖縄の生活文化のちがいを目の当たりにしたプライスの戸惑いが伝わってくる。広大な農地を前提とするアメリカ式農業をイメージしていたプライスには、たった〇・八ヘクタールの農地で五人以上の家族を養えること自体が驚異であった。アメリカは移民国家であり、建国わずか二百年余の歴史しかもたない。このためかれらには生まれ育った郷土に対する愛情や執着がうすい。沖縄の農民が猫の額ほどの土地で耕作をつづけるのは、日々の生活の糧を得るためである以上に、先祖代々の時間の中に生きることなのだということがわからない。

農民が土地を失うのは、漁師が海を奪われるようなものだ。

土地問題は沖縄の人びととの世界観抜きには語れない。プライスは農民への直接インタビューを通じてその点に気づいてはいるが、理解するところまでは至らなかった。戸惑いながらも結局は、

「沖縄の人びとは一括払いの地代を受け取り、転業するなり、移民するなり、自由にするのがよいと思う」

と、いかにもアメリカ人が考えそうな結論に達している。その上でプライスは、「米軍の占領は、沖縄に損害だけでなく、就職口を与えたり、道路や建物をつくってやるなど利するところがあった。極東における緊張が存続する限り、米軍は沖縄での権利と権力を維持し、行使することがアメリカの意図である」という。

所詮はアメリカ本国のための理論であり、理屈である。

モーアは、プライスが慎重に検討したさまざまな過程をすっ飛ばしてこの結論だけを沖縄に伝えた。沖縄の人たちが怒り狂うのは当然だ。言葉に対する繊細さ、デリカシーを軍人に求めるのは、魚を空に求め、鳥を土中に探すようなものだろう。プライス勧告全文が先に発表されたなら、あるいは立法院での反応はいくらかちがったものになったかもしれない。

モーア陸軍中将（民政副長官）の乱暴な勧告の扱いが、沖縄の人々の心に火をつけた。

かくて、火は放たれた。

沖縄は燃えあがっている。


「金は一代、土地は万代」

「沖縄の土地を一坪たりとも米国に売るな」

「土地を守る四原則貫徹」

「プライス勧告粉砕」

そう染め抜かれたのぼり旗が軍用地接収を通告された土地にたち並び、昼夜を問わぬ座り込みが敢行された。一方米軍は、例によって〝銃剣とブルドーザー〟方式だ。農民たちは銃剣とブルドーザーで強制的に追い立てられ、逮捕されても、解放されるとすぐにまた耕作地での農作業と座り込みに戻ってくる。徹底した非暴力闘争だ。

沖縄のひとびとは島をあげてかれらを支持し、支援した。一緒に座り込む者があとを絶たない。

この時期を境に、沖縄の雰囲気はがらりと変わった。

「われわれ沖縄人は、これまであまりにもおとなしすぎた。アメリカの占領に協力した十年は、かれらに何でもできるという印象を与えてしまった。その結果が、沖縄の要求をすべて撥《は》ねつけたプライス勧告だ。このままではいけない、いけない」

亀次郎の演説口調が乗り移ったかのように、沖縄のあちこちで米軍の顔色を窺うことなく思うことをズケズケと言う人たちの姿が見られるようになった。

ものごとには、タイミングというものがある。

亀次郎の出獄とほぼ時を同じくして「島ぐるみ闘争」が沖縄で爆発的にひろがったのは、歴史の妙としか言いようがない。

占領直後、ワトキンス米軍少佐は、米軍をネコに、沖縄をネズミにたとえ、「ネズミはネコの許す範囲でしか遊べない」と言い放った。「島ぐるみ闘争」は、まさに追い詰められた沖縄の決死の抵抗――窮鼠《きゅうそ》猫を咬《か》む闘いだった。


だが、沖縄を占領する米軍も指をくわえて見ているわけではない。

全沖縄がまさに「島ぐるみ闘争」に盛りあがっていた七月十二日、米軍機が突然伊江島上空からガソリンを散布する。

何が起きたのかと茫然とする住民を米兵は力ずくで強制避難させたのち、島のあちこちに火を放った。農作物、山林、原野、家屋の区別なく、三十万坪におよぶ島の広大な地域がまたたくまに炎に包まれた。高く黒煙をあげて燃えさかる炎が消えた後には、ただガソリン臭い不毛の地が残された。風そよぐ、肥沃で美しい農地がひろがっていた島は見る影もなく、黒く焼けただれた大地にはもはや小鳥の鳴く声さえ聞こえない。

伊江島農民は三年にわたって米軍の土地収用令に抗《あらが》ってきた。銃剣とブルドーザーで排除され、物理的暴行を受け、逮捕され、投獄されても、決して諦めることなく、徹底した非暴力の抵抗をつづけてきた。

その結果がこれだ。

あまりに強引なやり口に立法院が抗議したところ、米軍担当者は「爆撃演習の着弾地点が観測できないので、視界を遮る樹木を取り除いただけだ」とぬけぬけと言い放った。

武力による土地強制収用と並行して、米軍は全沖縄結束の切り崩し工作を開始する。

最初のターゲットにされたのが、コザ市だ。

本島中部に位置するコザ市（胡屋《ごや》の村落名を米軍が誤記。現在は沖縄市）は、かつて山桃の産地として知られた小さな農村だった。一九四五年四月、沖縄に上陸した米軍が宣撫《せんぶ》本隊を設置したことをきっかけに、飲食店風俗店などの各種サービス産業が進出。人口はかつての十倍以上。その多くが米兵が基地周辺で使用する米ドルに依存し、全面積の七十パーセントを米軍軍用地が占めるという特殊な〝基地の街〟が出現した。

八月七日、米軍はコザ市への軍用員立ち入り禁止令を発令する。通称〝オフ・リミッツ〟。コザ市経済にとって軍用員立ち入り禁止令《オフ・リミッツ》は死活問題であった。コザ市長は早々に白旗をあげる。同市では今後、反米的住民大会開催は一切認めないことを誓約して〝オフ・リミッツ〟は解除された。

次に狙われたのは琉球大学だ。

同月九日、米軍民政府は琉球大学に対して正式に「反米的デモに参加した学生の処分」を求める。「従わない場合は同大学に対する今後の援助をすべて打ち切る」という強面《こわもて》ぶりだ。琉球大学理事会は緊急会議を開催。若干名の謹慎処分を決めるが、米軍民政府はこれに満足せず、さらなる対処を要求。大学理事会は最終的に学生六名を退学処分とした。

強硬策の裏で、米軍は日本語のできる二世軍属を派遣して、各地の土地所有者（地主）に直接折衝させた。「あなたのところだけは特別に上乗せしますよ」と囁く一方、相手の弱みをさがしだし、裏で脅してまわる両面攻撃だ。

沖縄の結束は崩れはじめる。地主たちのなかには「偉い人たち（琉大理事会やコザ市長）がそうするのなら……」「伊江島のようになっても困る」と動揺する者たちが現れた。あろうことか、四原則貫徹をともに誓った沖縄社会大衆党までが「一年払いにはこだわらない。五年ごと払いの条件闘争もありうる」と、方針変更の可能性を示唆しはじめる。

この知らせを、亀次郎は本土で聞いた。

七月末から九月半ばまで、亀次郎は沖縄代表団の一員として本土を訪問していた(旅券《パスポート》持参。〝入国手続き〟に一時間半もかかった)。本土の政治家や官僚と直接会って沖縄の現状を訴え、また長崎で行われた第二回原水爆禁止世界大会でも沖縄の窮状を訴えている。

あたかも亀次郎の留守を狙いすましたかのような米軍の切り崩し工作だ。

とんぼ返りに沖縄に戻った亀次郎は、早速各団体トップと会って、安易な譲歩の非なること、四原則貫徹をあくまで遂行すべきである旨を説いてまわった。

「伊江島では、家も農作物もすべて焼かれた農民たちが危険区域に指定されたなかでふたたび家を建て、ガソリンが染み込んだ表土を取り除いて耕作を再開している。安易な妥協は、かれらの命懸けの抵抗を見捨てることを意味する」

と、伊江島農民の抵抗を思い起こさせるだけではない。

亀次郎は、たとえばコザ市長に対しては単刀直入にこう切り出した。

「オフ・リミッツで困るのはコザ市民だけではない。困るのはむしろ、基地に押し込められた数万の若い米軍兵士たちの方だ。かれらの不満不平を抑えるのは容易なことではない。オフ・リミッツがあと少し長引けば、基地内で暴動が起きたにちがいない。要は我慢比べだ。正当な理由がない分、かれらの方が先にネをあげたに決まっている。こちらから頭をさげる必要など、どこにもなかったのだ」

火を吐くような亀次郎の言葉に、相手は首をすくめ、

「なるほど、そうかもしれませんな」と苦笑とともに言葉をにごした。

「ですが……」と始まる相手の言い訳など、亀次郎は聞くつもりもない。

「今後も四原則貫徹の方針で押し通します。いいですね」

念押しして、さっさと席を立った。階段を駆けおり、速足でむかうのは、次の相手との会談場所だ。次はどんな切り口で説得するか。頭の中はそのことでいっぱいだった。亀次郎は文字どおり走りまわっている。

そんな中——。

十月二十五日深夜、琉球行政府初代主席・比嘉秀平が急死する。

急性心不全であった。

敗戦直後、英語の能力を買われて米軍から初代主席に任命された比嘉は、近年とみに米軍と民意の板挟みとなって強いストレスを感じていたようだ。享年五十五。戦後の極度の混乱のなか、かれはかれなりに、米軍と沖縄の人々のあいだで相互の利益を調整しようとしたのだろう。比嘉主席急死の知らせを聞いた亀次郎は、地元新聞の取材に「気の毒の一語に尽きる」とコメントした。亀次郎としては、それ以上は言うべきこともない。

舞台は、亀次郎の知らないところで回りはじめている。

十一月一日、米軍民政府は後任の行政主席として那覇市長・当間《とうま》重剛《じゅうごう》を任命する。

二代目琉球政府行政主席となった当間は、那覇市長時代、沖縄がまさに「島ぐるみ闘争」に燃え上がるさなかに「一括払いには必ずしも反対ではない」と運動に水をさす発言をして、周囲からひんしゅくをかった人物だ。戦前は大政翼賛会沖縄県支部事務局長。

それはよい。問題は、当間の主席任命で那覇市長の椅子が空いたことだ。

那覇市長選挙には、まず保守系無所属で仲井間宗一、仲本為美の二人が立候補する。

その後、人民党推薦候補として瀬長亀次郎が名乗りをあげた。

亀次郎自身、直前まで予期していなかった展開だ。目に見えない何か——時代——に背中を押されたとしか言いようがない。

選挙戦開始当初、地元新聞はこぞって「保守二候補の争い」と見出しを掲げた。亀次郎は問題にならない泡沫《ほうまつ》候補と見做されていた。

選挙期間中、亀次郎が那覇市民に訴えたのは「土地を守る四原則貫徹」「本土復帰」「原水爆基地反対」の三点だ。

「四原則貫徹はともかく」

と、選挙対策本部をあずかる国場幸太郎は亀次郎をつかまえて申し出た。

「『本土復帰』と『原水爆基地反対』は、那覇市政とは直接関係がありません。今回の選挙の争点からは外しませんか？　もっと市民に身近な、平易な問題を提示すべきではないでしょうか」

東京大学経済学部出身。若く、優秀な国場は、亀次郎が入獄中、沖縄人民党をかげにひなたに支えてきた人物だ。かれの理屈には筋が通っている。

だが、亀次郎は若い国場をふりかえり、にやりと笑って言った。

「いつだったか、君に話したことがあったろう？　沖縄から魔物《マジムン》をまとめてたたき出してやる。そのための秘策がある、と」

「ええ、覚えています」国場は戸惑いながらうなずいた。「ヒントは〝真実の上には弓矢も立たない《マクトゥヌウイネエーユミヤンタタン》〟。沖縄の声に耳を傾けること……」

「あのときの答えがこれだよ」

壁に貼った三枚の紙を順に指さした。

「土地を守る四原則貫徹」

「本土復帰」

「原水爆基地反対」

　亀次郎が那覇市長選で掲げる三つのスローガンが高らかに謳われている。

「これが沖縄の声だ。沖縄はいまこの三つの実現を望んでいる。民主主義は上から号令するものじゃない。いかに人びとの声に耳を傾けるか。那覇市長選だからといってそこから目を逸らすのでは、むしろかれらの支持を失うことになる」

「いや……しかし、ですね……」

　眉を寄せた国場に、亀次郎はひょいと鞠《まり》でも投げるように質問した。

「沖縄が米軍の理不尽な支配下におかれている根拠は、何だと思う？」

　いまさら何を言うのだ？　国場は呆気にとられた。そんなことは自明の理だ。東大を出た国場にたずねるような問いではない。亀次郎は指先であごを捻《ひね》りながら答えを待っている。

　国場は仕方なく、軽く肩をすくめて答えた。

「サンフランシスコ講和条約ですね。第三条に『日本国は合衆国を沖縄における唯一の施政権者とすることに同意する。合衆国はこれら諸島の地域・住民に対してすべての権力を行使する権利を有する』とあって、米軍はこの条文をたてに、自分たちは沖縄を自由に使うことを認められている、布令を発布し、基地を作るために強制的に土地を取り上げてもかまわないのだと言い張っているのです」

　なるほど、と亀次郎は一つうなずき、それからとぼけた口調でつづけた。

「だが、同じ講和条約第六条には『連合国のすべての占領軍は、この条約の効力発生の後なるべくすみやかに、且つ、いかなる場合にもその後九十日以内に、日本国から撤退しなければならない』とある。敗戦時に日本が受諾したポツダム宣言でも『日本国国民の自由に表明せる意志に従い、平和的傾向を有し、かつ責任ある政府が樹立せらるるにおいては、連合国の占領軍は直ちに日本国より撤収せらるべし』と書かれている。

『すべての占領軍は撤退しなければならない』とあるにもかかわらず、米軍は戦後十年以上経ったいまでも居すわりつづけている。本土にも、この沖縄にもだ。おかしな話じゃないか」

「日米安全保障条約のせいですね」国場は苦笑して答えた。亀次郎の意図は見えないが、ひとまずこのとぼけた問答につきあうことにした。

「サンフランシスコ講和条約調印と同じ日、日本は『日本国内及びその附近にアメリカ合衆国がその軍隊を維持することを希望する』という二国間の安全保障条約に調印しました。つまり米軍は、日本の希望によって日本国内及び沖縄に基地を置きつづけているのです」

「だからだよ」亀次郎はにやりと笑っていった。

「だから、とは？」

「きみのいまの説明で魔物《マジムン》の——沖縄の米軍基地の弱点が明らかになった。連中をたたき出すには、まずはその弱点を攻めることだ」

弱点？　国場は首をかしげた。

「きみの説明を逆にたどればこういうことになる」

亀次郎は机の上に紙をひろげ、万年筆をポケットから取り出して次のような式をすらすらと書いてみせた。

米軍基地　＜　日米安全保障条約　＜　講和条約第三条

「本土の米軍基地は、日米安全保障条約に依存している」

亀次郎は、式の最初の項と次の項を万年筆の先で示した。

「連中は日米安保なしには日本に駐留できない不安定な地位《ポジション》にあるということだ。本土の米軍基地を追い出すには日米安保をなくせばよい。ところが、沖縄ではその背後にもう一つ問題がある」

次の項を示し、顔をしかめた。「講和条約第三条だ。沖縄を本土から切り離すこの条文によって、沖縄の米軍基地は本土より強固な足場をもつ。沖縄の米軍基地は、日米安保の有無には必ずしも縛られないということだ」

亀次郎は視線をあげ、国場をちらりと見てたずねた。

「解決策は？」

「……沖縄の本土復帰、ですね」国場は一瞬考えたあとで答えた。

「正解だ」

亀次郎は〝講和条約第三条〟の上に大きくバツ印をつけた。

「沖縄が本土に復帰すれば、沖縄の米軍基地を支えるのは日米安保だけ、ということになる。より闘いやすい相手になるというわけだ」

国場はうーんと唸《うな》った。それが「本土復帰」を掲げる理由というわけか。しかし。

「本土復帰を果たしたとして、日米安保をなくせますかね？」

亀次郎は顔をあげ、当然だろう、といった顔をした。万年筆の蓋を外して先ほどの式にもう一つ書き足した。

米軍基地　＜　日米安全保障条約　＜　講和条約第三条　＜　日本国憲法

「日本国憲法第九条に『日本国民は国権の発動たる戦争と武力による威嚇または武力の行使は、国際紛争を解決する手段としては永久にこれを放棄する』と明記されている。日米安保条約は十年をめどに見直しの予定だ。米軍の国内駐留を希望する日米安保は、いずれ憲法と齟齬《そご》をきたす。そのとき、強い弱いでいえば、国内最高法規である憲法以上に強いものはないよ」

亀次郎は日本国憲法はむろん、関連する国際条約もすべて諳《そら》んじている。国場はまずそのことに驚いた。獄中での勉強の成果であろう。

「『原水爆基地反対』と『土地を守る四原則貫徹』は表裏一体、『本土復帰』の前提条件でもある」

と亀次郎は得意げにあごをひねり、先をつづけた。

「アメリカに土地を売り渡し、原水爆基地となった沖縄を、本土の人々が喜んで迎え入れてくれるはずはない。ひとたび原水爆基地が完成し、固定化されたなら、本土復帰は不可能になるということだ。原水爆基地化は、米軍の永久支配と同義。何としても土地を守る四原則を貫徹し、原水爆基地に反対しなくてはならない。原水爆基地反対と土地を守る四原則貫徹と本土復帰は、三つで一つ。どれも欠けてはならない条件だ」

アメリカの軍事基地を沖縄から追い払う。

本土復帰はそのための布石というわけだ。

国場はもう一度、うーん、と唸った。

米軍の理不尽な占領支配を終わらせるために、まず本土復帰を目指す。なんともスケールの大きな話だ。いくら遠回りに見えても、方法はそれしかない。

理論的には、たしかにその通りだ。

だが、それにしても、まずは目の前の那覇市長選挙だ。選挙に勝たなければ、次の一歩が踏み出せない。ただでさえ「本土復帰」は米軍から反米的と睨《にら》まれているフレーズだ。その文言を市長選挙のスローガンに掲げて、はたして那覇市民の支持が得られるものかどうか？

周囲の心配をよそに、亀次郎はいつもどおり自信満々、国場の提言に譲歩する気はさらさらないようすだ――。

そして迎えた投票日。

亀次郎は見事、那覇市長に当選する。二位候補に一割以上の票差をつけての完勝だ。

沖縄の声に耳をかたむけること。

沖縄の人々の気持ちに寄り添い、声にならない声を掬《すく》いあげる。

亀次郎の姿勢は一貫している。

政治家としての亀次郎の希有《けう》な能力が周囲の者たちの懸念を上まわったということだ。

那覇市長選挙期間中、米軍民政府による亀次郎へのさまざまなネガティブ・キャンペーンがくりひろげられた。亀次郎を揶揄《やゆ》したポンチ絵入りの赤刷りビラが十五万枚以上、沖縄全土にばらまかれた。〝セナガは共産主義者〟、〝ソ連の手先だ〟、そんなデマも流された。

選挙結果は、沖縄の声に耳をかたむけるという一点において、米軍民政府は亀次郎に遠く及ばないことを証明した。

沖縄刑務所出獄からわずか八か月。

受刑者から市長へ。

目まぐるしいほどの変転だ。

当選当日、地元新聞からコメントを求められた亀次郎は、十二月二十五日の投票日にひっかけて、

「アメリカへの良いクリスマスプレゼントになったと思う」

と、痛烈な皮肉を寄せている。

——本当の闘いはこれからだ。

那覇市長となった亀次郎には、そのことがよくわかっている。

9

ナーファア。

貘さんは故郷をいつもそう発音する。

ナーファは那覇である。ナーファあるいはナファア。ところが貘さんの耳には、周囲の者が那覇をナワと発音しているように聞こえる。那覇人《ナファンチュ》の貘さんには、どうにも気になって仕方がない。気に入らないが、いちいち直してまわることはない。沖縄には「那覇ん人《ナーファンチュ》ー銘々走い走い《ナーハバ》（那覇の人はめいめい走り）」という諺《ことわざ》がある。良くも悪くも独立心が強く、他人のことには構わないのが那覇人の特徴だ。ナファンチュのプライドは胸の内にそっと秘めておけばいい。

貘さんは一九〇三年（明治三十六年）、那覇の中心街・東町大門前の名家といわれる裕福な家庭に生まれた。本名、山口重三郎《やまぐちじゅうざぶろう》。童名はサンルー。幼いころから容貌優れ、愛嬌《あいきょう》があり、利発で器用、運動神経にも恵まれた貘さんは、周囲の者たちみんなから愛され、可愛《かわい》がられて、のびのび

と育った。地元の尋常小学校に通っていたころは文句のつけようのない、とびきりの優等生だ。

その後、貘さん（当時はサンルー）は恋愛に目覚める。おかげで中学受験に失敗し、一年遅れで一中に入学したものの、また別の恋愛が原因で留年をくりかえし、このときは巫女《ユタ》を使ってまんまと親たちを騙して婚約まで取りつけている（この婚約はすぐに破談になった）。詩をつくり始めたのもこのころからだ。創作のきっかけが恋愛――とは、どこにでも転がっているありがちな話で、当時貘さんがつくっていた詩もそんな感じだが、そこから貘さんは猛然と詩の世界に突き進みはじめる。

貘さんが沖縄を離れ、東京に出たのと時を同じくして父が事業に失敗、実家が破産した。仕送りがなくなっても、貘さんは諦めない。知り合いの下宿を泊まりあるき、土管のなかで夜を過ごし、ときには犬と一緒に野宿するはめになっても、貘さんはへっちゃらだ。金などなくとも、貘さんにはナファンチュとしてのプライドがある。江戸っ子や京都人、博多もんを自負する者たちにも通じるが、ナファンチュの貘さんには貧乏か否かはたいした問題ではなかった。あるいは子供のころお金で苦労したことがない貘さんには、一文なしの貧乏生活ですら〝面白い体験の一つ〟に思えたのかもしれない。

那覇人《ナファンチュ》であることは、貘さんの背骨となっている。

その那覇で新しい市長が決まったという。

貘さんが沖縄のことを知りたがっている――そんな噂が広がると、いろんな人たちが沖縄の新聞を貘さんが仕事場兼連絡場所にしている池袋の珈琲《コーヒー》店「小山」にもってきてくれるようになった。

新聞記事によれば、新那覇市長に選ばれたのは〝瀬長亀次郎氏　豊見城《とみぐすく》村出身、四九歳……〟。

貘さんは新聞から顔をあげ、首をかしげた。

豊見城の瀬長亀次郎。

貘さんが一中で落第をくりかえしていたころ、隣の三中に通っていた三つか四つ下の後輩だ。那覇の路地をすたすたと歩いていた、いかにも負けん気の強そうな精悍《せいかん》な顔つきの小柄な下級生の姿が、まるで昨日のことのように思い出された。

貘さんはかれの名前を新聞で何度か見ている。最初は何年か前、沖縄で行われた第一回立法院議員選挙で那覇区トップ当選を果たしたという記事だ。その後しばらくして、何かの罪に問われて裁判にかけられ、懲役刑を言い渡されたという記事を読んだ。

貘さんは首をかしげた。

いつ刑務所から出てきたのだろう?

立法院議員選挙那覇区トップ当選から逮捕、刑務所暮らしを経て那覇市長に当選。かれが入獄中、沖縄刑務所で囚人暴動が起きたという記事を読んだ覚えがある。宮古島刑務所に送られたような話も、誰かから聞いた気がする。

なんとも目まぐるしい展開だ。

一年中、同じ珈琲店の同じ席にふくろうのようにじっと座りこんで、本を読んだり、詩を書いたりしている貘さんの生活とは似ても似つかない、正反対ともいえる人生である。

貘さんは苦笑して首をふり、あらためて新聞に目を落とした。新聞には、選挙の正当性に疑義を表明する米軍のお偉いさんのコメントと、「那覇の実業界からも〝赤い市長〟の誕生を危ぶむ声があがっている」との社説がわざわざ並んで掲載されていた。あまり良い感じではない……。

ふと、最近沖縄に行ってきた知り合いから聞いた話を思い出した。敗戦後十二年目の正月を迎えて、依然として米軍の支配下にある沖縄では日の丸の旗を掲げるのは元旦だけにかぎられる。沖縄で日の丸は反米の象徴であり、日の丸の旗をふるのは共産主義諸国を利する敵対行為にあたるのだという。

「子供が日の丸の旗を持って街に出ようものなら、たちまち米軍のＭＰが駆けつけて旗を取りあげてしまうんサ。ここは日本ではないのか、と呆れるばかりサァ」

そう言って苦く笑っていた。

（新しい那覇市長も前途多難、何かといろいろ大変そうだ）

貘さんは読み終えた新聞を丁寧にたたんで、テーブルの隅にきちんとならべた。

煙草に火をつけ、一服してから仕事にとりかかる。原稿用紙をとりだし、万年筆のふたをはずして一文字目を書きはじめる前に一瞬手をとめ、もう一度故郷・那覇に想いを馳せた。

頑張れ《チバリヨー》、那覇《ナーファ》。

声には出さず、唇だけ動かして小さく呟《つぶや》いた。


その後、新しい那覇市長に関する情報はいったん途絶えた。別段理由があったわけではない。沖縄の新聞をもって来てくれる人がたまたまいなかっただけだ。本土の新聞に、沖縄の記事はめったに出ない。

（那覇はどうなっているのだろう？）

貘さんは気になって仕方がない。連日たんねんに新聞を読んでいた貘さんの目が、ある日、ショッキングな見出しに吸い寄せられた。

〝砲弾拾いの主婦を米兵が射ち殺す？〟

〝米兵に射殺された　目撃者が申し立て〟

二月三日の節分の日。主要全国紙はこぞって群馬県相馬ヶ原米軍演習場で起きた米兵による主婦射殺事件を報じた。

事件が起きたのは記事が出る四日前。米軍は当初、
一、立ち入り禁止区域に立ち入った主婦が流れ弾に当たって亡くなった。
二、立ち入り禁止区域から出ていくよう警告のための射撃が誤って命中した。
と、二つの可能性を主張していたようだ。が、複数の目撃者の証言により事件は到底そんなものではなかったことが判明する。

二十一歳の米兵ウィリアム・S・ジラードは、演習場に空薬莢《からやっきょう》を拾いに来ていた地元の主婦、坂井なかさんに「ママさん、ダイジョウブ。タクサン、ブラス（薬莢）、ステイ（落ちている）」と声をかけ、近くに呼び寄せた後、突然大声を出して坂井さんを威嚇。慌てて逃げ出した坂井さんを、背後から十メートルに満たない至近距離で射って即死させたという。

流れ弾が当たったわけでも、警告射撃が誤って命中した事故でもない。

面白半分におこなわれたゲーム感覚の殺人だ。

事実が明らかになると、日本国中から怒りの声がわきあがった。新聞には連日読者から真相の徹底究明と犯人の厳罰をのぞむ投書が寄せられ、事件を扱った短歌も発表された。


振りまかれし薬莢拾う貧しさに けもののごとく狙い撃たれし

朝鮮戦争（朝鮮特需）をきっかけに日本経済は〝奇跡の復興〟を果たした。経済指標はおおむね戦前の水準を回復し、経済企画庁（現内閣府）が前年の『経済白書』で用いた「もはや戦後ではな

い」という言葉が流行語になっている。

だが、重工業を中心とする急速な発展は、都市部と農村のあいだに深刻な格差をもたらした。都市部では「太陽族」と呼ばれる裕福な家庭の子弟らの金に飽かせた無軌道なふるまいが問題となる一方、地方の農村では相変わらず米軍演習場で空薬莢を拾って生活費の足しにせざるをえない〝貧しさ〟が存在していた。

軍の演習地という危険な場所では、当然のように非日常的な事故や事件が発生した。流れ弾や砲弾の破片に当たって怪我をする、軍用車両や超低空飛行の米軍機に轢《ひ》かれる、不発弾が爆発して命を落とす、といった武器がらみの事故が後を絶たない。

不慮の事故ばかりではなかった。

この前年にも、静岡県東富士演習場で、やはり薬莢拾いの主婦が米兵に撃たれて重傷を負う事件が起きている。目撃者の証言から、若い米兵が薬莢拾いの主婦を「まるでスズメを撃つように」面白半分に狙い撃ったことは明らかだったが、本件では撃たれた主婦が事件の公表をのぞまず(「薬莢拾いで生活している他の人たちに迷惑がかかる」)、犯人の帰国で事件自体がうやむやになった。

犯人の米兵の名前をとって「ジラード事件」と呼ばれる今回の主婦射殺事件は、単独、突発的に起きたわけではない。日本各地の米軍基地周辺で頻繁に発生している、ありふれた事件の一つだった。

ジラード事件をめぐる一連の報道で、これまで見ないふりをしてきたさまざまな事実が白日の下に晒《さら》されることになった。

——日本で事故や事件を起こした米兵のほとんどが、裁判にかけられることも罪に問われることもなく、なにごともなかったように帰国している。

うすうす気づいていたその現実を、日本の国民は目の前にあらためて突きつけられた。

日本では年間約五千件におよぶ米兵の犯罪が起きているが、その九十七パーセント以上が裁判にかけられることなく無罪放免になっていた。万引き、盗難、住居侵入、婦女暴行、強姦《ごうかん》、殺人に至るありとあらゆる犯罪が行われ、報道によれば、一部の米兵の間では〝日本では何をやっても基地に逃げ込めばセーフ〟という言葉がひそかに交わされているという。

基地に逃げ込めばセーフ。

日本の警察に身柄を拘束されることもない。

裁判にかけられることもなく無罪放免。

アメリカに帰国すれば全部なかったことになる。

信じがたい話だが、若い米兵たちのあいだで交わされる噂に根拠がないわけではなかった。

一九五一年九月八日。吉田茂を首席とする日本全権団はサンフランシスコにおいて二つの文書に調印した。

一つは講和条約。日本が戦争をした相手国との〝手打ち文書〟だ（但し、ソ連や中国などを除く）。本条約において日本は、沖縄や小笠原諸島をアメリカに差し出すことを条件に主権を回復、独立を果たした。

二つ目が、日米安全保障条約。講和条約によって連合軍《GHQ》による日本占領は終了し、占領軍は日本からすみやかに（〝いかなる場合も九十日以内に〟）引き上げなければならないと取り決められた。ところが、〝米軍の駐留を希望する〟旨の日米二国間条約を結ぶことで、米軍は「駐留軍」と看板を掛け替えただけで日本の領土に留まりつづけることが可能になった。

独立主権国家内に他国の軍隊が一方的に駐留しつづけること自体〝おかしなこと〟だ。全権首席・吉田茂はその不自然さをあえておして日米安保条約を締結した。条約への署名人は吉田茂ただ一人。アメリカ側はダレス国務長官特別顧問以下複数人の署名で、条約としては非対称な、いびつな形式だ。吉田は同行の大使・池田勇人《はやと》（後、首相）に「きみは一緒に署名しないように」と助言したという。後世の非難を覚悟したのだろう。

翌年二月、日米安全保障条約に基づいて日米行政協定（後の日米地位協定）が東京で締結される。日本の領土内にありながら日本の法律下におかれることがない米軍の地位（特権）を取り決めたものだ。前文で〝日米のきずな〟をあえて強調する本協定は「日本の基地に駐留する米兵が犯罪を犯した場合の専属裁判権はアメリカにある」と明確に治外法権を認め（日本の警察は基地内では捜査も証拠品の差し押さえもできない）、さらに駐留米軍に免税特権まであたえるもので、日本が幕末にむすばされた日米修好通商条約（一八五八年調印）同然の不平等条約である。

米兵は日本でなにをやっても逮捕されない。裁判を受けることもない。税金をとられることもない。国際通念上は植民地支配にひとしい関係だ。裁判権についてはその後、〝米軍がＮＡＴＯ（北大西洋条約機構）と欧州で合意した基準――公務中の事故事件はアメリカ、公務以外の場合は当該国が裁く権利を有する――に準じる〟と変更になったが、変更後も日本はＮＡＴＯ加盟諸国に比べて実際に裁判権を行使する割合がいちじるしく低く、ほとんどの場合、権利を放棄してきた。

二十一歳の米兵ジラードが薬莢拾いの主婦を面白半分に撃ったのはその結果だ。

〝独立〟六年にして、日本国内ではいまだ「基地に逃げ込めばセーフ」などと若い米兵が平気でうそぶき、なかには近く転籍になる予定を知るとわざと犯罪を起こして〝逃げ切れば勝ち〟という一種のゲーム感覚の事件すら起きている。

ジラード事件をきっかけに、日本国民のあいだにマグマのように蓄積していた米軍基地への不満が一気に噴出した。真相究明を求める動きは、当時日本各地で起きていた米軍基地反対運動とも連動して、全国規模の抗議運動に発展する。

意外なことに、当時、アメリカでもジラード事件が大きな注目をあつめた。但し、日本とは逆の意味での注目だ。終戦十年余。アメリカ国内では依然として、かつての敵国・日本で自国民が裁かれることに強い嫌悪感がある。米国内の世論調査では「アメリカで裁判を行うべきだ」が賛成多数、「ジラードを救え！」という運動まで起きている。

事件の影響は世界にもひろがった。

自陣の政治体制の〝正しさ〟を競う東西冷戦のさなかである。ジラード事件はソ連を盟主とする共産主義諸国でも大きく報じられ、「そら見たことか。アメリカは口先で民主主義を唱えていても、結局はこんなものだ。アメリカ側についたら、自国民を面白半分に殺されても殺人犯は無罪放免、裁判にかけることさえできないぞ」という宣伝につかわれた。

世界をまきこんだジラード事件裁判は、最終的に日本で開かれることになった。

群馬県前橋地裁が被告人に下した判決は「懲役三年、但し執行猶予四年」。

面白半分に人を殺して執行猶予付きは無罪判決に等しい。

検察は控訴せず、判決は確定する。

ジラードは大手をふってアメリカに帰国した。

後年、この裁判を巡って日米間で「裁判権は日本が行使する。代わりに厳しい判決にはしない」という事前の裏取引があったことを示す文書が確認されている（二〇一一年に外務省が公開）。公平な裁判を国民に保障する日本国憲法への明らかな違反が行われたということだ。

当時の人々にはそんなことはわからない。わからないが、それでもやはりいやな感じは残った。

——自国内で起きた米兵による殺人事件を、日本はまともに裁くことさえできないのだ。

そう思って唇をかんだ者も少なくなかったはずだ。

日本国内の対米感情は、この時期いっきに悪化する。

ジラード事件の推移を新聞で追っていた貘さんは複雑な思いであった。

貘さんとて、裁判の結果に納得したわけではない。だが、それでもなお、判決はともかく、米兵の犯罪を自分たちの裁判所にかけられただけましではないか。つい、そんなふうに思ってしまう。

——沖縄じゃ、米兵を裁判にかけることなんか、夢のまた夢サ。

先日も沖縄から来た知人の口からそんな話を聞かされたばかりだ。

今年四月、沖縄美里村でも鉄屑拾いをしていた主婦が米兵に射殺される事件が起きている。

沖縄と本土との最大の違いは、沖縄では日本の法律が適用されないという点だ。沖縄の裁判所は米兵を裁くことができない。制度としてそうなのだ。基地内で起きた犯罪は無論、基地の外で現行犯逮捕したとしても米兵の身柄は基地内の軍事裁判所に移され、そして、たいていは無罪になる。ごくまれに有罪判決が出た場合でも、その後〝犯人〟がどうなったのか沖縄の被害者には何も知らされない。沖縄の六歳の女の子が米兵に拉致され、暴行殺害されて、死体を砂浜に棄《す》てられていた〝由美子ちゃん事件〟では、軍事裁判で有罪判決が出たというが、その後本国に送られた被告がどうなったのか結局わからないままだ。沖縄では米兵による婦女暴行事件が頻発している。なかには、まだ幼い小中学生を狙った事件も少なくない。琉球警察は、黄色いナンバープレートをつけた米軍関係車両の交通違反さえ取り締まることができない。

「酔っ払った米兵《アメリカー》が運転する車に轢かれても、暴行を受けても、物を盗まれても、火をつけられても、みんな沖縄人が悪いことにされるんサ」

沖縄から来た知人は憤慨しつつも、なかば諦めた様子でそんなことを話していった。話を聞くたびに、貘さんは一人娘のミミコの顔を思い浮かべる。もしミミコが米兵に暴行され、あるいは車でひき殺されたとしたら、どんな思いだろう。貘さんは絶望的な気分で首をふる。そのたびに胸が張り裂けそうになる。

貘さんは故郷を思ってふかいため息をつく。あとで決まって胃が痛くなる。

そんなとき、出版社から思いがけない連絡が入った。

貘さんが戦時中に発表した詩「ねずみ」が、フランスの文学誌『レ・レットル・ヌーヴェル』（ジュリアール書店）に掲載されることになったという。

生死の生をほっぽり出して
ねずみが一匹浮彫みたいに
往来のまんなかにもりあがっていた
まもなくねずみはひらたくなった
いろんな
車輪が
すべって来ては
あいろんみたいにねずみをのした
ねずみはだんだんひらたくなった
ひらたくなるにしたがって
ねずみは

ねずみ一匹の
ねずみでもなければ一匹でもなくなって
その死の影すら消え果てた
ある日　往来に出て見ると
ひらたい物が一枚
陽にたたかれて反っていた

周りは大騒ぎになった。フランスは詩の国。明治開国以来、日本の文学者がこぞって憧れを抱いてきた国である。萩原朔太郎は「ふらんすへ行きたしと思へども／ふらんすはあまりに遠し／せめては新しき背広をきて／きままなる旅にいでてみん。」とうたい、かの地を踏んだ永井荷風は「ふらんす物語」を発表して世間の喝采を浴びた。

池袋の泡盛屋「おもろ」でも、貘さんの詩のフランス語訳をきっかけに文学談義でもりあがり、やれランボーだ、やれヴァレリーだ、ボードレールだ、ヴェルレーヌだ、アポリネールだ、コクトーだ、シュールレアリズムだ、いや、デカダンスだ、象徴主義だ、何だかんだと俄《にわ》か文学談義がかしましい。さんざん好き勝手なことをしゃべったあげく、最後はきまって貘さんをふりかえり、「知ってるよね？」と当然のように質問する。

貘さんは無言で肩をすくめる。あるいは小首をかしげてみせる。すると、かれらは呆れたように目をしばたたかせ、また同じことを熱心にしゃべりはじめる。やれランボーだ、ヴァレリーだ、ボードレールだ、ヴェルレーヌだ、アポリネールだ、コクトーだ、シュールレアリズムだ、デカダンスだ、いや、象徴主義だ……。

周囲の者たちのおしゃべりを聞きながら、貘さんは平気な顔で泡盛のグラスをかたむける。ミミガーやニガウリの小鉢に箸をのばす。そうして、頭のなかでこんな詩をつくる。

あれを読んだか／これを読んだかと／さんざん無学にされてしまった揚句／
ぼくはその人にいった／しかしヴァレリーさんでも／ぼくのなんぞ／読んでない筈《はず》だ

貘さんには、周囲の者たちがなにをそんなに大騒ぎしているのかわからない。

自分の詩がフランス語に訳される。おかげでフランス人は自分の詩を読むことができる。この先きっと、英語やドイツ語やロシア語や中国語や、その他いろんな言葉に翻訳されることもあるだろう。それだけの話だ。むやみにありがたがる必要がどこにあるというのか？

——自分の詩を書けるのは、世界中で自分一人しかいない。

貘さんは心の底からそう思っている。

詩人としての強烈な自負がある。

10

瀬長亀次郎の那覇市長当選は、沖縄米軍民政府や当間任命主席らにとって、青天の霹靂《へきれき》ともいうべき不測の事態であった。

「〝セナガは口だけだ。あんな男は恐れるにたりぬ〟——そう言っていたではないか」

モーア米軍民政府副長官は当間主席を執務室によびつけて、不機嫌な声でいった。

机の上には琉球新報、沖縄タイムス、モーニングスター（英字新聞）各紙の号外がのっている。いずれも沖縄人民党推薦候補、瀬長亀次郎の那覇市長当選を報じたものだ。

「ミスター・トーマ、あなたは私にこう約束した。〝自分を主席に任命してくれれば、那覇市長の後釜には自分と変わらぬ立場の者を据える。米軍と沖縄の関係は、よりいっそう友好的なものとなるはずだ〟と。だから私はあなたを東京のレムニッツァー長官に推薦したのだ」

モーア副長官は机の上の号外にちらりと目をやり、

「ところがどうだ。新那覇市長に当選したのは沖縄人民党推薦候補、よりにもよってあのセナガとは！」そう言って不快げに眉を寄せた。

「レムニッツァー長官は〝今回の選挙結果に米軍はタッチしない〟と発表された。意味はわかるね？　今回の選挙結果については琉球人、就中《なかんずく》那覇市民が自分たちで責任を取らなければならないということだ。さいわい、セナガが那覇市長として動きはじめるのは年明けからだ。わずかだが、時間はある。ニュー・イヤー・ホリデーのあいだになんとか手を打ちたまえ」

モーアは、ハエでも追うように顔の前で手をふった。頭を下げ、いそいそと執務室を出ていこうとする当間には目もむけず、

「われわれ米軍民政府は協力を惜しまない。具体的な方法は、事務方と相談したまえ」

そっぽをむいたまま、投げ捨てるようにつぶやいた。

米軍民政府と当間主席派による巻き返し工作が開始される。

年内に早速、米軍から那覇市への「戦災復興都市計画事業費補助金」の打ち切りが発表された。

これを受けて、琉球銀行は那覇市への融資中止と那覇市の預金の凍結を決定する。米軍の補助金なしでは返済不可能、という理由だ。

時を同じくして当間主席は「沖縄の人びとのあいだに、人民党市長を非合法化すべきとの声がある」と新聞談話を発表したものの、肝心の声の主が具体的に誰なのかは明示されなかった。

年末年始を通じて、地元三新聞は「われわれは赤い市長を受け入れない」という意見広告や社説を掲載する。また「ワシントン共同電によれば、セナガの市長就任について法的疑義がある旨が報じられた」とも報じられたが、この情報も出所は明らかでなかった。

年が明けると、亀次郎の自宅である楚辺《そべ》の雑貨店宛てに、新年の挨拶状や激励の手紙とともに、無署名の脅迫状が大量に届けられた。多くは、

「市長に就任したら、命はないぞ」

といった文面だ。

亀次郎はしかし、べつだん気にするようすもなく、一月七日、予定どおりに初登庁する。

初日始業は午前十時。全市役所職員はすでに庭に集まっていた。

亀次郎は前方に用意された壇にあがり、職員一同を見まわして、思わず苦笑した。

みな、緊張しきった面持ちで列をなし、直立不動の姿勢だ。まるで軍隊の閲兵式である。

亀次郎は鼻のわきをぽりぽりと指でかいた。

就任前から行われている亀次郎への激しい個人攻撃を見て、〝いったいどんな恐ろしい人が来るのか〟と怖がっているらしい。なかには、米軍が那覇市の資金を凍結したせいで年明けから仕事がうまくいかなくなる——そう思って新市長に反感を抱いている職員もあるようだ。

新年早々、むかい風が強い。

「えー、みなさん。私の声が聞こえますか」亀次郎は職員に声をかけた。

「聞こえません！」

一番後ろから、大きな声がかえってきた。亀次郎はしめたと思い、くすりと笑って言った。

「聞こえませんは、けっさくだ。返事があるのは聞こえている証拠である。それではみなさん、聞こえるところまで寄ってきてください」

亀次郎はそういって、両手で大きく手招きした。自分もさっさと壇をおりる。

職員たちは顔を見合わせ、ためらう様子だったが、恐る恐る近づいてきた。

自然と、亀次郎を中心とした円陣になる。亀次郎が得意とする演説会の形だ。

「ごらんのとおり、私はふつうのありふれた町屋小《まちやぐわー》（雑貨店）のおやじであり、世間で騒がれているような化け物でも怪物でもありません。今日、はじめて見た人もいるかもしれないので、まずはよく見て、顔を覚えてください」

亀次郎は両手を広げたまま、みなによく見えるよう体を左右にむけた。小柄な亀次郎の姿を覗き見ようと、後ろの方から背伸びをしたり、首を伸ばす者もある。

職員たちのあいだに広がっていた緊張は、いつのまにかすっかりほぐれている。

「世間では色々と言われているようですが、みなさんは、先の市長選挙が民主的な手続きで行われ、かつ合法的な自由選挙であったことを認めてくれると思います」

亀次郎がそういうと、うなずく顔がいくつもあった。市職員は先の選挙を実施した側の者たちだ。那覇市長選挙が〝民主主義的な手続き〟、かつ〝合法的な自由投票〟で行われたことは、誰よりもよく知っている。その自負もある。

確かに、正当な選挙だった。

その事実を、みなが自分の頭で納得するのを待って、亀次郎は言葉をつづけた。

「ところが、米軍はいま、那覇市民が民主的な選挙で私を当選させたから補助金を打ち切るといっています。これは、どう考えても理屈にあわない。問題があるとすれば、那覇市民の問題でも、私の問題でも、もちろんあなたがた那覇市職員の問題でもない。資金を凍結した米軍側の問題です」

あっ、という顔をする者が、亀次郎のすぐ近くで何人もあった。

「私は自分一人では何もできないことを誰よりも知っているつもりです」と亀次郎はいう。「これからみなさんと一緒に、不当な決定をした米軍と交渉し、市民を苦しめる問題をひとつずつ、誇りをもって解決していきましょう。堅苦しいあいさつは、以上です」

円陣のあちらこちらから、自然と大きな拍手がわきあがった。緊張した、あるいは不満げな面持ちだった者たちは、すっかりリラックスしたようすで顔を見合わせ、笑顔でうなずきあっている。

職員たちへの挨拶を済ませたあと、亀次郎は当間主席や琉球銀行総裁を自分から訪ねた。

「お互いやり方は違うかもしれないが、那覇市民、沖縄県民のために働こう。ただし、うそはいかんよ」

亀次郎のまっすぐな、それでいてユーモアを交えた言葉に、相手は肩すかしをくらったように苦笑いするばかりだ。どうやらもっと攻撃的な出方を予想して、身構えていたらしい。もっとも、亀次郎にしてみれば当たり前の話だ。市民から選ばれた市長なのだ。那覇市民のために働かなくてどうする。個人的な好悪など二の次、三の次である。

その足でモーア米軍民政府副長官も訪ねたが、「会って話すことはない」とむこうから断わってきた。

亀次郎は、フン、と鼻を鳴らした。

（身体《なり》はでかいが、肝っ玉の小さい男だ）

肝っ玉の小さい男ほど、凶暴性を発揮する。そのことを亀次郎は、戦前、労働運動にかかわり、特高警察に弾圧された経験からよく知っていた。やっかいな相手、扱いに気をつけること、と頭のなかにメモする。

市長室にもどり、窓から見える那覇の街を一望して、亀次郎は眉根をよせた。

街のあちらこちらで工事が中断したままだ。道路はがたがた。未舗装の路面は、雨が降れば泥田にかわる。市内を流れる川には不発弾を含む多くの危険ながれきが埋まっていて、橋をかける以前の問題だ。市民生活を支える公設市場も整備する必要がある。子供たちが安全に思いきり遊べる公園もつくってやりたい……。

那覇市長としてやりたいこと、やらなければならないことは、いくらでもある。

何をするにしても、まずはお金の話だ。

予算がなければ工事も再開できない。

本来なら、戦争で米軍が破壊した那覇の街の復興にアメリカが資金を提供するのは当然の話だ。

ところが連中は、那覇市民が亀次郎を市長に選んだことに腹を立てて「セナガが市長のあいだは那覇市に金は出さない」と、さらには「セナガが市長を辞めれば、今までどおり金を出してやる」と公言しているのだ。

民主主義を金で売れ、とはまた、自由と民主主義を標榜するアメリカにあるまじき行為ではないか。

亀次郎は、かれらの理不尽な理屈に頭をさげるつもりはさらさらなかった。理不尽な理屈に一度頭をさげれば、人はすぐに何度でも平気で頭をさげるようになる。気がつけば、自分より立場の弱い者により理不尽な理屈をおしつけて当たり前だと思うようになる。その先、人や社会がどうなるかは、戦前いやというほど見てきたはずだ。

亀次郎はたとえ殺されようとも、自分から市長を辞めるつもりはなかった。代替案が必要だ。

(さて、どうしたものか?)

思案の末、亀次郎は市に金がないことを那覇市民に正直に打ち明けることにした。

市議会では案の定、反対派の議員がいきりたち、常軌を逸した言葉で新市長を罵倒した。

「市民に金がない話をしてどうする!」

「金がないのはあんたのせいだろう」

「辞めろ、辞めろ」

「あんたが市長を辞めれば全部解決するんだ!」

対して亀次郎は、一度も声を荒らげることなく、水のような冷静な態度で対応した。そして、選挙で選ばれた市長が米軍におどされて職を投げ出すのは市民への裏切りであること。間違っているのは米軍であり、那覇市民ではないこと。われわれに必要なのは市民の代表であることを念頭におき、議会の品位を高める努力をすること。正義はかならず顕《あらわ》れることなどを、諄々《じゅんじゅん》と説いた。

「いくら正義を説いても、金は出てこないぞ」

反対派の議員はあざ笑うような野次を飛ばした。

だが、亀次郎の演説は意外な形で、予期せぬ効果を生んだ。

市に金がないことを知った那覇市民が市役所を訪れ、未払いの税金を自主的に納めていくようになったのだ。

誰が言い出したのかは、わからない。

最初は一日に一人か二人だった。

そのうち、だんだん数が増えていった。

なぜ自分から税金を納めにきたのか、と窓口で理由をたずねた市職員に、地元のオバアの一人は、

「自分たちが選んだ市長を守るためには、みんなで税金を納めるしかないさァ」

と平気な顔でこたえて税金を払っていった。

自主的納税者はやがて、那覇市役所や首里支所の建物まで五百メートルもつづく市民の行列となった。

最初に聞いたときは、亀次郎も正直半信半疑だった。亀次郎自身、かつて税金不払い運動を指導したことがある。為政者を守るために市民が自らすすんで税金を支払う？　そんなことが現実の世界であるものだろうか？

納税用紙と現金を手に並んだ那覇市民の誇りに満ちた表情を目にして、亀次郎は胸がいっぱいになった。本土に比べて沖縄はまだまだ貧しい。現金収入の途はかぎられ、けっして豊かな暮らしをしているわけではない。自分たちの日々の生活を守るために精一杯のはずだ。そんななか、自分からすすんで笑顔で税金を納めにいく市民が、世界中さがして、いったいどこにあるだろう。

生まれてこの方、亀次郎はこれほど感動したことはなかった。

――ここに並んでいる人たちこそが市政の主人公である。

亀次郎は心に刻んだ。

――かれらのために、全身全霊、命をかけて働こう。

そう決意した。

納税率は、市政はじまって以来空前の九十七パーセントに達する。

集まった税金は、沖縄の金融機関が預かってくれないので、大きな金庫を買って市役所に据え、職員が交替に番をすることになった。

那覇の状況が伝えられると、沖縄島内、さらに本土からも支援の手紙が届きはじめる。「那覇市瀬長亀次郎市長宛」「沖縄県那覇市　市長殿」。それだけでちゃんと届いた。届いた支援の手紙は五千通におよび、なかにカンパを同封したものも少なくなかった。さらに、本土の労働組合から大量の建築資材が届けられた。木材、セメント、鉄筋、ブロック、ベニヤ、といったものが那覇の港に山と積まれた。無償でクレーンを貸与し、あるいは技術指導を申し出る個人や企業もあった。父兄のなかには、子供たちの安全な通学路を自分たちの手でつくろうと、川を浚《さら》い、橋をかけるべく汗を流す者もある。

各地で中断されていた工事が再開された。

米軍の金などなくとも何とかなるということだ。

亀次郎は反撃に転じる。

最初に手をつけたのが前市長・当間重剛の経理不正追及であった。書類を調べると、那覇市の土地を知り合いの会社に使わせておきながら使用料を一銭も徴収していない——そんな例がいくらでも出てきた。

沖縄特有の〝付き合い政治〟だが、厳密に言えば市財政に対する背任行為だ。

どうりで市に金が足りないはずである。

当間派の市議会議員は慌てて三月議会で瀬長新市長に対する不信任案を提出しようとしたが、不発に終わる。反セナガ派と目されていた議員からも七人の離反者が出たのは、なりふりかまわぬ当間主席への反発もさることながら、新市長に期待する那覇市民の声を恐れたためであろう。

米軍が反米的として攻撃するセナガ市長のもとで、皮肉なことに那覇市政は〝民主主義のショーケース〟のごとき様相を呈している。

＊

亀次郎が那覇市長として奮闘するこの年、沖縄を巡る統治システムが大きく変化する。

それまで沖縄は在京の極東軍総司令部長官が管轄《かんかつ》し、現地には副長官が派遣されていた。

この年、極東軍総司令部が廃止され、それにともない沖縄に高等弁務官が置かれることになる。

高等弁務官（high commissioner）

もとは英連邦諸国間における外交大使を指し、通常は文官がこの任にあたるが、沖縄高等弁務官だけはなぜか歴代、現役軍人から選ばれた。「沖縄に基地があるのではなく、基地の中に沖縄のひとたちが住んでいる」。アメリカはそう見なしていたのだろう。

初代高等弁務官には、米軍民政府副長官J・E・モーア中将がそのまま就任する。モーアにしてみれば、それまでいちいち意向を気にしていた在京の長官がいなくなった――急に〝頭の上の重しがとれた〟ようなものだ。

沖縄高等弁務官には、司法・立法・行政すべての面において〝独裁者〟ともいうべき絶大な権力が与えられた。例えば、立法院が定めた法律を拒否し、無効にすること。いかなる公務員もその職から罷免すること。刑の執行を停止し、刑を変更あるいは恩赦をすること。安全保障のため必要があるときは琉球列島におけるすべての権限を自ら行うといったことだ。

青天井の権力をにぎった軍人の万能感ほど恐ろしいものはない。

高等弁務官はほどなく「沖縄の王」と呼ばれることになる。

初代「沖縄の王」高等弁務官J・E・モーアの亀次郎に対する反感は、やや常軌を逸している。異常といっていいほどだ。

新那覇市長の形式的な挨拶をモーアが断わったことは先に述べた。もともと生理的に合わないという面もあったのだろう。モーアは亀次郎が市長に選ばれて以来、那覇市にさまざまな形で嫌がらせを仕掛けてきた。

米軍の復興補助金打ち切りを手はじめに、琉球銀行以下沖縄金融協会に対して那覇市との取引停止を要請。さらに水源地域の市町村議会に圧力をかけて、那覇市への水の供給を止めさせた。水資源を取引材料にするのは人道上、また国際法上も許しがたい蛮行だ。そもそも水は沖縄のものである。「セナガが市長を辞めれば、水の供給を再開する」という露骨すぎる提言と、フェンスを隔てて隣接する米軍施設の緑の芝生は、那覇市民の反感を逆にあおる結果となった。井戸水で渇水期をしのぐ多くの市民が亀次郎をつかまえて「(こんなひどいことをする)米軍を早く沖縄から追い出してくれ」と励ます始末だ。

モーアは琉球政府にも圧力をかけ、「琉球政府は那覇市に対して補助金を出せない」というコメントを発表させる。那覇市が日本政府に直接かけあって直接戦災復興補助金を引き出そうと考えていることを知ると(本来そうあるべきだ)、今度は那覇市長・瀬長亀次郎の本土渡航申請を拒否。拒否理由は示されず、再度の申請も拒否された。

——金がなければなにもできまい。

というモーアの目論《もくろ》みはしかし、市民の自主的納税という思いもかけぬ展開を生み、さらに本土からのカンパ、建築資材の提供、市民のボランティア、また地元企業との癒着をなくして市有地の正当な使用料を徴収するなどの民主主義的手段によって切り抜けられてしまう。

モーアの〝セナガぎらい〟はいっそう激しさを増す。那覇市や亀次郎の話が出るだけで不機嫌になり、周囲に当たりちらして、なだめるのが大変であった。モーアにとってカメジロー・セナガは沖縄で自分に頭を下げない唯一の人物、目のうえのタンコブ、目ざわりきわまりない存在だった。

カメジローの名前が出るたびに示される異常な激高に恐れをなした周囲の者たちは、「沖縄の王」モーアの顔色をうかがい、なんとか機嫌をとろうと走りまわる。「島ぐるみ闘争」のさいに絶大な効果を発揮した伝家の宝刀、米軍関係者立ち入り禁止《オフ・リミッツ》の那覇市への適用も提案されたが、これは米軍基地内からの反対が強く(「若い兵士たちをおさえきれない」)、立ち消えになった。

水と資金。

渡航申請拒否。

その他さまざまな手段が講じられ、地元新聞には連日のように沖縄財界人が登場して瀬長市長には協力できない旨の記事が掲載された。

それでも、那覇市民の亀次郎に対する信頼はあつく、市政への支持はなかなか崩れない。

業を煮やしたモーアは、CIC(米軍防諜部隊《ぼうちょう》)に那覇市市議会議員の切り崩しを命じる。市議会議員を一人ずつ料亭その他適切な場所に呼び出し、恫喝と誘惑の両面から搦《から》めとる作戦だ。

議員各人の野心と弱点――両方、もしくは片方――の情報収集に〝反米活動取り締まり〟を任務とするCICがフル活用された。

目的はただひとつ、セナガ市長の追放である。

当時、料亭に呼び出された議員の一人が「市長の不信任に同調すれば、会社嘱託として毎月現金を支給する」と提案され、憤慨してその場で席を立ったという話を伝えている。同じ、もしくは別の提案に席を立てなかった者もいたのではないか。「那覇市民のためだから」という耳ざわりのよい口実も用意されている。恫喝や誘惑に屈したとしても罪悪感は最小限で済んだはずだ。

六月十七日。

沖縄民主党・仲井真《なかいま》元楷議員が議会に市長不信任案を上程し、二十四対六で可決された。不信任案が成立しなかった三月議会から二か月余りのあいだに何人かの議員が立場を変えた計算だ。

不信任案提出の噂は事前に漏れ、当日の那覇市議会は一千五百名余の傍聴人がつめかける異常な雰囲気のなかでの開催となった。

不信任案が可決されると、傍聴人の野次や指笛で議場は騒然となる。

「こんな馬鹿な話があるか」

「おれたちが選んだ市長だぞ」

「正気か」

「誰に買収されたんだ」

一千五百人余の市民が議場をとりかこみ、議員を外に出そうとしない。一触即発、暴動が起きかねない危険な雰囲気だ。「たっくるせ（やっちまえ）」と殺気立った声もあがるなか、亀次郎が議長席のマイクの前に立った。

「市民に選ばれた市長の権限として、那覇市議会を解散し、那覇市民の民意を問う市議会選挙を行います」

亀次郎の冷静な声に議場は一瞬しずまり、たちまち盛大な拍手と歓声がわきあがった。

「そうだ、解散選挙だ！」

「アメリカの弁務官にしっぽをふる奴らは選挙で叩き落とせ！」

野次と歓声がとびかうなか、反瀬長派の議員たちは憮然《ぶぜん》とした顔つきで議場を出ていった。


双方候補者による立ち会い演説会がはじまった。

亀次郎が参加する会場は毎回数万の人々がつめかける人気ぶりだ。なかでも七月二十七日、那覇ハーバービュー広場で行われた演説会は、翌日の新聞が「無慮（およそ）十万」と書かざるをえなかったほどの、すさまじい人出であった。

――何を問う選挙なのか？

これほど争点のはっきりした選挙も珍しい。

年明けから半年間の瀬長市政を那覇市民はどう評価するのか？

この半年、高等弁務官モーアは那覇市民が選んだ市長が反米的であるとして、〝水攻め〟をはじめ、さまざまないやがらせを市に仕掛けてきた。それを受けて市民は、市長不信任案を可決した議員らとともに、自分たちの判断はまちがっていましたと頭を下げて、「沖縄の王」モーアにこれ以上のいやがらせをしないようお願いするのか（その方が楽なのは間違いない。水を止められることもなく、お金も入るだろう）。

それとも、これからも瀬長市長とともに苦しい闘いをつづけるのか。

那覇市民にとっては、切実な生活の問題であると同時に、今後自分たちがどんな社会に生きていくのかを決める重要な選挙だった。那覇市民は連日深夜におよぶ演説会を聞きにやってきた。候補者が何を話すのか、その内容によって投票先を決めようとしていた。

八月四日、投票日。

朝から生憎の雨にもかかわらず、投票率は早い時点で七十パーセントを超え、市民の関心の高さを示した。

結果は、瀬長市長派の議員が十二議席を獲得。六議席から倍増の大躍進だ。一方、不信任を主導した反瀬長派は、改選前より七議席減の惨敗である。

不信任案による市長追放案はこれで不可能になった。

勝負あった、ということだ。

その夜おこなわれた祝賀会の席上、亀次郎は勝利に酔う当選者や支持者を前に次のような演説をする。

「今回の選挙で、あなたたちは十二（名）の市民を嵐から守るガジュマルを植えつけました。いま植えつけたばかりですが、その根は市民のあいだにしっかりと根をはっています。

ガジュマルがうっそうと繁《しげ》り、足もとにつくりだす木陰はこよなき憩いの場所です。反対派の議員がいつか闘い疲れて休ませてくれと頼みこんできたら、否、頼まれなくても疲れているなと見てとったら、かれらを木陰に誘い入れて休息させてあげてください。水も飲ませてやってください。そして、説得するのです。ガジュマルになれと。そうすれば、かれらもまた、やがて那覇市民の生活を嵐のなかで守り抜く、見事なガジュマルとなるでしょう」

勝ち誇るのではなく、敗者に手を差し伸べること。

敗れた者たちの声に耳を傾けることこそが、民主主義の根幹である。

亀次郎は自戒をこめて、支持者に静かにそう訴えかける。

しばらくして、アメリカの雑誌「USニュース&ワールドレポート」に那覇市議会選挙に関するユニークなコラムが掲載された。

「オキナワのナハ市長セナガはフェアな闘いで強いアメリカをうち破り、新たなヒーローとなった。一方、オキナワ高等弁務官ジェームズ・モーア中将は選挙結果についてこう語っている。『選挙の結果がどうであれ、我々の政策は変わらない。セナガやその支持者に対して我々が態度を軟化させるようなことは決してないだろう』。

やれやれ。オキナワにおいてアメリカは、まるで小さなハエをやっつけようとしては失敗する大男のようだ。大男が腕をふりまわして失敗すればするほど、こっけいに見える……」

記事を読んで、モーアは怒りのあまり、顔色が紙のように白くなった。

「沖縄の王」としてのプライドを笑い者にされ、威厳を踏みにじられた気がした。

かくなる上はもはや、どんな小さな敗北も許されない。

モーアは部下の一人を執務室に呼びつけ、あることを命じた。


亀次郎がその知らせを聞かされたのは、沖縄の長い夏がようやく終わり、秋も深まった十一月二十四日、恒例の那覇市民運動会の席上だった。正確には、地区対抗の百メートル競走、二千メートルリレー、自転車競走、仮装行列、爬竜舟《ハーリーブニ》競走、といった競技種目がすべて終了し、優勝旗の授与式もすんで、参加者全員による後片付けのさいちゅうだ。

「今回の布令に関して、どうお考えですか?」

顔見知りの地元紙新聞記者から、いきなりたずねられた。

何の話かわからず、片付けの手をとめ、訝《いぶか》しげに眉を寄せていると、新聞記者が布令の写しをポケットから取り出して亀次郎に見せた――。

この日、モーア高等弁務官は突如、三つの布令を発表した。

一、首長の不信任議決の際は、議員の（三分の二ではなく）過半数の出席で可決できる。

二、過去に罪に処された者は、立法院議員の被選挙権を有しない。

三、過去に罪に処された者は、市町村長ならびに市町村議員の被選挙権を有しない。

というもので、法改正の狙いが亀次郎一人にあることは誰の目にも明らかだ。

亀次郎を那覇市長の座から追い落とし、同時に過去の投獄を理由に今後いっさいの公職につけないよう被選挙権を剝奪する。

透けて見える意図があまりに露骨すぎたために、三つの法改正は後にまとめて「セナガ布令」と呼ばれることになる。

本来なら、法律改正には立法院での議論と決議が不可欠だ。が、民主主義的手続きも住民の権利保護もすべて無視され、高等弁務官が発する布令によってどんな法律も改正（悪）される――それが沖縄の現実だった。

「今回の布令に関して、どうお考えですか？」

もう一度同じ質問をされた。どうもこうも、いま聞いたばかり、寝耳に水の話だ。指先で顎をつまみ、ふりかえると、他社の新聞記者もいつの間にか雁首《がんくび》そろえて返事を待っている。

（知らぬは亭主ばかりなり、というわけか）

亀次郎は小さく苦笑し、ひとまず「今回の米軍の措置に対してあくまで闘いぬくつもりだ。それが市民に選ばれた市長としての務めである。あとのコメントは明日。市長室においで」と言い置いて、市民運動会の役員や競技参加者が待つ慰労会場にむかった。

那覇市内の料理屋「万人屋」にあつまった関係者の前で、亀次郎は最初に運動会の無事の成功をねぎらったあと、市長追放指令がきょう四時に出されたこと、米軍の突然の措置に対してあくまで闘いぬく決意であることを述べた。

周囲を見まわすと、みな驚きのあまり呆然とした顔つきだ。

我にかえって悔し涙にうつむく者もある。やがて会場のあちらこちらからすすり泣きが聞こえはじめた。

亀次郎は片手を頭の後ろにまわして、ぼりぼりとかいた。

「諸君。今晩はひとまず心ゆくまで飲み、歌って、運動会の成功を祝おう。それから、われわれの輝かしい勝利を祝福するとしようではないか」

予期せぬ言葉に、会場に集まった者たちがいっせいに顔をあげた。

輝かしい勝利？

みな、亀次郎が何を言い出したのかと首をかしげ、目をしばたたいている。

亀次郎はニコリと笑い、唇の端に笑みを浮かべたままこう言い放った。

「今回の一件で勝ったのは那覇市長であって、アメリカの弁務官ではない。カメジローは勝った。アメリカが負けたのだ」

思いもかけぬ亀次郎の〝勝利宣言〟に誰もが呆気にとられた。

「乾杯！」

高くグラスを掲げた亀次郎の小柄な姿を、居合わせた全員がポカンと口をあけて眺めている。

11

貘さんは夢を見た。
夢のなかで貘さんは、十歳ちがいの一番上の兄と詩について話をしていた。

これがこうなるとこうならねばならぬとか
これがこうなればこうなるわけになるんだから
こうならねばこれはうそなんだとか
兄は相も変らず理屈っぽいが
まるでむかしがそこにいるように
なつかしい理屈っぽいの兄だった
理屈っぽいはしきりに呼んでいた
さぶろう
さぶろう　と呼んでいた
僕は自分がさぶろうであることをなんねんもなんねんも忘れていた
どうにかすると理屈っぽいはまた
ばく
ばく　と呼んでいた
僕はまるでふたりの僕がいるように

ばくと呼ばれては詩人になり
さぶろうと呼ばれては弟になったりした

夢から覚めた貘さんは、身動きもせず、暗い天井にじっと眼を凝らした。暗がりに長兄の顔がありありと思い出される。声の響きがすぐ耳もとに聞こえている……。

貘さんは、ふうっ、と一つ大きく息を吐いた。

自身絵を描き、詩も作った長兄（山口重慶）は、三男坊《サンルー》の貘さんの才能を最初に認めてくれた人だ。自分が所属していた沖縄の芸術グループの仲間に弟を紹介し、また本土から有名な洋画家が来たときは、当時中学生だった貘さんに首里や那覇の案内係をさせて本土の画家がどんなふうに絵を描くのか直接学ぶ機会を与えてくれた。

弟の詩が沖縄の新聞や雑誌に掲載されるようになると、長兄は目を細めながらも、貘さんをつかまえて色々と意見をした。「もっと大きな詩を書け」。それが長兄の口癖だった。貘さんが沖縄を離れ、東京の雑誌に詩を発表しはじめたあとも「身辺雑記には飽き飽きした。もっと大きな詩を書け」とわざわざ手紙を書いてきたこともある。

長兄は理屈っぽい人だった。長男《チャクシ》としての責任感もあったのだろう、弟の詩が東京の雑誌に発表されたのを喜びながらも、もっと世の中で尊敬される詩人になってほしいと願っていたようだ。が、当時から貘さんには〝世の中で尊敬される詩人〟などというものはどうにもうさん臭く思われ、兄の希望に添うような詩を書けなかったのは今となっては残念なかぎりだ。

長兄は沖縄で戦争が終わった年の十一月に亡くなった。敗戦後の混乱のなか、死因は栄養失調だったという。貘さんは、しばらくしてからその話を聞かされて、絶句した。自分の詩を最初に認めてくれた兄がもうこの世にいないということが信じられない思いだった。

貘さんには亡くなった長兄のほかに兄弟姉妹が五人いる。姉が二人と兄が一人、それに弟と妹だ。両親は与那国にわたった弟が面倒を見ていたが、講和条約発効前年に母が死去、父もその二年後に亡くなった。知らせを聞いても貘さんにはどうしようもなく、どちらの場合も一夜、故人を偲《しの》んで白湯を飲んで通夜をしたばかりであった。

貘さんがまだ結婚する前、放浪生活《ルンペン》をしながら詩を書いていたころ、沖縄の妹から何度か手紙を受け取った。「兄さんはきっと成功なさると信じています」とか、「兄さんはいま東京のどこにいるのでしょう」とか、人づてによこした音信《たより》のなかに妹のまっすぐな眼を感じて、貘さんはナイフを突きつけられたように胸が痛かった。返事をしようにも「兄さんは相変わらずビンボウなのです」とも書けず、「兄さんは成功しようかどうしようか結婚でもしたいと思うのです」とも書けず、「東京にいて兄さんは犬のようにものほしげな顔をしています」とも書けず、「兄さんは住所不定なのです」とは、ますます書けなかった。

問い詰められたように身動きができなくなってしまい、満身の力をこめて、やっとの思いで葉書にかいたのが「ミナゲンキカ」の一言だ。

長兄が亡くなってから今年で十三年になる。貘さんはまだ一度も沖縄に帰っていない。沖縄はいまだに米軍の軍政下にあって、帰るにはパスポートが必要な場所だ。貘さんは故郷を思うたび、自分が問い詰められているかのように身動きができなくなる。満身の力をこめ、やっとの思いでこう呟く。

ミナゲンキカ。

12

――セナガは勝ちました。アメリカが負けたのです。

那覇市民運動会の片付けのさいちゅうに知らされた市長追放令に対して、亀次郎は周囲の者たちを啞然とさせる不思議な〝勝利宣言〟でこたえた。

翌日の十時から開催された那覇市議会は、ただちに瀬長市長不信任案を議決する。まるで追放布令の内容を先に知っていたかのような手際のよさだ。

セナガ布令によって、亀次郎は那覇市長の職を追われただけでなく、その後の公職への被選挙権まで剝奪された。

市長就任からわずか十一か月。市長としてやるべきこと、やりたいことは、まだ何ほどもできていない。

亀次郎はしかし、周囲の者たちに一度もがっかりした顔を見せなかった。

「セナガは勝ちました。アメリカが負けたのです」

市長離任の挨拶の席でも、亀次郎は勝利宣言をくりかえした。

不思議な勝利宣言の意味をたずねる者たちに、亀次郎は顎をあげてこう答えた。

「民主主義を国是に掲げる大国アメリカが、占領地オキナワの一市長を追放するために〝布令改悪〟という非民主主義的な手法に頼らざるを得なかった。かれらは民主主義的手続きではセナガと那覇市民に勝てないことを認めたのだ。道理を貫くことができなかったアメリカは、歴史のなかで敗者となった。勇気と道理を貫いたセナガと那覇市民が勝ったのだ」

いくらかはやけっぱちもまじっている。

自分がいま元気をなくしていたのでは仕方がない。がっかりした顔を見せないこと。それが新たな闘いへの第一歩だ。亀次郎はフンドシを締めなおす。

翌日午後七時からハーバービュー広場において開催された「市長追放抗議市民大会」には十万人を超える大群衆がつめかけた。

十万人以上。

当たり前のように書いたが、実際目の当たりにすれば〝人の海〟だ。

沖縄でこれだけの数の人が集まったのは、プライス勧告への怒りが全沖縄に燃えひろがった「土地を守る四原則貫徹大会」以来のことだ。那覇市長の追放劇が、いかに沖縄全体の問題としてとらえられていたかの証拠だった。

追放布令に抗議する弁士たちの熱弁に、大きな拍手と鋭い指笛がわきあがる。時折、うおーっ、という、地面を揺るがすような歓声とも叫び声ともつかぬどよめきが会場を包み込んだ。そのたびに人の海が波となってうねる。聴衆のなかから感極まった労働者や学生が飛び入りで演壇にあがり、沖縄を支配するアメリカの横暴を糾弾する声をあげる。会場の雰囲気は時間とともに、さらにヒートアップしてゆく……。

市民が投票で選んだ市長が、アメリカから来た高等弁務官の一声（布令）で追放された。理由は、アメリカが任命した高等弁務官の意に添わないからだという。

沖縄をなんだと思っているのだ！

那覇市長追放が引き起こす沖縄のひとびとの怒りの大きさを、モーア高等弁務官は完全に読みちがえていた。

抗議集会の後半、いよいよ亀次郎当人の出番だ。「がんばれ、カメジロー！」「カメさん、チバリヨー！」。どよめくような大合唱に迎えられて亀次郎は演壇に上がった。十万聴衆の視線が亀次郎に集中する。

もはや多くを語る必要はない。

亀次郎は片手を高くさしあげ、こぶしを握り、いまや沖縄のひとびとにすっかりお馴染《なじ》みとなった独特の声をあげる。

「みなさん、私は勝ちました！　アメリカは負けたのです！」

地鳴りのような拍手と歓声、指笛が乱れとぶ。亀次郎はこうつづけた。

「みなさん、第二、第三のセナガを出しましょう。それがアメリカに対する何よりのプレゼントです。真実には弓矢も立たない《マクトゥヌウイネエーユミヤンタタン》。間違ったことをしたアメリカは負けるしかない。勝利はわれわれの側にあるのです！」

ウチナーグチで沖縄の諺を引用して語りかける亀次郎の演説に、拍手と、大喚声と、指笛が、しばらくのあいだ鳴りやまなかった。

その夜、ハーバービュー広場に集まった十万の群衆は何度も何度もこぶしを空に突きあげ、「がんばろう！」「カメジロー、アメリカーに負けるな！」「祖国復帰万歳！」「土地は売らないぞ！」と叫びつづけた。

十万人が集まった那覇市長追放抗議集会を受けて、本土の新聞でも様々な報道がなされた。

「ガンばっていた那覇市長、ついに締め出される。非民主的なのはいったいどっちじゃ。那覇で抗議の大集会」（朝日新聞）

「権力で法を改正し、追放するのは民主主義に反し、法治国家のやることではない」（産経新聞）

「沖縄の住民はわれわれの同胞であり、この同胞が非民主主義的な取り扱いをうけることに対し、われわれは重大な関心をもつ」（毎日新聞）

各紙一様に、アメリカの沖縄統治プロセスに対して疑念を表明する内容だ。

対して日本政府は「（沖縄においては）現在米軍にあらゆる権限があるのだから、政府の正式見解の表明は避けたい」と首をすくめ、頭をさげてなんとかやりすごそうとする。

その後、海外メディアがこの問題を報じると〝オキナワ〟はたちまち国際社会の注目を浴びる存在となった。

――大国アメリカが、太平洋の小さな島オキナワに厳しい軍政を敷き、非民主主義的なやり方で住民を苦しめている。

東側（共産社会主義）諸国はここぞとばかり、鬼の首でもとったようにアメリカを非難した。西側（資本主義）同盟諸国からも事実関係の確認と善処を求める声がわきあがる。ことに欧州では、第二次世界大戦中にイギリス軍の要塞となり、戦後も英軍の圧政に苦しんでいる地中海の島〝キプロス〟と重ねて論じられ、〝太平洋のキプロス、オキナワ〟に対する同情論がひろがった。

沖縄統治への国際的な非難の声がひろがるなか、米国務省は本件に対して何度もコメントを出し、やっきになって〝良からぬ噂〟の火消しにまわった。


年が明けた一九五八年一月十二日。

亀次郎の後任を選ぶ那覇市長選挙が行われた。

この選挙では、米軍民政府の事前予想をくつがえし、亀次郎が「第二のセナガ」と後継指名した兼次佐一《かねしさいち》が当選。「セナガは勝ちました。アメリカは負けたのです」という亀次郎の言葉を裏づける結果となる。

兼次候補を応援し、熱のこもった選挙運動を展開したのが民連（民主主義擁護連絡協議会）だ。

民連はもともと、亀次郎が市長時代、那覇市議会で多数を占める反瀬長派に対抗してつくられた瀬長市長支持議員による超党派（沖縄人民党、沖縄社大党、無所属）の集まりだった。セナガ布令発令後はアメリカの横暴に憤慨する那覇市民の支持をひろくあつめ、市長選で「第二のセナガ」を生み出す応援母体としての役割を担った。

那覇市長選挙をきっかけに、民連は「島ぐるみ闘争」の受け皿となる。

民連の推薦を受けた候補者が各地の区議会、市議会、市長、区長、村長選挙で次々に当選。民連の〝お墨付き〟は絶大なる効果を発揮した。

その後も「民連ブーム」の勢いは止まらない。

三月に行われた第四回（全沖縄）立法院議員選挙でも、民連の推薦候補者があわせて九万三千票余りを獲得。民連の力を見せつける。

沖縄の選挙結果は、アメリカ本国でも大きく取りあげられた。

――われわれアメリカは、オキナワ統治に失敗しているのではないか？

米国議会が沖縄統治に目をむけ、施政方針の変更を本気で議論しはじめたのはこのときからだ。沖縄が示しつづけてきた民意に、ついにアメリカ本国が動きはじめる。

四月十一日。モーア高等弁務官は「軍用地強制収用」と「軍用地料一括払い」方針を中断することを発表。「軍用地問題は現在アメリカ本国で再検討中である」とのコメントを出した。

月が変わった五月一日。

突然、モーア高等弁務官の交替が発表される。弁務官就任一年に満たない離任だ。沖縄統治を混乱させた責任を問われた更迭人事とみてまちがいない。

モーアに代わって沖縄高等弁務官に就任したのはドナルド・P・ブース陸軍中将。陸軍士官学校からコーネル大学に進み、工科を履修。戦後は西ドイツに赴任し、五五年から参謀本部で人事を担当してきた。大戦中、ノルマンディはじめヨーロッパ各地を転戦した〝歴戦の兵士《つわもの》〟モーアとは、やや毛色が異なる人物だ。

ブースに期待されたのは、沖縄の基地問題をこれ以上こじれさせない調整能力だった。

高等弁務官就任後、ブースが最初に取り組んだのが「島ぐるみ闘争」の沈静化だ。

「土地を守る四原則」を掲げる島ぐるみ闘争に対して、ブースは〝銃剣とブルドーザー〟による「軍用地強制収用」と「地代一括払い」の方針を撤回。これを「土地賃貸契約」と「一年から十年ごとの地代払い」に転換する。「強制収用」から「賃貸契約」へ。実質上買い上げを意味する「一括払い」から「年度を限った地代払い」への変更は大きな方針転換だ。軍用地料問題でも、プライス勧告の査定額を一気に六倍に引き上げるなど、大きな譲歩を示した。

さらにブースは、琉球政府次期主席を米軍による任命制から立法院の多数党からの選出に変更すると発表。刑事裁判権の四分の三以上を琉球裁判所に移管する方針を示すなど、アメリカが民主主義的手法にのっとって沖縄を統治していることを内外にアピールする。

沖縄上陸以来、強硬方針一辺倒だったアメリカが沖縄に示したはじめての譲歩だ。

占領軍のトップ（モーア高等弁務官）を更迭し、さらに土地問題その他でアメリカから大きな譲歩を引き出した。旧日本軍がトッコウ精神をもってしてできなかったことを、沖縄は為しとげた。一片の暴力（武力）も用いることなしにだ。

理不尽な圧政に屈することなく、強大な武力を振りかざすアメリカを自分たちの力で押し返した経験は、沖縄にとって大きな自信となる。

13

みんなで貘さんを里帰りさせよう。

東京の者たちのあいだでそんな話が盛りあがりはじめたのは、いつのころからだったか。

この年（一九五八年）二月、戦中に発表した詩「ねずみ」がフランスの文芸誌に掲載されると、貘さんは日本の文芸業界内でちょっとした時の人となった。外国で紹介された途端、日本の新聞の文化欄や文芸誌から取材や原稿の依頼が相次いで舞いこみ、貘さんは大忙しだ。しかし「ねずみ」は十年以上前に日本語で発表した作品なのだ。フランス語に翻訳されたからといって、「はじめて読んで感動しました」といわれても、貘さんとしては対応にこまる。あげく、「今回の詩はやっぱり沖縄のねずみと何か関係があるのですか？」などとトンチンカンなことをたずねる者もある。

昼間、新聞社や出版社の取材を受けたあと、貘さんはたいてい家に帰るまえに「おもろ」に立ち寄る。「おもろ」の常連客はそのことを知っていて、貘さんが顔を出すと「今日はどうだった？」とたずねてくる。貘さんが「沖縄のねずみ」の話をすると、店内はひとしきり笑いにつつまれた。

そのうち、誰かがひょいと「貘さんも一度沖縄に帰ってきたら？　帰ってないのは貘さんくらいなものだよ」といったその言葉に、貘さんは、とんっ、と胸をつかれたような気がした。聞けば、「おもろ」に集まる沖縄出身者は全員、戦後だけでも一度か二度は沖縄に帰っているという。沖縄を出るとき、貘さんは帰らない覚悟でいたのだが、そう言われると心がゆれた。

七月の終わりに『定本　山之口貘詩集』が原書房から刊行された。戦前に出した二冊の詩集に手を入れて一冊にまとめたもので、新作を出したがる出版社が多いなか、「ねずみ」が話題になったおかげといえなくもない。

刊行記念パーティーの席上、貘さんに里帰りをプレゼントしようという話が本格的にもりあがった。故郷へ錦を飾る、という言い方があるが、『定本　山之口貘詩集』刊行はかっこうのタイミングだ。

問題は沖縄までの往復の旅費である。

それも、みなで相談して何とか方策がついた。

一か月後、池袋の西武デパートの大食堂を借り切って『山之口貘　帰郷記念祝賀会』が大々的に開催されることになった。会費の半額をパーティーの費用にあて、残りの半分を貘さんの旅費とする計画だ。最初に企画を聞かされたとき、貘さんは、そんなたいそうな……と尻込みしたが、主催する者たちは、どうしても大々的でなければならない、旅費をつくるためには何としても大人数が必要だという。

貘さんは内心、そんなに人が集まるかしらん、と首をかしげたが、ふたをあけてみれば数百人が顔を出す、大盛況となった。新聞や通信社をまきこんで宣伝したのが功を奏したらしい。集まった会費も予想をはるかに上まわり、「これなら貘さん、飛行機で行けるよ」と冗談をいわれたくらいだ。

準備万端、あとは出掛けるだけ——のはずが、貘さんはずるずると東京に居つづけた。好きこのんで出発を延ばしていたわけではない。役所に申請した沖縄への渡航許可がなかなかおりないのだ。申請から一か月経っても音沙汰がなく、知り合いに町でばったりでくわして「あれ、貘さん、もう帰ってきたの？」と驚かれるしまつだ。沖縄への往復費用は、貘さんの家庭では優に二、三か月分の生活費に匹敵する。ビンボウ詩人の肩書もあって、何やらよからぬ噂が立ちはじめた十月末、ようやく役所から返事が届いた。

封筒から取り出した書類を見て、貘さんは首をかしげた。旅券、パスポートなどと聞いていたが、届いたのは黒い表紙に「身分証明書」と書かれた小冊子だ。頁を開くと「日本人山口重三郎は訪問の目的で南西諸島へ渡航する者であることを証明する」とある。

黒い表紙も、そこに書かれた文言も、貘さんは気に入らなかった。沖縄諸島や琉球諸島ならまだしも、南西諸島とは何か？　沖縄は貘さんの故郷だ。誰から見て南西諸島なのか。アメリカか。日本政府か。沖縄出身者にはぴんとこない話である。そもそも、日本人が同じ日本に旅するのになぜ審査に一か月もかかる身分証明書が必要なのか？　おかげで痛くもない腹をさぐられて、せっかくの帰郷に水をさされた感じだ。

いずれにしても、これでようやく出発できる。貘さんは慌ただしく旅支度をととのえなおして、東京駅を後にした。

鹿児島港を昼前に出港して丸一日。

船はもうすぐ那覇泊港に到着する。

貘さんは船のデッキに立ち、ひとつ大きく深呼吸した。空気にずっしりとした重みが感じられる。独特の湿度の高さがある。

忘れかけていた、なつかしい潮の匂いだ。

やがて岸壁に、出迎えの人たちの姿が見えてきた。

前方に目を凝らした貘さんは、おや、とつぶやいた。潮にくもる丸眼鏡をぬぐって、あらためて港を眺めた。

紺地の布に文字を白く染め抜いたのぼりが岸壁にはためいている。のぼりを高く掲げもっているのは、県立一中時代の友人・末吉《すえよし》安久《やすひさ》らしい。ほかにも何人か見覚えのある顔が並んでいる。みな、笑顔で貘さんが乗る船に大きく手をふっている。

船が港に近づき、のぼりの文字がもうはっきりと見える。

「貘さんおいで」

そう書いてあった。

――帰ってきた。

貘さんの顔に自然と笑みがこぼれる。じつに三十四年ぶりの帰郷であった。


着岸した船のタラップをおりながら、貘さんはすっかり気分が高揚していた。

出迎えの人々の先頭に、見覚えのある若い人の顔が見えた。沖縄の新聞社の東京支店に勤める青年で、以前にむこうで紹介されたことがある。沖縄本島出身。もうすぐ本社に戻る予定、と言っていた。出迎えの一行はどうやらかれが手配してくれたものらしい。

貘さんは笑顔で新聞社の青年に声をかけた。

「ガンジューイ、アティー」

とっさに口から出たのは、沖縄の言葉――ウチナーグチだった。「頑丈《ガンジューイ》（元気）であったか《アティー》」は、同年配もしくは若い世代に対する挨拶だ。

「はい、おかげさまで元気です」

新聞社の青年の返事をきいて、貘さんはあれっと思った。本来なら「ハイサイ。ウガンジューン、アイミソーティーサイ」とくるはずだ。戸惑いながら、

「沖縄口まで《ウチナーグチマディン》、全部戦にやられてしまったのか《ムルイクサニサッタルバスイ》？」

と冗談めかしてたずねると、相手は困ったような顔で、

「ウチナーグチがお上手ですね」という。

貘さんは、唖然として目をしばたたいた。

いったいどうなっているのか？

そういえば、東京で会ったとき青年とは標準語で話した。東京では周囲に沖縄方言《ウチナーグチ》を解さない人が多いので、それが普通だ。だが、ここは沖縄ではないか。なぜウチナーグチで話さないのか？

見まわすと、のぼりを持った同世代の友人が貘さんを見て気の毒そうに苦笑している。知念《ちねん》です、と新聞社の青年はあらためて自己紹介した。

「船旅でお疲れでしょう。お車を用意しました。まずはホテルまでご案内します。そのあと、社の方で歓迎会を準備しています。さあ、どうぞ」

てきぱきとした態度の青年に貘さんは荷物を取りあげられ、用意された車に押し込まれた。白髪頭となった古い友人たちとは、ろくに言葉もかわせないままだ。何がどうなっているのか、わけがわからない。

三十四年分の郷愁がなんだか肩すかしをくらった気分だ。気がつくと、さっきまでの高揚がすっかり醒《さ》めてしまっていた。

車はまっすぐに那覇市内にむかったが、車窓から見える景色は貘さんの記憶とはまるでちがっていた。舗装道路がいたるところにあって、やたらに自動車が多い。星条旗をつけたアメリカの軍用

車がわがもの顔で行き交い、そのあいだをぬうようにして沖縄の人が運転するタクシーや民間の車が走っている。貘さんは東京でもほとんど車に乗らないのですぐには気づかなかったが、乗せてもらった車は左ハンドル、道路の右側をはしっている。

「アメリカの交通規則が適用されているのです。沖縄はまだ占領下ですから」

運転手をつとめる知念青年が、言わずもがなの説明をしてくれた。

車が那覇市街にはいると、右をみても左をみても、人、また人だ。街はびっくりするほど大勢の人であふれていたが、和装や洋装ばかりで琉装はめったに見られず、琉球絣《かすり》の少女《イナグワラビ》や、琉球髷《まげ》にウシンチー姿にいたっては、どこをさがしても見あたらない。

貘さんがきょろきょろしている理由を知ると、知念青年は苦笑して、

「琉装では恥ずかしくて街を歩けない。最近の若い人たちはみんなそういってます。琉球髷にウシンチーとなると……さあ、ぼくも見たことがないですね」

那覇の現状をそう説明して、時計に目をやった。

「少し時間があるので、先にどこか行きたい場所はありますか？」

貘さんは少し考えて、泉崎《いずみざき》の地名をあげた。自分がかつて小学校、中学校時代を過ごした実家がどうなったのかたしかめるのが、今回の里帰りの目的のひとつだ。

イズミザキ、イズミザキ、と青年は小さくつぶやき、首をかしげて車の向きをかえた。

「このあたりが、むかしのイズミザキなんですがね」

知念青年はそう言って車を止めた。車を降りた貘さんは、左右を見まわして茫然とした。

――アメリカとの戦争で那覇の街はぜんぶ破壊された。すっかり変わってしまった。

とは聞いていたが、まさかここまで変わっているとは思わなかった。

記憶では、この界隈《かいわい》には仲島グムイと呼ばれる小さな沼があって、水辺のぐるりにウスク（クワ科の高木）、ガジマル、キリンカク、リュウゼツラン、アダン、フクギ、といった亜熱帯の植物が生い茂っていたはずだ。いまは辺り一面コンクリートで埋め立てられて、沼はもちろん、むかしなじみの草木一本見当たらない。グムイで泳いでいたコイやフナ、ウナギ、闘魚《トウイユウ》たちはいったいどこにいってしまったのか。

記憶の中の風景と目の前の現実がつながらず、焦点をうまく合わせられないでいた貘さんの目がふと、コンクリートの地面の一角にとまった。

赤肌の大岩が忽然《こつぜん》と残されている。隣に立った一本の白い杭に「仲島の大石」の文字が見えた。泉崎の拝所《ウガンジュ》だった丈余の岩だ。「仲島」はかつてこの場所にあった遊里の名称である。

大石前《ウファイシヌメー》。

この辺りは昔そう呼ばれていた。

貘さんは唯一残された「仲島の大石」を手がかりに、当時の記憶をたどりながら頭のなかに付近の地図を思い描いた。そうして、自分が育った赤い琉球瓦の屋根の家はさてどのあたりであったかと辺りを眺めていると、

「むこうに見えるのが琉球政府です」

と、知念青年が広場の反対側にあるコンクリート製の近代建築を指さして教えてくれた。

「あの建物の一、二階が琉球政府で、その上の三、四階がアメリカの民政府です」

ああ……、と相槌《あいづち》をうった貘さんの目の前から記憶の景色が霧のように消えさり、沖縄の現実がどっと押し寄せてきた。

一、二階が琉球政府で、その上の三、四階がアメリカ。

沖縄の上にアメリカが乗っている――。
それが沖縄の現実なのだ。
知念青年によれば、この界隈はもうすぐバス・ターミナルになるという話であった。

その夜、那覇の料亭でひらかれた地元新聞社主催の宴席でも、聞こえてくるのは日本語《ヤマトグチ》ばかりだった。食べ物はさすがに故郷の味がしたが、貘さんが沖縄語《ウチナーグチ》で話しかけても日本語が返ってくる。年配の人でたまに義理のようにウチナーグチで返事をすることはあっても、すぐにまたヤマトグチになってしまう。不思議に思って周りの者にたずねても、いまはどこでもこんな感じですよ、という話だ。

どうしてこんなことになってしまったのか、と貘さんは首をかしげた。

貘さんが県立第一中学校に通っていたころ――もう三十年以上も昔の話になるが――ヤマトグチは「学校言葉」といわれていた。学校に行けば教師とはヤマトグチで話すが、家に帰ればウチナーグチ、生徒同士も当然ウチナーグチだった。当時、学校当局は罰札なるものをつくって、ヤマトグチの普及につとめていた。習字のときに使う墨ほどの大きさの木板に「罰札」と墨書したものを、方言《ウチナーグチ》をつかうたびに渡される。罰札を多くもっていると操行点が低くなるので、札をもった者は別の生徒に札を譲りわたそうとスパイのように目を光らせ、もしくは罠《わな》をしかけて誰かにウチナーグチをしゃべらせようとする。そうなると逆に、生徒のなかには学校の〝言葉狩り〟に反発する者もでてくる。貘さんもその一人だった。わざとウチナーグチをつかって罰札をあつめ、左右のポケットにたまった札をまとめて便所にたたきこんだ。操行点は低かったが、それだけの話だ。

あんなことでウチナーグチが使われなくなったとは、とても思えない。

貘さんは首をひねるばかりである。

その後も貘さんはいろいろためしてみた。泊まっている国際通りに近いホテルの人たちは、どんなにウチナーグチで話しかけても、ついに一度もウチナーグチを使わなかった。ソバ屋に入っても、コーヒー店に寄っても、ヤマトグチばかり。毎晩、盛り場の桜坂を飲み歩いてみたが、泡盛屋でもキャバレーでもヤマトグチばかりが使われていて、ウチナーグチはすっかり姿を消した感じだ。あの店なら、と教えられて行ってみても、やっぱり、

「ガンジューイ……」「はいはい、おかげさまで」

といった具合である。これでは東京にいるのと変わらない。

なんだかはぐらかされたような、変な気分だった。


〝バクさん故郷へ帰る〟

と題された記事が地元新聞に大きく掲載されると、さまざまなところから招待や講演の依頼が舞い込んだ。沖縄文化協会、沖縄舞踏の会、若い詩人や作家たちのグループ、小中学校の同期会、珍しいところでは那覇医師会などからも声がかかった。新聞社や教育界主催の講演会も知らないあいだにいくつも予定されていて、昼も夜もひっぱりだこだ。那覇や首里の高校ばかりでなく、南部や中部、北部山原《やんばる》の学校や公民館でも話をさせられた。ついには石垣島まで足をのばすことになり、おかげで与那国に住む弟と三十何年かぶりに再会することができた。

沖縄を車で移動中（戦前沖縄にあった軽便《ケイビン》鉄道は米軍の攻撃で破壊され、それきり再建されていなかった）、貘さんが何より驚いたのは、いたるところで〝基地〟と〝沖縄〟を隔てる真新しい金網が道路に沿って続いていることだ。話には聞いていたが、実際に目にすると〝基地〟はとほうも

ない広さだ。どこに行っても金網や鉄条網で区切られた広大な土地があって、大きな銃をもった米兵がうろうろしている。よく手入れされた緑色の芝生がひろがる金網の向こう側は、沖縄のなかで文字どおり別世界だ……。

「ここは、この春に完成したばかりの新しい基地です」

車を運転する知念青年が、呆然と窓の外を眺める貘さんに説明してくれた。

「金網の向こう側にうっかり足を踏み入れようものなら、撃ち殺されても文句ひとつ言えません。気をつけてください」

と、これはまんざら冗談ではない口調で注意する。

知念青年の説明によれば、昨年、米国の国務長官が日本に駐留中の米軍海兵隊（地上戦闘部隊）四万人を撤退させる旨を発表したが、日本からの撤退先が沖縄だった。

米軍占領下の沖縄は日本ではない、というわけだ。

「本土《ヤマト》では最近、いろいろなところで米軍基地への反対運動が盛んになっていますからね」

知念青年はどこか遠い国の話でもするようにいった。

「石川県のウチナダでしたっけ？　それから東京立川のスナガワでも。基地反対派住民と警察の間で衝突が起きて、何人も怪我人が出たという話を聞きました。米軍基地のある地域では反米感情も強くなっていて、日本政府もアメリカ政府も、さすがにこのままじゃまずい、と思ったんでしょう。世界中で評判の悪いアメリカの海兵隊――沖縄にいる米兵たちの間でも〝ならず者の集団〟っていわれています――かれらを本土から引き上げて、どうするかと思ったら、沖縄にもってきた。そのために沖縄に新しい基地が必要だった。沖縄の基地がまた広くなったというわけです」

淡々とした知念青年の口調には、どこかあきらめたような気配がただよっている。

あちこち顔を出し、話をしたり話を聞いたりするうちに、貘さんにもだんだんいろんなことがわかってきた。

沖縄では、戦争を境に、それまで住んでいた土地に住みつづけられた者はほとんどいなかった。最初は疎開で故郷を離れ、米軍の攻撃がはじまった後は戦火に追われて命からがら逃げ出した。敗戦後は捕虜として収容所に集められて、帰ってみればわが家は鉄条網に囲まれた米軍基地になっていた。先祖伝来の土地は〝金網の向こう側〟になってしまって、立ち入ることさえできない。昔の知り合いに会うと「南米にでも移住するしかないサァ」と諦め顔で話す者が何人もいた。

貘さんの那覇は、那覇で生まれ、那覇に長く住んでいる〝ナハンチュ〟たちの街だった。那覇だけではない、沖縄の人たちはみな生まれ育った土地に住み、その場所で通じる言葉を話してきた。ところが戦争で多くの者が土地を離れ、あるいは米軍に土地を取りあげられて別の場所に移り住むことを余儀なくされた。ことに那覇は、いまや別の場所で生まれ育った人たちの方が多く生活する雑居空間だ。ひとくちにウチナーグチといっても、那覇と首里では微妙にちがう。南部の糸満《いとまん》では漁師言葉がつよく、中部や北部に行くとまた別の単語や抑揚が入ってくる。石垣島や宮古島ではなおさらだ。

戦後、沖縄には本土各地から多くの基地建設労働者が流れ込み、そのうえ支配者面《づら》をした米軍兵士が使う汚い米語《スラング》や、あやしげな日本語がとびかっている。オキナワン、ジャパニー、などという妙な言葉も聞こえてくる。

さまざまな言語が飛び交う雑居空間では、特色のある方言は用をなさない。東京で標準語が一般的なのは、東京という街に固有の者がほとんど存在しないからだ。

アメリカとの戦争で那覇は跡形もなく破壊された。戦争は貴重な文化財を灰にしたのみならず、形のないウチナーグチまで破壊してしまったのだ。

（そんなことが本当にあるだろうか？）

と貘さんは思う。諦めきれずにウチナーグチで話しかける。

「ガンジューイ……」

「はいはい、おかげさまで」

ヤマトグチが返ってくるたびに貘さんは失望する。

自分はいったいどこに帰ってきたのか、と困惑の表情を浮かべ、小首を傾げて、途方にくれる。

——年末年始はどうするの？

と中学時代の友人の一人からたずねられて、貘さんは眉をよせた。暦を見ると、いつのまにか十二月も半ばを過ぎている。

東京を出るときは「二週間くらい」と考えていた沖縄滞在はずるずるとのびて、気がつくと一か月以上経っていた。タイやヒラメの舞い踊りを見ているうちに時間が経ってしまった浦島太郎の気分だ。そういえば、先日招かれた沖縄舞踏の劇団の名が『乙姫劇団』だった。公演後、案内された楽屋で劇団員の女の子たちを紹介され、貘さんがウチナーグチで話しかけると、彼女たちは目を丸くして「あれまあ《アキヨ》、ウチナーグチ、知ってなさるよ《シッチヨミセーサ》」と顔を見合わせ、そこからお互いウチナーグチでくつろいだ話をすることができた。舞台ではウチナーグチで台詞をまわしているので、彼女たちはふつうに使えるのだという。意外なところでウチナーグチが生きていることを知って、貘さんにとっては予想外の楽しいひとときとなった。

「せっかくだから、年末年始はこっちにいなよ」

友人は笑顔で貘さんにすすめる。貘さんは、むかしからこのての誘惑に弱い。宴席で、ついつい最後まで居残ってしまうタイプだ。ましてや三十四年ぶりの帰郷である。久しぶりに沖縄で正月を迎えるのも悪くない、そんな気もする。

貘さんの脳裏に、妻の怒っている顔が浮かんだ。結婚して以来、年末年始を別々に過ごしたことはない。貧乏だったから、ではあるのだが。

貘さんは少し考えて、ひとまず講演会の謝礼でもらった手の切れるような米ドル入りの封筒（沖縄ではこの九月に米軍のB型軍票からドルに通貨が切り替わったばかり）を、そのまま東京の妻と娘宛てに先に送ることにした。身代わり、というつもりはないが、遊んでばかりいるわけではないことは少しはわかってくれるだろう――。そう思ってみても、脳裏に浮かんだ妻の怒った顔は少しもゆるまない。

（許せよ）

貘さんは東京の方角に見当をつけて、顔の前で両手を合わせた。


結局、沖縄で年を越して、元日の夜。

貘さんは港にのぼりをもって出迎えてくれた中学時代の友人、画家の末吉安久の招きで、かれの行きつけのスナックバーに古い友人たちと集まることになった。泡盛を飲み、昔話をしているうちに、よい具合に酔っぱらった。古い友人たちと酒を飲めば、そこはやっぱり昔ながらの沖縄だった。元日のパーティーに扇風機のサービスが出てくるあたり、さすがは亜熱帯の島、雪を知らない風土だけのことはある、と感心していると、頃合いを見て一人が三線をひきはじめた。三線の音が入ると、とたんに雰囲気が華やかになる。貘さんはすかさず指笛で合いの手を入れる。歌をうたう者もある。立ち上がって踊り出す者もある。白髪頭のいい年をした大人が、みんな笑顔だ。

　貘さんが友人たちと盛りあがっていると、急に店のドアが開いて、白人の米兵が何人か、ずかずかと入ってきた。大柄な米兵たちは店内を見まわし、貘さんたちの席に近寄ってきて、早口の命令口調で何かいった。

　友人の一人が貘さんをふりかえり、肩をすくめて小声で教えてくれた。

「レコードを聞くから静かにしろ、だってさ」

　そんな馬鹿な話があるものか、と貘さんは思った。あとから来たくせに何だ。自分たちが別の店に行けばいいじゃないか。そう言ってやろうと思い、席を立ちかけた。友人の一人が貘さんの腕をとらえ、目配せして首をふった。「ここは東京じゃない、沖縄さぁ」小さくそうつぶやいた。

　貘さんと友人たちはがまんをして歌と踊りをやめ、がまんをして三線をおき、がまんをして店の外に出た。

　別の店で飲み直したが、どうにも盛りあがらず、じきに解散になった。

　新年おめでとう。よい年を。そういって別れた。

　今年こそ、よい年を。

　貘さんは一人、賑やかな国際通りに面したホテルにもどってベッドに横になり、うん、と考え込んだ。

　今夜、わかったことがある。あの身分証明書は、貘さんが故郷・沖縄に帰るために必要だったのではなかった。貘さんが基地の島・沖縄に入れてもらうために必要だったのだ。

　基地の島、沖縄。

金網ばかりの島、沖縄。

ウチナーグチの通じない沖縄。

米ドルで支払いをする沖縄。

今夜貘さんは、友人たちと飲んでいた店で米兵に静かにしろと言われて、仕方なく席を立った。

店を出て、背後のドアが閉まる瞬間、店内から騒々しいアメリカの音楽《ジャズ》が聞こえ、兵隊たちの歓声がわきあがった——。

追い出されたのだ。

店からだけではない。自分は今夜、沖縄から追い出された。

ベッドに横になる貘さんの目尻を、ひとすじの涙がすべりおちた。


三日後の船で貘さんは沖縄を離れた。

到着から二か月。それが三十四年ぶりに故郷に帰った貘さんに許された沖縄での滞在期間だ。

東京に戻った貘さんは、それきり仕事が手につかなくなった。

14

亀次郎は今年五十一歳になる。

最近、体調が思わしくなかった。

身近な者しか知らないが、後継指名した兼次佐一を那覇市長選挙で勝たせた直後、亀次郎は急に高熱を発して病院にかつぎこまれた。

診断は肝機能障害と糖尿病。診断にあたった医者は顔をしかめ「糖の方はともかく、肝臓はだいぶやられていますナ。いわば疲労コンパイの状況です」と亀次郎に告げた。

実をいえば、那覇市長時代も朝起きると熱があり、おかゆをすすりながら出勤することがたびたびあった。病院で点滴の注射をうったその足で執務室に顔を出すのは日常茶飯事。このごろは左肩甲骨から背中全体にかけて、時折呼吸ができないほど痛い。痛みで眠れない日がつづき、睡眠薬を熱くした月桂冠で流し込んでようやく眠りにつくこともある……。

医者の質問にしぶしぶ答えると、その場で静養を厳命された。即時の入院と手術を勧められたが、亀次郎は三月の立法院選挙が終わるまでは入院も静養もするつもりはなかった。

「病気は、立法院議員選挙で勝利してから治療します」

シャツを着ながらそう言って、医者から呆れられた。

翌日、具志頭《ぐしがみ》村での演説会は雨となった。亀次郎が来るというので、二千人もの聴衆が集まっている。

「みなさん、雨がしょぼしょぼし出しました。本降りになってもカメジローは五十分間はしゃべりつづけますが、降り出したらどこかに雨避けをさがして最後まで聞いてくださいね」

亀次郎の呼びかけに、集まった地元のオバアらは、

「雨の中だが、かえっていいさ。カメさん、心配せんで早くやんなさい」

と笑って声援をおくる。

どうして休んでなどいられようか。

亀次郎は立法院選挙で合計五十八回の応援演説会をこなした。身体のことは、家族の他はごく一

部の者を除いて気づいてさえいない。

立法院選挙の結果が出たあと、家に戻った亀次郎はそのまま布団の上に倒れこみ、高熱とふるえに苦しめられた。

いよいよ入院と手術が、亀次郎を待っている。

四月二十一日、亀次郎は肝臓の部分切除手術を受けた。入獄中に受けた十二指腸潰瘍での三度の手術につづいて四度目の開腹手術だ。本人には知らされなかったが、術前検査では腫瘍も認められた（幸い、良性であることが後日判明した）。

手術後、麻酔から覚め、ベッドの上で目を開けた亀次郎は、ひとつ長々と息を吐いた。強制的に身動きができない状態となって、はじめて自分が精根尽き果てていることに気がついた感じだ。無理もない。一昨年春の出獄直後から、体を休めるまもなく無理を押して飛ばしてきた。二年におよぶ長い緊張の連続の生活が、もともと強くはない亀次郎の小柄な身体を蝕《むしば》んでいる。

手術は成功したものの、その後も体調は思わしくなく、入退院をくりかえす日々がつづいた。

亀次郎は、入院中のベッドの上で自分に何ができるのかを考える。

全沖縄一丸となって闘ってきた「島ぐるみ闘争」が、ブース新高等弁務官のアメとムチを使い分けるたくみな懐柔政策に切り崩されて、分裂のきざしをみせていた。

米軍民政府は豊富な資金源と圧倒的な武力を背景に、あの手この手で沖縄のひとびとに圧力をかけてきている。同じやり方を続けているだけでは駄目だ。次なる手が必要だった。

——何ができる？

亀次郎は入院中のベッドの上で、頭のうしろで手を組み、仰向けのまま天井を見あげて考える。

セナガ布令によって、亀次郎は沖縄での政治活動をすべて封じられた。

被選挙権も奪われ、政治家として立候補することさえできない。

ならば、と亀次郎は頭を巡らせる。

この先、沖縄の恒久基地化を阻止し、原水爆の持ち込みを拒むためには、本土のひとびとの応援がどうしても必要になる。本土の者たちが、沖縄の基地問題を自分たちの問題として本気で考え、一緒に声をあげるようにならなければ、この状況は打破されない。

——沖縄の中が駄目なら、外から闘うまでだ。

困難な状況にあっても、亀次郎の闘争心、炯々《けいけい》とした目の光は少しも失われていない。

いくらか体調を取り戻すと、亀次郎は早速、本土での活動を計画した。

本土で沖縄の現在《いま》を訴える。そのためには米軍民政府が発行するパスポートが必要だ。

亀次郎の渡航申請は、しかし、米軍民政府によって拒否された。拒否理由は示されず、その後何度申請しても「不可」の返事がつづく。

亀次郎は眉を寄せた。

以前、原水爆禁止世界大会参加のために渡航を申請した際はなんなく許可された。その後、亀次郎の側で申請内容に何か変更事由があったわけではない。

米軍民政府はどうやら、

（恐れるにたりぬ）

と侮っていた亀次郎が、予想に反して那覇市長に当選し、また追放後の演説会でも沖縄民衆の圧倒的支持を得つづけている状況を目の当たりにして、

（セナガの演説は、本土でも熱狂的な支持を集めるのではないか）

（セナガに本土で演説をさせてはならない）

と警戒しはじめたらしい。

拒否理由が示されないのでは、亀次郎の側で対応の仕様がない。状況はやっかいだった。

アメリカ本国政府は、沖縄が日本の領土であることを認めている。一方で現地の米軍民政府は、沖縄に住む日本国民・瀬長亀次郎が本土に渡ることを理由も示さずに拒否しているのだ。

その理不尽さ、はがゆさは、沖縄に住む者にしかわからない。


沖縄での政治活動の手段を剝奪され、さらに沖縄に閉じ込められた亀次郎が、体調不良に苦しみながら、次なる一手を模索していたまさにその時。

信じられないような事件が起きる。

一九五九年六月三十日午前十時三十分。

米空軍嘉手納基地所属Ｆ１００Ｄジェット戦闘機訓練中にトラブルが発生。パイロットは脱出したが、その後コントロールを失った機体が授業中の宮森小学校に墜落、爆発炎上した。

地をゆるがす轟音《ごうおん》とともに高く立ちのぼった黒煙は石川市上空を覆い、一時は〝市全体が焼けるのではないか〟とパニックを起こした住民が避難騒ぎを起こす事態となった。

死者十八名（内、児童十二名）。

負傷者二百十名（内、児童百五十六名）。

沖縄戦後十四年で最悪の墜落事故だ。しかも犠牲者の大半は十二歳以下の小学生である。

ところが、事件二日後、米軍は「不可抗力の事故」と発表。仕方がなかった、と例のアメリカ人特有の身振りで肩をすくめてみせた。

――墜落したのがたまたま小学校だったことは残念に思う。亡くなった子供たちは不運だった。それが米軍の言い分だった。

すぐに猛反発が起きた。

沖縄全土で抗議集会がひらかれ、さまざまな団体が抗議声明を米軍民政府に提出する。沈静化していた島ぐるみ闘争が再燃しそうな気配に、ブース高等弁務官はあわてて「アメリカを代表して最高の償いをする」とコメントを出した。が、その後も米軍の動きは鈍く、遺族への対応もとうてい誠意を感じさせるものではなかった。

さらに衝撃の事実が判明する。

「脱出したパイロットは公務中だったので裁判にかけられない」という。

本当は何が起きたのか真相は公にされない。闇から闇に葬り去られる――。

亀次郎は入院中の病院のベッドの上で、食い入るように新聞記事を読んだ。日がかげるように、黒い影がその顔を覆ってゆく。

(なんてことだ……)

亀次郎は新聞を投げ捨て、珍しく絶望のため息をついた。

子供たちは沖縄の未来だ。その子供たちの命が奪われた。落ちてきた米軍機に文字どおり〝焼き殺された〟。戦争が終わって十三年が経つというのに、米軍はいまなお沖縄の未来を奪いつづけている……。

入院中の病院のベッドの上で、亀次郎は天井を見あげ、きつく奥歯をかみしめる。

諦めるわけにはいかない。

なんとしても、絶対に、諦めるわけにはいかなかった。

15

ミチコはテレビの画面に映し出される大群衆の姿から目を離せなかった。

信じられないほどたくさんの人たちが国会議事堂をとりかこみ、周囲の道路をうめつくしている。ジャンパーや学生服姿の若い人が多い。が、群衆のなかには男女を問わずさまざまな恰好をした、さまざまな年齢の者たちの姿が見受けられた。

発表によれば、その数三十三万人。

いったいどうやって数えたのか不思議なくらいだ。

国会議事堂前に集まった者たちは一様にきびしい視線を自国の立法府にむけている。そして、

「アンポ!　ハンタイ!」

と叫んでいる。

電波に乗ってテレビ画面に映し出されているのは〝今この瞬間〟の出来事だ。うねるような人の波が国会議事堂をとりまいている。三十三万もの人たちが、口々に「アンポ!　ハンタイ!」と叫んでいる——。

小さな白黒のテレビ画面を通じてさえ、今この瞬間〝ただならぬこと〟が起きていることが伝わってくる。

息を詰めて画面を見つめていたミチコは、自分の腕のなかで小さく身動きした赤ん坊の寝顔に視線をおとした。

（もしこの子がいなければ、わたしもあの場所にいた。あの場所できっと、かれらと一緒に声をあげていた……）

ミチコの心の声が聞こえたかのように、眠っていた赤ん坊が目を覚ました。まだ歯の生えそろわない口であくびをし、赤い小さな指をひろげてミチコに手を伸ばす。

ミチコの強《こわ》ばった顔が、ふっとゆるんだ。微笑を浮かべて、腕のなかで赤ん坊を優しく抱きなおした。

「大丈夫よ、ママはここにいるわ」ミチコは娘にささやきかけた。「あゆみ」と名づけた娘は、生まれてまだ三か月。やっと首がすわったところだ。何があってもこの子を守る。それが、わたしが今やるべきことだ。そう、だからこそ――。

ミチコは顔をあげ、テレビ画面を見つめる。一瞬鋭い目つきになり、

「アンポ、ハンタイ」

娘を驚かせないよう、口のなかで小さく唱和した。

樋口美知子《ひぐちみちこ》が結婚したのは昨年（一九五九年）春。

世の中がちょうどミッチー・ブームにわきかえっていたころだ。

ミッチー・ブームとは、皇太子明仁《あきひと》と日清製粉社長の長女・正田美智子《しょうだみちこ》さんの結婚をめぐって国民の間にひきおこされた一連のお祭り騒ぎのことで、ミチコにしてみれば〝どうにも間《ま》が悪かった〟としかいいようがない。なにしろ、結婚が決まった話をするとどこに行っても必ず「あらっ、あなたもミチコさんなの？　おめでたい話はつづくものなのね」の一言にはじまり、「字がちがうんです」というミチコの反論には耳もかさず、「ねえねえ、あの話はごぞんじ？」と、正田美智子

さんにまつわる蘊蓄《うんちく》をいやというほど聞かされるはめになったからだ。世間の人びとは、正田美智子さんの生い立ちにはじまり、現在の身長体重、どんな字を書くか、服装の趣味からアクセサリーコレクション、好きな色、口ぐせ、さらにはヒップ九一・四センチ、バスト八二・六センチといった、きわめて個人的な情報まで、驚くべき詳しさで知っていた。

ミッチー・ブームは一昨年十一月の婚約発表から昨年四月十日の成婚パレードをピークとして、その後も継続的につづいている。今年二月の浩宮《ひろのみや》誕生後はもっぱら皇室の家族アルバムが関心の対象だ。

ミチコに娘が生まれたのは、浩宮誕生の一か月後。このときも周囲から、皇室のしきたりについてあれこれ妙な話をきかされた。結婚をきめたとき、ミチコはまさか自分が皇太子妃の結婚や出産と比較されることになろうとは思ってもいなかった。それも、単に〝名前の読みがおなじ〟という理由なのだから、苦笑するしかない。

こんなことになったそもそものはじまりは、まるで気のりがしない見合い話だった。

一九三三年東京生まれ。十二歳で終戦を迎えたミチコは、同世代の早熟の文学少女のご多分に漏れず、周囲を斜《はす》にみて成長した。戦争中、軍国主義一本やりでいばり返っていた年長者が、敗戦と同時に手の平を返したように民主主義と反軍国主義を唱えだしたのは、子供心にどうにもイヤな感じだった。あんなふうな大人にだけはなりたくない。そう思って育った世代だ。

年ごろになると、親の言うことなどまるできかずに外で遊びまわった。「ゼット」という銀座のバーで〝ビンボウ詩人〟の貘さんと偶然出会ったのもそのころだ。

ミチコにとって貘さんの詩は、戦前戦中戦後を通じて見える景色が変わることがなかった希有な作品だった。ミチコの父親と同じくらいの年のはずだが、銀座のバーで見かけた貘さんはすてきだった。ビンボウ詩人で金がなく、その日も着ているのは誰かのお下がりという話だったが、全然そんなふうには見えなかった。バーの片隅で一人で飲んでいる彫《ほ》りの深い貘さんの横顔は、精悍で男らしく、色っぽくさえあった。もし貘さんの詩で娘のミミコちゃんのことを詳しく知っていなかったら、貘さんのことを好きになっていたかもしれない。もっとも、詩を読まなければ貘さんのことも知らなかったはずだから、このもしはわれながら馬鹿げた仮定ではあるのだが。

二十五歳の声がきこえるころから、親や親戚がうるさく見合いの話をもってくるようになった。見合い写真を見せられるたびに、鼻の形が気にくわないだの、目と口のバランスが悪いなど難癖をつけて突き返したが、実家に居候《いそうろう》の身としては何度かに一度はでかけないわけにはいかない。

何度目かの気乗りのしない見合いの席で会ったのは、細い銀縁の眼鏡をかけた、色白、細身の青年だった。年齢は二つ上。終戦は十四歳で迎えた。父親を早くに戦争で亡くし、母一人子一人の生活。高校の数学教師をしている。名前は相原新一郎《あいはらしんいちろう》。

見合い前に知らされた情報をお互い交換したあとは話がはずまず、そろそろ気まずい空気が流れはじめたころ、いったいどんな流れだったか、貘さんの詩の話になった。

高校の数学教師をしている相原新一郎氏は、なんと山之口貘の詩が好きだという。本当かしらん、と思い、ためしに「何か覚えている詩はありますか」とたずねたところ、相手は一瞬宙に目をむけ、すぐに詩を口ずさみはじめた。こんな詩だ。

若《も》しも女を摑《つか》んだら
丸ビルの屋上や煙突のてっぺんのような高い位置によじのぼって
大声を張りあげたいのである

つかんだ
つかんだ
つかんだあ　と張りあげたいのである
摑んだ女がくたばるまで打ち振って
街の横づらめがけて投げつけたいのである
僕にも女が摑めるのであるという
たったそれだけの
人並のことではあるのだが

最後まで暗唱したあと、相手は急にはっとした顔になり、

「あっ、いや。実際に煙突のてっぺんにのぼって、あなたを振りまわしたいというわけではなく……その、けっしてそういうわけではないのですが……困ったな」

顔を赤くしてしどろもどろに弁解する相手の様子に、ミチコは思わずふきだした。見合い用に着せられたよそ行きの着物の帯がきゅうきゅう鳴るほど大笑いし、涙をぬぐいながら顔をあげたときには、

(この人となら結婚してもいいか)

と思っていた。

不思議なことに、大笑いするミチコを見て相手も同じことを思ったらしい。そこからは急に話がはずみ、意気投合した二人のあいだでとんとん拍子に結婚が決まった。見合い話をもってきた者の方が、本当にそれでいいのか、と念をおしたほどだ。

去年四月、皇太子結婚パレードがあたかも国民行事のごとく盛大におこなわれた直後に、身内だけで簡素な結婚式を済ませた。

皇太子成婚祝賀ムード一色だった世間の雰囲気が変わりはじめたのは、一月にアメリカとのあいだで調印された新安保条約と協定・付属文書の内容が明らかにされたあたりからだ。

九年前、連合軍占領下にあった日本は、吉田茂を全権とする使節団をサンフランシスコに送り、戦勝諸国との講和条約に調印（但しソ連や中国などを除く）。同時に、吉田茂を日本側唯一の署名人とする変型の二国間条約が日米間で締結された。

その後の日本の〝アメリカへの従属的独立〟という歪《いびつ》な外交方針をうみだすことになった、日米安全保障条約だ。

一昨々年、「自主外交回復」を掲げて首相となった石橋湛山《たんざん》がわずか六十五日で病に倒れた後、棚ぼた式に首相の座を襲ったのは岸信介《のぶすけ》。戦時中、日本の傀儡《かいらい》国家・満州国を牛耳《ぎゅうじ》っていた五人組「二キ三スケ」の一人だ（あとのメンバーは東条英機、星野直樹、松岡洋右《ようすけ》、鮎川義介《あいかわよしすけ》）。

東条内閣で対米戦争を遂行した岸は、戦後は一転〝親米派〟を標榜。意欲的に取り組んだのが、日米安全保障条約の改定だった。

初訪米で「日米新時代」を強調する共同声明を発表した岸は、帰国後、外務省と内閣法制局に安保改定案の作成を指示する。

改正案ではまず、旧安保の「日本が米軍の駐留を希望する」という請願文言と、内乱鎮圧条項が消された。経済復興を遂げた日本ではもはや暴力革命が起こる可能性はないという判断だ。そのうえで岸は、

「合衆国は日本国内およびその付近に配備した軍隊を、外部からの武力攻撃に対する日本国の安全

に寄与するために使用することができる」

　とされていた旧安保を、

「締結国は、いずれか一方に対する武力攻撃が自国の平和及び安全を危うくするものであることを認め、共通の危険に対処するよう行動することを宣言する」

　と書きあらためさせた。

　新安保案発表にあたって岸は、

　——米軍による日本の防衛義務が明記された。これではじめて日米関係は対等になった。

　と胸を張った。

　が、発表後たちまち国際法や憲法学者から改正案の矛盾点や問題点、さらには新条約が締結された場合に国際関係に及ぼす効果を危惧する声がわきあがった。

「いまだ講和条約を結べていない戦争相手国があるなか、なぜ先に日米安保を改正するのか？　むしろ、全面講和を急ぐべきではないか」

　あるいは、

「在日米軍に積極的な意味と保障を与える新安保案は、日本がアメリカの戦争にまきこまれる危険性を高めるだけだ」

「新安保は、どう解釈しても戦力の放棄を謳う日本国憲法と相いれない」

　といった批判である。

　安保改正案と同時に在日米軍の〝特権〟を定めた「日米行政協定」改正案も公開されたが、こちらも「日米地位協定」と名前がかわる以外は依然として在日米軍に実質上の治外法権を認めるもので、独立国家として容認できる内容ではない。

これでは改正ではなく、改悪だ。

法制局はどうかしている。考えなおせ。

学者、研究者、文化人からの批判や指摘をよそに、新安保条約ならびに協定・付属文書案はそのまま衆議院に提出された。

改正案を審議する国会前では、学者や文化人、学生らが新安保見直し請願デモを開始する。もっとも、この時点ではもっぱら平和的デモ行進と署名活動が中心で、デモ後自由解散となるかれらの活動は、一部過激派から、

御焼香《おしょうこう》デモ

と揶揄されたほどだ。

雰囲気が一変したのは五月十九日。

岸は突如、警察隊五百人を国会に導入し、審議を拒否する野党議員を排除させたうえで、午後十一時四十九分、単独で本会議を開会する。

十六分後の二十日深夜午前零時五分。岸自民党は審議抜きで単独採決に踏み切った。

国民の誰もが予想しなかった、民主主義的手続き無視の国会運営だ。

警官隊を導入した岸の強引な手法には与党内でも反発が強く、採決には自民党派閥有力者からも欠席者や途中退場者が出たほどである。

さらに、この日の強行採決がアイゼンハワー米国大統領夫妻の来日予定に合わせて新条約を成立させるためだったことが明らかになるに及んで、国民の怒りに火がついた。

——岸内閣はいったい誰のために働いているのだ。

新安保を巡る静かな請願運動はこの日をさかいに一転、激しい抗議デモに変化する。

デモの参加者は日に日に数をまし、要求はしだいに過激になっていく。プラカードの文言は「改定案反対」「安保改定は見直しを」から、「安保粉砕！　断固粉砕！」、「岸内閣即時退陣！」「独裁者岸を許すな！」、さらには「アイゼンハワー訪日阻止！」といった激しい文言が目立つようになり、デモ行進後の座り込みや職場での統一ストライキに発展することも珍しくなくなった。

一方の岸内閣は、衆院での強引な単独採決後は貝のように閉じこもって、ひたすら自然承認を待つ構えだ（憲法六十条の規定により、衆議院承認後、参議院で三十日間議決されなければ条約は自然承認となる）。

対話を拒否し、反対派の声に一切耳をかたむけようとしない岸の態度は、国民の怒りに油を注ぐ結果となった。

六月十日には、アイゼンハワー大統領訪日に先がけて来日したハガチー大統領秘書の車がデモ隊にとりかこまれて身動きできなくなり、米軍海兵隊のヘリコプターで緊急脱出するという椿事《ちんじ》が起きる。

当時のデモ参加者が新安保の改定内容をどこまで正確に把握していたのかはわからない。かれらを戦後最大の抗議行動に駆り立てていたのはむしろ、日米安保改正という重大案件をもちだしながら、国民への説明を拒み、強行採決で押し通そうとする岸個人への強い不信感だった。

日米安保とセットの日本の〝独立〟には、最初から自主外交を手放すことを前提とした根本的な部分でのうさん臭さがついてまわる。戦後、国民のあいだに長く蓄積してきたもやもやとした思いが、新安保採決をめぐる岸の強引なやりかたを目のあたりにして一気に噴出した感じだ。

さらに六月十五日。国会裏を行進していたデモ隊に「維新行動隊」を名乗る右翼の一隊が襲いかかり、女性を含む多くの負傷者が出る。国会警備の警察官は事件を傍観するのみであった。

これが民主主義なのか。

血を流しながら次々と運び込まれる学生や市民の姿に、現政権への不信と不満はもはやおさえようのないところまで沸騰する。

同日夕刻。デモ隊の一部が国会に突入。機動隊と激しい衝突となり、混乱のさなか、デモに参加していた東大生・樺《かんば》美智子《みちこ》さんが死亡するという、いたましい事件が起きる。

自国民、しかも若い女性に死者まで出した国家（政府、機動隊、警官）の暴力に、これまで口を閉ざしていた学者や文化人、学生、市民、各種団体らがいっせいに抗議の声をあげた。

「岸内閣退陣！」

「安保反対！」

二つの要求はもはや表裏一体、どちらもゆずることのできない要求だった。

政治に関心のなかったごくふつうの人たちが国会前につめかけ、「安保反対！」「岸内閣退陣！」の声をあげた。

「五分でも、百メートルでも、いっしょに歩きましょう。政府のやり方に抗議する意志があることを示しましょう」

デモ参加者からの呼びかけに、沿道から子供連れの主婦や年配者、夫婦連れ、所属先をもたない労働者たちが次々にくわわった。「お上《かみ》に任せていられない」「自分たちが声をあげなくては」。

名もなき市民による声なき声の運動は、ひとつの大きなうねりとなっていく。

十六日、岸内閣はアイゼンハワー米大統領の訪日延期要請を正式に決定する。〝安全を保証できない〟という理由であった。

そして迎えた「自然承認」前日六月十八日。

三十三万人の人びとが国会をとりまいていた。

議事堂側に設置されたテレビカメラが多く映しだすのは、最前列にならんだジャンパーや白いシャツ姿の若い人たちだ。別のカメラは、男女を問わずさまざまな年齢の人びとが、ある者は祈るような表情で、あるいは怒りの形相をうかべて、国会前につめかけた姿をとらえている。

哺乳瓶をくわえたあゆみを腕に抱きながら、ミチコは食い入るようにテレビ画面を見つめていた。ミチコは、何度も自分の名前が呼ばれるのを聞いた。

ミチコさん……ミチコさんが……ミチコさんの……ミチコさんを……。

テレビのアナウンサーや、インタビューに答えるデモ参加者が口にするのは、むろん自分の名前ではない。この日、東大構内で樺美智子の合同慰霊祭が営まれていた。テレビ画面が切り替わり、その様子を映し出す。安保に反対し、岸内閣の強行採決に抗議するデモに参加して、二十二歳の若さで命を落としたミチコさん。自分より年下の、同じ名前をもった若い女性の葬儀の映像を見ながら、ミチコはまるで自分の葬儀を見ているような気分になる。同時に、やはりテレビ画面を通じて見たもう一人の美智子さん——皇太子妃美智子さん——のことが頭に浮かんだ。ブームがわきおこるほど国民から祝福された彼女の成婚パレードが行われたのはわずか一年余り前、いま三十三万人の抗議の者たちがつめかけている国会議事堂のすぐ近くだ。

成婚パレードを見るために、それまで高嶺《たかね》の花だったテレビ受信機を多くの人たちが買い求めた。ミッチー・ブームとともに一気に普及した家庭用受信機は、五八年四月に百万台、翌年四月には早くも二百万台を突破する。ほんの数年前まで街頭で見るものだったテレビ放送は、家庭で見るものとなった。テレビだけではない。テレビと電気洗濯機、電気冷蔵庫が「三種の神器」とよばれ、多くの家庭が競うように買い求めた。

一面の焼け野原だった東京は、ピカピカのビルが建ち並ぶ近代都市へと急速に変化を遂げた。田舎から出て来たひとの多くは「まるでテレビで見たアメリカに来たようだ」と目を丸くしている。そんななかで行われたのが、岸内閣による新安保の〝騙し討ち〟単独強行採決だ。思い描いていた未来を、即物的な現実が追い抜いていく――。

目眩のような感覚にミチコはときおり不安になる。この国は一体どこに向かおうとしているのだろうと考え、背中のあたりがぞわぞわする……。

ミルクを飲み終えたあゆみが、哺乳瓶を投げ出して手足をばたつかせた。

腕のなかで抱えなおし、背中をかるくたたいてやる。あゆみが小さくゲップをした。

乳くさい匂いにミチコは軽くほほ笑み、テレビを消して立ちあがった。あゆみを抱いたまま本棚の前に移動する。本の背表紙を眺めていたミチコの目がすいよせられた。

『定本　山之口貘詩集』

二年前に刊行された貘さんの詩集だ。

結婚のきっかけが、見合いの席での貘さんの詩の暗唱だったこともあり、結婚したあとも夫とは貘さんのことがしばしば話題になる。ミチコが、一度会ったことがある、話したことがある、というと夫はいたく感心し、うらやましがった。

結婚後も付き合いのある文芸業界にくわしい女友達から、一昨年末に貘さんが三十四年ぶりに沖縄に帰郷したこと、しばらくむこうに滞在して東京に戻ってきたことなどを聞いた。そのとき彼女は気になることをいっていた。

沖縄から戻った貘さんは急に老け込んでしまった。何かひどく悩んでいるようすで、最近は全然詩を書いていないという。

話を聞いたとき、ミチコはそんなことがあるだろうか、と首をかしげた。ミチコが知っているビンボウ詩人の貘さんは、物静かでありながら底抜けに陽気な面があり、何よりけっして絶望しない人だった。戦争中も澄んだ目で世の中を眺め、いくらビンボウをしても時局に迎合することなく、生活に密接したユーモラスな詩を書きつづけた人だ。あの貘さんが詩を書けなくなるなんてことがあるだろうか？　ミチコは友人の話が信じられなかった。

一年ほど前、新聞で『定本　山之口貘詩集』が第二回高村光太郎賞を受賞したという記事を見つけた。受賞式の写真も載っていたが、貘さんはあまりうれしそうな顔をしていなかった。新聞の写真なのでよくはわからないが、眉間にしわを寄せ、何かに悩んでいるような顔をしていた。急に老け込んだという話も、うなずける感じだ。プライドの高い貘さんのことだから、同じ「歴程」同人の高村光太郎の名前で顕彰されても、たいしてうれしくもなかっただけかもしれないが……。

本棚の前でそんなことを考えていたミチコの脳裏に、貘さんの詩がひとつ、ふわりと浮かんできた。

……琉球には
うむまあ木という木がある
木としての器量はよくないが詩人みたいな木なんだ
いつも墓場に立っていて
そこに来ては泣きくずれる
かなしい声や涙で育つという
うむまあ木という風変りな木もある

なぜこの詩が頭に浮かんだのか自分でもわからない。

貘さんが心を病んでいる、といううわさ話も併せて思い出されて、ミチコは急に貘さんのことが心配になってきた。銀座のバーで会った貘さんは「ビンボウ詩人だからねぇ」といって奇麗な顔で笑っていた。あれから八年。ミチコはもう一度貘さんに会いたいと思う。

沖縄はどうでしたか、と聞いてみたいと思う。

16

日本のテレビが日米新安保条約の「自然承認」をいっせいに伝える一九六〇年六月十九日。アイゼンハワー第三十四代合衆国大統領が専用機で沖縄嘉手納米空軍飛行場に降りたった。二期八年目。翌年の退任はすでに決まっている。米国大統領は任期終わりの日程をしばしば外遊にあてる。レームダック、卒業旅行などと揶揄されることが多いが、この時期は何をやっても次期大統領にひっくりかえされる可能性が高いので、残り少ない任期で中途半端に手をつけるわけにはいかない事情もある。

予定では夫婦で東京を訪れ、日本の首相キシと日米新安保条約の批准書を取り交わして、にこやかに写真におさまるはずであった。ところが東京では、キシの強引な政治手法に反発する市民による大規模なデモが連日くりひろげられていて、当の日本政府から訪日要請がとりさげられた。日本の立法府をとりかこむ市民の数は三十万人を超える。デモ学生のなかに死者まで出した。訪日中の安全を保証できないという。

(何をやっているのだ)

沖縄に到着したアイゼンハワーは顔をしかめた。キシは自らこの一月に訪米して条約に署名し、「訪日予定日までに必ず成立させてみせます」と大見得《みえ》をきった。その揚げ句が、このありさまだ。日本の政治家はやはり根本的なところで民主主義《デモクラシー》を理解していないのではないか、と疑わざるをえない。おかげで楽しみにしていたキョウト観光もなくなり、アメリカに残してきた妻の機嫌もさっぱりだ。


側近に指示されるまま琉球行政主席オータと握手し、パレード用のオープンカーに乗りかえる。オータの顔色が冴《さ》えないが、沖縄には先ごろ多額の資金援助を約束したばかりだ。アメリカが施政権をもつ沖縄では新安保は関係ない。沖縄では歓迎されこそすれ、やっかいな問題はないはずだ。

ゲートを出たとたん、目に飛び込んできたのは基地前につめかけた大勢の者たちの姿だった。

アイゼンハワーは一瞬、かれらはみな自分の歓迎のために集まった沖縄の人たちなのだと思った。だが、視界に入るのは日の丸の旗ばかりで(たしかオキナワでは公の場での掲揚を禁止されているはずだ)、肝心の星条旗はほとんど見あたらない。

通訳によれば、つめかけた者たちが口々に叫んでいるのは、

——オキナワの即時祖国復帰実現!

——アメリカは日本に施政権を返還せよ!

といった訴えであるという。

横を見ると、オータの顔がひきつっていた。顔色が悪いのはこの状況のせいらしい。

アイゼンハワーと大田行政主席が乗ったオープンカーが軍用一号線にでると、道路の脇は少数の

歓迎陣と、それをはるかに上まわる「即時復帰」を掲げたデモの者たちによって埋め尽くされていた。群衆の前には、警備のためにかりだされた米軍海兵隊一万五千と琉球警察官約七百名が立ちふさがっている。

「大統領歓迎」と「即時復帰」の声が交錯する騒然とした雰囲気のなか、オープンカーはスピードをあげて走りぬけ、琉球政府庁舎建物に無事到着した。それにともない、デモ隊も琉球政府建物の前に移動して声をあげた。

「オキナワの即時祖国復帰実現!」

「アメリカは日本に施政権を返還せよ!」

一部の学生ふうの若い者たちのあいだから、

「アイク(アイゼンハワーの愛称)帰れ《ゴーホーム》!」「沖縄を返せ!」

と激しく叫ぶ声があがり、警備にあたる海兵隊とのあいだで小競り合いが生じている……。

なごやかな歓迎ムードとは、ほど遠い状況だ。

騒ぎが次第に大きくなるのを見たアイゼンハワーは、予定を三十分くりあげ、庁舎の裏口からひそかに抜けだした。別の車両に乗り換え、コースを変更して、舗装もされていない凸凹《でこぼこ》道を通って那覇空軍基地にむかう。

アイゼンハワー合衆国大統領はほどなく韓国に向けて飛び立った。

かれが沖縄に来た目的は、結局誰にもわからずじまいだった。

亀次郎はこの日、那覇市久茂地《くもじ》の沖縄タイムス前広場で開かれた「祖国復帰要求県民大会」の人込みのなかにいる。

アイゼンハワーの到着時刻にあわせて開催された大会参加者数は、主催者予想をはるかに上まわる約二万五千人。那覇市長追放抗議集会以来の、久々の大規模集会である。

集会を主催したのは「沖縄県祖国復帰協議会」。通称〝復帰協〟。沖縄教職員会、沖縄青年団協議会、沖縄官公庁労組が呼びかけ人となって、先ごろ四月二十八日に結成されたばかりの新しい団体だ。

復帰協結成にあたって、亀次郎は各方面から相談を受けた。そのたびに親身になって相談にのり、各団体有力者との顔つなぎや、仲介の労をとった。頼まれれば演説会や講演をひきうけ、推薦文も書いた。体調は相変わらず万全とはいいがたいが、多少の無理は気持ちで何とかなる。

その一方で亀次郎は、団体代表者に名前を連ねることだけは固辞した。「瀬長亀次郎」の名は、よくもわるくも有名になりすぎた。カメジローー、ときいて熱狂的に支持してくれる人たちがいる反面、米軍関係者や一部財界人、政治家からは、活動の趣旨いかんにかかわらず、「ぜったいに一緒にやりたくない」という拒否反応が出るはずだ。亀次郎の名前が表に出ることで一種の〝色〟がついてしまう可能性は否めない。

(新しい団体の顔は、若い人たちに任せた方がよい)

活動方針に口を出したい気持ちをぐっとこらえ、亀次郎は極力黒子《くろこ》に徹するつもりだ。

その甲斐《かい》あってか、四月二十八日——対日講和条約発効日。沖縄にとっては〝屈辱の日〟——に結成された復帰協は、沖縄自民党を除くすべての政党、民間の主要十七団体他、さらにはPTAや遺族会なども参加する、きわめて幅ひろい裾野をもつ団体となった。かれらの活動は、のちに超党派の組織「オール沖縄」へと引き継がれていく。

復帰協にとって最初の大きなイベントが、この日の「祖国復帰要求県民大会」だった。主催者挨拶のあと、「講和条約第三条撤廃」と「祖国即時復帰」の団体目標を確認。その後参加者全員で国際通りを行進して、訪沖中のアイゼンハワー米国大統領に沖縄の祖国復帰を訴える、という流れである。

復帰協は結成まだ二か月に満たない、さまざまな考えをもつ者が集まった超党派の団体だ。予想を上まわる二万五千もの参加者となった大集会を、うまく運営できるだろうか？　集団《マス》となった者たちの恐ろしさを知る亀次郎は、内心ひやひやしながら眺めていた。

だが、運営にあたる教職員を中心とした若い人たちは、なかなかどうして見事な采配ぶりだ。

この日の集会とデモでは、ついに一人の怪我人も出さなかった。

亀次郎は復帰協を主催する若い人たちの手腕をあらためて見直した。本土では、しばしばデモ隊と日本の機動隊のあいだで死者を出すほどの激しい衝突が起きている。先に手を出した国家権力に対して、「暴力には暴力を」と武装闘争を支持する声もある。が、本土《ホンド》と沖縄《ウチナー》では事情がちがう。沖縄で米軍に力で対抗するのは、かれらに武力を行使する口実を与えるだけだ。効果云々以前、沖縄の人びとの側に想定される犠牲があまりに大きすぎる。沖縄では憲法で人権が保障されているわけではない。

復帰協ではデモ参加者に、参加者が手をつないで道路いっぱいに広がって行進する〝フランス・デモ〟を呼びかけた。一部琉大生を中心とする若者たちがより過激な〝渦巻きデモ〟や〝ジグザグ・デモ〟を主張し、かれらの挑発に警備の米兵が銃剣をむける一触即発の事態になったときも、復帰協関係者があいだに入ってことなきを得たという。

訪沖中の米国大統領への示威行進《デモンストレーション》という一大イベントにおいて、一人の怪我人も出さなかったのは復帰協の方針が貫徹された成果だ。

（それだけ信頼されているということだ）

若い人たちの活動に、亀次郎は沖縄における市民運動の成熟をみる思いだ。

沖縄では長いあいだ、本土独立のために沖縄を切り捨てた講和条約第三条撤廃をもとめること自体が取り締まりの対象とされてきた。「日本復帰」を公の場で口にすること自体が米軍による弾圧の対象であり、演説会で「復帰」を公然と訴える亀次郎は、みなが言えないことを言ってくれる代弁者として人気を博した。

わずか八年前の話だ。それがいまでは超党派の団体である復帰協が「講和条約第三条の撤廃」と「即時復帰」を活動方針に掲げ、訪沖中のアメリカ大統領に直接請願デモをしかけるまでになった。

隔世の感、とはこのことだろう。

沖縄における市民運動は少しずつだが、着実に力をつけはじめている――。

（問題は、こいつだ）

亀次郎は机の上の書類に視線を落として、苦い顔になった。あちこちに傍線が引かれ、亀次郎の字でびっしりと書き込みがされている。ところどころ、「！」「？」と紙をいためるほどの強い筆跡で記されていた。

本土から取り寄せた「砂川事件」の裁判記録だ。

事件の発端は、五七年七月八日、東京都北多摩郡砂川町（現立川市）米軍基地拡張に反対するデモ隊数名が基地内に立ち入ったとして逮捕、起訴されたことだった。

本件を担当した東京地方裁判所伊達《だて》秋雄《あきお》裁判長は、昨年三月、被告七名全員に無罪を言い渡した。

判決理由は、

「日本が米軍に駐留を許した日米安全保障条約は日本国の憲法に違反しており、本条約にもとづく刑事特別法違反を根拠とする検察の起訴は認められない」
というもので、日米安保と在日米軍を「違憲」と断じる、画期的な法理論だ。
――よくぞ言ってくれた、これこそ民主裁判だ。

米軍基地反対派が快哉《かいさい》を叫ぶなか、国と検察はただちに上告する。単なる上告ではない。三審制（地裁、高裁、最高裁）を前提とする日本の裁判制度では前代未聞、異例というべき最高裁判所への直接の「跳躍上告」だ。

判決が出るまで時間がかかることで有名な日本の裁判制度だが（一審には二年近くかかっている）、本件はここでも特別扱いされ、わずか八か月後の十二月十六日、最高裁大法廷は「原判決を破棄、地裁に差し戻す」とのスピード判決を下した。田中耕太郎《たなかこうたろう》最高裁判所長官は、判決理由として「日米安保条約のような高度に政治的な問題に対して、日本の裁判所は判断を下すことはできない」と司法の独立をみずから否定する一方、「外国の軍隊は日本の戦力にはあたらない」という〝高度に政治的〟なコメントを発表した。

日本の司法、さらには国家としての独立性を損なうことになった「砂川事件最高裁判決」は、その後アメリカ側の公文書が公開されたことで、さまざまな事実が明らかになった。

例えば、「在日米軍は憲法違反」という伊達判決にあわてたアメリカが当時の外務大臣・藤山愛一郎に圧力をかけて最高裁への跳躍上告を促した経緯や、田中耕太郎最高裁長官が判決前にアメリカ側に情報を漏らしていた事実も、アメリカ側の記録には残されていて（日本側は「記録がない」と主張）、裁判の異様さを浮き彫りにしている。

日米両政府が「伊達判決破棄」を急がせた理由が、翌年に予定されていた新安保制定だった。
東京地裁の伊達判決に目をみはり、

（本土にも、すごい人がいるものだ）

と深くうなずいた亀次郎は、わずか八か月後に判決がひっくりかえされたと聞いて啞然とした。

裁判記録を本土から取り寄せ、詳細に検討したが、どう比較検討しても、一審の伊達判決の方が田中最高裁判所長官のコメントよりまっとうだ。

亀次郎は那覇市長選挙に立候補したさい、選挙参謀をつとめる国場幸太郎に次のような式を書いてみせた。

米軍基地　＜　日米安全保障条約　＜　講和条約第三条　＜　日本国憲法

日本国憲法が一番強い。だから米軍基地を沖縄から追い出すために本土復帰を目指す必要がある。長い目で見ることだ。そんなふうに語った。

だが、もし憲法より日米安保の方が優先されるのなら、本土復帰と憲法をセットにして米軍基地を沖縄からたたきだすという亀次郎の見通しに暗雲が立ち込める。たとえ沖縄が日本に復帰したとしても、米軍基地が沖縄に居すわりつづける状況が発生しかねない――。

独立国家が掲げる憲法より、二国間の条約が優先される？　そんな馬鹿な理屈が国際社会で通用するものだろうか？

亀次郎は何度考えても首をかしげざるをえない。

新安保条約は、第十条で「十年間効力を存続した後は、この条約を終了させる意思を通告することができる」と定められた。

十年をめどに見直しができる、ということだ。

伊達判決が示唆したとおり、憲法に「武力の放棄」を謳う日本が相互防衛義務を課す二国間条約を締結することができるのか、独立国家が自国の憲法に反して二国間条約を優先することが国際法上認められるか否かは、おおいに疑問が残るところだ。十年後には、いまはまだ目に見えていないさまざまな問題――魔物《マジムン》の本当の姿――が色々とはっきりしているはずだ。

(そのときに、まとめてたたき出してやる)

亀次郎は椅子の背にもたれて、頭の後ろで腕をくんだ。顔をあげ、天井を見あげる。

あきらめないこと。

ねばりづよくやること。

自分自身にそう言い聞かせる。

今回の訪問でアイゼンハワーには、沖縄の米軍基地を取り巻くのは沖縄の人々の敵意だという事実がはっきりとわかったはずだ。次にアメリカがどう出るか？　任期わずかなアイゼンハワーが何もしないことを含め、しばらくはアメリカの動きを注視する必要がある。それはそれとして――。

亀次郎は天井を見あげたまま、ふかぶかとため息をついた。

いま亀次郎の頭を悩ませているのは別の問題だった。より深刻な事態ともいえる。

日々の生活をどうするか？

亀次郎は貧乏であった。

二年半前。亀次郎は理不尽な高等弁務官布令によって那覇市長の職を追われ、公民権を剥奪された。

明治期の日本には「井戸《いど》塀《べい》」という言葉があった。政治家などになると大きな家屋敷も井戸と塀しか残らない、その覚悟で働くのが政治家だと目されていた。

政治家は本来、儲かる職業ではないということだ。

亀次郎の場合は、その〝儲かる職業ではない〟政治家としての収入の途《みち》を布令によって断たれ、その後は身体をこわして入退院をくりかえしている。復帰協の裏方として走りまわっているのは、すべて手弁当。お金にならない、持ち出しの活動だ。

無職で病気がち、手弁当で政治活動――となれば、次に来るのはどうしたって貧乏である。

かつて亀次郎も入っていたことがある沖縄刑務所堺横の小さな雑貨店《まちやぐわー》の売上が、この時期の瀬長家唯一の収入源だった。お客の求めに応じてタバコ一本からばら売りする利のうすい小口商いで、子供たちを含めて瀬長家一家四人が生活していくだけでも至難のわざだ。入院費、診察費、薬代、手弁当の政治活動費にくわえ、亀次郎には興味をもった本を手当たりしだい取り寄せるという困った癖がある。本は無論ただではない。

政治家としてたぐいまれな能力の持ち主である亀次郎は、自分の生活という身近な問題については、案外無策であった。

日々の貧乏に対して手も足も出ない亀次郎を見かねて、妻フミのアイデアではじめることになったのが「まんじゅう屋稼業」だ。他の雑貨のように仕入れて売るのではなく、まんじゅうを一から手作りして自分たちで売ればそれだけ利幅も大きいはずだという。

亀次郎はなるほどと膝を打ち、早速準備にとりかかった。

まずは道具集めから。さいわい顔はひろい。顔見知りの農機具屋のオヤジをつうじて羽釜《はがま》や各種大小ナベ、七輪などを金物屋から安く仕入れた。知り合いのスクラップ屋からトタン板を買ってきて、台所の壁に発酵棚をとりつける。すべて自分たちの手作業だ。業務用のメリケン(小麦)粉や砂糖も融通してもらえることになった。小豆も仕入れ、いよいよまんじゅう作りに取り掛かる。

　メリケン粉とふくらし粉、砂糖、塩を混ぜ、練って、寝かせる。発酵した生地を適当な大きさにちぎって、伸ばしたものが、まんじゅうのかわになる。かわを発酵させているあいだにナベで小豆を炊いてあんこ作り。かわにあんこを包んで蒸しあげれば、まんじゅうのできあがりだ。

　食べてみたところ、見た目はともかく、われながら上出来の味であった。ひとまず一個二セント（当時の沖縄経済は米ドル建て）で売り出すことにする。

　亀次郎は毎朝四時に起き、日課となっているその日の新聞の切り抜きをしたあと、フミと二人で台所に立ってまんじゅう作りにはげんだ。一釜仕上げると、だいたい九時になる。朝食を食べ、子供たちを学校に送り出したあとは、店番をフミに任せ、書斎で原稿書き。家の掃除と洗濯は以前から亀次郎の担当だ（入獄中も習慣がぬけず、房内をぴかぴかに磨きあげた）。

　まんじゅうは一日平均で百個ほど売れた。

　お祭やイベントのある日は、もっと売れた。なかでも先祖の墓前に一族であつまり、みなで重箱料理を食べる神御清明《カミウシーミー》の日はかきいれどきだ。前の日から準備にとりかかり、朝四時から十一時までかかりきりで作ったまんじゅうが、すべて売り切れた。尤《もっと》も行楽イベントは天候次第、雨にたたられると目も当てられない。

　復帰協の各種集まりがある日は三時に起き、三釜分のまんじゅうを作ってから出かけた。ある日の大会参加者は中間発表で六万五千人。亀次郎は会場を見まわし、一瞬もっと作ってくればよかったかと思い、すっかりまんじゅう屋目線になっていることに気づいて苦笑した。

　しばらくして計算してみたところ、まんじゅう屋としての時給は七・五セントほどであった。これには亀次郎も頭をかいた。沖縄繊維で雇われている女工さんの時給と同じくらいだ。まんじゅう屋は、思ったより儲かる商売ではない。

まいったな、と亀次郎は思う。党の集会や講演で遅くなり、十二時に寝て、二時に起き、切り抜き帳を調べ、四時に寝て、六時に起きて、まんじゅうを作り、九時に朝食をすませて、さて原稿をかこうというところで、追加注文が入り、昼過ぎにはできるからと約束して、あわてて作業を開始する。日々の生活はもちろん大事だが、まんじゅう作りばかりやっていたのでは、いつまで経っても米軍基地を沖縄から追い出すことができない。なんとかしなければと思いつつ、亀次郎は全力でまんじゅう作りに励んでいる。あんをくるむ手さばきも、すっかり板についた感じだ。

ある日、復帰協の活動でどうしても家を空けなければならないことがあり、帰ってくると、まんじゅう作りに失敗したという話だった。亀次郎は、ふふん、と笑った。

「やっぱり、オヤジがおらんとダメかね」

自慢げにそういって、あご先をちょいとつまんでみせた。


亀次郎がせっせとまんじゅう作りに励んでいたその頃。

日米両国で「アイゼンハワー・岸」組から「ケネディ・池田」組への交替が行われた。

一九六一年一月、合衆国大統領選挙で史上最年少当選を果たしたJ・F・ケネディが就任する。華々しい選挙戦と、若き大統領の誕生に、アメリカ中が熱狂した。

一方、日本では例によって国民の見えない場所で物事が決められていく。安保問題で国民から総すかんを食った岸内閣が退陣を余儀なくされたあと、岸が複数の人物に後継者密約を囁いていたために自民党内でもめごとが起きた。最終的に、安保問題で岸内閣を支えた池田勇人が派閥の支持を得て、自民党総裁に当選。そのまま日本の首相の座についた。

沖縄でも高等弁務官の交替があった。ブースに代わって赴任したのはP・W・キャラウェイ陸軍少将（〝中将〟のふれこみだったが、実際の昇進は沖縄赴任後）。

これで役者が出揃《でそろ》った。

この後次々に起きた政治的な動きは、時系列に見るとあたかも白黒の碁石《ごいし》を交互に並べ置くような感じで、興味深い。

以下、あえて図式的に眺めてみたい。

盤面に最初に石を置いたのは、六月に発表された「池田・ケネディ共同声明」だ。声明では、「琉球住民の安寧と福祉を増進するために一層の努力を払う。日米はこの目的のために協力する」とだけあって沖縄の施政権返還には一切ふれられなかった。沖縄に対する日本の〝潜在主権〟を確認した四年前の「岸・アイク声明」と比べて明らかな後退だ。

池田・ケネディ共同声明は、「積み重ね方式」（日米両政府と仲良くすることで復帰につなげる）を主張してきた沖縄自民党に、正面から平手打ちを食らわせるようなものであった。多くの支持者から、話がちがう、と詰め寄られた沖縄自民党内部で混乱と、本土自民党への反発がおきる。

年が明けた二月一日。沖縄自民党が多数を占める立法院は、国連加盟諸国に宛てた沖縄声明（二・一決議）を採択する。前々年に国連で採択された「植民地解放宣言」を引用し、そのうえで、「日本領土内で、住民の意思に反して不当な（植民地）支配がなされていることに対し、国連加盟諸国の注意を喚起する」

と、沖縄の窮状を世界に訴える内容だ。日米政府がたよりにならない以上、直接国際社会に訴えるしかない。

これに対して日本政府は「沖縄が植民地であるという考え方は承服しがたい」と見解を発表する。

その後の国会でも「沖縄は植民地ではない」という答弁がくりかえされた。

例によって例のごとく、沖縄の声を無視するかまえだ。

反応を示したのはむしろ、米国ケネディ政権の方だった。

沖縄で「二・一決議」が採択された翌月十九日、ケネディ大統領は「沖縄新政策」を発表する。

これまで沖縄米軍民政府の要職はすべて軍人が独占してきた。これが〝植民地支配にあたる〟と批判されることを嫌ったケネディは、民政官（事務局長）を軍人から文官に差し替え、同時に琉球行政主席を立法院の指名制（但し任命権はない）にすることで、文民統治《シビリアンコントロール》のイメージをうちだした。禁止されていた公の場での日の丸掲揚も認め、沖縄は米国による植民地支配ではないと国際社会に印象づけようと試みる。

時あたかもキューバ問題を機に米ソ冷戦が深刻化していたおりもおり、アメリカとしては国際世論を広く味方につける必要性があったのだろう。

米国政府の方針に強く反発したのが、新任の高等弁務官ポール・キャラウェイだ。赴任したタイミングで直属の部下（民政官）を軍人から文官に差し替えられ、公の場で日本の国旗を掲揚させる。そんなことを本国都合で勝手に決められてはたまらない。極東最重要軍事基地オキナワでの文民統制強化や日本文化の流入は、現地でくすぶっている民族運動を利するばかりだ。ひいては沖縄の米軍基地の不安定化につながり、極東における米軍の軍事的利益を侵害することになりかねない——。

キャラウェイは、本国の方針とは逆に、高等弁務官による直接統治の方針を強くうちだした。そのために手足となって働く者たちが必要だった。本国政府の意をうけて赴任する民政官は頼むにたりない。これまで米軍寄りと目されてきた沖縄自民党も、所詮は「二・一決議」でアメリカを裏切り、国際世論に泣きつくような連中だ。信用できたものではない。

キャラウェイは、アメリカの資金で米国に留学経験のある沖縄出身者を「金門《ゴールデンゲート》クラブ」に集め、自分の取り巻きとして重用した。沖縄出身の若きエリートたちとともに、キャラウェイは古いオキナワの改革にのりだしていく。

最初に手をつけたのが、本土と沖縄の政治的・経済的な隔離だ。沖縄の民生向上はあくまでアメリカ（軍）主体でおこなう。復帰運動などはもってのほか。〝外国〟である日本との交流は最小限とし、沖縄の自治権は高等弁務官の権限内にかぎられる——。

それまで米軍民政府と歩調を合わせてきた沖縄自民党や沖縄財界から、反論や苦情がよせられた。が、キャラウェイはかれらの声は無視して、至るところで見られる古いオキナワのずさんな体質を改革し、反発する者は高等弁務官権限で容赦なく排除した。

沖縄の多くの企業で政治家との癒着があばかれ、金融業界では思いきった人事の刷新がおこなわれた。この結果、支持母体を失った沖縄自民党は分裂を余儀なくされ、少数野党に転落する。「沖縄の王」の異名をもつ歴代高等弁務官のなかでも、キャラウェイは特に「沖縄の帝王」と称せられる。自らの決定を絶対とし、反対意見には一切耳をかさない独裁者と恐れられた。が、自身弁護士資格をもつキャラウェイにしてみれば、すでにある法律（布令）の範囲内でことを進めたにすぎない。戦後乱発された布令が、キャラウェイを沖縄の独裁者たらしめていただけだ。

キャラウェイとその取り巻きたちは新しいオキナワを築こうとしていた。ただしそれは、高等弁務官支配の下、〝極東の安全を守る米軍の方針に従順なオキナワ〟だった。かれらは〝その先にしか沖縄の繁栄はない〟と心底信じていたのだ。

キャラウェイと取り巻きたちがおこなった問答無用の強引な直接統治は「キャラウェイ旋風」と

呼ばれ、沖縄政財界から強く恐れられた。

亀次郎はまんじゅう屋をつづけながら、目まぐるしく移り変わる沖縄の情勢分析に余念がない。

これまで亀次郎はもっぱら、アメリカの軍事支配からの沖縄解放を目指してきた。だが、ここに来て米本国政府と沖縄米軍民政府は必ずしも一枚岩ではないことがあらわになった。米軍民政府内でも、米軍の利益を最優先する高等弁務官と、本国の政治判断を仰ぐ民政官のあいだで齟齬が生じているようすだ。

沖縄のなかでも、これまで親米勢力とされてきた者たちのあいだにさまざまな対立が生じていた。アメリカ政府と日本政府を比べれば、情けないことに、本土の日本政府の方が沖縄の分離・弾圧に、より加担する立場をとる場合の方が多い。

（戦略の変更が必要かもしれない）

亀次郎はまんじゅうのかわにあんを包みながら考える。

キャラウェイの強引な直接統治方針によって、復帰協は不自由な活動を強いられている。復帰協だけではない、せっかく盛りあがりをみせていた沖縄の市民運動全般がキャラウェイの問答無用の強権に萎縮してしまっている……。

手元のあんを包みおえた亀次郎は、前掛けをはずし、隣で作業をしている妻フミをふりかえった。

「次の立法院議員選挙に出馬しようと思う」

突然の告白に、フミはまんじゅう作りの手をとめ、顔だけでふりむいた。

亀次郎はいたってまじめな顔つきだ。冗談をいっているわけではないらしい。

（わたしが結婚したのは、こういう人なのだ）

フミはふっと表情をゆるめ、理由もきかずに答えた。

「いいと思うわ。まんじゅう屋は、わたしたちで何とかするから」

「ありがとう。よろしく頼む」

亀次郎は妻に一礼し、前掛けをその場において台所をでていった。

その足で人民党の事務所に向かい、次回立法院議員選挙に出馬の意向をつたえた。

「しかし、オヤジさん。選挙に出るといっても……」

党の事務所にいあわせた者たちは顔を見合わせ、あとの言葉を濁らせた。

亀次郎はセナガ布令によって那覇市長の座を追われ、公民権を剝奪された。立候補も何も、そもそも選管に届け出を受理されないのではないか？　百戦錬磨の政治家・瀬長亀次郎に、そのことがわからないはずがない——。

困ったように顔を見合わせる事務所の者たちに、亀次郎はまんじゅうを作りながら考えたことを話してきかせた。

「沖縄の人たちはいま、新弁務官キャラウェイのせいですっかり混乱している」

と亀次郎は冷静に分析する。

「キャラウェイは、ことあるごとに布令をもちだして〝規則に従え〟と命じる。命じられた側でも〝規則だから仕方がない〟と諦めている。だが、権力者の理不尽な命令を〝仕方がない〟と諦めることこそが植民地病であり、キャラウェイとその取り巻きの連中が目論んでいるのは、まさに沖縄に植民地病をはびこらせることなのだ」

事務所の者たちはまだピンとこないようすだ。亀次郎はもどかしげに首筋に手をやり、ごしごしとこすってつづけた。

「キャラウェイがふりかざす布令の方がまちがっているということを、選挙に出ることで沖縄じゅう――否、世界じゅうにつたえるのだ。被選挙権を奪う布令がまちがいだと証明するためには、瀬長亀次郎が選挙に出るしかない」

事務所の者たちは、あっ、という顔になった。

当選しても無効とされる。そもそも立候補の資格がないのではないか？

そう思わされた時点で、「仕方ない」と諦める植民地病にかかっていたということだ。

亀次郎は事務所の者たちの顔を見まわし、理解がいきわたったのを確認して、大きくうなずいた。

「間違った規則は変えなければならない。変えることができるのは、自分たちの手だけだ」

そう言って、さっきまでまんじゅうを作っていた手をあげ、指をひろげて、ぐるりと見せる。

亀次郎にとっては、まんじゅうを作るのも悪布令を変えるのも、要するに同じようなものだった。

意外にも、亀次郎の届け出はあっさりと受理された。

いよいよ選挙戦のはじまりだ。

同じ選挙区をたたかう相手候補は口をそろえて、

「セナガさんに投票したら死票になる」

と、さかんに訴えた。対して亀次郎は、

「死票になるかならないかは、票を積み重ねた結果を世界中に示したうえで判断される問題だ」

と、ぶちあげた。

「布令でカメジローの被選挙権を奪うことは、とりもなおさず有権者の選挙権をとりあげることだ。世界が非難する政治弾圧である。自信をもって投票し、自分たちの手で悪布令を粉砕しよう」

亀次郎のいつもの名調子に、演説会場につめかけた満場の聴衆のあいだから拍手や歓声、指笛の嵐が自然とわきおこる。ときどき爆笑に包まれる。

久しぶりとなる亀次郎の演説会は、候補者中、抜群の人気を博した。

十一月十一日投票日。天気に恵まれ、秋にしては少々あたたかすぎるほどだ。

投票日当日になって、沖縄中央選管は突然「瀬長亀次郎他二名には被選挙権がない」と発表する。

投票日当日の失格宣言は、代替候補〝第二のセナガ〟を立てさせない作戦だろう。アメリカで弁護士資格をもつキャラウェイらしい、姑息な戦略だ。

開票の結果は――。

五三七一票。亀次郎はわずか三票差で次点となった。

あとで確認したところ〝他事記載によって無効〟とされた投票用紙が多数認められた。

亀さん頑張れ

セナガさんしっかり

解放の父セナガさん

人民党はすかんがセナガさんはよい

等など。なかには「瀬長亀次郎」と書いてふりがなをつけ、そこまではよかったが、念をいれて「瀬長」の上に二重丸（◎）を付けたために無効とされた票もあった。

最後の一票まで自分の目で確認したあと、亀次郎は、よし、とひとつ気合を入れなおして選挙管理事務所をでた。向かった先は裁判所だ。

亀次郎は「得票の無効宣言」と「被選挙権がない」とした決定の取り消しを求めて、沖縄中央選管を提訴する。

セナガ布令の是非を問う闘いは、法廷に場所を移してつづけられることになった。

興味深いことに、ことあるごとにカメジローを名指しで糾弾した歴代の高等弁務官とは対照的に、キャラウェイはカメジローの名前を絶えて口にしなかった。黙殺することで、逆に歯牙にもかけないことを見せつける作戦だ。

その後もキャラウェイは「金門クラブ」に集めた沖縄出身のエリートたちに取り巻かれ、〝沖縄の帝王〟としてふるまいつづける。

立法院選挙翌年三月五日に行われたクラブ月例会で、キャラウェイは会員を前にこう言い放つ。

「沖縄住民による自治は神話にすぎない」

会場からは盛大な拍手がわきおこった。

17

「ぼくが郷里のことを考えるとき、まず風景が頭に浮かんできます。デイゴとか、フクギとか、パパイヤとか、那覇でいうアッチャーギーグワー――〝歩く木〟という意味で、マングローブのことですが、ほかにも、柔軟性があって丈夫な、子供の木登りには非常にふさわしいガジマルがあります。こういう樹木のあいだに、点々として沖縄の赤い屋根がある。赤い屋根のむこうに真っ青な空が見える。そして、光は非常に明るい。沖縄の光は白い感じがします……」

病院のベッドの上で、貘さんが淡々とした口調で話している。

白いシーツを胸もとまでひきあげ、視線は天井にむけたまま。昔の沖縄の風景について語る貘さんの大きな目が、時折なつかしげに細められる。

「そうした風景のなかに、ぼくらの少年時代の遊びが浮かんできます。小学校では坊主打ち《ボウジウーチエー》、頭を打《う》つというよりさわる遊びがあった。ぼくはこれが非常にうまかった。自分の頭をけっしてさわらせずに、ひとの頭をよくさわったものです。それからギータームンドー――片っ方の足を後ろにこうもって、けんけんで胸をぶっつける遊びがあった。それからクーガートゥィテー、直訳すれば〝卵とり〟です……」

貘さんの言葉を、ベッドの脇に置いた椅子にすわった新聞記者が熱心にメモにとっている。

少し離れた場所から様子を眺めていた娘のミミコは、

（不精ひげが伸びたなあ……）

と、ぼんやりと考えた。

入院して、かれこれふた月。

不精ひげも伸びるはずだ。

（病院じゃ、ひげは剃《そ》ってくれないんだろうか？　そもそも、男の人のひげってどうやって剃るんだろう？）

とりとめのない考えが頭のなかに浮かんでは、泡のように消えていく。

（あとで、顔見知りの婦長さんが来たら、聞いてみよう）

と、結局、無難な結論に落ち着いた。

どちらにしても、取材が終わってからだ。貘さんの頭の近くに寄せたテーブルの上で、録音用のテープがまわっている。

(静かにしなくっちゃ……)

ミミコはぬき足さし足、窓際に移動した。

窓から見える病院の中庭は、満開のツツジ。春の気配であふれている。

ミミコは大学生になったばかりだ。大学の授業と、NHKでのアルバイトと、演劇サークルの活動がないときは、毎日病院に来る。泊まりがけで看病している母と交替して、父親の貘さんに付き添っている。

「……そんなふうに思い出があって、樹木がおおく、平和だったのが、ぼくの郷里・那覇です。ところが何年か前に帰ってみると、フクギやソテツやデイゴや、そんな樹木はなにもなくなっていました」

窓際に立つミミコの背後から、貘さんの声が聞こえる。

「戦後十年以上も経っているので、街並自体はすばらしく復興して、ぼくが少年時代には夢にも考えられなかったような、にぎやかな国際通りなどがあるのだけれど、それはやっぱりぼくが知っていた那覇じゃなくて、東京よりはるかにアメリカナイズされた沖縄だと感じるのです」

貘さんは淡々とした口調でしゃべりつづけている……。

(しゃべりすぎて、あとで具合が悪くならなければいいのだけれど)

ミミコは軽く眉をよせた。が、心配しても仕方がない。これまでだってそうだったのだ。これからだって、きっと——。

胃の具合は前からよくなかった。

貘さんは昔から、医者ぎらいの病院ぎらい。痛むたびに売薬でまぎらわしている様子を見かねた若い友人に、ひっぱられるように連れていかれた病院で検査を受けた結果、胃に腫瘍が見つかった。

胃癌《いがん》の診断だ。すぐにでも入院して、手術を受けた方がよい状態だという。

貘さんは困惑した。

世の中では「高度経済成長」や「所得倍増論」といった言葉が声高《こわだか》に語られ、日本の対米貿易はついに黒字に転じたという話である。産業の急速な工業化がすすみ、各地に巨大コンビナートが建設されていた。地方の中学を卒業した者たちは〝金の卵〟ともてはやされ――裏を返せば〝安い労働力〟ということなのだが――東京や大阪、名古屋といった都市部に次々に送り出されてくる。「集団就職」などという新しい言葉も生まれていた。

周囲から景気のいい話をさんざん聞かされながら、貘さんは相変わらずのビンボウ詩人だった。高度経済成長などどこ吹く風、まったく関係のない別の世《ゆー》の話だ。逆に、ある日突然、株価が大暴落して世の中が大騒ぎになったとしても、貘さんにはやっぱり何の関係もない話だ。

それはそうなのだが、入院や手術には〝先立つもの〟が必要だった。保険などというものにはハナから縁のない生活である。弱ったな、どうしたものかな、と思案していると、よくしたもので、話を聞きつけた新聞社の人間が発起人となって、文芸業界や新聞雑誌関係者に〝貘さん入院カンパ〟を呼びかけてくれることになった。奉加帳には金子光晴や草野心平、佐藤春夫らが名前をつらね、予想以上の金額が寄せられた。苦笑するしかないが、「高度経済成長」や「所得倍増論」といったものから貘さんが受けた、これが唯一の恩恵だったかもしれない。

一九六三年（昭和三十八年）三月十三日。貘さんは新宿・戸塚の大同病院に入院する。

翌日おこなわれた手術は六時間におよんだ。胃を全摘し、食道と十二指腸をつなぐ大手術だ。

手術後、周囲の手厚い看護のかいあって、症状はいくぶん回復した。

ところが、ところが――。

手術後、貘さんはずっと、まいったなあ、困ったなあ、しまったなあ、まずいなあ、という表情で当惑気味に天井を見あげている。東京に出てきて以来、どんな貧乏にも、どんな困った状況にもめげることなく、詩に向きあいつづけてきた貘さんが、胃癌の手術後はどうしたことか、自分の詩にも他人の詩にもすっかり興味をなくしてしまった感じだ。

ひと月たち、ふた月目にはいり、入院生活が長びくにつれて、貘さんの気分はますます滅入《めい》っていくばかりだ。少しぐらいは仕事をした方がよい、という担当医師の勧めもあって、ぽつぽつ原稿依頼も受けているのだが、手をつける気配もない。仕事道具一式をベッドの傍らに置いたまま、貘さんはじっと天井を見つめている。困ったなあ、まずいなあ、という顔をしている。

事情が事情だけに、原稿を頼んだ方でもさすがに無理をいうことはなかったが、書かなければ原稿はたまる一方だ。新規の依頼分はともかく、原稿料の前借りもあって、そんなところにかぎって入院・手術のためのカンパを寄せてくれた相手とかぶっている。

ミミコは母と相談し、お見舞いに来てくれた新聞や雑誌の記者を廊下でつかまえて、口述筆記ではだめだろうかと、おそるおそる尋ねてみた。すると、相手は案外気楽に、いいですよ、といって、数日後、早速取材の準備をして病院に来てくれた。いつもらえるかわからない原稿を待っているより自分で書いてしまった方がいい、という判断だろう。

貘さんの側でも口述筆記を特にいやがるでもなく、むしろ記者の求めに応じて沖縄の話をすることで、少しは気晴らしになっているようすだ。

（もっと早くこうすればよかったな）

ミミコは、ふふっ、と思わず声に出して笑って、慌てて手で口もとをおさえた。録音テープが回っている。静かにしなくては……。

――復興の話が出ましたが、街並み以外の点で沖縄の復興はどんな具合でしたか？

記者の質問に、貘さんはしばし考えるようすであった。少し間があり、

「そうですね。復興というなら……なにしろ墓だけは非常に復興していて、純粋に沖縄的なものではっきり見えるものとしては、ぼくの目には墓ぐらいでした。そのほかには、昔からの沖縄らしいものは、視覚的にはなにも残っていません。いまの沖縄から、むかしの沖縄を思い出すことはもうできないのです。むしろ逆に、現在の沖縄に行って、ぼくは昔の記憶がつぶされてしまった。前には新鮮だった記憶が、新しい記憶によって消されてしまって……言葉のうえでも、沖縄語《ウチナーグチ》はほとんど使われていません。沖縄はすっかり遠くなってしまった感じです」

貘さんの声がだんだん小さくなる。


何年か前、三十四年ぶりに里帰りした貘さんは、二、三週間の予定が二か月たって帰ってきた。ミミコは、貘さんが地元で非常な歓迎を受けたことを新聞で読んでいたので、きっと意気揚々と帰ってくるだろうと思っていたのだが、案に相違して、帰ってきた貘さんの表情は暗かった。ミミコが沖縄の話をせがんでも、貘さんは首をふって、

「パパが子供のころとは、本当に、すっかり、変わってしまっていてね。まるで浦島太郎みたいなものだよ。おまけに、まるで鶏小屋みたいに、どこに行っても金網だらけだ。なさけないね、日本が馬鹿な戦争をしたからだよ」

といったきり、苦い顔で黙ってしまう。

東京にもどったあと、貘さんは長いあいだ仕事が手につかなかった。年齢を重ねても精悍で男臭い風貌だった貘さんが、急に老け込んでしまった。髪の毛が真っ白になり、体全体がひとまわり小

さくなった感じだ。

出歩くことも少なくなり、家に籠もっている貘さんの背中からは、どこかに魂《マブイ》を置き忘れてきたような脱力感が押し寄せてくる。母がミミコをつかまえて「パパは、なんだか急に、おじいちゃんになっちゃったわね」と、こっそり（何しろ狭いうちなので）耳打ちをしたくらいだ。

半年ほどしてようやく仕事を再開したものの、ひところのような調子はでなかった。貘さんが発表する文章には昔話がふえた。沖縄をテーマにとりあげても、それまでのように本土の人たちの目を沖縄に向けさせるためというよりは、失われた過去を慈《いつく》しみ、懐かしむトーンが強くにじむ文章だ。

そのころ東京では、安保問題が大きく取り沙汰されていた。新聞や雑誌、テレビでも安保問題が連日とりあげられ、抗議する大勢の人たちが国会議事堂を取りまいて、アンポ、ハンタイ、と声をあげるようすが報道されていた。だが、そんななかにあって、沖縄の復帰問題はほとんど語られることがなかった。日米安保、米軍基地被害という意味では、まさに当事者であるべき沖縄が、かれらの視野からすっぽり抜け落ちている様子なのだ。安保問題を機に本土でも復帰運動が盛りあがるのではないか、と貘さんは期待していた。期待していたぶん、ショックも大きかったようだ。

追い打ちをかけるように、貘さんと一緒に復帰運動や琉球舞踊の紹介に尽力してきた南風原朝光が交通事故で死去する。

東京に出てきて以来、ウチナーグチで何でも話すことができた一番の親友を失った貘さんは、茫然として、しばらくは何も手につかず、それきり気持ちが切れてしまった感じだった。

ミミコが沖縄の蝶《ちょう》の話を聞いたのは、そんなころだ。

――蝶が海をわたることを知っているかい？

貘さんは泡盛を注いだグラスを片手に、小首をかしげるようにしてミミコにたずねた。

池袋にある琉球料理と泡盛の店「おもろ」。店の二階で南風原朝光のお別れ会をひらいて以来、貘さんはしばらく店から足がとおのき、あとから考えれば胃が痛くて泡盛を呑みたくても呑めない状態だったのだろうが、その日は久しぶりにミミコを連れて顔をだした。

店のなかは少しも変わっていなかった。琉球赤瓦やシーサーの置物。沖縄語《ウチナーグチ》がとびかい、常連客が弾く三線の音がひびいている。貘さんは店内を見まわし、ちょっと寂しそうな笑みをうかべた。

ミミガーやチャンプルーなどを注文したが、食べるのはミミコばかりで貘さんはほとんど手をつけなかった。グラスの中身もいっこうに減らないようすだ。

顔見知りの出版社の人間が近づいてきて、貘さんに挨拶をした。

「今度うちから出る本なんですが、推薦文など頂ければありがたい」

そう言って、カバンから取り出した見本本を一冊、テーブルの上に置いていった。

本は、蝶の写真集だった。

貘さんはグラス片手に気乗りしない様子でページをめくっていたが、思いついたように顔をあげ、

――蝶が海をわたることを知っているかい？

とミミコにたずねた。

貘さんは子供のころ、沖縄の海の上を蝶がわたっていくのを見たことがあるという。

「あの蝶たちは、いったいどこに行く途中だったのだろう？」

首をかしげた貘さんは、そのあとミミコにこんな話をした。

蝶は人の魂が乗り移ったものだという考えが、洋の東西を問わず世界中にひろく流布している。

沖縄では、海の彼方《かなた》にニライ・カナイという別の世界があって、人間はそこから生まれてきて、死んだらそこに帰るという伝説がある。

沖縄の浜辺にすわって海を眺めていると、このむこうに別の世界があって、生まれてくる前の人や、死んだ人たちがそこで暮らしているということが、確かなものとして信じられる……。

問わず語りにそんなことを話したあと、貘さんは蝶の写真集に視線をむけ、

「本当に、人は死んだら魂が蝶になって、海をわたっていくのかもしれないねえ」

と小さな声で呟いた。

貘さんが見ていたのは「沖縄の蝶」のページだった。

海岸に咲く白い花のうえを、ゆるやかに群れ飛ぶ無数の蝶。ページの端の説明には〝リュウキュウアサギマダラの群舞〟とあった。

貘さんはいっこうに中身の減らないグラスを片手に、眼をきらきらさせながら、そのページをじっと眺めていた。

ひところ良くなったように見えた貘さんの病状は、その後、一歩進んで二歩下がる状態となる。入院三か月目にはいると、口述筆記の準備をした記者の人にせっかく来てもらっても、断らなくてはならない日が出てきた。

それでも、古くから付き合いのある沖縄の友人の見舞いは別だ。いくら具合がよくないときでも、貘さんはかれらの見舞いだけはけっして断ることがなかった。

ミミコは母と交替で看病についているのだが、貘さんが沖縄の人たちとウチナーグチで話しはじめると、何を言っているのかさっぱりわからない。そんなときは、聞いていても仕方がないので、

席を外すことが多かった。その日も、貘さんと沖縄の友人（詩人だそうだ）のあいだでよくわからないやりとりとなり、売店に飲み物を買いにいって戻ってきたミミコは、病室の入口でハッと足をとめた。

――ボクハ間違ッタノカモシレナイ。

貘さんの声が聞こえた。声の感じから、泣いているようだ。ミミコはその場から動けなくなった。

「ボクハ東京ニ出テキテ、誰ニデモ通ジル平易ナ言葉ヲ使ッテ、ナルベク普遍的ナ詩ヲ書コウトシテキタ。誰ニデモ通ジル日本語《ヤマトグチ》デ詩ヲ書コウトシタ。ケレド、ボクハ沖縄ニ留マッテ、沖縄語《ウチナーグチ》デ詩ヲ書クベキダッタノカモシレナイ。ボクハ、間違ッタノカモシレナイ……」

そっと覗くと、ベッドに横たわる貘さんの目尻から涙があふれていた。沖縄の友人は無言のまま、貘さんの手をしっかりと握ってあげている。

ミミコは身を引き、足音を忍ばせて、その場を離れた。

見なかったことにしよう。

そう思った。

詩人として生きて来た自分の在《あ》り方を問う父・貘さんの言葉は、娘には重すぎる。娘の立場では答えようのない問いだった。

入院四か月目に入ると、病状は悪化の一途を辿《たど》る。

貘さんはだんだん衰弱して、小さくなっていった。

貘さんは以前、「梯梧《でいご》の花」という題でこんな文章を発表している。

「梯梧の木は大柄で、どんなに記憶をたどってみても、ふしぎに小さなものを見た覚えがない。みんな野生の老木であったことも、いま思い出してみると不思議である。風貌は非常に男性的で、りゅうりゅうとした筋肉の両腕をぐんと曲げたような枝ぶりなのである。
ぼくは子供のとき、木のぼりが好きだったが、梯梧の木にはのぼらなかった。梯梧にはトゲがあるからで、たくましそうな風貌をしていながら、見かけによらずもろい木だからである。それでいて、沖縄では漆器材としてこの梯梧の木が珍重されていたのである。」

梯梧の花は情熱の象徴。

梯梧の木は軽くてやわらかく、繊細で、それでいてひねこびたところがない。

梯梧は、どこか貘さんに似ている。

沖縄で梯梧の花が散り落ちる七月十九日。

貘さんは、妻と一人娘ミミコに看取《みと》られて、息を引き取った。享年五十九歳。十九歳で沖縄から出てきて以来、ひたすら詩人として生きた四十年間だった。

貘さんの棺《ひつぎ》は練馬の月田家に帰る。

疎開先から東京に戻ったとき、二か月の約束で借りた六畳一間が、その後十五年におよぶ貘さんの終《つい》のすまいとなった。

告別式は雑司ケ谷霊園斎場で行われた。

葬儀委員長は、貘さんの第一詩集『思弁の苑』に「日本のほんとうの詩は山之口君のような人達からはじまる」と序文を寄せた金子光晴がつとめた（最初は「日本のほんとうの詩は山之口君からはじまる」と書いたのだが、貘さん当人から「さすがに照れる」と苦情が入り「山之口君のような人達から」と書き加えたそうだ）。

葬儀には大勢の人が参列し、沖縄が生んだ畢生《ひっせい》の詩人、山之口貘の死を悼《いた》んだ。

翌年十二月、山之口貘四冊目の詩集『鮪と鰯』が刊行される。

巻末には貘さんが愛した一人娘、ミミコの文章が添えられた。

パパ　あなたの詩集です。子供のように眼を輝かせ毎日きょうを見つめていたあなたの　新しい詩集です。……

＊

目を閉じると、青い海の上を飛ぶ二匹の蝶が見える。

ほたほたと楽しげに寄り添うのは、貘さんの一番の親友であり、気の合う踊りの相棒だった南風原朝光だろうか。

二匹の蝶が飛んでいく先は海の彼方にあるという別世界〝ニライ・カナイ〟。

そこにもきっと、デイゴの花が咲いているはずだ。

第二部

18

「日本選手団の入場です！」

アナウンサーの弾んだ声は、残念ながら会場から一斉にわきあがった拍手と大歓声に半《なか》ばかき消されてしまった。

一九六四年十月十日。午後二時からはじまった東京五輪開会式は、参加九十四カ国の最後に登場した日本選手団の入場行進で最初の山場をむかえていた。このあとはたしか、聖火台点火、選手宣誓、自衛隊アクロバット飛行チームが飛行機雲で空に描く五輪マーク……とつづくはずだ。

気がつくと、いつのまにか手がとまり、ラジオ放送に耳をかたむけていた。

（いけない、いけない。仕事中、仕事中）

ミチコは小さくつぶやいて、目の前の書類のやまに手をのばした。机の上のぶんだけでも、今日じゅうになんとか片づけてしまいたい――。

つけっ放しのラジオからは、日本選手を一人ずつ紹介するアナウンサーの声が流れつづけている。

ミチコは上半身をひねるようにふり返った。

「ラジオ、つけておいて大丈夫ですか？」

背後の長机いっぱいに書類をひろげている人物は中野好夫《なかのよしお》。ミチコがアルバイトをしている「沖縄資料センター」の創設者だ。御年《おんとし》六十一歳。魁偉《かいい》な容貌と禿《は》げあがった大きな頭から、かげでは「叡山《えいざん》僧兵の大将」というニックネームもあるそうだが、沖縄資料センター内ではもっぱら「中野さん」と呼ばれている。

中野さんは読んでいる資料から目を離すことなく、

「大丈夫、ラジオくらいは気にならない」

と言ったあと、気がついたように顔をあげ、

「どうせなら、漫才の一つでもかけてくれた方が聞きごたえがあるがね」

そう言ってニヤリと笑ってみせた。

笑うと、叡山僧兵の大将の趣《おもむき》がいよいよ強くなる。

ミチコは自分の机にむきなおり、手元の書類に視線をおとして、くすりと笑った。

漫才云々はもちろん冗談だろう。中野さんには何ごとにつけても一言つけくわえずには気がすまないところがある。サービス精神の発露なのだが、慣れないうちは正直面くらった。

もっとも、中野さんが仕事環境に無頓着なのは本当で、ほかの者たちが周囲で賑やかにしゃべっていても一切おかまいなし、日本語の本だろうが英語の資料だろうが驚くばかりのスピードでどんどん読んでいく。原稿を執筆しているときも、まわりの喧噪《けんそう》などまるで気にならないようすだ。

中野さんにはまた、何冊もの本を同時並行で読みすすめる癖があって、読みかけの本が所かまわずあちこちに置いてある。目を離すたびに中野さんの周囲が読みかけの本で散らかっていくのは、

呆れるのをとおりこして笑ってしまうほどだ。

先日、家に帰ってその話をすると、高校で数学を教えているミチコの夫は「エントロピーの増大」なる用語をつかって面白おかしく説明してくれた。宇宙の真理だか何だか知らないが、片付ける者にとっては迷惑な話である。

ミチコがアルバイトをはじめたのは、夫の新一郎が大学時代の友人から聞いてきた話——沖縄資料センターでアルバイトを募集している——がきっかけだった。これまで働いていた人が家の都合で辞めることになったらしい。

「以前〝せっかくなら沖縄に関係したことを何かやりたい〟、そう言っていただろう?」

夫は小首を傾げるようにしてミチコに提案した。

「いま沖縄問題に関する情報を系統的にあつかっているのは、この東京で——というか本土では、唯一『沖縄資料センター』だけらしいよ」

そう言って、新一郎は銀縁の細い丸眼鏡のつるにちょっと手をやった。照れているときの夫の癖だ。

ミチコは五年前に結婚した。結婚を決めたきっかけは、あまり気乗りのしない見合いの席で披露された貘さんの詩だった。あとから考えると、見合いの席で披露するにはいささかどうかと思う内容だったが、楽しそうに貘さんの詩を暗唱し、気がついて赤面している相手を見て、この人なら結婚してもいいか、と思った。

色白、細面《ほそおもて》、穏やかな性格の夫は結婚後も変わらずやさしい。娘もうまれ、不満のない生活だ。いまでも二人して、貘さんの詩が取り結んでくれた縁《えん》だね、と話すことがある。

娘のあゆみは今年四歳。保育園に通いはじめた。近所に住む夫の母親は、あゆみを文字どおり

〝目に入れても痛くない〟ほどかわいがっている。ときどき、ちょっと甘やかし過ぎではないか、と思うこともあるが、一人息子の一人孫、しかも女の子ということで仕方がないところもあるのだろう。夫から「お袋の唯一の生きがいだから」と片手拝みに頼まれては、ミチコとしてはそれ以上は文句の言いようもなかった。

最近ミチコは、外で働きたい、と思うようになった。

保育園に通いはじめたあゆみの送り迎えは、義母が自らかって出た(「わたしもいい運動だから」)。保育園が終わると、あゆみは義母の家に寄り道しておやつを食べ、家に帰ってくるのは夕方だ。日中時間ができたこともあるが、働きたいと思った直接のきっかけは、去年の夏の貘さん逝去のニュースだった。いまも文芸業界で働く友人からその話を聞いたとき、ミチコは見えない手で顔をはたかれたようなショックを受けた。若いころ、銀座のバーで一度だけ会った貘さんの優しい笑顔を思い出して、涙がこぼれた。

その日、勤め先の学校から戻った夫と相談して、貘さんの葬儀に弔電を打つことにした。発信名は「貘さんの詩のファンより」。本当は〝永遠のファンより〟としたかったのだが、照れた夫に〝永遠の〟の文言は外されてしまった。

それからしばらく、ミチコは貘さんの詩をかたっぱしから読みかえした。貘さんが雑誌や新聞に発表していた文章も求めて読んだ。沖縄出身の貘さんがサンフランシスコ講和条約で本土から切り離された沖縄にどれほど郷愁をおぼえ、愛情をそそいでいたのかを知って、胸が痛くなった。

ミチコは「外で働きたい。せっかくなら沖縄に関係したことを何かやりたい」と家で訴えた。夫は賛成してくれたものの、探してみると、東京では沖縄に関係した仕事はなかなか見つからなかった。沖縄料理屋や泡盛屋はあるが、幼い娘がいる身としては夜遅くまで働くのは気がすすまない。

ミチコが外で働く話はそれきり立ち消えになってしまった。

夫はあのときの言葉を覚えていて、話をもってきてくれたらしい。

詳しい話をはじめた夫から沖縄資料センター創設者の名前をきいて、ミチコは思わず口を挟んだ。

「ナカノヨシオって？　まさか、あの？」背後の本棚を指さしてたずねた。

名前を聞いてまず思い浮かぶのは、英米文学の翻訳家だ。家の本棚にも、スウィフトやモーム、シェイクスピアなど、「中野好夫《なかのよしお》訳」と記された本が何冊も並んでいる。

「そう、その中野好夫」夫はあっさりと頷いた。

「せっかくだから、面接だけでも行ってきたら？　東京女子大で講師をしている友人の話じゃ、中野さんは、何というか、ずいぶんと面白い人らしいよ」

夫はそういって「沖縄資料センター」の連絡先を書いたメモをミチコに差し出した。

――ずいぶんと面白い人。

夫・新一郎の言葉で、ミチコは中野好夫にまつわるいくつかの噂話《ゴシップ》を思い出した。

たしか、何年か前、東大を辞めるにさいして「大学教授では飯が食えぬ」と捨てぜりふを残して物議をかもした人だ。「もはや戦後ではない」という経済白書に引用されて流行語となった言葉も、もとはかれが雑誌に発表した文章のタイトルだった、という話も聞いたことがある。

そんな人が沖縄問題をあつかう資料センターを設立して、アルバイトを募集している？

うまくイメージができず、ミチコは首を傾げた。

どんな人なのか？

面接に行く前に、中野氏が雑誌や新聞に書いた（翻訳以外の）文章をいくつか読んでみた。すると、いきなり、

「ぼくは世上、偽善家、蝮《まむし》の裔《すえ》、パリサイの徒という批評がはなはだ高いようである。ぼくの感想は、あたっている、いるとの一語に尽きる」

といったものや、

「ぼくの最も嫌いなものは善意と純情の二つに尽きる」

「世のすべての悪人と偽善者の上に祝福あれ！」

といった文章に出くわして、ミチコは目を白黒させた。

中野氏の文章にはその他にも「そんじょそこらの玉なし男の愚痴や痴情の沙汰ではない」とか「いくど糞《くそ》やめてしまおうかと思ったかしれない」とか、「ビクニにマラを出せというものだ」とか、ちょっと反応に困るような表現が頻出して、これが本当に元東大英文科教授、名高い翻訳家の書いた文章なのかと疑わしく思うほどだ。中野氏は、魁偉な容貌から「叡山僧兵の大将」とかげであだ名されているという。

（どうしようか？）

最初はためらう気持ちが強かったが、中野好夫氏は貘さんと同じ一九〇三年生まれ、「沖縄資料センター」は娘のあゆみと同い年（一九六〇年一月設立）と知って、案外そんなことが面接に出かけるミチコの背中を押した。

「沖縄資料センター」は半蔵門にある建物の一室にあった。看板は一応出ているが、自由人権協会理事長・海野晋吉《うんのしんきち》弁護士事務所の一角に本棚と机と椅子を置いただけの居候《いそうろう》事務所だ。

面接に来たミチコを出迎えたのは、中野好夫その人であった。

むかいの席でミチコが差し出した履歴書に目を通す中野氏は、なるほど「叡山僧兵の大将」とはこんな人にちがいない、と思わせる風貌だ。履歴書から顔をあげた中野氏は、思いのほか柔和な表

情で、

「見てのとおりの貧乏所帯やさかい、アルバイト代いうてもたいして出せへんけど、それでもよかったら」

といって、あっさり採用された。ミチコには耳慣れない関西弁だったのが、意外と言えば意外な感じだ。

ミチコはこの春から「沖縄資料センター」でアルバイトとして働きはじめた。週に三回ほど。主な仕事は、沖縄はじめ各地から送られてきた関連資料の整理と、会員宛の会報の発送手配である（その後、国会で出た速記議事録や全国紙、地方紙をチェックして沖縄関係部分をコピーする仕事も任されるようになった）。

中野さんはミチコに「中野先生」とは決して呼ばせなかった。働きはじめたころ、一、二度うっかり――何しろ相手は元東大教授だ――「先生」と呼んでしまい、「ぼくは君の先生ではない」と真顔で注意された。

「学生なら、慣習上万《ばん》やむを得ないと諦めるが、先生と呼ばれると、どうも馬鹿にされているような気がしていけない。中野さんと呼んでください」

と、いやそうな顔で言われた。

センターには中野さんとは別にもう一人、沖縄出身で東大文学部社会学科を出たばかりのアラサキさんという若い人がいる。センターに毎月大量に送られてくる資料のほとんどは、かれが沖縄に帰ったさいに、琉球政府や立法院、那覇市、新聞社、教職員会、労働組合、復帰協のほか、米軍民政府といったところに掛け合って送ってもらうことになったものだそうだ。アラサキさんの本業は東京都庁職員なので、時間的にミチコとは入れちがいになることが多い。無口な人で、会っても

「ご苦労さまです」と、目を合わさず、ぼそりと挨拶を交わすくらいだ。かれが、毎月会員に送る会報や沖縄のいまを伝える本、パンフレットの文章を書いて、それに中野さんが朱筆を入れる。真っ赤になっていることもあるが、アラサキさんは原稿をうけとって黙々と直している。

ミチコが見るところ、中野さんは自分で公然と名乗っている〝偽善者〟というよりは、むしろ〝偽悪者〟の感じだった。魁偉な容貌とは裏腹に、太縁の眼鏡のぶ厚いレンズの奥は案外やさしそうな目をしている。

その中野さんがなぜ沖縄の土地問題、復帰問題、基地問題を扱う「沖縄資料センター」を東京に設立することになったのか?

妙な話だが、アルバイトとして働きはじめると、逆に中野さん本人にはあらためて聞きづらい雰囲気があって、ミチコは夫の新一郎に頼んで、そもそもアルバイトの話をもってきた大学時代の友人にセンター設立の経緯を聞いてもらった。

東京女子大で講師をつとめるその人の話では、中野さんが沖縄資料センター設立を考えたきっかけは、七年前、当時の那覇市長・瀬長亀次郎氏が米軍の理不尽な布令によって市長職を追われ、後任を決める選挙についてコメントを求められたことだったという。選挙は、瀬長氏が後継者として指名した兼次氏が当選。中野さんは「民の声の審判」という文章を書いて総合雑誌『世界』三月号に発表した。そのさい沖縄タイムスや琉球新報以外の資料が東京ではまるで入手できず、こんなことでいいのだろうか、と首をひねったそうだ。

さらにその翌年、沖縄で新集成刑法(高等弁務官布令二三号)問題が起きた。

――外国の利益のためにサボタージュ、もしくは煽動行為をするものは死刑に処することができる。外国とは、アメリカ合衆国および琉球列島以外のすべての国である。

と定めたもので、新刑法のいう〝外国〟には日本も含まれる。米軍基地反対運動はむろん、本土復帰運動までがまるごと処罰の対象となる、とんでもない法改正だ（二〇二一年六月に成立した重要土地利用規制法に通じるところがある）。当然、沖縄・本土双方で抗議の声があがり、中野さんも本土の知識人の一人として意見を求められた。が、この件でもやはり、旧刑法とどこがちがうのか、どの法律文言がどのように改正されるのか、議論の前提となる元資料が本土では手に入らない状況だった。

新集成刑法は、地元沖縄のひとびとの懸命な抗議運動の結果、ひとまず施行延期（のち廃案）となったものの、米軍占領下にある沖縄では今後も同様の問題が次々起きるにちがいない。問題が起きた場合、それがどういう問題なのか、どういった経緯があるのか、議論の前提となるのは正確な情報だ。たたき台となる情報がなければ、意見を述べることさえできない。

——東京（本土）に沖縄問題の資料を提供できる場所が必要だ。

そう考えた中野さんは、早速、自由人権協会理事長の海野弁護士を訪ね、趣旨を説明して、弁護士事務所の一角を〝家賃なし〟で借りて沖縄資料センターを〝開店〟した。

「最初のころは、机や椅子もぜんぶ弁護士事務所の借り物だったらしいよ」

夫の話を聞いて、ミチコは、ふうん、と思った。たしかに中野さんのやりそうなことだ。思いつくと、一人でどうするか考え、一人で決めて、さっさと始めてしまう。始めたあとのことは、あとで考えればいい。中野さんの行動にはそんなところがある。

問題はそのあとだ。たとえば運営費をどうするのか？　沖縄資料センターは一か月百円の会費で一般会員を募っている。が、一か月百円では、会報の印刷代と郵便代だけで持ちだしだ。沖縄から毎月大量に送られてくる関連資料は、寄贈もあるが、センターがお金を払って買っているものも少なくない。新聞記事や国会議事録のコピー代もばかにならない。たいしたことはないとはいえ、ミチコのアルバイト代もある。

中野さんは会報に広告を載せて企業からお金を取るのはいやなようで、出版社や新聞社から賛助金の寄付はあるが、それでまかなえるわけではない。他に仕事がある中野さん（翻訳、講演会、座談会、印税他。この春からは明治大学文学部教授）とアラサキさん（東京都職員）はセンターでは無給で働いていて、家賃もいまのところただとはいえ、収支があっているとはとても思えない。

その後、会計を任されるようになって、ようやく謎がとけた。何のことはない、中野さんが自分の原稿料や印税をセンターの運営費用としてつぎ込んでいたのだ。ミチコのアルバイト代も、中野さん個人の財布から払われていたということだ。あるとき、どういう話の流れだったか、ミチコがその点に触れると、中野さんはくしゃりと顔をしかめ、

「かりに二号の女性でも世話することになれば、はるかにこの何倍かの金がいることは明らかなんで、そんなことは別に大して苦になることやない」

と、例によってちょっと対応に困る表現でこたえた。

偽善家、蝮の裔、と悪ぶってみせる中野さんには一方で神経質な面もあり、たとえば読んでいる途中の本を整理されるとひどく不機嫌になった。働きはじめたころは読みかけの本を片づけてしまい、（これはたぶん本気で）叱られたこともある。

最近ようやくこつがわかってきて、叱られることもなくなった。

「ああ、そうだ。それより、きみ」

と、声にふりかえると、中野さんが読んでいた書類から顔をあげ、不思議そうな表情を浮かべてミチコを見ていた。

「ラジオはともかく、きみこそ家で家族とオリンピックを見んでもエエんかいな？」

中野さんは訝しげに眉を寄せ、小首をかしげて、

「こんなところでアルバイトをしている場合やないやろ」と言う。

こんなところも何も、「今月分の沖縄資料が届いたので、早めに整理してほしい」と、先日中野さん当人から頼まれたばかりだ。

「大丈夫ですよ」とミチコは軽く笑みを浮かべて言った。

「ラジオで漫才をやってるかどうか、さがしてみましょうか？」

中野さんは一瞬にやりと笑い、すぐに蠅《はえ》でも追うように軽く手をふった。「どうせ今日は、どこの局もオリンピック一色や」そう呟いて、読みかけの資料に目を落とした。

ミチコはミチコで資料の整理にもどる。

ラジオから選手宣誓をする体操の小野喬《おのたかし》選手の声が聞こえてきた。

「スポーツマンシップにのっとり、正々堂々競技することを……」

東京中が嘘のように静まりかえっている。

仕事休みとなる土曜日の午後、いつもなら混雑する表通りも走っている車は数えるほどだ。開会式の入場券を手に入れることができなかった都民の多くは、家でテレビかラジオの前に釘《くぎ》づけになっているらしい。


東京オリンピック開催が決まったのは五年前。一九五九年五月にミュンヘンで行われたＩＯＣ総会において、東京は対抗候補のウィーン、デトロイト、ブリュッセルの三都市を票決で破り、アジアで初めて五輪開催地となることが決まった。

東京五輪開催決定の知らせに、ミチコも最初の頃は人なみに興味をもち、喜んでラジオを聞いていた覚えがある。まだ結婚する前の話だ。

東京五輪はもともと戦前の一九四〇年（昭和十五年）に行われるはずだったが、日中戦争泥沼化をうけて、一九三八年七月に日本政府が返上を決定。その後、二十四年の時を経てよみがえった東京五輪は、先の戦争でナチス・ドイツとならんで世界の〝ならず者国家〟となった日本が、スポーツを通じて国際社会に友好と復帰をアピールするまたとない機会となるはず——日本国民の多くがそう感じていた。

日本政府と東京都にはさらに別の思惑もあった。東京は急激な経済発展にともなう人口流入に都市整備が追いつかず、半ばスラム化しつつあった。五輪開催は東京という都市を立て直すきっかけとなる。オリンピックは空前の財政投融資をおこない、インフラを整備するための恰好の口実だった。

お祭り騒ぎにうかれている都民の脇を擦り抜けるようにして、東京各所であれよあれよというまに川が埋められ、道路があちこちで掘り返された。都市整備の名のもとに住民の強引な立ち退きが行われたが、反対運動はすべて「オリンピック開催のため」のひとことで葬り去られた。

東京じゅうに建築途中の巨大なビルが次々と姿をあらわした。五輪開催に合わせて〝夢の超特急〟新幹線実現のための工事が急ピッチですすめられた。

五輪開催に合わせた無理な工期が組まれ、安全対策より工期日程が優先された。その結果、現場では事故が多発した。大きなビルが完成するまでに何人かが必ず落ちて死んだ。かれらの死はテレビやラジオ、新聞ではほとんど報じられることがなかった。

娘のあゆみが三歳、ようやく一緒に外出できるようになったころ、ミチコは久しぶりに娘を連れて銀座に出た。

喫茶店に入って一息ついたところで、うしろの席から――顔は見えないが、声からすれば中年の女性のグループのようだ――こんな会話が聞こえてきた。

「あそこの工事現場で、昨日また一人死んだんですって」

「まあ、怖いわね。これで何人目かしら」

「でも、仕方がないわね。オリンピックに間に合わせなきゃいけないんだから」

「そうよね。東京五輪は国家的事業ですもの」

ミチコは背筋に寒気を覚えた。

オリンピックのためなら仕方がない？

国家的事業のためにはやむを得ない？

日本はそうやってあの戦争をしたのではなかったか。

五輪関連の工事現場で働いている人たちの多くは地方からの出稼ぎ労働者だ。昨日死んだのも地方から出てきた人だったのだろう。若い人だったのか、それとも年配の人だったのか？　かれが危険な作業場所ではたらいていたのは、東京に大きな建物をつくってやろうと思ったからでも、五輪を成功させようと思ったわけでもなく、自分が食べるため、あるいは家族に食べさせるためだったはずだ。オリンピックのためなら仕方がない？　まるで人柱ではないか。

ミチコは注文した飲み物に口をつけることもなく、白い顔で店を出た。世の中のオリンピックの熱狂から距離を取るようになったのは、そのときからだ。

一九六四年十月一日、東海道新幹線が開業する。東京オリンピックを九日後にひかえた〝すべりこみ開業〟だった。

東京のあちこちにま新しいホテルや大きな商業ビルが建ちならび、首都高速道路をはじめとする主要幹線道路が整備された。オリンピックをさかいに東京の表の顔は一変した。けれど、ピカピカの表通りから一本裏を覗けば、終戦直後のバラックと見まがう貧相な家々が今もところ狭しとひしめきあっている。日が差さないので一日中泥濘《ぬかる》んだ細いあぜ道を、泥だらけのバスが走っている光景など珍しくもない。

(まるで芝居の書き割りだ)

とミチコは思う。表の顔はきれいになったが、白粉《おしろい》を塗って隠しただけ。お祭り《オリンピック》が終われば、すぐにまたあちこち掘り返して工事をやり直すことになる。

ミチコは沖縄から届いたばかりの資料を取り出す手をとめ、顔をあげた。

窓から見えるのは、雲ひとつない抜けるような秋晴れの青空だ。そういえばさっき、ラジオのアナウンサーが、

「世界中の青空を全部東京に持ってきてしまったかのような、素晴らしい秋日和でございます」

と言っていた――。

一九六四年十月十日。

東京オリンピック開会式。

当日は、IOC会長の要請により昭和天皇が開会宣言を行った。

――第十八回近代オリンピアードを祝い、ここにオリンピック東京大会の開会を宣言します。

開会式が行われた国立競技場は奇しくも二十一年前、出陣学徒壮行会が行われたまさに同じ場所、同じ季節だ。

一九四三年十月二十一日。冷たい雨が降りしきるなか、泥水をものともせず行進する学徒らの足音に、あの日もやはりスタンドを埋め尽くした見送りの人々の歓声と拍手が重なって、神宮の杜《もり》は興奮の坩堝《るつぼ》と化した。

天皇の名の下に戦争に駆り出された学徒の多くはそのまま帰ってこなかった。沖縄で命を落とした者も少なくない。

二十一年前。

ちょうどオリンピックに参加している選手たちが生まれた頃だ。

敗戦を挟んで二十一年後、同じ天皇による五輪開会宣言が行われると知ったなら、かれらはいったいどんな感想を抱いただろうか。

19

「ごらんにならないのですか？」

背後から聞こえた妻の声に、亀次郎は訝しげにふりかえった。

書斎で読書中の亀次郎にフミが声をかけるのはめったにないことだ。小首をかしげ、目顔でたずねると、フミは口元に柔らかな微笑を浮かべて、

「むこうで子供たちが〝お父さんも一緒に見よう〟って呼んでますよ」

亀次郎は、ふむ、と小さく鼻をならした。

何を、とはあえて訊《き》くまでもない。

東京オリンピック三日目。水泳やボート、レスリングなどで決勝競技がはじまるころだ。オリンピック開幕に合わせて前月（九月）一日、本土・沖縄間のマイクロ回線が開通し、本土のテレビ放送が沖縄でも同じタイミングで見られるようになった。

十日の開会式以降、チャンネルはすべてオリンピック一色となり、子供たちは朝からずっとテレビにしがみついている。

亀次郎はぐるりと椅子をまわして書斎の入り口に立つフミにむきなおった。胸の前で腕を組み、

「三六年にナチスが開催したドイツ大会以来、オリンピックは純粋なスポーツイベントではなくなってしまった」

と渋い顔でいった。

「今回の東京大会も、所詮は国威発揚の場として政権に利用される政治イベントだよ。それに、女子バレーの大松《だいまつ》監督のような〝おれについてこい〟式の封建主義的根性論がまたぞろはばをきかせるようになったんじゃ、たまったものではない。本来スポーツというものは、国家単位ではなく、個々人の楽しみが基本なのであって……」

と、例によって演説をぶちはじめた亀次郎に、フミは思わず、ふふっ、とふきだした。

「何がおかしい？」

「いえ、何も」フミはわざと真面目な顔をつくり、「子供たちが呼んでいますよ。ごらんにならないのですか？」と、のんびりした口調でたずねた。

亀次郎は一瞬口ごもった。

「仕方がない。じゃあ、ちょっとだけ見るとするか」

と小さくつぶやき、渋々といったようすで椅子から立ちあがった。

テレビのすぐ前に陣取った一番下の娘をひょいと抱きあげ、膝に乗せる。亀次郎はカメが首を伸ばすような姿勢で画面をのぞき込んだ。フミは背後に立ってしばらくその様子を眺めていたが、折《おり》をみて、そっと台所に立った。ほどなく、

「よし。いいぞ。そこだ。頑張れ《チバリヨー》!」

子供たちと一緒になって声援を送る亀次郎の大きな声が聞こえてきた。まんざら興味がないわけではないのだ。

台所に立ったフミには、おかしくて仕方がない。

洗い物の手をとめ、窓から見あげれば、抜けるような青空だ。

この空は東京まで続いている——。

当たり前の事実が、ようやく信じられる気がした。

一九六四年に開催された東京オリンピックは沖縄にとっても特別なものとなった。

本土(東京)で行われながらリアルタイムで放送された競技種目以上に、強烈に印象づけられたのは「聖火リレー」だ。

八月二十一日、古式にのっとりオリンピック発祥の地ギリシア・アテネで採火された聖火は、その後イスタンブール、ベイルート、テヘラン、ラホール、ニューデリー、ラングーン、バンコク、クアラルンプール、マニラ、香港、台北を経て、九月七日、沖縄に到着。那覇市奥武山《おうのやま》運動公園に設けられた聖火台に点火されたあと、沖縄本島を縦断する形で聖火リレーが走りぬけた。

白のランニングシャツの胸に日の丸と五輪マークをつけた若者たちが走る姿は、沖縄のひとびとにはまさに青天の霹靂《へきれき》のごとき衝撃だった。

この衝撃の感覚は、本土の人間にはわかりづらい。

米軍占領下の沖縄では「日の丸」が永く禁じられてきた。反米的である、というのがその理由だ。「日の丸」をつけた若者たちが胸を張り、白昼堂々、一群となって公道を駆け抜けていく——。米軍支配に永く苦しんできた沖縄のひとびとの目に、それはまぶしいばかりの光景だった。しかも、先頭の若者が頭上に掲げた聖火トーチは、この後、本土にむかうという。一足先に本土に。

主催者の思惑とは別のところで、東京五輪、ことに聖火リレーが、沖縄における復帰運動盛りあがりに一役かったことはまちがいない。

亀次郎もこのとき、子供たちと一緒に沿道から聖火ランナーに声援をおくっている。

日の丸をつけた聖火ランナーを見送りながら、亀次郎は、

(この光景を、キャラウェイにも見せてやりたかったものだ)

と皮肉な思いで考えた。

第三代琉球列島高等弁務官〝独裁者〟ポール・キャラウェイは、オリンピック開催直前に沖縄を去っている。

「沖縄の自治は神話だ」とうそぶき、〝キャラウェイ旋風〟と称される専制的直接統治を行ったキャラウェイは公の場での日の丸掲揚を厳しく禁じ、沖縄住民のつよい反発を招いた。

アメリカとの関係を重視する「積み重ね方式」を主張してきた与党・沖縄自民党内でも、ついにキャラウェイへの不満が噴出。米軍民政府から指名を受けた大田主席の対キャラウェイ弱腰対応が問題視され、沖縄自民党が分裂して少数野党に転落する騒ぎとなった。

大田主席は責任をとって辞表を提出。沖縄立法院はいずれも少数派となった与野党が入り乱れ、

議会が紛糾する事態がたびたび発生する。

キャラウェイはこの混乱を収拾できず、沖縄統治を不安定化させたとして、東京五輪直前に本国から交替を命じられた。いわゆる更迭人事だ。

代わって、第四代高等弁務官に就任したのはアルバート・ワトソン陸軍中将。ワトソンは着任早々キャラウェイの日琉分離方針を転換し、日米協調路線を採用することを発表する。かれはまた、米軍民政府から琉球政府への権限の委譲、布令の事前事後調整など、沖縄住民の反発をやわらげ、民生の安定を図る方針を打ちだした。

一方でワトソンは、分裂した沖縄自民、自由両党の議員を一堂にあつめ、保守派の再結集を強要する。その際かれは、自分の目的が沖縄における米軍基地機能の安定化であることを隠そうともしなかった。

米軍基地関連の改善要求には、はなから聞く耳をもたない強硬姿勢だ。

高等弁務官は仮の姿。

本来の顔は米軍陸軍中将。

キャラウェイとはちがった意味で、わかりやすい人物ともいえる。

ワトソン高等弁務官による保守派議員の再結集がすすめられるなか、沖縄のひとびとのあいだでは「主席公選」を求める声が強くなっていた。

住民が居住地の行政主席（県知事）を選挙で決める。

というのは、本来、民主主義と地方自治の根幹をなす行為だ。

戦前の日本では、各県知事は中央（国）からの任命制だった。戦後は日本国憲法の下、沖縄を除く全県で県民による知事選挙が行われている。

戦後十九年を経て、沖縄だけが唯一、いまだ住民の意志で行政主席を選ぶことができない——アメリカ人高等弁務官による任命——という異常な状況がつづいていた。

高等弁務官独裁に対する弱腰対応を批判されて大田主席が自ら辞表を提出した。次期主席（沖縄知事）は自分たちの投票で選ばせてくれ。

沖縄住民としては当然の要求だ。

主席公選運動の中心となったのが、沖縄県祖国復帰協議会、通称「復帰協」である。

沖縄教職員会を中心に超党派で結成された復帰協は、本土復帰を組織の最優先目的として高く掲げ、そこに至る道筋として「渡航制限撤廃」「国旗（日の丸）掲揚の自由」「布令布告の撤廃」「主席公選」「国会への沖縄代表参加」など、具体的・個別的な権利を求める運動を展開してきた。

目の前の問題を一つずつ解決していく。

復帰協にいわせれば、それこそが本当の「積み重ね方式」というわけだ。

東京オリンピック開催は一つのチャンスであった。

聖火リレーに世界の注目があつまるなか、高等弁務官・米軍民政府もさすがに沖縄での「日の丸掲揚」を容認せざるをえなくなった。

当たり前といえば当たり前の話だが、復帰協側から見ればこれもまた〝一つの勝利〟であることにちがいない。

目的達成にもりあがる復帰協が次に掲げた目標が「主席公選（選挙）の権利獲得」だった。

沖縄各地で集会が開かれ、主席公選を求める住民署名が集められた。

この動きに危機感を募らせたワトソン高等弁務官は、親米派の議員を招集し、米軍民政府会議室に閉じ込めて次期主席候補の人選を急がせた。

　オリンピック開幕前日の十月九日、松岡政保が次期主席に指名される。

　松岡は、ある意味、亀次郎とは正反対の立場で米軍との関係を築いてきた人物だ。敗戦直後に民政府予算の七倍といわれる多額の復興資金を米軍直接ルートで扱う民政府工務部長をつとめ、何かと金絡みの噂も多い。一九五〇年に米軍占領下で試験的に行われた知事選挙では亀次郎と争ったこともある（このときは二人とも落選）。

　松岡の経歴や人物評は別にしても、一部議員による密室裁定、しかも高等弁務官立ち会いのもとで行われた人選だ。主席公選を求めてきた者たちにとっては後ろ足で蹴飛ばされ、顔に泥を塗られたようなものだろう。すぐさま猛烈な抗議運動が起きた――かといえば、実はそんなことはなく、オリンピック期間中、沖縄はオリンピック一色となり、一種の休戦状態にはいる。

　オリンピック東京大会は、欧米から遠い極東での開催ということもあって、日本代表選手の活躍が目立った。重量挙げで三宅《みやけ》義信が世界記録で優勝したのを皮切りに、レスリングではフリースタイル・フェザー級の渡辺長武《おさむ》らが五個の金メダルを獲得、男子体操団体はローマ大会に続いて連覇を果たし、個人総合でも遠藤幸雄《ゆきお》が優勝した。

　そして迎えた閉会式前日夜。「東京オリンピックはこの日にはじまってこの日に終わる」とまでいわれた女子バレーボール決勝戦で〝東洋の魔女〟日本チームがソ連チームに勝利すると、日本国中が興奮にわきかえった。

　翌日の閉会式後は日本中に気の抜けたような雰囲気がただよい、その後日常生活にうまく戻れない人が少なからずいたようだ。

　そんななか、沖縄はすぐに闘争を再開する。

オリンピックの余韻まだ冷めやらぬ十月二十九日。

次期主席指名のために開かれた立法院本会議場に抗議のひとびとが続々とつめかけた。

「松岡主席指名阻止」

「立法院はアメリカの言いなりになるな」

集まった者たちは口々に抗議の声をあげ、登院しようとする議員の行く手を阻んだ。前夜から泊まり込みの者を含め、夕方には職場帰りの労働者も参加して、立法院を取り囲む者はついに一万人を超えた。

次第に大きくなる人々の声に恐れをなした議長は、琉球警察に出動を要請する。駆けつけた警官隊と「いったい誰のための立法院か」と憤る者たちとのあいだで衝突がおこり、立法院内で流血の事態となった。

午後六時過ぎ。議長が流会を宣言すると、立法院をとりまく万余の群衆のあいだから万歳三唱がわきあがった。かれらはそのまま近くで広場にながれて主席公選を求める大会となり、八時過ぎにようやく解散となった。

アメリカの関与が疑われる主席指名はひとまず阻止された。

この日の抗議行動に参加していた亀次郎の日記は、しかし必ずしも勝利に酔っているわけではない。むしろ、流血の事態を招いてしまったことを憂い、「阻止だけが目標であるという観念にとらわれてはいけない」「主席公選こそが目的なのだ」と、自分自身にクギを刺している。

「明日は警官は警棒をもち、米軍ＭＰも動員されるだろう」

亀次郎は状況を冷静に分析予想する。そのうえで、

「逮捕されることが目的となってはならない」

「味方の犠牲をいかに少なくし、本来の目標にいかに近づくかを常に考え、実践していくことが必要だ」

と、運動の現場で発生しがちな安易なヒロイズムを強く諌《いさ》めている。

亀次郎にとって〝敵〟は、松岡や親米派の議員などでは決してなかった。

沖縄の敵は、沖縄の政治的自由と民主主義を剝奪しつづけている米軍基地支配者だ。米軍は、沖縄において住民とは隔絶した圧倒的な暴力装置（軍事力）を有している。かれらがいざとなれば丸腰の沖縄住民に対して恐るべき武器を容赦なく用いることは、戦中、さらには戦後の土地収奪行為からも明らかだった。

――米軍に対して、沖縄で武力を行使するいかなる口実も与えてはならない。

それが、決して揺らぐことのない亀次郎の基本姿勢だ。

だからこそ、昨年十一月二十二日、ケネディ合衆国大統領がダラスで暗殺されたさい、沖縄立法院として弔意を表明することが提案されると、亀次郎はこれを断固拒否した。

このときは提案者の沖縄自民党議員のみならず、地元新聞社社説でも〝人でなし〟呼ばわりされた。が、亀次郎にしてみれば、

（逆ではないか）

という思いがある。

沖縄では米軍による事件や事故が、いまもひっきりなしに起きている。

授業中の宮森小学校に米軍のジェット機が墜落して二百名以上が死傷。内、半数以上を児童が占めるという痛ましい事故が起きたのは、わずか五年前の話だ。

金武《きん》の老婦人を射殺した米兵は「猪《イノシシ》とまちがえた」とぬけぬけと言い放ち、三和村では「小鳥とまちがえた」といって米軍軍属が農夫を射殺している。

三年前の九月には、コザで米兵による轢き逃げ事故が起き、少女四人が死傷。ケネディ暗殺事件が起きた昨年も、米軍のトラックが道路を横断中の中学生を轢殺《れきさつ》しながら、裁判では無罪判決が言い渡されている。

死者が出た最近の事件事故だけでこのありさまだ。ふり返れば、スクラップ拾いをしていた主婦が米兵に撃ち殺されたり、六歳の女の子が凌辱《りょうじょく》殺害遺棄された〝由美子ちゃん事件〟など、沖縄住民が米軍関係者に殺される事件は枚挙にいとまがない。

戦争中の話をしているのではない。

敗戦から十九年。日本（本土）が平和憲法を掲げて独立して、すでに十二年がたとうとしている。その平和な日本の一部であるはずの沖縄で、米軍関係者による殺人――言い換えればテロ行為が頻発しているのだ。

沖縄は面積比で日本のわずか〇・六パーセント。そのごく限られた狭い地域で、いまなお起きている現実だ。

亀次郎も、会ったこともないがジョン・F・ケネディという一アメリカ人の非業の死を悼むことはやぶさかではない。個人としてはまったく気の毒に思う。だが、今回のダラスの事件では、ケネディは個人としてではなく、明らかに現役の合衆国大統領として狙撃暗殺されたのだ。

近代国家の軍隊が国家に所属する組織である以上、雇用者であるアメリカには自国の軍関係者に責任が発生する。ケネディは大統領就任後、米軍関係者が沖縄で犯した住民殺傷事件事故に謝罪や弔意を示したことは、ただの一度もない。

沖縄には「命《ぬち》どぅ宝」という言葉がある。

命どぅ宝。

すべての人の命は等しく尊い。

まさに民主主義の原点ともいえる思想だ。

合衆国大統領だから偉いわけでも、かれの命だけが特別なわけでもない。殺されたのが合衆国大統領だから沖縄として特別に弔意を示すというのでは、命の重さには軽重があると表明するようなものではないか。

テロ行為は許されない。

なればこそ、アメリカはまず自国軍隊関係者による沖縄でのテロ行為を謝罪し、補償を申し出るべきだ。沖縄住民による犯罪の犠牲というならともかく、立法院が沖縄を代表してケネディの死に公に弔意を示すのは、やはり〝順番が逆〟だ。

周囲から人でなし呼ばわりされようとも、亀次郎は己の主張を曲げるつもりはなかった。

ケネディ暗殺後、副大統領リンドン・B・ジョンソンが合衆国大統領に昇格する。

ジョンソン新大統領就任演説での謳《うた》い文句は「偉大なアメリカの実現」。威勢は良いものの、スター的人気を誇った前大統領ケネディに比べれば、残念ながら地味な印象が否めない。当人もそのことに気づいていないはずはなく、暗殺されたことでさらに神格化されたケネディ人気に対抗しようと、やっきになっている感じだ。オリンピックに世界中の目がむいている――。

家族が寝静まったあとの書斎で読書をしていた亀次郎は、ふと顔をあげた。何やらいやな予感がした。

「……ろくでもないことが起きるのは、たいていこんな時だ」

亀次郎は指先で顎をつまみ、誰にともなくつぶやいた。

東京でオリンピックが華々しく行われているちょうどその頃——。

ジョンソン大統領の命令を受けた米軍爆撃機が、ベトナムに向けて次々に飛び立っていた。

沖縄はまたアメリカの戦争に巻き込まれていく。

20

——ベトナム戦争ほど〝リ〟に合わぬものはない。

中野好夫はこの時期、しばしば周囲の者にそう語っている。

〝リ〟とは道義的な意味での〝理〟であり、同時に経済的な〝利〟のことだろう。

ベトナム戦争におけるアメリカ側の死傷者はおよそ三十五万人。一方、戦場となったベトナム側の被害は戦死傷者三百万人、民間人の犠牲者は四百万人にのぼる。

アメリカが最大時五十五万の地上軍を投入し、直接戦費だけで一千五百億ドル（間接経費を含めれば二千四百億ドル超）を支出したベトナム戦争とは、いったい何だったのか？　アメリカはなぜ太平洋を隔てた遠いアジアの地（アメリカ人の多くはベトナムがどこにあるのかさえ知らなかった）に自国の兵隊と兵器を大量につぎ込むことになったのか？

アメリカ史上最大の汚点

といわれるベトナム戦争の歴史を以下簡単に。

かつてその地はフランス領インドシナと呼ばれ、長くフランスによる植民地支配を受けてきた。世にいう〝ヨーロッパ列強諸国による世界の分割〟だ。

一九四〇年、アジア解放を謳う日本軍が仏印（フランス領インドシナの日本での呼称）に進攻。当時、フランス本国はすでにドイツに降伏していたので現地での戦闘はほとんど行われず、フランス軍はベトナムをあっさり日本軍に明け渡した。

植民地支配からアジアを解放するはずだった日本軍は、フランスに代わって植民地支配を開始する。当人たちにそのつもりはなかった、ともいうが、正当な対価なしに現地の物産を収奪し、日本語と皇国史観を強要する統治形態は、現地の人たちにとってはまさに植民地支配そのものだ。

一九四五年八月、敗戦によって日本軍は消滅。今度こそ解放されたと思いきや、またぞろフランス軍が舞い戻ってきた。大戦中、連合軍は〝アジア・アフリカ民族自決〟の原則を掲げ、侵略者への抵抗を求めていたが、そんな事実などまるでなかったかのような旧態依然とした支配者面だ。

民族自決の原則に基づいて、ベトナムは民主共和国独立を宣言する。他方、植民地支配継続を希望するフランスは阮《グエン》朝最後の皇帝をひっぱりだして傀儡政権を樹立。二つの政権のあいだで内戦が勃発した。

だが、こうなれば世界史上の大義はベトナム独立政権側にある。

フランス軍は、国際世論はむろん、国内の支持も得られぬまま（フランスの新聞各紙は連日「汚い戦争」と書き立てた）、ベトナムからの全面撤退をよぎなくされた。

五四年七月、ジュネーヴ休戦協定調印。

色々あったが、これで一件落着。みんな自分の国に帰ってめでたしめでたし、となるはずだったが、ここにアメリカが口を挟む。フランスに対して「勝手に撤退してもらっては困る。そんなことをされたらベトナムは共産主義国になるではないか」と文句をつけ、「あんたたちが撤退するなら、自分たちがあとを引き継ぐ」といって、フランスが手を引いたあとの南ベトナムに派兵。圧倒的武力を背景に新たな傀儡政権をうちたて、アジアにおける共産主義蔓延《まんえん》防止にのりだした。

ところが、アメリカが擁立したゴ・ジン・ジェム政権内では賄賂と腐敗が横行、反対派への弾圧も凄《すさ》まじく、時を経ずして典型的なアジア的専制支配が始まった。このパターンはその後、アジアや中東で何度もくりかえされる。世界最高の諜報《ちょうほう》機関を自称するCIAを擁するわりには、アメリカの人を見る目のなさは驚くばかりだ。ゴ・ジン・ジェム政権内では軍部によるクーデターやテロ事件が発生し(アメリカ軍の手引きだったという説も)、南ベトナムの政情は混乱を極めた。一方、北部ベトナムではソ連や中国から援助を受けた独立政府が政権を掌握。ベトナムの現実は、アメリカの当初の思惑から大きく逸れていく。

そんななかで起きたのが、トンキン(東京)湾事件だ。

東京オリンピック開催直前の一九六四年八月二日、トンキン湾を航行中のアメリカ軍駆逐艦が、突然、北ベトナムの魚雷艇から攻撃をうけた。

——駆逐艦は公海を航行中であり、北ベトナム側からの攻撃は、旧日本軍による真珠湾攻撃同様、アメリカへの汚いだまし討ち《トレチャラス・アタック》である。

と報告を受けた米国議会は、圧倒的多数をもって大統領への全権委任を決議する(同じことが二〇〇一年九月十一日に起きた同時多発テロ事件後そっくりそのまままくりかえされた)。

ジョンソン大統領はベトナムへの爆撃を指示。翌年二月に恒常的北爆〝ローリング・サンダー作戦〟が開始され、これをもってアメリカはベトナムとの本格的交戦状態に入った——といったあたりが「ベトナム戦争」に至る経緯である。

米国議会に九・一一直後同様の民主主義放棄のヒステリー的反応を引きだし、戦争を本格化させるきっかけとなったトンキン湾事件は、しかし、のちにアメリカ軍による一種の謀略だったことが判明する。攻撃を受けた米駆逐艦はベトナムの領海内で南ベトナム軍との共同作戦を実行中だった(攻撃を受けても文句の言えない状況)。しかも、ジョンソン大統領はこの事実を事前に知っていながら議会に隠していたのだ。

あとから振りかえれば呆れるほど些細《ささい》で愚劣な事件(謀略)が引き金となって戦争がはじまり、泥沼化して、多くの国民が犠牲となる。

何やら旧日本軍の中国大陸での行動や昨今のロシア・ウクライナ戦争を思わせる展開だ。泥沼化する戦争に至る過程はいつも驚くほどよく似かよっている。

北爆が開始されると、ジュネーヴ休戦協定を無視したアメリカの単独軍事行動に国際社会からたちまち非難の声がわきあがった。ソ連や中国を中心とする東側諸国はむろん、同盟国イギリスや、さらには旧宗主国フランスからもアメリカに対して自制を求める声明が出された。

アメリカの軍事行動を糾弾する声が世界に渦巻くなか、日本政府はいち早く北爆支持を表明。アメリカから感謝されるという、日本国民としてはいささか対処に困る——その後何度もくりかえされる——事態がこのときも起きている。

ベトナム戦争は〝オリンピック不況〟にあえぐ日本経済にとって(関連施設の建築ラッシュ終了により雇用が縮小。都市部への出稼ぎが常態化した東北、北陸、南九州などの地方では〝大東亜戦争以上に厳しい現実〟が待ちうけていた)、一種の救いの神となった。

アメリカは戦場で使用する関連資材の多くを日本で調達したため、日本国内に〝ベトナム特需〟と呼ばれる特殊な景気浮揚がもたらされた。通産省の統計によれば、米軍の日本での支出は六四年一億ドル、六五年は三・五億ドル、六六年には四・九億ドル（いずれも三百六十円／ドル）と一年ごとにふくれあがっている。これには戦地で用いるテント、蚊帳《かや》、武器や枯れ葉剤の原料の調達、戦闘機や戦車の修理や整備、死体処理などが含まれるが、この他に正体不明の〝裏特需〟があり、実際の経済効果は倍以上あったといわれている。

朝鮮戦争のときと同じ「戦争特需」だ。

大手企業がもろ手を挙げてこの好景気の波を歓迎する一方、市民のあいだには朝鮮戦争のさいには見られなかった異なる動きも見られた。

反戦・平和運動だ。

朝鮮半島で戦争が起きたのは、サンフランシスコ講和条約発効以前。当時、日本は連合軍（実質上はアメリカ軍）の占領下にあった。GHQの意向は絶対視され、朝鮮戦争に関する報道は厳しく制限されていた。そうした事情はあるにせよ、結果的に日本の国民は、敗戦時まで自国が植民地支配していた隣国で起きている戦争を〝見て見ぬふり〟をした。戦争特需のみを享受し、焼け跡からの〝奇跡の経済復興〟をなし遂げた。

後ろめたさがなかったはずはない。

あれから十五年。独立を果たし、言論・報道の自由も保障されている日本の状況で、今度は〝見て見ぬふり〟はできない。

米軍によるベトナム爆撃が報じられると、日本の市民のあいだで強い抗議の声がわきおこった。

敗戦から二十年。終戦まぎわ、米軍の大型戦闘爆撃機によって行われた都市部無差別絨毯《じゅうたん》爆撃の記憶は人々のあいだにまだ生々しく残っている。B29から次々投下される焼夷弾《しょういだん》の雨のなかを命からがら逃げ惑った人たち、消すことのできぬ紅蓮《ぐれん》の炎の中でかけがえのない肉親や友人知人をうしなった者たちにとって、ベトナムへの爆撃は他人事《ひとごと》ではなかった。かれらの共感《シンパシー》は、米軍にではなく、爆撃されるベトナムの人たちの側にあった。自分が経験したあの恐るべき体験——あの地獄が、いまこの瞬間、ベトナムの人たちに襲いかかっている。

その想像に居ても立ってもいられなくなった人たちがまず、自発的に声をあげはじめた。

〝アメリカはベトナムの人たちを殺すな！〟

日本各地で反戦・平和の声があがるなか、結成されたのが、

「ベトナムに平和を！市民連合」

通称「ベ平連」だ。小田実《まこと》や開高健《たけし》、堀田善衛《よしえ》、高橋和巳、小松左京、鶴見俊輔らが呼びかけ人となって、

——一人一人、ベトナムに心をはせる日本人の一人として、声をあげて下さい。

——ベトナムに平和を！

と訴える「ベ平連」は、白い風船や花束を旗印にした平和集会やデモ行進をおこない、あるいはジョンソン米大統領や日本の佐藤首相に「アメリカの武力行使・北爆の即時中止」「日本政府のアメリカ政策への追随中止」をもとめる手紙を出すなど、それまでの政治運動とは一線を画したユニークで斬新な平和運動を展開した。非暴力を旨とするかれらの活動は、既成の組織に参加できない(したくない)市民にとって、反戦・平和の声をあげるかっこうの場となった。

なかでも開高健発案による反戦広告運動には、呼びかけ人に松本清張や淡谷のり子といった著名人が加わり、二万人を超える市民から集まった募金で『ニューヨーク・タイムズ』や『ワシントン・ポスト』といった米国主要紙に、

「STOP THE KILLING! STOP THE VIETNAM WAR!」

と視覚に訴える反戦意見広告を全面掲載して、全米で大きな反響を呼んだ。

ベ平連ではまた「日本全国縦断講演旅行」や「日米市民会議」を独自に開催。日本を訪れたサルトル、ボーボワール夫妻を招いて行われた「ベ平連討論集会」には千人を超える人々が参加して、会場は熱気につつまれた。

オリンピック開催後の日本で、多くの人たちを自発的な反戦・平和運動に駆り立てていたのは、一つは爆撃下にあるベトナムの人たちへの共感であり、もう一つは米ソ対立激化による終末戦争勃発への現実的な危機感であった。

第二次世界大戦終結時（一九四五年）、原爆（核兵器）はアメリカの独占物だった。が、四年後の一九四九年、ソ連が原爆開発に成功。

一九五二年には、アメリカの技術提供を受けたイギリスが原爆を保有する一方、アメリカは原爆を起爆剤とする水素爆弾（熱核融合爆弾）を開発し、原子爆弾（核分裂爆弾）をはるかに上まわる威力をもつ核兵器の唯一の保有国となった。

翌一九五三年、ソ連が水爆開発成功を発表。

その後一九六〇年にフランスが原爆を保有し、核兵器は外交上の〝切り札〟としての意味を失いはじめる。

六一年八月、一夜にして「ベルリンの壁」が築かれ、東西ベルリンの往来が不可能となった。

六二年にはキューバ危機が発生。一時は米ソ間で核兵器の撃ち合いになるのではないか、と世界を恐怖のどん底にたたきこんだ。

そして一九六四年十月。まさに東京オリンピック大会期間中に、オリンピック不参加の中国が核実験を行い、アジアで最初の核保有国となる。世界核戦争の恐怖はリアルなものであった。

相互確証破壊（Mutual Assured Destruction）

という言葉が使われはじめたのもこの頃だ。

〝核兵器による先制攻撃を受けた場合でも、残存の核兵器で相手を破滅させることができる。これによって核戦争は抑止される。〟

という防衛戦略概念だ。

だが、米ソ両陣営が互いに〝敵〟を破滅させる武器をもつことで、核戦争を抑止する？

アメリカは共産主義をあたかも悪性の疫病のごとく忌みきらい、ソ連中国の側でも相手を帝国資本主義の権化、労働者の生き血をすする悪鬼羅刹《らせつ》のごとく喧伝《けんでん》しているのだ。

お互いがお互いを理解不能の狂人と見做《みな》しあいながら、一方で相手の理性的な行動に自国民の生命を委ねている——。

どう考えても、頭のおかしな連中の戯言《たわごと》としか思えない。

相互確証破壊理論は頭文字をとって〝ＭＡＤ〟と呼ばれる。

まさに狂気（ＭＡＤ）が支配する世界だった。

21

ベトナム戦争は沖縄を暴風のように巻き込んでいく。

米空軍による北ベトナムへの本格的爆撃（北爆）開始五日後、米軍海兵隊三千五百名がベトナム中部の港町ダナンに初上陸する。

米軍海兵隊は別名「殴り込み部隊」。〝目の前の敵との直接の殺し合い〟の役目を担う海兵隊は、米軍内でも〝ならず者の集まり〟と陰口を叩かれることが多い。ハリウッドで海兵隊が主人公の映画が多くつくられるのは、悪印象を何とか払拭したい米軍のイメージ戦略の一環である。

その海兵隊が軍事訓練を受けていたのが、沖縄北部訓練場だ。正規軍同士の軍事衝突とベトナム・ゲリラ（通称ベトコン）相手の戦闘では、おのずと戦い方が変わってくる。沖縄にはもともと、一九五〇年代に本土から移ってきた米軍海兵隊の基地がある。戦場となるベトナムと距離的に近く、ベトナムと似た自然環境ということで、北部山岳地帯が対ベトコン・ジャングル戦訓練場に選定された。

アメリカ本土から多くの新兵が、訓練のために沖縄に新たに連れてこられた。

到着したばかりの、ニキビ面、あどけなさの残る新兵たちを一列に並ばせて、こわ面《おもて》の教官が訊ねる。

「お前たちの任務はなんだ？」

「自由なアメリカを守ることです！」

「ちがう！」

「祖国に忠誠を……」

「ちがう！」

「極東の安定……」

「ちがう！」

すべての答えを頭ごなしに否定したあと、教官は正解を口にする。

「お前たちの任務は殺《KILL》すことだ」

戸惑う表情を浮かべる者もあるなか、教官は復唱を命じる。

「お前たちの任務はなんだ！」

「ＫＩＬＬ……」

「聞こえない！　もっと大声で！」

「ＫＩＬＬ！」

「そうだ！　いいと言うまで、全員で繰り返せ！」

「ＫＩＬＬ！　ＫＩＬＬ！　ＫＩＬＬ！　ＫＩＬＬ！……」

「もう一度！」

「ＫＩＬＬ！」

教官は最後に全員で声のかぎり叫ぶよう命じる。

「ウオオーー！」

腹の底から獣じみた大声をあげる若者たちの目には、もはや理性は存在しない。

異様な高揚感は仲間との連帯感をたかめ、戦場と日常とのさかいを曖昧にする。いったい何のためにこんな（人を殺す）訓練をしているのか、考えなくなるまで訓練はつづけられた。

北部訓練場にかぎらず、沖縄各地では連日、基地の内外を問わず住民を敵兵に見立てた軍事訓練が行われていた。

未熟な新兵たちによる民間人居住地域での訓練だ。当然のように、さまざまな事件や事故が起きた。銃弾や爆弾が民家や耕作地に着弾し、中学校に催涙ガスが流れ込んだ。戦闘機やヘリコプターが頻繁に頭上をかすめ、パラシュートをつかった落下訓練では模擬爆弾や各種武器、米兵までが民間地域に落下する危険な事故が相次いだ。

地元住民は立法院を通じて、米軍司令部に訓練状況の改善要求を提出した。が、在沖縄米軍は沖縄住民の要請を頭から無視した。被害は出ていない、大騒ぎするような話ではない、という対応だ。

六月十一日。恐れていたことがついにおきる。物資投下訓練中のトレーラーが落下し、小学五年生の少女が二・五トンの軍用車両の下敷きになって死亡したのだ。現場となった読谷村《よみたん》ではそれまでも頻繁に落下事故が起きており、米軍に訓練ルートの変更を申し入れていたやさきの出来事だった。

現場は即座に米軍によって封鎖された。地元住民はおろか、琉球警察も立ち入れない状況で現場検証が行われたが、後日発表された米軍の報告は、

「今回の事故は偶然起きた不幸な出来事である」

と、実質上、何もいっていないに等しいものだった。しかも、

「今回の事故は訓練(公務)中のものなので、事故を起こした関係者の氏名は発表されない。裁判はなく、処罰もされない」

米軍民政府のこの発表に、亀次郎は激怒した。

コメントが載った新聞を丸めて地面に叩きつけ、その足で米軍民政府に赴いた。

「ワトソンを出せ」

と高等弁務官に直接面会を申し込んだ。が、ワトソンは出てこない。亀次郎との会談を敬遠しているらしい。代わって対応に出たのは、米軍民政府フライマス渉外局長だった。

「ヤー、セナガセンセイ。シバラクデシタ。オ元気デシタカ」

愛想笑いとともに差し出された手を無視して、亀次郎はもう一度「ワトソンを出せ」と申し入れた。フライマスは、

「オー、申シ訳アリマセン。弁務官ハゴ多忙中デス。私ガオ話ヲオ聞キシマス」という。

亀次郎は一瞬目を糸のように細め、いいだろう、と低く呟いた。

「貴様たちはいつまでこんなことを続けるつもりなのだ。貴様たちはかつて宮森小学校で十二人の沖縄の児童を殺し、百名余りに重傷を負わせた。青信号で道路を横断中の沖縄の中学生をひき殺し、金武では七歳になる女の子を轢殺した。そのつど貴様らは、二度とこのような事故は起こしませんという。三度、四度、同じことを誓う。それなのに、また今回の事件が起きた。米軍は二・五トンのトレーラーを頭の上から落として沖縄の少女を殺害したのだ。米軍司令官と高等弁務官は遺族に謝罪せよ。事故を起こした者を裁判にかけ、正当に処罰せよ」

「今回ノ事故ハ不幸ナデキゴトデス」とフライマス局長は神妙な顔で、ゆるゆると首を振った。

「セナガさん、沖縄デハあめりか人モ殺サレテイルノデス。一ツノ場所デ一緒ニ暮ラシテイレバ、コノヨウナ事故ガ起キルノハ仕方ガナイコトデス」

「沖縄の人間が、いつアメリカの子供を殺した？」

「ハッ？」

「沖縄人がいつアメリカの子供を殺したかと聞いているのだ」

凄《すご》みをおびた亀次郎の声に、フライマスはつぶてを飲んだように黙り込んだ。

「沖縄でアメリカ人が殺されたのは戦争中のできごとだ。戦争とは、両国の兵隊が殺し合いをすることだ。先の戦争中、沖縄で殺されたアメリカの若い兵隊たちのことは気の毒に思う。だが、アメリカ軍はあのとき、日本の兵隊だけでなく、沖縄の丸腰のひとびとを、女や、年よりや、幼い子供や、赤ん坊まで殺したのだ。戦争が終わったあと、沖縄の者がアメリカの子供を一人でも傷つけたことがあったか？　車でひき殺し、レイプして、海岸に打ち捨てたことがあったか？　トレーラーを頭の上から落として圧殺したことがあったか？」

フライマスは無言のままだ。額には玉の汗が浮かんでいる。

「ワトソンに告げよ。われわれ沖縄の願いはただ一つ、米軍基地をこの沖縄から撤去することだ。そのことを、お前たちは知っていると思う」

亀次郎はそう言うと踵《きびす》を返し、米軍民政府事務所をあとにした。

腹立ちは終日おさまらず、ただでさえ本調子でない体の具合が悪化して、その晩は熱を発して寝込むことになった。


海兵隊訓練所では、いつもは厳しい顔の教官が新兵たちを集め、一人一人の肩をたたいて、最後の夜を楽しんでこいという。

肩をたたかれた者たちは顔を見合わせる。

明日はベトナムの戦場ということだ。

最後の夜を楽しむべく、兵士たちには外出許可が与えられる。

フェンスを一歩出れば、そこは沖縄である。

基地を出た若い兵士たちは、沖縄の街で競うようにハメをはずした。鬼教官の許しが出ているのだ。こわいものなどあるはずがない……。

米兵の犯罪は、それ以前も珍しくなかった。琉球警察には米兵を逮捕勾留する権利がない。米兵が運転する黄色ナンバーの車両の交通違反を取り締まることさえできない取り決めだ。米兵たちの傍若無人な犯罪行為に、沖縄のひとたちがどれほど悔しい思いをしてきたかわからない。

だが、ベトナム戦争がはじまると、沖縄に駐留する米兵の振るまいはそれ以前と比較にならないほど、目に見えて荒くなった。

米軍基地を中心に、タクシー代金踏み倒しや運転手への暴行事件が頻発し、タクシー運転手はこわがって基地に近づかなくなった。

米兵が出入りする飲食店（Aサイン）では無銭飲食にくわえ、強盗傷害、婦女子暴行事件が激増。ハメをはずした米兵らがバーやキャバレーで酔って暴れ、拳銃を発砲する事態が常態化する。米兵が集まるコザの街では、酔った海兵隊員が手榴弾を投げて被害が出た。

酒を飲みながら車を運転する米兵の姿が以前にも増して多く見られるようになった。飲酒危険運転による交通事件が多発し、なかには沖縄の民間人をねらってスピードをあげ、わざと撥ねたとしか思えない事件も起きている。犯罪現場をおさえられても「俺たちは明日ベトナムに出撃だ。捕まえられるものなら、ベトナムまで捕まえにこい」とうそぶく若い兵士たちには罪悪感などかけらも感じられなかった。

基地の街に住む親たちは、毎朝子供に「米兵が運転する車が見えたら、急いで逃げる場所、隠れる場所をさがすよう」よく言ってきかせなければならない異常な日々だ。

ついには、状況をみかねた高等弁務官ワトソンが、在沖米軍司令官に対して公式に「米兵の規律の引き締め」を申し入れたほどの有り様であった。


沖縄で暮らしていれば、目の前の〝前線基地〟からベトナムに出撃する米兵たちの姿をいやでも目にすることになる。武装した大勢の米兵が各種物資や武器弾薬とともに軍用船に乗り込み、港からベトナムに出撃していく姿を間近に眺めることになる。沖縄の人たちの脳裏に浮かぶのは、沖縄地上戦のなまなましい記憶だ。

戦争の記憶は、海を埋め尽くす米軍艦隊から放たれた〝鉄の暴風〟が地上のすべてをなぎ倒す情景であり、その後上陸してきたアメリカの狂暴な戦車や装甲車、機関銃、火炎放射器による無差別攻撃だ。虐殺《ジェノサイド》としか言いようのない状況で、沖縄県民の四人に一人が殺された。沖縄の人たちはどうしても、米兵がベトナム人を殺す姿を想像しないわけにはいかない——。

(戦争でひどい目にあった自分たち沖縄人が、今は米軍のベトナム戦争に加害者として加担しているのではないか? 本当に、それでいいのか?)

沖縄のひとびとが感じていたのは圧倒的な後ろめたさだ。それこそが、本土におけるベトナム反戦運動に欠けていた視点だった。

加害者意識と罪悪感に打ちのめされる沖縄では、次第に、

——軍事基地のあるところに本当の平和は存在しない。

という認識が、誰に言われるでもなく、誰に教えられるでもなく、水がしみいるように広がっていく。

＊

一九六五年(昭和四十年)、八月十九日、佐藤栄作首相が沖縄を初訪問する。

佐藤にとっての初訪問ではない、戦後の日本の首相の沖縄初訪問だ。日本で唯一民間人を巻き込む地上戦が行われた沖縄——敗戦間際、大田実海軍司令官は「沖縄県民かく戦えり。県民に対し、後世特別の御高配を賜らんことを」と打電し、直後に自決している——を、敗戦後二十年間、日本の首相がただの一度も訪問してこなかった。その事実に、あらためて愕然《がくぜん》とする思いだ。

在沖縄米軍空軍基地（現那覇空港）に降り立った佐藤首相は、

「沖縄の祖国復帰が実現しない限り、わが国にとって戦後が終わっていないことをよく承知しています」

　と演説した。

その後本土のマスコミでひろく報じられ、しばしば引用される、佐藤の有名な「沖縄演説」だ。

なるほど聞こえはよい。言っていることももっともだ。字面《じづら》どおりなら、これほど結構な話はない。しかし、本土とはちがい、沖縄にとってはまさに現在の、自分たちの問題である。耳触りのよい言葉をならべた演説を聞かされて、それで済む話ではなかった。

（日本の首相として、どこまで本気で言っているのか？）

「歓迎」の旗やのぼりをもって空港につめかけた人たちの多くは首をひねり、顔を見合わせ、半信半疑といった表情だ――。

沖縄ではもともと、佐藤栄作という政治家の話を眉に唾をつけながら聞いているところがある。

佐藤が公の場で沖縄復帰問題をはじめて持ち出したのは、記録によれば、前年七月に行われた自民党総裁選出馬時のことだ。

「池田君（池田勇人、当時の首相）はなにも言っていないようですが、沖縄返還はいったいどうなっているのでしょうか」

佐藤がこれ以前に沖縄問題に触れたことはなく、出馬演説を聞いていた自民党内部の者たちにさえ唐突に感じられる発言だった。

佐藤の出馬表明演説全体を眺めれば、伝わってくるのは、所得倍増論を掲げて高度経済成長をなしとげ、東京オリンピックという一大イベント実現にこぎつけた池田勇人へのむきだしのライバル意識だ。

当時は公表されていなかったが、池田内閣時代にも沖縄返還は水面下で交渉がおこなわれている。交渉の場でアメリカが提示した沖縄返還条件は「核保有を含む、最大限の基地自由使用」。すでにベトナムへの本格的軍事介入を決定していたアメリカにとって〝自由に使えるオキナワ〟は軍事作戦上絶対に手放せないポイントだった。

一方、被爆国日本にとって核の問題は軽々しく受け入れられる条件ではない。思いの外強硬なアメリカの態度に、日本政府内には、

（ベトナムの件が一段落するまでは、沖縄返還交渉は棚上げにせざるをえない）

とする空気が漂っていた。

ならば、と総裁選対抗馬・池田の弱みをつくべく佐藤が持ち出したのが沖縄問題——といった辺りが真相のようだ。

何のことはない、佐藤にとっての沖縄は党内政治の駆け引き材料だったというわけだ。

沖縄の人たちが、佐藤と沖縄問題の組みあわせをうさん臭く感じたのは当然だろう。

総裁選では池田勇人が佐藤を破って三選を果たした。が、池田はまもなく病に倒れ、オリンピック開催後に退陣、佐藤内閣が誕生する。

先の総裁選からわずか四か月後だ。

この結果、皮肉な事態が生じる。

新しく首相となった佐藤栄作は、総裁選で〝飛び道具〟として大きく取り上げた沖縄返還問題にいやでも取り組まざるをえなくなった（佐藤には首相就任後、初の日米会談に向けた勉強会の席で「沖縄の人は日本語を話すのか、それとも英語なのか」と質問して周囲を呆れさせたという、笑う

に笑えない逸話が伝わっている)。

佐藤栄作は、六〇年安保を議会無視の手法で強引にすすめ、国民の信頼を失って退陣した岸信介元首相の実弟にして、二〇一二年の政権取得後、国会で百に余る虚偽答弁をおこなった安倍晋三元首相の大叔父にあたる。

浅黒い肌にぎょろりとした目、〝昭和の妖怪〟と称された実兄・岸信介とは印象が異なり、エネルギッシュな、人好きのする風貌の持ち主だ。「政界の団十郎」とのヨイショにはさすがに失笑するしかないが、資金集めの手腕に長《た》け、党内人事を掌握。歯切れのよい弁舌を得意とする一方、権力者のわりには案外さばけた物言いもできて、政財界に信奉者が少なくない。

佐藤の最大の武器は何と言ってもはったりを交えた押しの強さと、ある種の度胸の良さだ。

沖縄を訪問したこの年初め、佐藤は訪問先のアメリカで「沖縄および小笠原諸島における米国の軍事施設は極東の安全のために重要である」と認める日米共同声明を発表している。

帰国後の国会演説でも、沖縄の施政権返還には踏み込まず、もっぱら「経済援助の拡大によって日本政府の責任を果たす」といった内容だった。

沖縄の米軍基地は極東の安全のために重要。

経済援助の拡大によって日本政府の責任を果たす。

「沖縄演説」から受ける印象とは、ほど遠い見解だ。

それまで表明してきた方針とは異なる趣旨を、当の沖縄に来てあえてぬけぬけと演説する。周囲の者たちがまさかと思う大風呂敷をひろげ、煙に巻く。

政治家としてはしたたかな戦術、役者としてもなかなかなもの、と言えなくもない。

だが、本土のマスコミ受けはしても、当の沖縄でこれは通用しない。

日本の首相の初訪問に一縷《いちる》の望みをかけて空港につめかけたひとびとは、佐藤の演説はかけ声ばかりで、返還に至るプロセスにも、目の前で行われているベトナム戦争に沖縄が強いられている犠牲についても、なにひとつ具体的な言及がないことに気づいて衝撃《ショック》を受けた。

空港での演説後、佐藤は高等弁務官主催の歓迎会《レセプション》に出席する。

那覇市内の米軍高級将校クラブで高等弁務官や米軍司令官らと談笑していた佐藤には知る由もなかったが、その間、残された者たちのあいだで首相の沖縄演説をどう考えるべきか、烈《はげ》しい議論がわきおこっていた。

もともと佐藤を迎える沖縄の表情は複雑だ。

〝「歓迎」「請願」「抗議」「阻止」とさまざまだが、せっかくの現役首相初訪問である。「歓迎したうえで訴えるべきは訴えよう」という空気が支配的〟

という、訪問当日の琉球新報社説がその辺りの事情をよく表わしている。

佐藤の「沖縄演説」からは、沖縄が本当に聞きたい言葉は何ひとつ伝わってこなかった。すべて本土マスコミむけの口当たりのよい文句ばかりだ。

沖縄には〝ゆくし物言いや門までぃ通らん《ユクシムニーヤジョーマディトゥーラン》〟という諺がある。

「嘘は門までもたない」

演説を聞いた出迎えのひとびとは、佐藤の言葉の真《マコト》のなさを見抜いた。それでも諦めきれない者たちは、

——佐藤首相が本当はどう考えているのか、直接聞いてみよう。

ということになった。

だれの発案であったのか。その声は瞬くまにひろまり、佐藤が宿泊予定の東急ホテル前に日本の

首相との直接対話を求めるひとたちが続々と集まってきた。

人の数は時間とともに増えつづけ、ホテルの前は二万人を超える人の波で埋め尽くされた。

予期せぬ事態に慌てたのは、琉球警察や立法院議員、各種団体の長たちだ。かれらはホテル前に出向いて、集まったひとたちに解散を命じ、あるいは説得して立ち去るよう促した。が、集まった者たちは口々に、

——自分たちは首相と直接話をしたいだけさァ。

——本土の過激派のようにヘルメットとタオルで顔を隠すわけもなく、火炎瓶はおろか、ゲバ棒一本もっているわけじゃないもの。首相の真意を知りたいだけ。直接話を聞きたいだけさァ。

そういって、次々に道路に座り込んだ。

軍用道路一号（現国道五八号線）は座り込む人たちで通行不能となる。

将校クラブでの歓迎会終了後、車に乗り込んだ佐藤は事態を耳打ちされて、顔色を変えた……。

このとき佐藤首相には、身に寸鉄帯びぬ沖縄のひとたちの中にはいっていって、己の信じるところを堂々と弁じるという選択肢もあったはずだ。亀次郎ならそうしただろう。那覇監獄で暴動が起きたさい、かれは木箱の上に立って自分の言葉で囚人たちに呼びかけている。

だが、佐藤は結局、宿泊予定のホテルに向かうことを断念し、途中で引き返して米軍基地内の「迎賓館」にむかった。

日本の首相が沖縄に来て、米軍の軍事基地に保護を求める——。

もはや何をしに来たのかわからない状況だ。

しかも、この話には続きがある。

後日、日本国総理大臣佐藤栄作が沖縄訪問にさいしてパスポートを持参していたことが判明。

沖縄のひとびとの失笑をかうというおまけがついた。

22

忘年会会場となった小料理屋の壁に飾られた色紙を見て、ミチコは思わずふきだした。

　金もいらなきゃ名もいらぬ／酒も女もいらないけれど／はげた頭に毛がほしい

独特のくせのある字体は、事務所アルバイトのミチコにはすっかり見慣れた中野さんの文字だ。

（またこんなことを……）

ミチコは苦笑しつつ、すこし離れた場所にすわって談笑する当人に視線を移して、小さく首をふった。

「沖縄資料センター」の創設者・中野好夫氏は「叡山僧兵の大将」の有名なあだ名どおりの風貌で、揮毫《きごう》を頼まれると気軽に引き受けるのはよいのだが、色紙をうけとった側が対応に困る文言を書くことがままある。先日もみなで食事に行った店で何か書いて欲しいと頼まれ、すぐさま、

　私は誰も羨まない／誰も私を羨まない。

と書いて返したのはいいが、店の人が「いい言葉ですね。どういう意味です？」とたずねると、

「さあ。この前読んだリーダーズ・ダイジェストからの引用だよ」とけろりとした顔で答える場面を目にしたばかりだ。

〝憎兵の大将〟然としたいかつい風貌に似合わず、中野さんは案外な照れ性で、内々ではよく「ほめられると尻こそばゆてかなわん」と――これもちょっと対応に困る表現で――こぼしている。

中野さんの行きつけという四谷《よつや》の小料理屋の奥の座敷をかりきって行われた今年の忘年会は「沖縄渡航申請三度目拒否記念会（残念会）」を兼ねている。会場には沖縄資料センター関係者の他、沖縄の新聞社や県人会の人たち、出版社、さらに中野さんの東大時代の教え子も顔をだし（木下順二や丸谷才一といった気鋭の作家もいて〝文学好き〟のミチコは思わずドキドキした）、にぎやかな席となった。

「……おかしな話ですよね」

と、ミチコの隣で独り言のようにつぶやいたのは、沖縄資料センター唯一の無給正職員アラサキさんだ。

「アメリカ本国政府は、沖縄が日本の領土であることを公式に認めている。本来なら、日本国民の国内旅行を米軍民政府が許可するもなにもないはずなんです」

そう言って、隣にすわるミチコから視線をはずしたまま盃を一息に飲み干した。

アラサキさんは沖縄出身。東大文学部社会学科卒業後、東京都庁に勤めながら沖縄資料センターの活動に従事している。無口な人で、ミチコとは時間的にすれちがいになることが多い。たまに会ってもぼそりとあいさつを交わすくらいだ。最近はもっぱら、中野さんと共著で出す本の執筆にかかりきりのようすだ。

米軍民政府も沖縄出身者の帰郷申請を拒否することはめったにないので、アラサキさんは帰郷するたびに沖縄の官公庁や復帰協などの団体にかけあって、沖縄の情報を送ってくれるよう交渉している。おかげで沖縄資料センターがあつかう有料無料の資料はふえる一方だ。丸太のように固くまるまって届く郵便物をときほぐすところからが、アルバイトのミチコの仕事となる。

アラサキさんは参加者のなかに知り合いの顔を見つけたようで、席を移して何やら話しこんでいる。ウチナーグチで話しているところをみると、相手も沖縄出身者らしい。

ミチコはぐるりと会場を見まわした。標準語（東京弁）の会話のなかに、ところどころ沖縄弁《ウチナーグチ》が聞こえる。ウチナーグチを聞くと、ミチコは貘さんの詩を思い出す。

島の土を踏んだとたんに
ガンジューイとあいさつしたところ
はいおかげさまで元気ですとか言って
島の人は日本語で来たのだ……

沖縄でもいまは標準語で話す人が多くなったという。三十四年ぶりに沖縄に帰った貘さんはその現実にショックを受けた。東京に戻ったあとも元気がなく、しばらくして胃癌で亡くなった……。

貘さんのことを考えるたびに、ミチコは不思議な思いにかられる。

ミチコはまだ戦争中だった小学生のころから貘さん――山之口貘――の詩が好きだった。サンフランシスコ講和条約発効の夜、銀座のバーでミチコは偶然貘さんに出会った。一度会話を交わしただけのビンボウ詩人、貘さんの面影がその後もずっと忘れられなかった。貘さんが亡くなったという話を聞いて、ミチコは貘さんの故郷・沖縄のために何かしたいと思った。同じく貘さんの詩のフアンである夫に相談したところ、捜してきてくれたのが沖縄資料センターでのアルバイトだ。

日本（本土）が独立して十三年目となるいまも、沖縄は米軍の占領下におかれつづけている。沖縄の出入りは米軍民政府の許可制で、米軍の意に添わない者は沖縄に入ることができず、沖縄から出ることもできない。そのせいで本土には沖縄の正確な情報が入ってこない。沖縄でいま、どんな問題が起きているのか？　同じ日本国内でおきている出来事にもかかわらず、本土の者は誰も沖縄の現状を正確に知らない――。

このおかしな状況を何とかしようと、中野さんは五年前、半蔵門にある法律事務所の一角を借りて沖縄資料センターを私費でたちあげた。

ミチコはセンターでアルバイトをするようになって、沖縄のことを多く学んだ。こんなことも知らなかったのか、と我ながら唖然とすることもたくさんある。沖縄で起きていることを、自分を含め、本土のひとたちは本当に何も知らない。

本土では「沖縄資料センター」がいまの沖縄の情報が集まる唯一、最大の場所だ。政府機関以上。そのこと自体どうかと思う。いずれにしても、よくぞこのセンターを立ちあげ、運営しているものだと、本人には言わないが（どうせ照れるだけなので）、最近ミチコはひそかに中野さんを尊敬している。

一方でミチコは妙な気がするのだ。日本が戦争に敗《ま》けたあのとき、手のひらを返したように民主主義を唱え出した大人たちを見て、ミチコは失望した。親や学校の先生といった周囲の大人たちばかりではない。当時十二歳、文学少女だったミチコが憧れていた詩人や文学者や知識人たちが一夜にしてころりと言うことを変えた。それまでミチコが一度も聞いたことがない言葉を唱えはじめた。平和。反戦。民主主義。「自分たちは騙されていた」。以来、ミチコは大人の言うことは信用しないと思うようになった。「僕は馬鹿だから反省などしない」と小林秀雄が言っているのを知って、その方がよほど信用できると思った（もっとも小林秀雄を〝馬鹿〟だとはだれも思わないから、ずいぶんいやみな言葉だな、と感じたのもたしかだが）。

中野さんは獏さんと同じ一九〇三年生まれ。一九〇二年生まれの小林秀雄もほぼ同じ歳だ。敗戦時の中野さんの肩書きは〝東京帝国大学英文学科助教授〟。小林秀雄は〝一流の評論家〟としてすでに名をなしていた。戦争中に反戦、平和を唱えたために軍部の弾圧を受け、大学や文壇から追放された人の話を、ミチコは戦後いやというほど聞かされた。裏を返せば、中野さんや小林秀雄は平和や反戦のために闘わなかった。だから〝帝国大学助教授〟や〝一流の評論家〟のままでいられたということだ。

考えてみれば、中野さんこそミチコが信用できないと思った大人の一人ではないか？

けれど、とミチコはふたたび、今度は反対側に首をかしげざるをえない。

ミチコはいま、沖縄資料センターを私費で立ちあげ、その他にもさまざまな「平和、反戦、民主主義」の活動に走りまわっている中野さんを見て、信用できないとは思わない。むしろ先の戦争を「あれは悲劇だった」と割り切り、沖縄を顧みることもなく、いつのまにかまた文壇の重鎮とたてまつられている小林秀雄の方がよほどうさん臭く感じられる。信用できないように思う。

これは、いったいどういうことなのか？

ミチコはアルバイトのない日にひまを見つけて近くの図書館にかよい、中野さんが戦後に雑誌や新聞に発表した文章をひろい読んだ。なかに、こんなものがあった。

〝ぼくは敗戦後のぼくの生命を、ほぼいわば余生というふうに考えているのである。〟

文章のタイトルは「丸もうけの余生」。照れ屋の中野さんらしいネーミングだ。

〝別に世をはかなんだり、老成ぶった意味で言っているのでは毛頭ない。こうした自家の心境を述べることは、ぼくのもっとも好まぬところではあるのだが、強いて言えば、幸いにして敗戦を生き残ったぼくの余生は、それこそ文字通り丸もうけだと信じているのである。……〟

ミチコは微苦笑しながら読みすすめ、図書館の閉館時間を気にしながら急いでノートに書き写してきた。

中野さんは（細かいところは正確でないかもしれないが）こんなふうに書いている。

〝ぼくはきわどく兵役を免《まぬが》れた世代に属している。ぼくの徴兵適齢期が、もしあのごく短かった軍縮時代（注 大正期に存在した）に属さなかったら、当然兵役にひっぱられていたことだろう。以後、中国事変、太平洋戦争となり、同年輩の友人知人でも応召を受け、戦死、戦病死をとげたものもある。ちょうどぼくたちの前後、わずか一、二年の者だけが、幸運にも多く兵役の手を免れたことになる。現にわずか数年年下の者からは、何度かにわたる兵役義務延長の措置でどんどん召集されていく者が出てきた。そうした中で、ぼくなどは何度か背中に白刃《はくじん》の閃《ひらめ》きを聴くようなきわどさで、そのたびに免れてきたのだ。

ぼくの教えた若い人たちは、ぼくにはどうしようもない強力な力でもって学窓から、また職場からほとんど根こそぎもっていかれてしまった。その中には、いま生きていればどんなにか頼もしいと思われる好青年たちもいたが、その何割かはついに帰らなかった。〟

〝むろんぼくには生命の安売りなどするつもりは微塵《みじん》もないから、生き延びた幸運に感謝することはいうまでもない。が、といって、ぼくらの身代わりに往《い》って帰らなかった人たちのことを思うと、自分だけのこの生命のまっとうさは必ずしも心の平安を与えてくれるものではない。そうしたことを考えれば、敗戦後の生き延びたぼくの生命を一種の余生、丸もうけの余生と考えざるをえないのである。ぼくらの世代には、帰ってこなかった若い人たちへの道義的責任があるのではないかと思う。〟

戦争から帰ってこなかった者たちへの道義的責任……。

終戦直後、中野さんは「戦争犯罪者は誰だと思うか」という、ある新聞社の悪趣味なアンケートに、「中野好夫」と自分の名前だけを書いて出した。ミチコの夫・新一郎に言わせれば「なんだか例の一億総懺悔《ざんげ》、権力者の免責につながる危険な発想のような気もするけど……」という話だが、中野さんは別の文章で、

〝(ぼくは)人間がいわゆる天使でも獣でもない、中間の謎のような存在であると信じている。〟

と書いている。新聞アンケートへの回答はたぶん、

「天使でも獣でもない人間にはまちがうことがある。不幸にしてまちがってしまったら、その結果に対して人は各々《おのおの》責任を負うべきだ」

という意味だろう。

中野さんは東大教授を五十歳を前に辞任した。研究者としてはこれから、という時期だ。辞任のさい、中野さんは「大学教授では食っていけない」と教授会で啖呵《たんか》を切って新聞ネタにもなっている。実際に「食えない」わけではなく、例によって照れ屋の中野さんお得意の韜晦《とうかい》だろう。中野さんは家族を養うための職業(東大教授)の定年を自ら五十歳とさだめ、その後を「余生」とした。

〝余生をどう使うか。こんなことを言うのはたまらなくテレクサクて困るのだが、ふたたびまたあの暗い日のように、若い人たちの生命をいわれなき死に追いやってはならぬ。もっと具体的に言えば、ことは当然戦争の問題や平和の問題につながるのだが、もはやこの問題は言葉の上だけで大見得を切り、それですむ話では決してない。結局は行動によって何をするかが問題なのだから、これ以上多くの言葉を費やすのはやめにする。〟

中野さんは、戦時中に自分がまちがったことへの道義的責任を果たすために残りの時間（余生）を使うことにしたのだ。

言うはやさしくとも、実際に行うとなれば並大抵の話ではない。

中野さんは以前、沖縄資料センターでお茶を飲みながら、ひょいと思い出したようにこんなことを言った。

「あのころぼくは、こう見えて、自分が英文学者であると思っとったわけや」

周囲に居合わせた者は顔を見合わせた。思っとったも何も、中野好夫といえば現に日本の英文学の第一人者だ。お弟子さんのなかには、いま大学で教えている人がたくさんいる。

中野さんは湯飲み茶碗《ぢゃわん》に視線を落としたまま、いつもの冗談めかした口調でつづけた。

「戦前戦中、ぼくはもっぱら書斎にこもっとった。〝餅は餅屋、政治のことは政治家に任せておけ。政治などという下世話なことにかかずりあっている暇はない。馬鹿にかまえば日が暮れる〟とうそぶきながら、せっせと書斎で勉強しとったわけや。ところが、そうこうしとるうちに、いつのまにか世の中があんなことになってしもうた……」

ふたたび中野さんの文章を借りる。

〝教育を受け、参政権もある大の大人が、自分は知らなかった、騙されていたなどというのは、取りも直さず自分は馬鹿でしたと表明するようなものだ。大人たちは知らなかったのではない、騙されていたのでもない、信じていたのだ。信じていたことに裏切られたのが、あの敗戦だった。自分が信じていたために起きたことに対して、やったことに対して、何より戦争で死んでいった者たちに対して責任をとらなくても良い、ということにはならない。〟

こんなのも。

〝満州事変から太平洋戦争敗北までにいたる、あのあまりにも大きすぎる一連の代価からぼくが学んだ最大の教訓の一つは、近代社会の市民というものは専門非専門にかかわらず、各人の信念はもし機会があれば表明することをしなければならぬ。もっと進んで云えば、それこそが市民の最大の義務の一つであるということだ。（中略）徒《いたずら》に面従腹背《めんじゅうふくはい》の市民たちが、卑屈の沈黙と、心にもない権力追従を続けているうちに、ありもしない恐るべき国民の総意などというものがいつの間にか作り上げられてしまっていた。……〟

「魔女狩りの心理」なるものを、中野さんから聞かされたことがある。

中世の西洋では、村人が「魔女」と見做された者に石を投げ、あるいは火あぶりにして殺害することがしばしば起きた。けれど、その場に百人の村人がいたとすれば、九十七人までは、内心では本当は石など投げたくなかった、火あぶりなどしたくなかった。いやだ、いやだ、と思いながら石を投げ、火あぶりに参加していたというのだ。

魔女など、この世に存在するわけがない。かれらは百人中たった三人の声の大きな者に引きずられて、魔女と見做された昨日までの隣人を、内心では、いやだ、いやだ、と思いながらも石を投げ、火あぶりにしてしまう——それが人間の本性だという。

「言うとくけど、これはぼくが考えた説やないで」と中野さんは眼鏡のレンズをふきながら、他人《ひと》事《ごと》のように言った。「かのマーク・トウェインが『不思議な少年』という作品のなかで悪魔《サタン》にそう言わせとるんや」

ミチコは意外な気がした。マーク・トウェインといえば『トム・ソーヤの冒険』や『ハックルベリー・フィンの冒険』など、子供むけのユーモア小説で知られるアメリカ人作家だ。マーク・トウェインの知られざるシニカルな世界観。なんとなく中野さんに通じるところがある——。

ミチコは背筋をのばし、少し離れた場所で座布団のうえにあぐらをかいて座る中野さんを眺めた。中野さんを囲んでいるのは、かつての東大の教え子たちのようだ。喧噪のなか、会話がとぎれとぎれに聞こえてくる。

「関係代名詞の多い面倒な構文を下から逆に訳したぼくに、中野先生は何と言ったか。『きみきみ、そんなウナギみたいに下からずっとのぼって来ても、どもならんわ』ですよ」

周囲に笑い声が起きる。

「ぼくは『そんなカマボコみたいにぴったりひっついとらんでもエエやないか』って言われました。そんなに直訳だったのかなあ」

そう言って苦笑する白髪の紳士の両脇からまた声があがる。

「まだましですよ。ぼくなんか、たった一言、『なんにも知らんなぁ』ですからね」

「ぼくたちは『こんな中学生みたいな演習の仕方、日本中どの大学行ってもしとらんと思うんやが、まあしゃあない』とぼやかれました。それが、東大での中野先生の最初の授業です」

かれらの中には、いまは大学で英文学を教えている人も少なくない。

「そんなこと言うたかなぁ」

笑い声があがるたびに、中野さんはとぼけたようにつぶやいている。

「まあ、どっちにしても、おかげでその後きみらが勉強する気になったんやったら、めでたい話や」

そう言って豪快に笑うさまは、まさに叡山僧兵の大将さながらだ。ミチコが小林秀雄についてどう思うか尋ねても、きっと肩をすくめ「人のことは人。まず隗《かい》よりはじめよの義務あり。他意は一切なし」などと煙にまかれるだけだろう。

尋ねるとすれば、むしろ「なぜ沖縄なのか？」という質問の方だ。

——中野さんはなぜ、沖縄問題に深く関わるようになったのですか？

そう尋ねたときの中野さんの答えを、ミチコは頭のなかで勝手にシミュレーションしてみる。

中野さんは禿げ頭をつるりとなで、照れたように、

「沖縄に対して最大の道義的責任があると感じるから、やろな」

と答える、ような気がする。

「あの戦争で、沖縄では住民の四人に一人が殺された。敗戦後、日本はその沖縄を切り捨てた。本土独立のために沖縄をアメリカに差し出した。その事実を知りながら、知らんぷり。自分たちだけ復興して、沖縄が復帰を望んでいるのを知りながら、平左《へいざ》でいるわけには、さすがになあ」

あくまでミチコの想像だ。いつか機会があれば本当に尋ねてみたいと思う。

アラサキさんが立ち上がり、「みなさん」と声をあげた。にぎやかな酒席の喧噪《けんそう》が、潮がひくよ

うに静かになる。

「みなさんもご存じのように、中野さんの渡航申請は今回も沖縄の米軍民政府によって拒否されました。これで三度目です。いずれも理由は示されませんでした。〝貴殿の申請は拒否された。〟米軍民政府からの回答はそれだけです」

アラサキさんはそう言って一瞬くやしそうに唇をかんだ。すぐに顔をあげ、

「今日は沖縄資料センターの忘年会と、中野さんの三度目の渡航申請拒否の残念会——中野さんはどうしても記念会にしろというのですが——を兼ねています。というわけで、このあたりで中野さんから一言いただきたいと思います」

アラサキさんに代わって、中野さんが立ち上がった。みなの注目が集まるなか、中野さんの第一声。

「いつまでも、あると思うな親と髪」

一座が爆笑に包まれる。

23

一九六六年。この年、沖縄は、

「サンマ裁判」

「友利《ともり》裁判」

と呼ばれる二つの裁判をめぐって大きくゆれうごいた。

もともと何の関係もなかった二つの裁判は、ある事件をさかいに一つのものと見做され、二十年以上にわたって続いてきた米軍の沖縄支配に大きなゆさぶりをかけることになる。

いったい何が起きたのか？

まずは、ユーモラスな名称をもつ「サンマ裁判」の概要から。

裁判の名称となったサンマは、詩人・佐藤春夫が「さんま苦いか塩《しょっ》ぱいか」とうたったあの秋刀魚《さんま》のことだ。辞書には、

〝サンマ科の海魚。体は細長く、あごはくちばし状。下あごがやや長い。背は青黒く、腹は銀白色。産卵のために千島列島から三陸海岸沿岸を南下し、冬に紀伊半島に至る。三陸海岸沖で捕れるサンマは脂肪に富み、秋の味覚としてひろく知られる。紀伊半島では脂の少ないものを丸干しにして食べる。〟

沖縄では戦後、冷凍サンマを本土から輸入して、これを魚屋で売っていた。

四方を美しい海に囲まれた沖縄では新鮮な魚介類がいくらでもとれる。本土の者としては、わざわざ冷凍サンマを食べなくてもよいではないか、と疑問に思うが、サンマには南方の海に棲《す》む魚類にはない独特の風味があって、当時の沖縄では案外人気の食材だった。

米軍支配下の沖縄は本土と異なる税制がしかれ、市場で流通する商品に物品税が課せられた。課税対象物品別に税額一覧表が作成され、沖縄近海で捕れる魚介類はことごとく――イカもタコもグルクンもミーバイもハリセンボン《アバサー》も記載されていたが、なぜかサンマは日本語でも英語でも入っていなかった。沖縄近海でとれない魚なので、おそらく課税表作成者が見落としたのだろう。これに気づいた糸満《いとまん》出身の魚卸業者女社長・玉城ウシが、琉球政府に過誤納金の返還を求めておこしたのが「(第一次）サンマ裁判」だ。

琉球裁判所は、原告（玉城ウシ女）の訴えを認め、琉球政府にサンマへの課税分を返還するよう命令した。

この判決に米軍民政府が口を挟む。

米軍民政府は改正布令を出して課税物品表に「サンマ（saury）」を書きくわえ、さらに同様の訴えが今後おこされるのを防ぐ目的で「追記効果は過去に溯《さかのぼ》って適用される」と宣言した。

これはしかし、いくらなんでも乱暴な法解釈だった。

法律効果は遡及しない。

〝後日定められた法律の効果は時間を溯って適用されない。〟

というのが（租税法に限らず）近代法の大前提だ。

米軍民政府が出した改正布令は、法律を少しかじったことがある者ならだれでもすぐに気づく、場当たり的な、整合性をもたないやっつけ仕事であった。

となれば、過誤納金の返還を求める者が他に出てきて何の不思議もない。事実、別の訴訟が起こされた。

今度の原告は琉球漁業株式会社。

魚卸業者の女将の請求とは返還金額のケタがちがう。

これが「第二次サンマ訴訟」だ。

琉球裁判所は今度も原告側の訴えを認め（当然そうなる）、琉球政府に過誤納金の返還を命じた。琉球政府は上訴したが、上訴審での審理も原告有利のまま終了。あとは判決を待つばかり――。

というのが一九六六年六月時点の「サンマ裁判」の状況である。

ここで時間を少し巻き戻して、先に触れたもう一つの裁判「友利裁判」について見てみよう。

この裁判には、われらが亀次郎が大いに関係している。

亀次郎は前年十一月に行われた第七回立法院議員選挙に出馬した。

前回、三年前の第六回立法院議員選挙のさい、楚辺でまんじゅう屋を営んでいた亀次郎は、キャラウェイ高等弁務官の下で沖縄にはびこる〝仕方ない病（植民地病）〟を駆逐すべく、公民権を剝奪された状態で出馬。届け出はいったん受理されたが、投票日当日になって中央選管は瀬長亀次郎氏には立候補資格がないとして「失格」を宣言した。

開票の結果、亀次郎はわずか三票差で惜しくも次点であった。

亀次郎は中央選管を相手取って「失格無効」の訴えを起こす。

だが、この訴訟には一つ問題があった。

民事訴訟法は「原告者適格」の原則を重視する。

〝実際上の不利益を被っていない者には訴訟資格がない。〟

というもので、次点（補欠）の亀次郎には、たとえ失格が取り消されたとしても受け取るべき利益（当選）が発生しない。回復される利益が存在しない者には裁判を起こす権利がない、というのが法律世界の理屈だ。

亀次郎の訴えは退けられた。

それから三年。次の機会が巡ってきた。

第七回立法院議員選挙だ。

ふたたび出馬を表明した亀次郎に対して、身内や陣営からは反対する声が多かった。

「米軍民政府はきっとまた、投票日当日に失格宣言を出してくる」

「前回の選挙では瀬長さんへの投票は、結果的に〝死票〟となった。今回も同じことになるのではないか？」

あるいは、

「たとえ瀬長さんが当選しても、裁判所が（失格取り消しの）判断を下すまで時間がかかる。その間議席は保留とされ、立法院でのいかなる決議にも加わることができない。それよりは、今回の選挙では瀬長さんには応援にまわってもらって、別の候補を当選させた方が良い」

といった声だ。

亀次郎はかれらに対して、

「米軍民政府による参政権剝奪（失格宣言）こそがおかしいのだ」

と、ことの理非を説いた。

「おかしなことを前提としてはならない。今回選挙で、かれらがまた失格宣言を出すとはかぎらない。もしまた失格宣言が出るようなら、そのときこそ、われわれは日米両政府、また世界にむけて、正しいことは正しい、間違っているのは米軍民政府の方だと宣言するよい機会だと思う」

そう言って説得した。

選挙戦がはじまると、亀次郎と同じ選挙区をたたかう対立候補は当然のように「瀬長候補に投票しても無駄」、「前回の選挙のようにどうせ死票になるだけだ」とアピールしてまわった。なかには「瀬長は犯罪者だから、失格になるのだ」と触れてまわる者もあった。

亀次郎は堂々と胸をはって選挙戦をたたかい、己の信じるところをのべ、前回とほぼ同数の五千三百票余りを獲得する。

予想されたとおり、投票日当日、沖縄中央選管は瀬長亀次郎候補の「失格」を宣言した。高等弁務官は代替わりしても、一度実施された手続きは次回もかならず踏襲される――それが〝お役所仕事〟というものだ。

亀次郎は残念ながら今回も次点（補欠）であった。

ところが、予期せぬことが起きる。今回の選挙で失格を宣言されたのは亀次郎一人ではなかった。中央選管が失格を宣言した候補者は全部で四人。

根拠とされたのは、かつての高等弁務官モーアが亀次郎を那覇市長から追放する目的で恣意的に発したセナガ布令の一つ、選挙権剝奪条項だ。

「何人も重罪に処され、又は破廉恥に係わる罪に処せられた者で、その特赦を受けていない者は立法院議員の被選挙権を剝奪する」

中央選管はこの条文にもとづいて一律に審査し、該当するすべての候補者を失格とした。

失格、といわれても、有権者による投票はすでに済んでいる。

票を数えたところ、失格となった四人のうち、宮古の友利隆彪《たかとら》（社会大衆党）は最高得票で当選していた。

友利隆彪はただちに異議を申し立てる。が、選管はこれを却下。失格の理由は、

「友利候補は前回行われた立法院選挙で選挙自由妨害罪（相手候補の集会の便を妨げ、演説を妨害した）に問われ、五十ドルの罰金刑に処せられている」

というものだ。

友利は納得せず――それはそうだろう――、琉球政府裁判所に失格取り消しと、相手候補の当選無効を求める訴訟を起こした。残された写真を見ると、友利はがっしりとした体格にぎょろりとした目、一文字に引き結んだ唇と頑丈な顎をもつ、いかにも負けん気の強そうな人物だ。簡単にひき

さがるわけはない。

「五十ドル（二万円弱）の罰金はすでに支払い済みである。こんな馬鹿げた理由で基本的人権のひとつである参政権を剝奪されてはたまらない」

友利隆彪は裁判所で吠《ほ》えるように訴えた。……あるいはこのあたりが、前回選挙で「選挙自由妨害罪」を問われることになった理由だったのかもしれない。

一審では原告（友利隆彪）勝利の判決が出た。

沖縄中央選管は判決を不服として上告する。かれらにしてみれば「法律（布令）に従ったまで」の話だ。上訴審でも原告有利のまま審理が終了し、あとは判決を待つばかりとなっていた――。

以上がそれぞれの裁判の経緯で、この時点で二つの裁判にはまだ何の関係もない。

事件が起きたのは六月七日。

米軍民政府は突然、「サンマ裁判」と「友利裁判」、二つの裁判に対して移送命令（高等弁務官布令）を発表する。移送理由は〝現在琉球裁判所上訴裁判所に係属中の二つの事件は、アメリカ合衆国の安全、財産、利益に影響を及ぼす恐れがある。よって、両事件の裁判権は琉球裁判所から米軍民政府裁判所に移送する〟というものだ。

冷凍サンマへの物品税と過去に五十ドルの罰金刑を受けた者の参政権要求が、いったいなぜ「アメリカ合衆国の安全、財産、利益に影響を及ぼす」などということになるのか？

当時、沖縄には三つの裁判所が存在した。

沖縄のひとたちの間で起きた事件を扱う「琉球政府裁判所」

沖縄に駐留する米軍人、軍属、その関係者の事件を扱う「米軍民政府裁判所」

沖縄に駐留する米軍人、軍属が起こした事件のうち軍規に係わるものを扱う「米軍軍法会議」の三種類だ。

沖縄において、アメリカ軍人軍属その関係者は琉球政府裁判所で裁かれることはない。事件が起きて、被疑者が特定されても、それが米軍関係者であれば琉球警察はかれらを逮捕することができない。たとえ犯罪現場で身柄を確保しても、裁判にかけることはできず、身柄を米軍に引き渡さなければならない取り決めだ。

一方、米軍民政府裁判所および米軍軍法会議は往々非公開で行われ、現実を無視した米軍人有利の判決が出た。ほとんどは無罪。逆に、沖縄住民による米軍関係者への犯罪も米軍民裁判所が裁判権をもち、こちらは馬鹿げたほどのきびしい判決（盗難に懲役百四十年）が一方的にくだされた。

——沖縄は裁かれることはあっても、裁くことはできない。

といわれた所以《ゆえん》である。

歴代の高等弁務官は植民地支配の象徴ともいうべき「裁判移送権」を有しながら、これを行使してこなかった。持ってはいるが使わない〝伝家の宝刀〟というわけだ。ワトソン高等弁務官は「サンマ裁判」と「友利裁判」に対してはじめてこの権限を行使した。

なぜか？

「サンマ裁判」と「友利裁判」は法解釈上、琉球政府裁判所ではどうしても米軍民政府の意に沿う判決は出ない。だから裁判権を米軍民政府裁判所に移送するという。

思いどおりの判決が出ないから裁判を移送する？

およそ沖縄住民を見下した、沖縄を馬鹿にしているとしか言いようがない、強引な「処分」だ。

不思議なことに、ワトソン高等弁務官はそのことにまるで気づいていない。沖縄において高等弁務官は絶対的権力者と称される。前任の〝独裁者〟キャラウェイ更迭後、バランス感覚をかわれて高等弁務官に就任したワトソンだが、権力の座はひとの目を曇らせ、判断力を腐らせるものらしい。殴る者は、やがてひとの話を聞くのが面倒になる。殴られる側の痛みに気づかなくなる。

移送命令が発表されると、沖縄じゅうで抗議の声がわきあがった。

米軍民政府は法律の恣意的な運用をやめよ。

法の下の平等は民主主義の大前提だ。

沖縄住民の裁判を受ける権利を守れ。

法の下の平等を守れ。

四日後の六月二十日には琉球下級裁判所判事全員が移送命令を批判する共同声明を発表する。声明文のなかで、移送命令を受け入れた上訴裁判所判事をはげしく批難する異例の事態となった。

翌二十一日、立法院は全会一致で裁判移送への抗議決議を採択。

移送撤回要求声明には沖縄市町村長会、沖縄市町村議長会、沖縄教職員会、沖縄人権協会、沖縄ＰＴＡ連合会、全沖縄農民協議会ほか官民二十五団体が名を連ね、裁判権移送という高度に法律的・抽象的な問題が、にわかに沖縄じゅうの関心をあつめる大きなうねりとなった。

二十九日からは米軍民政府前で〝座りこみ〟が開始される。

民主主義において保障されているのは、たんに投票の権利だけではない。集まる（集会）、歩く（行進）、プラカードを掲げる、声を上げる、座りこむ。自分たちがどんな社会を望んでいるのか為政者に知らせるためにはさまざまな方法がある（民法には逆に「権利の上にあぐらをかくものは救済されない」「権利を行使しない者はやがてその権利を失う」という原則がある）。

沖縄の声に対して、だが、ワトソン高等弁務官は強硬姿勢をくずさない。移送撤回要求を拒否し、逆に「(今回の沖縄の要求は)すべての布令と米国行政の基本的権利にたいする挑戦とみなされる」と開きなおった。何げなく放った矢が、かくも甚大な反応をひきおこしたことに戸惑い、むきになっている感じだ。

七月八日、先の二十五団体が主催する大規模な県民大会がひらかれる。

裁判移送問題は「島ぐるみ闘争」の様相をていしはじめた。

沖縄全土に抗議運動がもえひろがるなか、突然、高等弁務官の交替が発表される。沖縄の混乱をみかねたアメリカ本国が、ワトソンに責任をとらせる更迭人事だ。

米本国にすれば〝何をやっているのだ〟というところだろう。

十一月二日、フェルディナンド・T・アンガー米陸軍中将が第五代高等弁務官に就任する。

一か月後、二つの移送裁判に判決がくだされた。

結果は、友利議員の当選をみとめる一方、サンマ訴訟は原告の訴えをしりぞけるいたみわけ的な政治色のつよい判決だ。

判決直後、アンガー新高等弁務官は「友利裁判」の原因となった被選挙権剝奪条項(セナガ布令の一つ)の廃止を発表する。

那覇市長の座を追われて九年余り。

亀次郎から参政権を奪ってきた欠格条件がついに消滅した。

亀次郎はこの知らせを、留守番をする自宅兼雑貨店《まちやぐゎー》を訪ねてきた新聞記者から聞かされた。

「ご感想は?」

とたずねられて、亀次郎はわれに返って目をしばたたいた。それから、小さく首をふり、「沖縄は、すごい」と答えた。

「すごい？　沖縄が？」

訝しげな顔で首をひねる新聞記者をのこして、亀次郎は店の前の道に歩み出た。見あげると、沖縄にしては珍しいほどの薄青い冬の空がひろがっていた。もうすぐ年末。裁判移送問題で大いにゆれた年もじきに暮れる。

裁判移送問題をさかいに、沖縄では憲法への言及がめだつようになった。

法の下の平等と適正手続きの保障は、日米両国の憲法が等しく保障している。

基本的人権の一つである参政権は、憲法によって保障されている。

財産権はこれを侵してはならない、と日本国憲法にある。

………。

裁判所や裁判官、弁護士といった法律関係者ばかりではない。一般の人たちが参加する各種団体の決議文書に憲法にふれた表現がたびたび登場し、抗議集会や勉強会の場でも同様の発言がなされる機会がふえた。

これまでの沖縄ではほとんど見られなかった現象だ。

裁判移送というふだん馴染みのない抽象的問題にとりくむことで、沖縄のひとびとのあいだに、本土復帰運動はたんに日本国（日の丸）への復帰ではなく、日本国憲法への復帰——言い換えれば、米軍支配に苦しむ沖縄が基本的人権その他諸権利を獲得する唯一の方法なのだ、という明確な目的意識がめばえはじめた感じだ。

——日の丸のもとへの復帰ではなく、平和憲法のもとへの反戦復帰。

そんな声も自然と聞こえるようになった。

沖縄にはびこりはじめていた〝植民地病（あきらめ主義）〟に対して決然とたちあがり、倦《う》まず撓《たゆ》まず闘いをつづけてきた亀次郎にさえ予想もつかなかった展開である。

（沖縄は、すごい）

亀次郎はあらためて、沖縄がもつ豊かさ、賢さに舌を巻く思いだ。

自分はもっとこの沖縄から学ばなければならない。これからもっと、沖縄のために働かなければならない。

空を見あげた亀次郎はまぶしげに目を細め、心につよくそう誓う。

24

この年、本土の年間交通事故死者数は一万四千人に迫る。

一日平均四十人近くが自動車事故で殺されている計算だ。事故後数日後に死亡、あるいはその後ながく後遺症に苦しむ負傷者を含めれば、その数はさらにふくれあがる。

戦後、右肩上がりに数を増す自動車事故は〝交通戦争〟という言葉を新たに生みだしていた。戦争に匹敵する数の死傷者を出しながら、日本のモータリゼーションはその後もさらに肥大化しつづけていく。

急激で大規模な経済発展は、河川や土壌、大気などに自然の限界をこえる汚染をもたらした。〝コンビナート〟と呼ばれる生産合理化を目的とする複合施設が各地に造成され、周辺地域の住民に甚大な健康被害をひきおこした。なかでも「四大公害病」（熊本ミナマタ病、イタイイタイ病、新潟ミナマタ病、四日市喘息《ぜんそく》）は深刻な社会問題となる。

医師や研究者が中心となって、企業や国の公害責任を問う声があがったが、当時はまだ企業の経済活動や国の責任を問う有効な法律が存在せず、「公害対策と経済の健全な発展との調和」の謳い文句の前に、企業活動を取り締まる法案はあたかも砂でできた城のように、次々に骨抜きにされていく。

公害被害にあったひとびとが〝健康に生きる〟という当たり前の権利を勝ち取るためには、この後長く苦しい法廷闘争をつづけなければならなかった。

高度経済成長の負の側面が一気に顕在化したこの年――。

だれも本気で信じていない陰陽五行説《いんようごぎょう》の丙午《ひのえうま》迷信（〝この年生まれた女は男を食い殺す〟）の結果、出生率が極端に低下。

戦後増えつづけてきた日本の人口は一億人を前に足踏みをする。

25

中野好夫は、飛行機のタラップを降りてきた瀬長亀次郎氏を出迎えて手をさしだした。

「ようこそ本土に。沖縄資料センターの中野です。よくいらっしゃいました」

亀次郎は足をとめ、軽く目を細めるように相手の顔を眺めて、にっ、と笑った。なるほど、〝叡山僧兵の大将〟とはよく言ったものだ。さしだされた手をにぎり、

「その節《せつ》はいろいろとお世話になりました。おかげで、やっと来ることができました」

握手をかわす二人の男を、マスコミのフラッシュがいっせいに取り囲む——。

瀬長亀次郎、六十歳。

中野好夫、六十四歳。

どちらも一筋縄ではいかない、ひと癖もふた癖もありそうな容貌だ。

意外なことに、二人はこれが初対面であった。

一九六七年十月二十日。亀次郎は十一年ぶりに本土を訪れた。

当時、沖縄・本土往来には、沖縄米軍民政府が発行する渡航証明書《パスポート》が必要だった。

沖縄と本土の行き来のさいは、つど米軍民政府の窓口に申請書を提出して証明書の交付を受けなければならない。最近は、観光やビジネス目的の申請はほぼ無条件で証明書が発行されるようになった。が、米軍民政府から〝好ましからざる人物〟とみなされた者や〝政治目的の渡航〟と判断された場合は別だ。例えば、本土の母親大会に参加を希望した沖縄のある婦人に証明書が交付されたのは、申請から半年以上たってからだ。むろん母親大会はとっくに終わっていた。

場合によっては、追加で詳細な思想調査票の提出をもとめられた。びっしりと細かな字で記された膨大な質問項目にひとつでも間違いがあれば偽証罪に問われるという、やっかいな代物だ。

亀次郎の前回本土訪問は十一年前。沖縄が「プライス勧告」に揺れていたころだ。当時沖縄各地で行われていた米軍による土地強制接収——農作物の無差別焼き払いや、ブルドーザーでの家屋強制破壊——の現実を伝えるべく、亀次郎は立法院派遣団の一員として自民党岸幹事長はじめ本土各党政治家、労働団体幹部らと連日面会し、その後は日本中をまわって「第二回原水爆禁止世界大会」（於長崎）などで熱弁をふるった。

熱意とユーモアあふれる亀次郎の演説は、本土のひとびとの間でも大きな反響をよんだ。沖縄米軍民政府はこれを〝危険な状況〟と判断し、亀次郎を沖縄から出さない「座敷牢方針《ざしきろう》」を決定する。以後、亀次郎がどんな理由で、何度渡航申請を申し出ても、証明書発行を拒否された。拒否理由は示されず、十一年の長きにわたって実質上の軟禁状態がつづいてきた。

一方の中野好夫もまた、沖縄の米軍民政府から〝好ましからざる人物〟と見なされてきた一人だ。中野好夫はこれまでに三度渡航申請書を提出し、いずれも証明書発行を拒否された。どうやら、東京（本土）に「沖縄資料センター」を設立し、沖縄復帰運動を支援している活動が米軍民政府のお気に召さないらしい。

ともに渡航制限（禁止）の身。

もっとも、初対面とはいえ、お互いの存在や活動については、双方、己の掌《たなごころ》をさすようによく知っている。

最初の接触は、亀次郎の那覇市長時代までさかのぼる。

当時〝赤い市長〟といわれた亀次郎は、沖縄を占領支配する米軍からさまざまな嫌がらせをうけた。米軍は那覇市の銀行資金を凍結し、水道を止めた。人道的に許されない手段をもちいてまで、亀次郎に市長辞任を迫った。強大な敵を相手に闘いつづける那覇市長に、中野好夫は本土で集めた募金《カンパ》をおくり、「遥《はる》かにご健闘を祈る」と電報を添えた。

結局、亀次郎は理不尽な布令によって在任十一か月で那覇市長の座を追われる。が、直後に行われた選挙で「第二のセナガ」を旗印に指名候補を当選させ、アメリカの鼻をあかす結果を出した。

中野好夫は『世界』三月号に「民の声の審判」を寄稿する。米軍占領下の沖縄が掲げる「民主主義の旗」をまっすぐに指さし、本土の注目と支持を呼びかける内容だ。

三年後、中野好夫は東京に「沖縄資料センター」を設立する。私費を投じて立ちあげたセンターでは、沖縄関連資料をひろく収集し、研究者や団体、個人に閲覧公開するとともに、定例の研究会、「資料ニュース」の発行、講演会などを通じて、沖縄問題を本土のひとびとに訴えてきた。

中野好夫はまた、ことあるごとに新聞や雑誌に現在《いま》の沖縄が抱える問題について文章を発表している――。

沖縄に閉じ込められていた亀次郎にとっては、本土で沖縄問題を訴えつづけてくれている心強い味方だ。

「そうだ、例のやつを見せてもらえませんか?」

と中野好夫がとぼけた口調で言った。「例のパスポートとやら。寡聞にして、私はいまだ実物にお目にかかったことがないもので」

いいですよ、と亀次郎は気軽に答えて、背広の内ポケットからえんじ色の小冊子をとりだした。表に「日本渡航証明書」「琉球政府　米国民政府発行」の文字が見える。

中野好夫は受け取った証明書を矯《た》めつ眇《すが》めつ、

「ははあ、これが例の……」

と、表、裏、内、外と確かめ、ありがとうございます、と礼を言って亀次郎に返した。

「十四回?　十五回目でしたっけ?」

「アメリカには、結局、十六回拒否されました」亀次郎はぐすりと笑って言った。「今度の申請で十七回目です。十一年かかりました」

「十六回、十一年、ですか」中野好夫は太い眉をひきあげ、感心したように声をあげた。

「〝叩けよ、さらば開かれん〟というやつですな。しかしまあ、普通の者にはとても我慢できない粘り強さだ。私なんぞまだ三回。まだまだですな」そう言って小さく首をふり、それから、ひょいと顔をあげて尋ねた。

「公判は三時四十五分からでしたか？　それじゃ、あんまりゆっくりしていられない。私は今日はこれで。また、改めて。講演日にお会いしましょう」

「お目にかかれてよかったです。来年の憲法記念日には、ぜひ沖縄で」

「おっ、いいですね。では、四度目の申請と洒落込みますか」

亀次郎の提案に、中野好夫は豪快に笑って応えた。


軽く手を挙げて遠ざかる瀬長氏の背中を見送りながら、中野好夫は、

（それにしても、ようもまあ考えついたもんや）

と、つくづく感心する思いだ。

瀬長亀次郎氏は、沖縄米軍民政府による十六回の申請拒否を打ち破って、十一年ぶりに本土に渡航した。

十六回、十一年におよぶ申請拒否。

口で言うのは簡単だが、拒否理由は示されず、いつになったら許可が下りるのか、どうすれば状況が改善するのかわからない。先の見えない闇のなかを手探りするような絶望的状況だ。普通の者の神経ではとても耐えられない。

では、これまで十六回の申請と、今回の申請ではいったい何がちがったのか？

十七回目の渡航申請には東京地裁からの呼び出し状が添えられていた。

違憲裁判の原告証人として本土に渡航する——。

亀次郎がたどり着いた、コロンブスの卵さながらに一種逆転の発想だった。

「米軍民政府による沖縄住民の恣意的な渡航制限は日本国憲法に違反している。基本的人権（移動の自由）の侵害である」

亀次郎は違憲訴訟を東京地裁に提訴した。〝普通の者の神経ではとても耐えられない絶望的状況〟そのものを逆手にとって違憲裁判を起こし、それを足がかりに本土渡航許可を勝ち取ったというわけだ。

あとから振りかえればなるほどと膝を打つ卓抜なアイデアだが、本件訴訟にはさまざまなハードルが存在する。

サンマ・友利裁判のくだりでも触れたが、まず「原告適格」の問題がある。

訴訟を起こすことができるのは実際に不利益を被った、もしくは現在も不利益を被っている者だけだ。先の立法院議員選挙で「次点」だった亀次郎の参政権侵害の訴えは「裁判によって回復される権利が存在しない」という理由で却下された。

本件の場合、亀次郎は十六回、十一年にわたって申請を拒否され、本土への渡航を阻まれてきた。憲法が保障する「移動の自由」を侵害されてきた。亀次郎が現実に大いなる不利益を被っているのは、客観的に見て明らかだ。原告適格はじゅうぶん、文句のつけようがない。

次の問題は、「だれを訴えるか?」。

先の友利裁判の場合は、開票当日に当選者に失格を宣言した沖縄中央選管が相手だった。

亀次郎の渡航申請は米軍民政府宛に十六回提出され、米軍民政府名で十六回拒否された。本件の訴訟相手は沖縄米軍民政府でまちがいない。

最後に残った問題が、「どこに訴えるか?」。

訴状提出先が琉球政府裁判所ではなく、東京地裁となることが本件のミソである。訴訟は通常、事件が発生した場所の地方裁判所に提訴しなければならない。「裁判管轄権現地主義」といわれるものだ。

本来なら提訴先は琉球政府裁判所となる。ところが、米軍占領下にある沖縄ではいまだ日本国憲法が適用されていない。憲法が保障する権利が存在しないところでは、権利の侵害も発生しようがない。一方で、沖縄に施政権をもつアメリカ本国は「沖縄が日本の一部」であることを公式に認めている。日本の一部である沖縄の住民・瀬長亀次郎は、日本国民の一人ということだ。

すると、おかしなことになる。

米軍民政府による渡航制限が日本国民・瀬長亀次郎の基本的人権（移動の自由）を侵害している。にもかかわらず、日本国憲法が適用されていない沖縄の裁判所（琉球政府裁判所）では沖縄住民が憲法上の権利を侵害されているかどうかを判断することができない。

いったいどこの裁判所に本件の裁判管轄権があるのか？

クエスチョンマークが立て続けに三つも四つも並びそうな、混乱した状況だ。

亀次郎は、錯綜したその状況そのものを問題として東京地裁に提起した。ことが法律にかかわる問題である以上、いずれかの裁判所が判断を引き受けなければならない。

訴状は東京地裁に受理された。

東京地裁は、原告証人として亀次郎に出廷を要求する。

亀次郎は東京地裁からの呼び出し状を添えて渡航申請書を提出した。米軍民政府もこれを拒否するわけにはいかず（そんなことをすれば「裁判を受ける権利の剝奪」という別の重大な人権侵害状況が発生する）、十一年ぶり十七回目の申請で、ようやく渡航申請が認められたという次第だ。

一九六七年十月二十日、午後三時四十五分。

瀬長亀次郎を原告証人とする違憲訴訟公判が開廷された。

弁護人による書類提出と補足説明。それから、いよいよ亀次郎の出番である。

証人台に立った亀次郎は、三人の裁判官を前に本人氏名と訴訟理由を述べたあと、おもむろにポケットからえんじ色の小冊子を取り出して、頭の上に高くかかげた。

「これが、十六回拒否され、十七回目の申請でようやく勝ち取ったパスポートです」

そう言って、ひらひらと振ってみせる。傍聴席につめかけた者たちの目が、いっせいに亀次郎が頭上に掲げる小冊子に注がれた。

「入国を許可する、とここには書いてあります」

亀次郎は普通にしゃべっているだけなのだが、美声とはいえないその声は不思議なほどよく通る。気がつくと、裁判官含めその場にいあわせた全員が、魔法にかかったように耳をかたむけていた。

亀次郎は一瞬ひょいとそっぽを向き、「入国を許可する。とは、まるで外国人あつかいだ」と、わざと周囲に聞こえる程度の小声で呟いた。

そ知らぬ顔ですぐに前をむき、また声の調子を高くする。「日本政府は、言葉では沖縄は日本であり、沖縄県民は日本国民であるといっているが、現実はこのような有り様である。本当の意味で沖縄県民の基本的人権が保証され、往来の自由が実現するためには、米軍民政府が出している悪布令——出入管理令を一日も早く撤廃しなければならないことは明らかである」

傍聴席にパチパチと拍手が起きた。

裁判長から「静粛に」との声がとぶ。

「ところで裁判長。裁判長はこれが何かおわかりですか？」

ふたたび裁判所中の視線が亀次郎に集まった。亀次郎はいつのまにか、渡航証明書にかわって、栓をした小瓶を片手に掲げている。

「これは沖縄嘉手納村の井戸水です。ただし、ただの井戸水ではない」と小瓶を軽くふり、「みなさんは、沖縄の井戸から突然ガソリンが噴き出した事件はご存じでしょうか？　たぶんご存じないと思うので、簡単に説明しますと、今年、沖縄嘉手納村にある米軍基地の燃料タンクが壊れて大量のジェット燃料が水源に流れ込むという事件が起きた。念のため申し上げると、ジェット燃料入りの水は油臭くてとても飲めたものではない。飲めない、どころか、火を近づけると燃えあがる。〝燃える水〟では、飲み水どころか風呂にも使えない。嘉手納村の風呂屋はみんなアガッタリです。うそだと思うのなら、ひとつ、ここで実験してみましょう」

亀次郎はそう言って小瓶の蓋に手をかけた。裁判所の係の者が、あわてて亀次郎に駆け寄ろうとする。

亀次郎は手をあげて係の者を制し、ひらひらと手をふって冗談だと伝えた（ただし小瓶の中身は本物の〝燃える水〟だ。いまならば当然持ち込み不可である）。

亀次郎は小瓶をポケットにしまい、真面目な顔に戻って、

「沖縄には〝水は洗って飲めない《ミジェーアラテーヌマラン》〟という言葉がある。水は洗って飲めない。一度汚されたらどうしようもないということです。嘉手納村では六か所の井戸が使用不能になり、一時は『町全体が爆発するかもしれない』と心配する声があがったほどです。沖縄ではこんな事件がしょっちゅう起きている。事件が起きるたびに米軍はいつも〝これは不運な事故だ、以後は気をつける、こんな事故は二度と起きない〟という。だが、かれらが気をつけたためしはない。取り返しのつかない事件が

何度も、繰り返し起きている。これから先も、かならず起きるだろう。米軍は沖縄の水や、大地や、空気まで汚して、平気でいる。米軍基地の存在そのものが、沖縄住民の生存権という重大な基本的人権をふみにじっているのです」

三人の裁判官は顔を見合わせ、目配せを交わした。生存権。基本的人権の侵害。話がどこにいくのかとひやひやしていたが、原告証人はちゃんと帳尻があうように話している――。

「もう一つ、沖縄で行われている基本的人権の侵害事例を申し上げたい」

亀次郎が次に取りあげたのは「サンマ・友利裁判」だった。本土ではほとんど知られていない特異な事件を通じて、沖縄の現状を伝えるのが目的だ。

――沖縄では、理不尽な弁務官布令によって住民の権利が不当に奪われている。サンマにかかる税金まで、遡って不当に収めさせられている。

話し方は自由自在。硬軟話題をとりまぜ、身ぶり手ぶりにくわえ、実物を示し、当事者の物まね口まねまで交えて事件を再現してみせる。

裁判所は亀次郎の独壇場となった。厳粛であるべき裁判の場に、拍手や歓声、笑い声がわきあがる。裁判長は何度も、傍聴席にむかって「静粛に」「やめてもらいたい」と命じなければならなかった。

亀次郎は最後に「同胞の苦しみをどうか看過されることがないよう。みなさんの良心を信じます」と結んで降壇する。

次回公判日程を決めて、この日は閉廷。

裁判所の廊下では、公判場から出て来た亀次郎を迎えてもう一度大きな歓声がわきあがった。

亀次郎は十一年ぶりに訪れた本土に都合四十三日間、約一か月半滞在した。

今回、申請が許可されたからといって、次回の渡航申請が許可されるとは限らない。米軍民政府の考え次第、気分次第だ。次はいつ沖縄から出て来られるかわかったものではない。本土でやれることは可能なかぎりやっておくつもりだった。

手はじめに、中野好夫や木下順二といった本土の知識人と会って話をし、社会主義国キューバの大使らと懇談した。いずれも米軍民政府に沖縄渡航を拒否されている者たちだ。本土でなければ会うことすらできない。

十一月八日には、有楽町の朝日新聞社六階ホールで合同講演会を開催した。

中野好夫（六時から七時）、瀬長亀次郎（七時から八時）。

と、二人の講演者の名前が告知されると、たちまち申し込みが殺到した。

二年前の佐藤首相沖縄初訪問を機に、本土のマスコミでは「沖縄返還問題」に急に注目が集まっていた。若いマスコミ関係者のなかに、

——沖縄が米軍の占領下にあることを（佐藤訪問で）はじめて知った。

といって周囲を呆れさせた者がいたという逸話もこの頃のものだ。

沖縄問題に携わってきた者たちのあいだで「瀬長亀次郎」の名は、かのオヤケ・アカハチ（十六世紀初頭、琉球王朝に対する八重山独立運動を指揮した）に匹敵する〝民族の英雄〟として語られてきた。過去十一年間、本土では亀次郎の姿を見ることができなかった。昨今ほど映像メディアが発達していない時代だ。YouTubeも存在しない。さまざまな事情で沖縄にわたることができない者たちにとって、海の彼方から伝わる瀬長亀次郎演説会の興奮と熱狂は、あたかも伝説的ロックコンサートのごとき憧れの対象だった。

（いったいどんな人物なのか？　どんな演説をするのか？）

実物を一目見たい。

という者たちがつめかけ、開演前のかなり早い時間に定員六百の広いホールが満席となった。さらに入口で「入れろ」「無理です」とトラブルが起き、主催者判断で会場ロビーに音声を流すことにして、お客を入れた。が、その後も入場希望者は増えつづけ、結局、建物の外にもスピーカーを設けることになった。

集まった者は千人を超える。主催者側も驚く、予想以上の集客ぶりだ。

講演では先《ま》ず、中野好夫が「沖縄を考える」と題して、日本政府が過去に行ってきた沖縄差別について話した。戦時中は徹底抗戦を唱えながら、沖縄にのみ民間人を巻き添えにした地上戦をおしつけ、敗戦後は講和条約第三条で沖縄をアメリカに差し出して本土だけが独立を果たした。日本政府はその後も、沖縄に米軍基地の過度な負担を強いている――。

中野好夫らしい、皮肉のきいた、痛烈な話しぶりだ。

あとを受けた亀次郎の講演テーマは、

「米軍による沖縄支配の実態と、核基地付き返還方式について」。

亀次郎は、アメリカが正式に提案してもいない核基地付き返還という条件を日本政府やマスコミが勝手に忖度《そんたく》し、相手の顔色をうかがうように自分から言い出していることの否をこう指摘する。

――交渉前から自分で条件を下げる馬鹿がどこにいるのか？

満員の聴衆を前に亀次郎はいう。

「どんな交渉も、最初は条件を高く設定して、強く出る。欧米ではそれが基本だ。下手《したて》に出た方が相手が交渉に応じてくれやすい――そんな考えは日本人だけのもので、自民党内の派閥交渉はいざ知らず、国際社会で同じことをしたのでは、たんに足下を見られるだけの話だ」

講演がすすむにつれ、会場が拍手と歓声に包まれる場面が多くなった。ときおり指笛が高く吹き鳴らされる。

中野好夫は感心しながら、亀次郎の講演を聞いていた。

(歴史も、国際法も、よう勉強しとる)

自分も講演下手ではないつもりだが、比べられるとさすがに分が悪い。今年、自ら応援団長となって東京で美濃部《みのべ》都政を誕生させたばかりだ。政治家の演説はうんざりするほど聞いているが、聴衆をまきこむ亀次郎の演説の力は他の追随を許さない。

会場から「ヤンドー」「シタイヒャー、カメジロー」とウチナーグチで声が飛ぶのは、聴衆に沖縄出身者が多い証拠だろう。本来なら本土の者にこそ聞いてもらいたい講演内容だが、千人を超える聴衆の多くは「瀬長亀次郎」を観にきた沖縄の人たちだ。本土の者たちは、沖縄にまだそこまで関心をもっていない——。

中野好夫は演説をつづける亀次郎を眺め、

(ま、これからや)

と、期待を込めて呟いた。

本土滞在中、亀次郎は北は北海道から南は鹿児島、奄美諸島まで、各地で講演を行った。

毎回、拍手に爆笑。眼を輝かせ、握り締めたこぶしを高く突き上げる者がある。参加者は地元の労組組合員や大学教授、学生たちが多いが、子供連れの母親の姿も珍しくない。

(沖縄問題への関心は、本土でも確実にひろがっている)

亀次郎は手ごたえを感じていた。

不思議なことに、この時期をさかいに亀次郎は長く苦しめられてきた体調不良から解放され、顔色も久しぶりに会った人が驚くほどよくなった。本土に来たついでに人間ドックに三日間入り、検査もしたが、結果は「異状なし」。十一年ぶりの渡航で気が張っている、気持ちの問題、といった話ではない。

(どうなっているのか?)

亀次郎本人が首をかしげるほどの変化である。

当時の日記の文面から伝わってくるのは、珍しくのびのびとはねを伸ばした亀次郎の姿だ。北海道では四十年ぶりの雪を眺めて子供のように喜び、鹿児島では城山にのぼって同行の娘に七高時代の思い出を懐《なつ》かしそうに語っている(亀次郎も娘にはからきし甘い)。

亀次郎は直感的に理解している。

これは自分に与えられた短い休息《インターバル》だ。

痛めつけられ、こわばっていた体を少しずつ動かしはじめる。一つ一つ関節の具合をたしかめながら、ゆっくりと動きはじめる——。

ふたたび全力で闘わなければならない日々が、もうすぐそこまで近づいている。

*

十一年ぶりに本土を訪れた亀次郎と入れちがうように、佐藤栄作首相の外遊日程が組まれた。

十月八日に羽田を出発した佐藤はアジア諸国を歴訪。途中、吉田茂元首相逝去の連絡を受けて一時帰国するが、十一月十二日にはふたたび羽田を飛び立ち、訪問先のアメリカでジョンソン大統領と会談した。

会談後の日米共同声明で、佐藤はアメリカのベトナム戦争支持を明確に打ち出して、世界をあっと驚かせる。ベトナム戦争をつづけるジョンソン政権はアメリカ国内世論の支持を失い、国際的にも孤立していた。そんななか、はっきりと支持を表明したのは日本政府くらいなものだ。

ベトナム戦争への支持表明とひきかえに、ジョンソンは小笠原諸島（住民は立ち退きを命じられ、島ごと米軍基地となっていた）の返還を明言。沖縄についても「両三年以内に、双方の満足しうる返還の時期について検討する」ことを合意した。

佐藤にしてみれば〝大義なきベトナム戦争〟を支持してでも、領土問題を進展させた方が日本国民の支持を得られる、さらに「歴史に名を残すことができる」という計算だろう。取り引き材料にされたベトナム民衆こそ、いい面の皮だ。ベトナムではそのあいだにも、連日の爆撃や戦闘で多くの市民の命が奪われつづけている。

領土返還を手土産に、佐藤は得意満面、気分よくアメリカから帰国の途についた。

日本の新聞各紙も「小笠原返還は一年以内」が一面トップの扱いだ。

だが、日米間の領土問題は、もとをたどれば講和条約締結時に日本が沖縄や小笠原諸島をアメリカに差し出したために生じた話だ。本来なら、なぜそんな馬鹿げた条約を結ぶことになったのか、このさい経緯を検証し、国民に説明する義務が佐藤にあったはずだ。ところが、タイミングよく講和条約締結時の全権大使・吉田茂が死去してくれた。死者に甘い日本のマスコミは、問題を生み出した張本人・吉田茂の責任を問うこともなく、問題の解決面にのみ飛びついている。

佐藤にとってはまさに天の配剤に思えたことだろう（佐藤は吉田の下で政治訓練を受けた、いわゆる「吉田学校」の一人)。

万歳三唱で出迎えられると思って帰国した佐藤を待っていたのは、予想に反して、歓迎と猜疑《さいぎ》がないまぜになった微妙な反応だった。

当時の日本にとって、アメリカからの領土回復は別の問題をかかえこむことを意味していた。米軍がもつ核兵器だ。

小笠原諸島には、米軍の核兵器貯蔵施設が存在すると噂されていた。日本に返還後もアメリカは自軍の核兵器を小笠原諸島に残すつもりなのではないか？

日本国民、ことに小笠原諸島編入が予定される東京都民のあいだに渦巻く不安にこたえて、佐藤は十二月十一日の衆議院予算委員会でこう宣言する。

「核は保有しない、核は製造もしない、核を持ち込まない。これが、わが国の核に対する三原則です。平和憲法のもと、そしてこの核に対する三原則のもと、日本の安全はどうしたらいいのか。これに対処するのが、私に課せられた責任でございます」

核兵器は保有しない
核兵器は製造しない
核兵器を持ち込ませない

佐藤の発言はのちに「非核三原則」と呼ばれ、発言者の真意はともかく、世界の平和運動家たちから称賛されることになる。

非核三原則は一九七四年に佐藤栄作がノーベル平和賞を受賞する理由ともなった(このときはま

さか又甥《またおい》にあたる安倍晋三少年（当時十三歳）がのちに政治家となり、自民党総裁・総理大臣をつとめたあげく、「日本の核武装」「米軍との核兵器共有」を言い出して、大叔父佐藤の顔と功績に泥を塗る事態が起きるとは周囲のだれも予想していない）。

東京都小笠原諸島には非核三原則が適用されることが明言された。

次なる問題は当然、「では、返還後の沖縄はどうなのか？」ということになる。

野党議員からの質問に、佐藤はこう答えた。

「沖縄は白紙の状態です」

「白紙の状態で、沖縄返還問題と取り組んでいく所存です」

……

語るに落ちる。

とは、まさにこのことだ。

小笠原諸島への非核三原則適用を明言しながら、一方で「沖縄は白紙」とくりかえすのは、沖縄には返還後も米軍の核兵器が維持される。

という意味にしか聞こえない。

有名な沖縄演説（「沖縄返還なくして、日本の戦後は終わらない」）もそうだが、佐藤には大言壮語し、あとで矛盾を指摘されて慌てて取り繕う場面が少なくない。政治家の発言とはそんなもの、と言ってしまえばそれまでだが、そのたびに周囲の者たちは振りまわされることになる。

佐藤の白紙発言を受けて、沖縄では不安がひろがった。

沖縄にだけ返還後も米軍の核兵器が残される。

それが本土復帰の意味なのか？

年明け、沖縄を代表して立法院議員団九名が上京する。

佐藤首相と面会した議員団は「沖縄は白紙」の意味を問うとともに、返還後の沖縄への非核三原則適用言明を迫った。これに対して佐藤は、

「白紙は白紙。今後の交渉次第という意味である」

「みなさんの気持ちはわかる。しかし、不安をかきたてることが、必ずしも目的達成に役立つとはかぎらない」

と言を左右して、言い逃れをはかった。だが、議員団は〝子供の使い〟ではない。沖縄に帰って、みなを説得しなければならないのは自分たちなのだ。議員団の一人、古堅《ふるげん》議員が、

「総理はいま、沖縄県民《ママ》（注　このとき沖縄県は存在しない）の不安はかきたてられたものであると言われたが、総理ならば現在の状況で沖縄に行って県民を説き伏せる自信がおありか」

と尋ねた。

「自信はある。しかし、いま沖縄に行くつもりはない」

佐藤の答えに議員団は無言で目配せをかわし、首をふった。

沖縄のひとびとが感じている不安はゆえなきものではない。沖縄では住民が生活する場や子供たちが通う学校のすぐ目と鼻の先に原水爆（核兵器）が存在している。米軍は明言しないが、沖縄では誰もがそう思っている。返還後もこの状況が続くのではないかと不安に思っている。具体的な根拠もなく、何の展望も示さずに、いったいどうしたら住民の不安が解消されるというのか？

「総理が核撤去を約束できない、沖縄に来て説明もしない、というのであれば、われわれは県民の名において厳重に抗議する」

古堅議員の言葉に、佐藤は顔をしかめた。

「君らは抗議に来たのか。要請に来たのか。どっちなんだ？　抗議に来たのなら、会う必要はない。お引き取り願いたい」

言っているうちに己の言葉に興奮してきたらしく、佐藤はテーブルを叩いて、

「出て行け！　いまの発言を取り消せ！」

と大声をあげた。

「絶対に取り消さない」という古堅議員に、佐藤は席を立って詰め寄り、

「出て行け！」

と顔を真っ赤にしてくりかえした。

政府関係者が全員総立ちとなり、総理大臣執務室は騒然とした空気に包まれる。

「出て行け！」

佐藤の怒鳴り声は、廊下にまでひびきわたった。

26

佐藤首相が訪問先のアメリカでジョンソン大統領とにこやかに握手を交わしてベトナム戦争支持を表明したそのころ、現地の戦場は先の見えない泥沼状態に突入していた。

ベトナム戦争はアメリカがそれまで経験したことのない未知の戦争だった。米陸軍の最新型M16ライフル（第二次世界大戦や朝鮮戦争で威力を発揮したM1ライフルの改良型）は、まるで水の中にいるような高い湿度や泥のためにしばしば作動不能になった。米軍が誇るM48戦車は、湿地帯や

山岳地帯で立ち往生して使いものにならなかった。アメリカ式の軍帽やヘルメットは激しいスコールや無数の毒虫、木々の尖《とが》った小枝や危険な葉先から兵士の顔や目を守れず（かつての宗主国フランスはつば広帽子を採用していた）、見知らぬ樹液に触れた肌は無惨にただれ、小さな虫に刺された者の顔や手足は恐ろしく腫れあがった。

かれらには〝敵〟がどこに潜んでいるのかわからなかった。見通しのきかないジャングルや湿地帯、あるいは一見のどかなアジアの農村風景のなかから〝敵〟は突然あらわれる。

近代的な銃やロケット弾による攻撃とはかぎらない。落ち葉の下に隠された落とし穴に落ち、先を尖らせた竹に体を貫かれて命を落とす者があった。足もとを這《は》う蔦《つた》にうっかり足をかけると、たちまち高い木々の枝先まで撥ねあげられ、あるいはどこか見えない場所から手製の槍や岩が襲ってきた。かすかな傷口から未知の毒や熱帯特有の病原菌が入り込み、原因不明の発熱や致命的な下痢に苦しめられた。

前線に送り込まれた若い新兵たちにとって、アメリカ本国での軍事訓練など何の役にも立たなかった。次にどんな攻撃が待っているのか、敵がどこにいるのか、いつ襲ってくるのか、想像もつかなかった。経験したことのない激しい雨《スコール》のなか、あるいは重苦しい夜の闇のなかから、突然、見えない敵の攻撃を受けた。土地に慣れている親米派の南ベトナム兵を雇おうにも、米軍が支給した制服はかれらには大きすぎた。かれらは米軍の銃は重すぎて扱うことができず、ほとんど頼りにならなかった。

ベトナムはアメリカ人にとって未知なる大地《テラ・インコグニタ》だった。若い米兵たちは、ベトナムの気候風土、動植物の生態、異質な文化について何の知識も与えられず、いきなり戦場に送り込まれた。政治家や国防総省の役人たちは、本国の快適な椅子にふんぞりかえったまま、未開のアジア、武器もろくに買えない、作れない、最貧国ベトナム相手の戦争など簡単に勝てると思っていた。そもそもアメリカはベトナムに宣戦布告さえしていない。公式見解は「これは戦争ではなく軍事介入」。かつて日本は中国大陸での戦争を「事変」と言いつづけたが、まったく同じことをアメリカがやっていたわけだ。

想像力の欠如こそが、ベトナムにおけるアメリカ最大の敵だった。

米軍が誇る最新鋭の科学兵器――機関銃、火炎放射器、ロケット弾などを使えば目の前の敵を殺すことは容易だった。だが、敵を殺し、かれらが立てこもっていた一つの村を制圧したとしても、少しも安心できなかった。多くのベトナム人にとって、アメリカ軍は自分たちが生活する場所に武器をもって現れた異民族侵略者だった。自分たちが来てくれと頼んだわけではない。ひとびとの笑顔は、米兵が背中をむけたとたん、敵意に満ちた裏切り行為と不意打ちの攻撃にとってかわった。目の前の敵をいくら殺しても、ベトナムは依然として〝反米組織の巣窟〟でありつづけた。他国への侵略戦争では武力で点を制圧することは容易でも、面をコントロールするのは非常な困難をともなう（中国大陸での旧日本陸軍、さらには本稿執筆中に起きたロシア軍によるウクライナ侵攻の例をみても明らかだ）。

予想外の成り行きに慌てたアメリカは、

――最新兵器をもっと投入すれば勝てるはずだ。

と誤解する。

その結果が〝ローリング・サンダー作戦〟ともっともらしく名づけられた無差別爆撃であり、〝枯れ葉剤〟や〝クラスター爆弾〟の大量使用であった。

米軍は猛毒ダイオキシンを含む〝枯れ葉剤〟を少なくとも九万トン以上ベトナムの大地に散布し、

（関東一都四県に相当する）二万三千平方キロ余りを不毛の地と化した。アメリカは当初「散布薬剤は土壌にも人畜にも無害」と説明したが、米国内で禁止されている薬剤がベトナムの動植物、さらには人間に無害なはずはない。枯れ葉剤を浴びたベトナムの人たちはむろん、戦争に従軍した米兵や韓国兵のあいだにも、その後、食物連鎖や遺伝をつうじて何代にもおよぶ甚大な健康被害が発生した。

米軍はまた、多種多様な〝新型クラスター爆弾〟をベトナムに投入した。爆発すると数万個の鉄球や、レントゲンに写らず摘出手術が困難な強化プラスチック片を弾《はじ》き出すボール爆弾、大量のクギがとびちるクギ爆弾、子爆弾を満載した容器が落下時に蝶に見えるという蝶々爆弾、無数のカミソリ状の鉄片が周囲の者の肉体をきり裂くレイジー・ドッグ、地面すれすれで爆発して周囲の人間の下半身をふきとばすデイジー・カッターなど、親爆弾から無数の子爆弾が飛び出すものが一括して集束（クラスター）爆弾と呼ばれる。その他、人が近くをとおると地面から飛びあがって爆発するバッタ爆弾。重みで爆発する布地雷や落ち葉地雷。赤外線誘導爆弾。レーザー誘導爆弾。嘔吐《おうと》ガスに催涙ガス。第二次大戦末期に日本の民家密集地帯に絶大な効果を発揮した白燐《はくりん》弾、黄燐弾などの焼夷弾、さらに八百度を超える高熱を発する改良型のナパーム弾。こうした新型兵器がベトナムの大地に大量かつ無差別に投下された。

人体を破壊するためだけに開発された非人道的、悪魔的な新型兵器（現在では多くが国際条約によって使用を禁止されている）の大量使用にもかかわらず――あるいはそれゆえに――ベトナムのひとびとは侵略者アメリカを決して受け入れようとはしなかった。

ベトナム戦争は、アメリカが振りかざしてきた正義や倫理観がいかに薄っぺらなものであったのかを事実として世界に示すことになった。国際社会におけるアメリカの評判と権威は地に落ちた。

何よりアメリカ国民自身が自信を喪失し、米国内に混乱と戸惑いがひろがった。

三年前――東京でオリンピックが開催される直前――アメリカ議会は満場一致でベトナムへの軍事介入を決議した。翌年の夏にはまだ米国民の多くがベトナム戦争を支持していた。だが、戦争が長引くにつれ、支持率は急速に下がりつづける。六七年八月の世論調査ではついに「この戦争は誤りだ」とする者が「そうでない」と信じる者を上まわった。

日本の首相がにこやかに支持を表明した一九六七年末、当のアメリカ国内ではベトナム戦争に対する強い懐疑論、反戦気分がひろがっていた。多くの新聞が連日ベトナム戦争を「汚らしい戦争」「間違った戦争」と報じ、終わりの見えない戦争をつづけるジョンソン大統領を「戦争屋」「戦争犯罪人」「南部訛《なま》りのヒトラー」と非難していた。

――アメリカがベトナムで軍事的勝利を収めることは不可能なのではないか？

そんな議論がマスコミで大っぴらにとり上げられるようになったのもこの時期からだ。

六八年、年明けの〝テト攻勢〟でサイゴン（現ホーチミン市）のアメリカ大使館が一時占拠される。戦況の悪化はもはや誰の目にも明らかだった。

このころから、ベトナムにおける米兵の犯罪がデスパレートな様相を呈《てい》しはじめる。敵を識別することが困難な状況で、かれらは、

「この村を救うために、この村を破壊する」

と宣言して、ベトナム各地の村で無差別の破壊と殺戮《さつりく》をはじめたのだ。

どんな戦争も常に〝正しいこと〟のために始められる。国民を守るため。自衛のため。祖国防衛のため。人道支援のため。さらには、戦争をなくすため。永久平和のため……。

人間は戦争を始めるためのさまざまな理由をでっちあげてきた。なかでも最悪なのが〝あなたた

ちのため〃だ。

　中世ヨーロッパでは魔女と目された者を「これは貴女《あなた》のためなのだ」といって火あぶりにした。同じことがベトナムの戦場でも起きた。

　三月十六日。南ベトナムのソンミ村で、米軍による村民の無差別殺戮が行われた。作戦を指揮した中隊長は最初に「この村の村民を救うためだ」といって村の破壊を命じたという。

「その後起きたことは、米軍の命令に逆らう者、即ち〃敵〃を皆殺しにしただけだ。通常の作戦行為の範囲内である」

　軍法会議にかけられた中隊長は悪びれることなくそう弁明した。

　ソンミ村の件はたまたま明らかになったが、明らかにならなかった事件が数多く存在することが当時から囁かれていた。

　米軍は〃正義のため〃にベトナムに派遣されたはずだった。邪悪な共産主義から自由世界を守るための戦い。そう教えられてきた。だが、現地で米軍はベトナムのひとびとに歓迎されるどころか、敵意に取り巻かれていた。敵をいくら殺しても戦争は終わらなかった。戦局は時とともに悪化し、もはやどうしようもない有り様だ。**なぜこんなことになったのか？　自分はいったいなんのために戦っているのだ？**　ベトナムに送られた若い兵士たちはひどく混乱した。

　アメリカはこれまで常に正義の味方、救世主として世界の戦場にかけつけ、地元住民や国際社会から喝采をあびてきた。第一次世界大戦でも、第二次世界大戦でも、朝鮮戦争のときでさえそうだった。アメリカの兵士は祖国に帰れば英雄だった。正義と自由のために戦った勇敢な者として、胸を張って故郷に帰還した。ところがいまや、国際社会はアメリカを糾弾する声で溢《あふ》れている。かつてのベトナムの宗主国フランスでさえ「これは侵略戦争だ」といってアメリカを非難している。**な**

ぜこんなことになった？　ここはどこだ？　自分はいったいなんのために戦ったのだ？　ベトナムは〝緑の地獄〟だった。その〝緑の地獄〟から運よく生還しても〝ベトナム帰り〟はアメリカ社会のなかで、英雄としてではなく、殺人者として白い目で見られた。**自分たちは正義のために命懸けで戦った英雄ではないのか？**　ベトナム帰還兵は祖国にもどった後も混乱し、生活の規範を見失っていく——。

　ベトナム戦争は、アメリカ社会が抱えるさまざまな矛盾をあぶり出した。青天井でつぎ込まれる戦費は雪だるま式にふくれあがり、第二次世界大戦終了当時、世界の三分の一の金《きん》を保有し、世界経済をコントロールしてきた〝強い米ドル神話〟は過去のものとなった。経済収支は赤字に転落し、景気が悪化するにつれてアメリカ国内で貧困と格差の問題が深刻化した。酒と麻薬の蔓延、治安悪化や人種問題（黒人差別）の激化といった、さまざまな社会問題が表面化した。

　国際社会の支持を得られない状況で、アメリカ国内でもベトナム反戦運動がわきおこった。徴兵されて戦場に送られる若者たちにとっては文字どおり命懸けの問題だ。ベトナム戦争の是非を問うティーチ・イン、座り込みで抗議の意志を表明するシット・インなどの反戦デモが各地で頻発し、ついには「自分にはベトナム人を殺しに行く理由がない」と〝良心的兵役拒否〟を宣言、逮捕覚悟で徴兵カードを公然と焼き払う者があらわれる。ボクシングの有名なヘビー級世界チャンピオンだったモハメッド・アリ（カシアス・クレイ）も「ベトナム人は誰ひとり俺のことをニガーと呼んだことはない」といって徴兵に応じず、チャンピオンベルトを剥奪された。

　混乱と対立、貧困、人種問題が激化する国内の政治状況のなか、アメリカ政府はベトナム戦争の幕引を模索しはじめる。一時は核兵器の使用による戦局の打開も検討されたが、一つは欧州を中心とした国際世論の同意を得られないこと、また中ソの参戦を招きかねないという警戒感から、計画は断念された（逆にそれらの制約がなければ、ヒロシマ、ナガサキに続いて、ベトナムでも核兵器が使用された可能性は否定できない）。

　そうしたあいだにも、ベトナムには若い兵士たちが日々、次々と送り込まれている。

　米国内で噴出した矛盾は、軍隊内にそのまま持ちこまれた。酒と麻薬の蔓延。兵士たちのあいだでも、正義のため、自由のため、というお題目を信じる者は激減した。戦場に送られてくる若い米兵には貧困層出身者、低学歴者が多く、そのほとんどは世界地図でベトナムを指し示すことができなかった。かれらに戦地ベトナムと、出撃のための前線基地が置かれた他のアジア地域（タイ、フィリピン、韓国、沖縄）の区別はつきがたい。地獄のようなベトナムの戦地で運よく殺されなかった者は、各地の前線基地にいったん戻ってくる。次の出撃を命じられるまで、基地内と基地周辺のＡサイン（米軍の許可を受けた飲食店）で時間を過ごすことになる。

　深夜、アジア人に囲まれて酒と麻薬に溺れるベトナム帰りの兵士たちは、車のライトや、ちょっとした物音がきっかけで記憶のフラッシュバックをひき起こした。かれらの目には、自分がベトナムで殺した者たちの血まみれの姿が見える。耳元で断末魔の叫びが聞こえる。自分を殺そうとする者の息遣いがすぐ背後に感じられる。〝ここは緑の地獄だ〟。戦地との区別がつかなくなり、突然、殺人マシーンとしてのスイッチが入る。かれらは正気を失なって暴れまわった。

　ベトナム戦争が行われているあいだ、米軍前線基地が置かれたアジア各地では、ベトナム帰りの米兵たちの犯罪がほとんど狂気の域にたっした。

　沖縄最大の基地の町、Ａサインが密集するコザ市のビジネス《B》センター《C》通りも――「終夜ドルの雨が降る」「箱に収まり切らないドルを足で踏んでいた」という戦争景気にわきかえる一方――ベトナム帰りの兵士が引き起こす異常で狂気じみた犯罪の多発にしばしば震えあがった。

兵士たちの振るまいはもはや〝戦地に行く前夜にハメを外し過ぎた〟といったレベルの話ではなかった。かれらは突然ナイフや銃を振りまわして無差別に周囲の者を傷つけた。機嫌よく飲んでいた者が、ふいに笑顔のまま隣にすわった女性の首を素手で力いっぱいしめる。骨が折れるまで殴りつける。そんな事件が日常茶飯事のように起きた。危険な武器はしばしば兵士たち自身にも向けられた。実弾入りの拳銃を自他の頭にあてて〝ロシアン・ルーレット〟をやってみせる者があった。とめようとする者がいれば、わけのわからぬことを叫びながら、相手かまわず闇雲にうってかかった。一瞬先に何が起きるのか、周囲の者には見当もつかなかった。兵士のなかには自分がベトナムで殺した者の骨を収集し、アクセサリーにして見せびらかす者もあった。周囲が示す嫌悪感などまるで感じない狂気と精神の壊れようだ。

一言でいって、かれらの行動はなげやりだった。他人の命も自分の命もどうでも良いと思っているのが明らかだった。

命どぅ宝。人の命を何より尊いとする沖縄においては決して受け入れることのできない、異質で不気味な価値観だ。

三月三十一日、ジョンソン大統領は北爆縮小と再選不出馬を表明する。

政権内では、ベトナム戦争を積極的に推しすすめてきた国防長官ロバート・S・マクナマラ（元フォード自動車社長）が辞任し、アメリカの方針転換を国内外にはっきりと印象づけた。

米国内の反戦・嫌戦運動のひろがりと、「アメリカの軍事行動は正当化できない」とする国際社会世論の高まりを受けて、ベトナムへの積極的軍事介入はまちがいだったと認める、実質上の〝敗北宣言〃だった。

27

「中野でございます。五度目の申請でやっと沖縄にまいることができました」

中野好夫は演壇に手をつき、ぎょろりとした目で会場を見回した。

一九六八年八月九日。中野好夫が沖縄を初訪問する。

沖縄到着翌日、地元新聞社主催で早速開催された講演会での一幕だ。

「最初に渡航申請しましたのは一九五六年ですが、四度断られまして、五度目にやっとお許しがでたようなわけであります」

中野好夫は一呼吸おいて、とぼけた口調で先を続けた。

「昨日空港へ新聞記者の方がみえて『ご感想は？』とたずねられたのですが、別に大見得を切るほどの話でもございませんので、『まあ、十年来口説きつづけてきた悪女が、やっと首を縦にふってくれたというところでしょうか』と答えて苦笑された次第です。なぜこう振られつづけたものか、私にはさっぱりわかりません。ごらんの通り、別に取って食うような顔もしていないつもりですが、まことに不思議な話でございます」

独特のくせのあるユーモアに、聴衆のあいだから少し引いた笑いがわきおこる——。

会場の隅の席にすわったミチコは、軽く肩をすくめた。

ご自分で述べているとおり、中野さんは沖縄の米軍民政府から渡航申請を四度拒否され、今回、五度目の申請でようやく許可が下りた。米軍民政府の方針が変わったのか、それとも今回はたまたま（うっかり？）だったのか、はたまた瀬長亀次郎氏による違憲訴訟が米国議会で問題にされた結果なのか、理由はわからない。わからないが、どんな理由にせよ、せっかく手にいれた旅券を使わない手はない。中野さんは仕事の段取りを急いで組み直し——なにしろ、いつ取り消し通知がくるかわからない——二泊三日の旅行日程をやや強引に捻出した。そのさい、沖縄資料センターのスタッフ全員に、

「せっかくや、みんなで沖縄に行こう」

と声をかけた。

ミチコが家に帰ってその話をすると、夫の新一郎はにこりと笑って「いい機会だから、行っておいでよ。あゆみももう八歳だし、二人で留守番しているから」と、むしろ背中を押される感じで、あれよあれよというまにミチコにとっての初の沖縄行きが決まった。

渡航申請はなんなく許可された。一週間後、手元に届いた「身分証明書」と書かれた小冊子を、ミチコは顔の前に掲げて、つくづくと眺めた。

この小冊子を手に入れるために中野さんが五回も申請しなければならなかったなんて、うそみたいだ。昨年東京で会った瀬長さんは米軍民政府から十六回拒否され、十七回目でようやく本土に来ることができた。亡くなった貘さんが申請したときも、一か月以上音沙汰がなく、駄目なのかと思って旅行準備をほどいたあとで嫌がらせのように許可が下りたという話だ。

そもそも日本の人が沖縄に国内旅行するためにアメリカの許可が必要ということ自体が異常なのだ。歪《いびつ》な沖縄の現実を、あらためて鼻先につきつけられた気がした。

「私は一九六〇年以来、ほぼ十年近く、東京で沖縄資料センターというものをやっております」

会場では中野さんの講演がつづいている。

「そんな関係で、沖縄問題について一見偉そうなことを書いたり話したりしているのですが、実を申せば、かんじんの沖縄はこれまで一度も見ていない。本講演も『沖縄と私』という題になっておりますが、本物の沖縄についてはなんにも知らないという、まことにお恥ずかしい話であります」

中野さんはそう言って首をすくめ、よく光るご自分の禿げ頭をつるりとなでた。

会場にふたたび笑いがおきる。今度は、さっきより素直に受けた感じだ。

ミチコは、ほっと胸をなでおろした。中野さんの言動には、周囲の者が妙な具合に気を使うところがある――。

昨日沖縄に着いたあと、ミチコたち一行は沖縄資料センター唯一の無給正職員（本業は東京都職員）のアラサキさんに沖縄を案内してもらった。

話には聞いていたが、はじめて目にする沖縄は〝まるで外国のよう〟だった。

第一に、沖縄の通貨は米ドルだ。公設市場に行くと、地元のオバアたちが米ドルで商品を売り買いしている。値札がドル表記なら、呼び込みの声もドル建ての金額である。

車は右側通行。武装したアメリカの軍用車両が一般道を通っていて、装甲車が当たり前のようにタクシーを追い越していく。道路の両脇には金網が張り巡らされ、大きな銃を持った米兵がうろうろしている。ベトナム帰りなのだろうか、ヘルメットの陰からのぞき見えるのは殺伐とした人殺しの目付きだ。

沖縄を案内してくれるアラサキさんの説明に、ミチコは何度かハッとさせられた。たとえば、沖縄にある黒人の店と白人の店の区別がそうだ。沖縄で米兵が通うコザの街には黒人の店と白人の店の区別が歴然とあって、かれらの間でしばしば深刻なもめごとが起きているという。

「アメリカ社会の反映なんでしょうが、沖縄人《ウチナンチュ》をまきこむのはやめてほしいものです」

アラサキさんはそう言って眉をよせた。アメリカ社会には黒人へのあからさまな人種差別が存在する——その事実をミチコは新聞や雑誌で知識としては知っていた。黒人解放運動の指導者だったキング牧師が暗殺されたのはわずか四か月前。事件の衝撃はまだ記憶に新しい。ボクシングのヘビー級世界チャンピオンは人種差別を理由に徴兵を拒否してベルトを剝奪された。少し後の話になるが、この年行われたメキシコ五輪の表彰台で差別撤廃を訴えてメダルを剝奪された黒人選手の行為をめぐって、コザの街では白人兵と黒人兵の大規模な乱闘事件に発展した。

アメリカ社会の人種問題の闇は、沖縄の基地問題にも暗い影を落としている。

本土で暮らしていたのでは、なかなか見えてこない光景だ。

翌日ミチコは、「人と会う予定がある」という中野さんやアラサキさんとは別行動にしてもらい、ずっと来たいと思っていた「ひめゆりの塔」を一人で訪れた。献花し、手を合わせたあと、係の人から説明を受けた。ひめゆり部隊の悲劇は、知っていたつもりだったが、現地で聞く話はあまりにいたましく、あまりにリアルで、ミチコは途中何度も涙を禁じることができなかった。

午後は那覇に戻り、中野さんやアラサキさんと合流。講演会場では、主催の人たちとアラサキさんが打ち合わせの最中だった。

アラサキさんは、本土にいるときとは別人のような明るい顔をしていた。勤務時間帯がすれ違うことが多いせいか、東京でのアラサキさんは会っても目を合わさず、ぼそぼそした話し方をする暗い人の印象だった。が、沖縄でのアラサキさんは、地元の人たちと大きな声でよく話し、よく笑っている。

気がつくと、中野さんが打ち合わせをするアラサキさんを眺めて、にやにやと笑っていた。どうやら中野さんにもアラサキさんの快活さ、饒舌《じょうぜつ》ぶりは珍しいものらしい。

ミチコが訪れたこの時期。

沖縄全体にうきうきとした雰囲気がただよっていた。ひとびとの顔に明るさがあった。

主席公選《しゅせきこうせん》。

だれもが笑顔でそのことばを口にした。

二月一日、アンガー高等弁務官が「沖縄住民による琉球政府行政主席の直接選挙を実施する」と発表して、沖縄じゅうに歓喜の声がわきあがった。

主席公選は、沖縄のひとびとの長年のねがいであった。

一九五二年の琉球政府発足以来、沖縄では米軍による行政主席任命制度がつづいてきた。

〝米軍《アメリカ》のおメガネにかなう人物でなければ行政主席になれない〟

というのは、まさに植民地支配そのものだ。

——行政主席を自分たちで選ばせて欲しい。

かつては、そう訴えること自体が米軍による取り締まりの対象だった。主席公選要求を公の場で大っぴらに口にできるようになったのは、復帰協がスローガンの一つに掲げた六〇年代に入ってからだ。沖縄が米軍の支配下におかれて二十年余り。戦後沖縄で生まれた者もすでに成人している。若い人たちは米軍占領下の沖縄しか知らない。

米軍民政府は主席公選制度をなかなか認めようとしなかったが、国際社会でベトナム戦争への批判が高まるにつれ、米軍の植民地的支配にも厳しい目がむけられるようになった。

——アメリカは沖縄で苛酷な植民地支配を行っている。

国際的な非難を避けるために、アメリカ政府は沖縄米軍民政府に民主主義的手続きの実施を指示せざるを得なくなったわけだ。

投票日は十一月十日に決まった。

自分たちの行政主席を、自分たちの手（選挙）でえらぶことができる。

これまでとはちがう。これで何かが変わるはずだ。

変化を期待するうきうきとした雰囲気が沖縄じゅうに漂い、ひとびとの顔に明るい笑顔が灯《とも》っていた。

行政主席候補として、与党・沖縄自民党（前年十二月に民主党から沖縄自由民主党に改称）は早々に西銘《にしめ》順治《じゅんじ》を選出。西銘は現職の那覇市長を辞任しての立候補だ。

一方、野党側の候補者選びは難航した。

何人かの政治家の名前が取り沙汰され（瀬長亀次郎もその一人）、さまざまな駆け引きや交渉が行われるなか、ある人物の名前が浮かびあがってきた。

屋良朝苗《やらちょうびょう》。

最初は、だれもが意外に思った。

屋良朝苗は一九〇二年沖縄読谷《よみたん》村生まれ。働きながら師範学校にかよい、卒業後は沖縄第一高女、沖縄二中、台湾二中（当時台湾は日本の植民地）などで専ら物理化学の教師として生徒たちに接してきた。敗戦後、台湾から米軍占領下の沖縄にひきあげ、一時、人柄をかわれて群島政府行政職の文教部長をつとめるが、琉球政府設立とともに教育現場に復帰。その後は一貫して教育現場に身を置いてきた。沖縄教職員会会長。ただし、与党候補の西銘に比べれば行政職や政治家としての実績はないに等しい——。

が、そこからとんとん拍子に話はすすみ、またたくまに野党統一候補として屋良朝苗を推すことが決まった。

野党三党（沖縄社会党、社大党、人民党）合同の申し入れに対して、屋良は最初これを固辞した。

自分は政治家ではない。政治はできない。

という理由だ。

野党代表者らはしかし「だからこそ引き受けてもらいたいのだ」と食いさがった。

かれらは口々に、屋良が候補者となるべき理由を説明した。

「今回の選挙は、たんに沖縄における与野党の政権争いではない。今後の復帰運動を本土政府主導ですすめるのか、それとも沖縄が主体となって復帰の方向性を決めていくのか、その選択を沖縄住民に問う選挙になる」

「沖縄自民党は〝本土との一体化〟を掲げ、本土政府主導で復帰をすすめる方針を打ち出した。是非は知らず。少なくともわれわれには、沖縄に別の選択肢を――あくまで沖縄が主体となって復帰をすすめる方針を提供する義務がある」

「沖縄のひとたちがどちらを選ぶにせよ、今回の選挙がたんなる政権争いではなく、今後の復帰の方向性を決める選挙だということを、はっきりと示す必要がある」

かれらは順にそう述べたあと、

――だからこそ、政治家でないあなたが、われわれ野党統一候補としてうってつけの人物なのだ。

〝本土との一体化〟を掲げる沖縄自民西銘候補に対して、〝沖縄が主体となって復帰をすすめる〟立場を体現できるのは、どこの政党にも属さない、屋良さん、あなただけだ。

そういって、野党統一候補を引き受けてくれるよう強く迫った。

屋良はいわゆる職業政治家ではない。が、沖縄に引き上げたあと、ごく早い時期に「復帰期成会」を立ちあげ、本土の教育界の協力をとりつけて、戦争で荒廃した沖縄の教育現場の再興に力を尽くしてきた。本土と沖縄の直接の関係を嫌う米軍民政府に目をつけられ、一時期、渡航許可証交付を拒否されていたこともある。

丸い顔に、丸っこい体つき。見かけそのまま、普段はごく温厚な、かどのない性格だが、一度こうと決めたら相手が誰であろうと一歩もひかない頑固さも持ち合わせている。前年、沖縄教職員の政治活動を禁止する法案が立法院に提出されたさい、これに反対する教職員組合が全面ストライキを主張したのに対して、屋良は「教員が学校をあけるのはよくない。児童生徒をだれがみるのか」とつよく窘《たしな》める一方、自ら立法院前に座り込んでハンガー・ストライキを決行した。医師の診断などない、文字どおり命懸けの絶食抗議運動だ。水さえ口にしない屋良の頑固さに、支援者たちはおろおろするばかりであった。結局、屋良の決意の行動を知った者たちが立法院前に二万余のデモ隊となって押し寄せ、警備の警官をゴボウ抜きに排除する騒ぎとなり、法案は廃案に追いやられた。

教職員会会長として復帰協を設立当初から支えてきた屋良朝苗は、現場の教職員、さらには教え子たちからも人望があつい――。

言われてみれば、野党統一候補にはこの人しかいない、という人選だ。

なおも渋る屋良を、野党各党責任者はじめ復帰協ほか各種団体代表が入れかわり立ちかわり訪れ、再三再四、統一候補を引き受けてくれるよう申し入れた。野党三党は「党として選挙を全面的にバックアップする」、「人事に党派的制約はかけない」と確約した。

四月三日。屋良はついに、

「もはや逃れられぬ」

と日記に書き、テレビ記者会見をひらいて候補者受諾の声明を発表する。

与党候補選出に遅れること一か月、ここに琉球政府初の主席公選選挙戦が幕をあけた。

屋良陣営が掲げた統一要綱は、

「基地反対」「安保反対」「即時無条件全面返還」

の三原則だ。

この三原則のもと、屋良陣営は沖縄のはばひろい層を巻き込む選挙運動を開始する。

五月二十八日、後援会となる「屋良さんを励ます会」が結成。

七月二十二日には、選挙対策本部「明るい沖縄をつくる会」が組織された。

屋良朝苗後援会には、沖縄野党各政党、労働組合、市町村会、婦人会、市民組織など、百を超える団体が〃支援団体〃として加盟する。

本土からも、湯川秀樹や茅誠司《かやせいじ》（第十七代東大総長）、森戸辰男《たつお》（初代広島大学学長）、中野好夫ら、日本を代表する著名な知識人百名が〃支持者〃として名前を連ねた。

屋良陣営は、大手企業や商工会議所、地元有力者らの寄付に頼ることなく、あえて市民個々人からカンパを集めることで市民の政治参加を促す活動を展開した。実はこれは、前年四月、中野好夫らが中心となって、東京に初の〃革新都政〃を誕生させたさいにもちいた「美濃部方式」を踏襲したものだ。

ミチコは知らなかったが、屋良朝苗は候補者受諾直後に東京を訪れ、都知事選で選挙参謀をつとめた中野さんと会って詳しく話を聞いていた。今回の沖縄訪問二日目午前中、中野さんとアラサキさんが「人と会う約束がある」といっていたのも、どうやら屋良陣営の人たちと選挙方針の打ち合わせをするためだったらしい。

一方、与党・西銘陣営は、方針どおり本土政府と一体となった選挙運動を展開する。

さらに、米軍民政府・アンガー高等弁務官も西銘の側についた。

投票日まで三か月を切った八月十六日、西銘候補の後援会に招かれたアンガー高等弁務官は、

「ヤラは〝基地反対〟と言っているようだが、基地がなくなれば、沖縄はイモと魚を食べ、ハダシの生活に戻るだろう」

と演説する。

米軍の攻撃で破壊される以前、さらに時間を溯れば、島津藩占領以前の琉球王国のモットーは万国津梁《ばんこくしんりょう》。貿易立国として豊かな文化を築いてきた沖縄の長い歴史を無視した暴言だ。恐るべき無知――というよりは、屋良陣営へのゆさぶりを目的とした意図的な歴史無視発言、こんにちいうネガティブキャンペーン、フェイク・ニュースの類《たぐい》だろう。

ミチコたちが二泊三日の慌ただしい沖縄訪問を終えて東京に戻ったあと、十一月の投票日が近づくにつれ、本土から福田赳夫《たけお》自民党幹事長はじめ、多くの現役閣僚や党幹部が入れかわり立ちかわり沖縄入りして西銘陣営への応援演説を行った。川島正次郎自民党副総裁、中曽根康弘運輸大臣、床次《とこなみ》徳二沖縄・北方特別委員長。さらには直前七月の選挙で自民党から初出馬して国会議員になったばかりの石原慎太郎や、大松博文（元東京五輪日本女子バレーチーム監督）と〝魔女グループ〟（ニチボー・バレーチーム）、その他、女優やテレビタレントなど有象無象の有名人が西銘陣営の応援に送り込まれた。のちに判明したところによれば、このとき本土自民党は沖縄に選挙資金として少なくとも七十二万ドルを送金、現地の高等弁務官資金三十万ドルも投入され、合わせて百万ドル余り、当時の為替で日本円にして四億近い現金（政治用語でいう〝実弾〟）がつぎ込まれた。

一県の知事選挙としては桁外れの、露骨な選挙介入だ。

本土政府（自民党）と一体となって選挙をすすめる西銘陣営のキャッチフレーズは、

——屋良を選べばイモを食う。

応援演説に来た本土の大臣や議員たちは「屋良が勝てば沖縄返還が遅れる」「沖縄から基地がなくなれば十万人の失業者が出る」と沖縄を脅しつけた。

迎えた十一月十日、投票日。

投票率は、沖縄での選挙史上最高となる九割に迫る。

開票の結果、屋良朝苗の当選が確定した。

直前まで僅差激戦が予想されたが、蓋を開ければ三万票以上の差をつける圧勝だった。

本土政府の露骨な介入と過度な脅迫は、むしろ裏目に出た。本土の者たちが無意識に見せる優越的、高圧的な態度に、沖縄のひとびとは、

——このままでは、本土のいいなりだ。

と危機感を募らせたらしい。

当選確定後、屋良は応援してくれた人たちの前に現れ、満面の笑みとVサインを掲げる。

「新しい時代が明けた気がした」

拍手と歓声を送る人たちの胸に、あたたかな南風が吹き抜けた瞬間だった。

＊

公選主席選挙の興奮まだ覚めやらぬ十一月十九日午前四時十五分。

朝まだき沖縄の冬の空に、突如、火柱が高く立ちのぼった。

続いて、耳を聾《ろう》する凄まじい爆発音と衝撃波が地表をなめるようにひろがる。

凄まじい爆風に窓ガラスが吹き割られ、振動でブロック塀が崩れ落ちた。

地震のような衝撃に寝床から叩き出された住民の多くは、何が起きたのかわからぬまま、とっさに屋外に飛び出した。

目にしたのは、フェンスの向こうで炎に赤く包まれる米軍基地の姿だ。嘉手納基地滑走路の一角に、天を焦がすばかりの巨大な火柱が立ちのぼっている——。

ひとびとが啞然として見守るなか、炎のなかでふたたび爆発がおきた。

新たな炎の柱が天高く立ちのぼり、つづいて凄まじい爆発音が押し寄せた。目の前の光景に腰を抜かし、あるいは衝撃波に吹き倒された者たちは、這うようにして家にもどり、

「戦争だ！　嘉手納基地が攻撃されている！」

と引きつった声で叫んだ。

周辺はたちまちパニックに陥った。

着の身着のまま夜明け前の通りに飛び出した住民のなかには、血の気のうせた白い顔で親子だきあい、

「もう沖縄は終わりだよ」

「今までの命だ、みんなで死のう」

と泣き叫ぶ者があった。一方で、

「子供に着物を着せろ。また爆発があるぞ、身を守れ！」

「死ぬな、生きろ！」

とたしなめる者もあり、その近くでは、

「ちくしょう、なんで沖縄ばかりがこんな目にあうんだ！」

と大声でぼやく者がある。立ちのぼる巨大な黒煙を指さして、

「だからいわんこっちゃない。それもこれも、基地なんてものがあるからだ！」

と顔を真っ赤にして怒鳴っている者もあった。

道端には痩せたオバアが座り込み、髪を振り乱しながら首をふり、茫然自失の態で何かわけの分からぬことをくりかえしつぶやいている。そのすぐ脇を、嘉手納基地に原爆貯蔵の噂があることを思い出した者が、

「原爆だ！　核爆発だぞ！　みんな、早く逃げろ！」

と大声で告げながら駆け抜けていく。

逃げろ？

しかし、いったいどこに逃げるというのか？

地元嘉手納村はむろん、隣接するコザ市でも、叫ぶ者、泣く者、悲鳴をあげる者、逃げ惑う者、しゃがみこむ者などがいりまじって、大混乱に陥った。

――まるで戦場のようだ。

亀次郎はあたりを見まわして顔をしかめた。

28

十一月十九日早朝、亀次郎は一本の電話でたたき起こされた。

米軍嘉手納基地でＢ52が墜落して爆発がおきたという。

嘉手納基地は那覇から直線距離で約二十キロ。そういえば、未明に遠く遠雷のごとき轟音が聞こえた。具体的に嘉手納のどこに落ちたのか？ 落ちたのは一機か、それとも複数機か？ 墜落当時、Ｂ52は爆弾を積んでいたのか？ 爆発で地元住民にどのていどの被害が出ているのか？

急いで米軍民政府に問い合わせたが、担当者不在のため何もわからないという返事だ。

（現地に行って、自分の目で確かめるしかない）

亀次郎は他の立法院議員にも声をかけ、朝九時前、立法院所有の車数台に分乗して慌ただしく出発した。

嘉手納村に近づくにつれ、米軍兵士の数が明らかに増えていく。全員がカービン銃で武装し、見るからにものものしい雰囲気だ。

亀次郎たちは結局、墜落現場まで到着することができなかった。

銃を構えた米兵が道路を遮断し、その先はアメリカ兵以外は誰ひとり中に入れようとしない。琉球政府立法院議員のみならず、地元の嘉手納村民や、現場検証に来た琉球警察官たちでさえ、警備の米兵に追い払われている。何を質問してもかれらは無言で首をふり、銃を水平にかまえた剣呑な身ぶりで、すぐに立ち去るよう命じるばかりだ。

仕方なく、米兵が厳重に警護する立ち入り禁止区域からいったん外に出た。高台から遠望すると、嘉手納基地滑走路上に巨大なＢ52の焼け焦げた残骸が転がっているのが見えた。

たまたま事故を目撃した地元の人の話では、事件が起きたのは四時十五分頃。滑走路から飛び立とうとしたＢ52六機のうち最後の一機が離陸に失敗。頭から滑走路に突っ込んで、爆発炎上したという。

その後、墜落機に搭載されていた爆弾が次々に引火し、凄まじい爆発が何度も起きた。そのたびにもうだめだと覚悟した。火災は夜明けまでつづき、空を焦がした……。

怯《おび》えた口調で口早に語られる体験談を聞きながら、亀次郎は背筋に冷たい汗が流れるのを感じた。墜落があと何秒か遅ければ、爆弾を満載したＢ52が石川市や金武《きん》村の住宅密集地に落ちていた。多くの住民を巻き込む大惨事になっていたということだ。

墜落現場のすぐ目と鼻の先、黒く焼けただれた機体から百メートルほど離れた場所に知花弾薬庫が見えた。弾薬庫に墜落していたら、爆発規模はこのていどでは済まなかったはずだ。弾薬庫にはかねてより原爆（核兵器）貯蔵の噂もある。原爆が爆発していたら、いったいどんなことになっていたのか想像もつかない。

ぶるりとひとつ首をふり、恐ろしい想像を頭からふりはらった。

亀次郎たちは手分けして周囲の被害状況を調査してまわることにした。

墜落現場から一キロほど離れた建設会社・村本組を訪ねると、窓ガラスが粉々になって机のうえに飛び散っていた。

屋良小学校の被害も大きかった。ことに隣接する幼稚園の窓ガラスはすべてこっぱみじんに砕かれ、木製の戸板がへし折られている。すごい爆風だったようだ。昼間であれば、幼稚園の子供たち含め、近隣住民に多くの死傷者を出す事態になっていたことはまちがいない――。

墜落したボーイングＢ52戦略爆撃機（Ｂ52）は、全長約四十八メートル。機体中央部に巨大な弾薬倉をそなえ、爆弾積載可能量は約十六トン。機体のサイズは、第二次世界大戦末期に日本に焼夷弾の雨を降らせ、東京大空襲では一夜にして十万人近くの市民の命を奪ったＢ29の一・五倍以上。現在に至るまで米軍史上最大の超巨大戦略爆撃機だ。

Ｂ52は米軍のベトナム北爆〝ローリング・サンダー作戦〟の主力を担い、ベトナムでは「黒い殺し屋」「死の鳥」などとよばれている。北爆開始当初、米軍は住民の反発を恐れて沖縄へのＢ52の常駐配備を見合わせてきた。が、この年、朝鮮半島の政情悪化を受けて在韓米軍基地の配備を変更。二月五日から嘉手納基地がＢ52の常駐基地として使われていた。

巨大なＢ52が大量の爆弾を満載して飛び立つときのエンジン音はすさまじい。出撃は昼夜をとわず、深夜、明け方に及ぶこともある。そのたびに、嘉手納村は耳を聾する爆音に支配された。両手で耳をふさいでも体がグラグラと揺れるほどの猛烈な爆音だ。幼い子供たちはたまらず頭を抱えてその場にしゃがみこんだ。

Ｂ52が飛来するたびに、近隣の学校では授業の中断を余儀なくされた。会話をすることも、眠ることもできない異常な爆音に、地元住民のなかには精神を病む者もでている。

嘉手納村議会は何度も「爆音防止に関する決議案」を採択し、立法院に都度提出してきた。そんなさなかに起きたのが、今回の墜落爆発事故だ。

嘉手納村議会が朝十時から臨時会を招集したことを耳にした亀次郎が傍聴に行くと、ちょうど「人類の不幸の根源であるＢ52と一切の軍事基地を即時撤去するよう強く要求する」との抗議決議案が満場一致で採択されたところであった。さらに、夜の七時から「Ｂ52　すぐ出て行け村民大会」を開くことが決まった。

――俺たちの生命を何だと思っているんだ。

未明に起きた爆発事故の衝撃は大きく、村民の怒りは容易におさまりそうにない。

――自分たちもこうしてはいられない。

亀次郎はじめ現地視察の立法院議員たちはすぐに那覇にもどり、嘉手納村議会との共闘策を模索しはじめる。

一方、事故の報告を受けて即日発表された日本政府のコメントは、

「アメリカに対して、この種の事故を再び起こさないよう強く注意を喚起したい」

B52撤去には触れず、事故を起こした米軍への抗議すらないやっつけ対応である。間近に控えた自民党総裁選挙を前に〝今はそれどころではない〟といった態度だ（十一月二十七日の総裁選では佐藤栄作が三選を果たす）。

数日後、米軍基地司令官が嘉手納村古謝《こじゃ》村長と会談し、その場で「今回の事故は交通事故のようなものだ」と発言して沖縄じゅうの怒りをかきたてるという〝事件〟が起きる。

B52爆発事故は、沖縄の人たちの胸のうちに沖縄戦の記憶をまざまざと呼び覚ました。沖縄の基地から連日、爆弾を満載した巨大爆撃機が出撃している。いつ敵国から攻撃を受けてもおかしくない状況だ。

もはや日本政府や米軍に、裏切られた、失望した、と泣き言をいっている場合ではない。自分たちの生命と子供たちの未来を守るためには、自分たちでやるしかない——。

最初に行動を起こしたのは、またしても沖縄の女性たちであった。

十一月三十日、嘉手納村教職員会婦人部の呼びかけに、沖縄自民党婦人部を含む女性ばかり七百人あまりが総決起大会を開催する（嘉手納村古謝村長が唯一の男性として参加）。

「爆発事故を起こした米軍当局に心の底からの怒りと不信をこめて抗議するとともに、B52の即時撤去を婦人の立場から強く要求する」

と決議を採択し、その後、戦前戦後を通じて沖縄初となる女性だけのデモ行進が行われた。

彼女たちの決然たる行動に背中を押されるように、十二月七日、復帰協を中心とする全沖縄百四

十あまりの団体が「いのちを守る県民共闘会議」を結成。中高生の代表も参加し、Ｂ52撤去は全沖縄を挙げた〝島ぐるみ闘争〟の様相をおびはじめた。

事故当初は本土自民党からの圧力もあって態度を決めかねていた沖縄自民党も、党として「Ｂ52撤去」の立場を明言する。

十二月二十三日の立法院では「Ｂ52の即時撤去要求」が全会一致で採択された。

沖縄は、日本政府と米軍に対して自分たちの要求をきっぱりとした言葉で突きつけた。次にどうするかは、相手側――本土政府と米軍――の出方次第である。

誰の発案だったのか、このころ沖縄ではじまったのが「リボン闘争」だ。沖縄各地で、老若男女、労働者学生生徒、自営業者公務員を問わず、職種や立場をこえて、さまざまな人びとが色とりどりのリボンを胸につけて通りを闊歩した。かれらが胸につけたカラフルなリボンの一つ一つが「Ｂ52撤去」を要求する無言の意思表示だった。

リボンは、米軍基地のフェンス（金網）にも結びつけられる。

沖縄の人たちにとって米軍基地は、沖縄でありながら決して足を踏み入れることができない奇妙な場所だった。かつて自分たちが生活していた場所、農作物をつくり、日々の営みをつづけていた自分たちの土地は、戦後、米軍の銃剣とブルドーザーによって強制的に接収され、軍事基地に変えられた。自分たちの土地は、足を踏み入れれば撃ち殺されて文句ひとついえない、理不尽な異世界となった。

米軍基地内に入ってＢ52撤去を求めることはできない。しかし、沖縄と米軍基地を隔てている地図上の一本の線、沖縄と米軍基地を隔てるフェンスにリボンを結びつけ、「Ｂ52撤去」の沖縄の意志を基地のなかの者に伝えることは可能だ。
基地のフェンスに色とりどりのリボンが結びつけられた。リボンは花や雲、その他さまざまな模様を描き出し、ときに文字となってあらわれた。
Ｂ52出テイケ
キチイラナイ
YANKEE GO HOME
……
基地の米軍兵士たちは自らの手で、あるいは人を雇って、フェンスからリボンを外してまわった。リボンをフェンスに結んでいる者を見つけると、銃で脅して手荒く追い払った。だが、リボンはまた、いつのまにかフェンスに結びつけられた。フェンスに色とりどりのリボンの文字が現れた。

Ｂ52出テイケ……

「いのちを守る県民共闘会議」の呼びかけで、沖縄の人たちは何度も嘉手納総合グラウンドに集まり、「Ｂ52即時撤去」の声をあげた。
集会後、かれらは整然とデモ行進を行い、嘉手納基地ゲート前の軍用道路をうめつくした。その間、嘉手納基地への軍用車両の出入りはストップせざるをえない。ベトナム戦争が続いているさなか、米兵らは基地を取り囲むデモ隊の警戒任務に駆り出された。
住民運動のかつてない盛りあがりに、米軍嘉手納基地はそのたびに（一時的、部分的にせよ）軍事機能の低減を余儀なくされた。デモ隊は潮がおしよせるように何度も嘉手納基地ゲート前につめかけ、そのつど軍用車両の出入りを阻止した。

米軍の側に、やがて焦りと苛立《いらだ》ちが見えはじめる。

――もう一押しすれば、米軍はB52を沖縄から撤去せざるをえなくなる。

希望が見えた。


年が明けた一月六日。

B52撤去を求める「いのちを守る県民共闘会議」は、来《きた》る二月四日に沖縄全域で全業種の予告休業（ゼネラル・ストライキ）の決行を決議する。

その日は、仕事を休んだ人たちに参加してもらって嘉手納基地を取り囲み、軍用道路への座り込みを行う予定だ。

予告休業には、基地労働者組合「全軍労」も参加を表明する。

沖縄全域で一斉休業が行われ、デモ隊に基地が取り囲まれる事態となれば、「二月四日」は丸々一日、沖縄の軍事基地が使い物にならなくなる。予告された爆撃中止日は、ベトナムでの戦況にどんな影響をおよぼすかわからない――。

「二四ゼネスト」

と呼ばれる全域全業種休業予告は、沖縄が米軍基地に突きつけた挑戦状だった。

もっともこれとて、沖縄のオバアらに言わせれば、

「その日は大きな台風が来たと思えばいいんサァ」

と案外のんびりしたものだ。実際、台風の通り道である沖縄では大きな台風のために全面休業となることがしばしばある。そんな日は米軍といえども、一歩も外には出ることができない。「台風

と同じさア」と笑いとばすあたり、よい意味での沖縄の大らかさ、テーゲー具合だろう。

だが、米軍にかぎらず、およそ軍人連中には生活者の感覚が通じない。そもそも、この大らかさ、テーゲー具合があれば戦争など始めるはずがない。

ゼネスト予告にいきり立った米軍民政府は、二年以上ぶりとなる高等弁務官布令を発布する。

「軍または重要産業の運営を阻害する目的での集会を禁止する」

と、相も変わらず、万国法で認められた労働者の権利を踏みにじる独善的かつ高圧的な態度だ。

在沖縄米軍は、本国アメリカ経由で日本政府にも圧力をかけた。

一月二十四日、佐藤首相は東京でコメントを発表し、

「ゼネスト決行は復帰時期を遅らせる可能性がある」

と、沖縄に脅しをかける。

沖縄の要求は、沖縄住民の生命と子供たちの未来をおびやかしているB52の撤去だ。ゼネストはそのための手段であり、B52が撤去されさえすれば、ゼネストは回避される。

沖縄の側では何も、予告休業をやりたくてやるわけではない。B52が撤去されれば、普段どおり働く方が良いに決まっている。当たり前の話ではないか。

ところが日本政府は、B52撤去については何の見通しも示さず、ゼネストを決行すれば復帰の時期を遅らせると脅しにかかる——。

いったい誰のための、何のための日本政府なのか？

沖縄の期待を背負って主席に就任した屋良朝苗は、一月二十八日、ふたたび自ら東京に足を運び、佐藤首相と会談してB52撤去の確約を求めた。が、佐藤は「アメリカに決定権がある問題だから」と言を左右するばかりで、どうにもらちが明かない。屋良は床次総務長官と会い、愛知外相にも会

って、B52撤去の確約を求めたが、かれらもゼネストの回避を要請するばかりで、自分たちの側では何の約束もしようとしない。

屋良は追いつめられた。ゼネスト決行日は目前に迫っている。このままでは沖縄に帰れない——。と思っていたところ、かつて共同通信の那覇支局長をつとめた記者から木村俊夫内閣官房副長官に会ってみては、と助言された。

三十日早朝。雪のなか、自宅を訪れた屋良を前に木村官房副長官は、

「タイに建設中の米軍飛行場が六月ごろに完成する予定らしい。アメリカは、ベトナム戦争は七月までといっている。ベトナム戦争が終われば、沖縄のB52は存在理由がなくなる」

と、先に会った首相や総務長官、外務大臣の歯切れの悪さとはうってかわった軽快な口調で今後の見通しを告げた。木村の発言は、

——七月までには、B52は沖縄から撤去される。それまで辛抱してほしい。

ということだ。なおも逡巡《しゅんじゅん》する屋良に、

「総理や大臣は立場上明言はできないが、自分と同じ見通しだ。何なら、自分の名前を出してもらってもかまわない」

とまで言い切った。

B52は半年以内に沖縄からいなくなる。

ならば、沖縄で米兵相手に商売をしている者や基地労働者に多大なリスクと負担を強いる今回のゼネストは、いったん回避してよいのではないか?

沖縄に戻った屋良は、各団体の代表者宛てに文書で「ゼネスト回避」の方針を伝える。

「現状でのゼネスト決行は、沖縄にマイナスと考える。今回のゼネストは回避してもらいたい。も

し決行するのであれば、自分は主席を辞任する」

屋良の決断を知った亀次郎は、慌てて主席に面会を申し込んだ。それまでは、選挙前の約束どおり「人事には口を出さない」「万事おおらかにおやりなさい」とのみ伝えてきたが、今回ばかりはそう悠長なことも言っていられなかった。

「このやり方では、もし七月までにB52撤去がなければ、主席、あなたが責任をとらされる」

亀次郎は屋良の決断に潜む危険性を指摘した。

「それに、みんなで決めたゼネスト決行方針をあなたの一存で覆せば、これまであなたを支えて来た人々のあいだに分断が生じる。本土の連中がしかけた罠《わな》に、まんまと陥れられたのではないか?」

亀次郎の強い疑念に対し、屋良はあくまで「自分は信じたい」と言ってゼネスト撤回の方針を押し通した。

復帰協をはじめとする各団体代表者はつかみ合いに近い激論の末、決行日直前となる二月二日に「ゼネスト中止」と「同日は県民総決起集会を開催」の二つを決めた。

二月四日火曜日。当日は朝から雨であった。

嘉手納で行われた県民総決起集会には、次第に強くなる雨のなか、約三万人ものひとびとが集まり、「B52即時撤去」を求める声をあげた。参加者はその後デモ行進にうつり、嘉手納基地をとりかこんだ。

この日、抗議の意志を表明したのはデモ参加者ばかりではない。那覇市ガーブ川商店組合、新天地市場、公設市場の商店主や業者らも「本日ストのため閉店」と張り紙を出して抗議活動に参加し、B52撤去を求める強い意志を示した。

だが、沖縄全域全業種予告休業——ゼネラル・ストライキ——に比べれば、基地への影響は限定的であることは否めない。

激しい雨のなか、嘉手納基地のゲート前に集まった者たちをあざ笑うかのように、デモ隊のすぐ頭の上を凄まじい音を響かせながらB52が何機も飛び立っていった……。


約束の六月が過ぎ、七月に入っても、B52は相変わらず嘉手納基地に常駐をつづけた。

爆弾を満載した巨大なB52が、昼夜を問わず、凄まじい爆音とともに何機も立てつづけに嘉手納基地を飛び立ち、ベトナムの大地に爆弾の雨を降らせつづけている。

ジョンソンから代わったばかりのリチャード・ニクソン新米国大統領の下、ベトナム戦争は終結するどころか、さらなる泥沼化の気配をみせていた。

六月完成予定のタイの米空軍基地へのB52移駐はどうなったのか？　日本政府からはその後何の音沙汰もない。

しびれを切らせた琉球政府主席・屋良朝苗からの問い合わせに、本土政府関係者はけろりと口を拭い、あのときとは状況が変わったと説明した。自分の名前を出してもらってもかまわない、とまで言い切った木村内閣官房副長官に話がちがうと詰め寄っても、自分は約束などしていない、何か誤解があったのではないか、と平然としらを切る始末である。

本土政府は沖縄をだました――そういうことだ。

いったい誰のための政府、何のための復帰なのか……。

屋良朝苗はもともと、丸い大きな顔いっぱいにひろがる笑顔が印象的な人物だった。かつての教え子たちはみな、口をそろえて「屋良先生の笑顔に勇気づけられた」という話をする。

主席当選からわずか半年で、屋良の表情は一変する。

眉間に深くしわを寄せ、険《けわ》しい顔をしていることが多くなった。笑顔を見せることは、めったになくなった。

復帰に寄せる沖縄の期待は、失望へと変わっていく。


さらに信じがたい事件が起きる。

B52移駐の約束がもはや期限切れとなる七月八日。

嘉手納基地に隣接する知花弾薬庫周辺が、にわかに騒がしくなった。非常ベルが鳴り響くなか、何人もの米兵が緊迫した面もちで走りまわり、なにごとか大声で指示を出している。緊急車両がサイレンを鳴らしながら知花弾薬庫に到着すると、弾薬庫周囲に目隠しのシートが高く張り巡らされ、住民の目から覆い隠された。

何が起きていたのか？　地元沖縄の人たちが知ったのは、それから十日後のことだ。

十八日付けのアメリカ『ウォールストリート・ジャーナル』に、ある特ダネ記事が掲載された。記事によれば、去る七月八日（現地時間）にオキナワ・カデナ基地チバナ弾薬庫で毒ガス漏れ事故が発生し、二十四名の兵士が病院に収容されたという。

知花弾薬庫に毒ガスが貯蔵されている？

七月八日に毒ガス漏れ事故が発生？

二十四人の米兵が病院に収容された？

地元住民にとってはいずれも初めて聞く、寝耳に水の話ばかりだ。そもそも、目の前で起きていた毒ガス漏れなどという重大事故の情報を、なぜ当の在沖米軍からでも日本政府からでもなく、アメリカの新聞記事で知らなければならないのか？

早速、屋良主席と立法院が一体となって、米軍と日本政府双方への抗議申し入れが行われた。

日本政府の反応は相変わらず「現在はアメリカに施政権があるので……」と歯切れが悪い。

だが、毒ガス（化学兵器）は国際条約上の問題だ。アメリカ本国議会や米国世論の突きあげもあり、在沖米軍の反応は意外に早かった。

記事が出てほどなく、米軍広報担当官は会見をひらいて次のように発表した。

――現在、知花弾薬庫で貯蔵されているガスは「イペリット」「GB」「VX」の三種。砲弾に装塡もしくは容器に入った状態で貯蔵されている。三種合計総量はおよそ一万三千トン。

会見場がどよめいた。

「イペリット」（通称「マスタードガス」）は、第一次世界大戦時に欧州の戦場で使用された糜爛《びらん》性の毒ガスで、戦後、戦場の兵士たちの身体に甚大な被害をもたらしたことが判明し、国際問題となった化学兵器だ。

あとの二つ、「VX」「GB」は、さらに危険な毒ガスである。呼吸からだけでなく皮膚からも吸収され、毒性は青酸（シアン化合物）をはるかに上回る。「GB」は別名「サリン」。一九九五年、世紀末の日本でオウム真理教教団が製造・使用し、多くの被害者を出したことで有名になった。無色無臭。気化しやすく、吸入すると即効的に神経麻痺をひき起こす。「半数致死量」は百ミリグラム/m^3・分。計算上は二百キログラムで全沖縄住民を死に至らしめる。

致死性の高い危険な毒ガス（化学兵器）が一万三千トン。

沖縄を何千回も死の島に変えてなお余りある、目眩《めまい》がするほど膨大な貯蔵量だ。

顔を見合わせた記者たちは、すぐにまた別の事実に思い当たった。

半年ほど前、嘉手納米空軍基地でB52が墜落した。あの事故が知花弾薬庫を巻き込むものだったら、大量の毒ガスが漏れだし、ここに居る者はおそらく誰ひとり生きていなかったということだ。

Ｂ52墜落は知花弾薬庫のわずか百メートル手前。万にひとつの幸運としか言いようがない。

「撤去作業について発表します」

米軍広報担当官の声に、会場中の者が耳をそばだてた。幸運な偶然は何度もつづかない。こうなったら一刻も早い撤去を望むばかりだ。

「これらは全量、全種類、本年中に沖縄から撤去される予定です」

集まった者たちは一瞬ポカンとした顔になった。発表を信用して良いものか？　記者のあいだから、撤去の具体的段取りを質問する声があがった。

「もっともな質問です」担当官は頷いてこたえた。「知花弾薬庫に貯蔵中の化学物質は、最寄りの港から船に積み込まれ、海上輸送で米国ワシントン州に運ばれ、陸揚げ後はオレゴン州の弾薬庫に収めることになります」

会場にほっとした空気が流れた。具体的な地名まであがっている。まさか嘘ということはあるまい。これで一安心。あとの問題は運搬作業の安全性だけだ――。

ところが、この会見直後、米国オレゴン州議会で「そんな危険な兵器のもちこみはごめんだ」という決議がなされ、撤去の段取りは白紙に戻される。

白紙撤回の発表に、沖縄の人びとの間から怒りの声がわきあがった。

冗談ではない。米軍は何の断りもなく危険な毒ガスを沖縄に持ち込みながら、自国民が反対するので撤去作業はできないというのか？　そんな自分勝手な話があるものか。しわ寄せはすべて沖縄に押し付けるということではないか。

沖縄地元紙一面に次のような見出しがおどった。

「空にB52、海に原潜、陸に毒ガス――天が下に隠れ家もなし」

記事中の「海に原潜」とは、那覇軍港に寄港中の米軍原子力潜水艦から放射能漏れの噂があり、港内の海底泥や魚介類を検査したところ高濃度の人工放射性元素コバルト六〇が検出された事件を指す。

沖縄のひとびとは知る由もなかったが、この当時、沖縄はさらに危険な状況に置かれていた。米軍基地の核兵器だ。

核兵器の所在に関する米軍の発表は、一貫して「あるともないともいえない」。どこに配備されているのか曖昧にすることで抑止効果を高めるという方針だ。沖縄の米軍基地における核兵器の存在は早くから噂され、確実視されていながらも、米軍はその存在を正式には認めてこなかった。

事実関係が明らかになったのは、冷戦終了後の一九九〇年代後半になってからだ。

公開された資料から、米軍占領下の沖縄には常時核兵器が配備され、一九六七年には最大となる一千三百発もの核兵器（核弾頭）が存在していたことが確認された。明らかになったのはそれだけではない。当時沖縄に駐留していた兵士たちの証言から、当時の在沖米軍が、

――万が一沖縄が敵に占領されるようなことになれば、自国の核が敵に奪われないよう、基地の核兵器を自ら攻撃して爆発させる破壊訓練が行われていた。

という、俄《にわ》かには信じがたい事実が判明した。

一九五四年にアメリカがビキニ環礁で行った水爆実験では、環礁が丸ごと吹き飛ばされて空高く舞いあがり、遠く離れた場所で操業中だった日本のマグロ漁船の乗組員が死の灰で被曝。帰国後、死者を出す「第五福竜丸事件」となった。

米軍保有の核兵器はたった一回の爆発で南太平洋の海底地形を変化させるほどの破壊力をもって

いる。もし作戦どおり攻撃が実行され、一千三百発の核弾頭が爆発したなら沖縄は——たんに死の島となっただけでなく——世界地図から永久に消えうせていたはずだ。

空にB52、海に原潜、陸に毒ガス……。

沖縄はかつてないほどの危険と不安のなかにある。


沖縄が存亡の危機にあったこの年十一月十九日。

佐藤首相がアメリカを訪問し、ニクソン米国大統領と会談する。

会談後に発表される共同声明に注目が集まった。

——沖縄復帰問題はどう扱われているのか？

関係者がかたずを呑んで見守るなか発表された佐藤・ニクソン共同声明中、復帰に関する内容は、
一、沖縄の施政権は一九七二年中に日本に返還されるべく協議を促進する。
一、在沖縄米軍は、極東の平和と安全維持のために活動をつづける。
一、返還後の沖縄には日米安保条約が適用される。特別の条件は設けられない。
一、米国は沖縄において安全保障上必要な軍事上の施設及び区域を保持する。
というもので、沖縄での受けとめられ方は複雑であった。

ひとまず、具体的な復帰予定が決まった。

三年後の七二年中。今後の準備期間を含め、二十七年におよぶ米軍占領がようやく終了する。ひとまずはこれを喜びたいという気持ちが、沖縄のひとびとの間にないわけではない。

だが、日米共同声明で示された復帰のイメージは、沖縄が長年望んできた復帰とは遠くかけはなれたものだった。

主席公選選挙で屋良朝苗が掲げたのは「即時無条件全面返還」。本土からの様々な介入にもかかわらず、三万票差以上の圧勝となった選挙結果を見ても、これが沖縄の民意に近い言葉であったことはまちがいない。

米軍占領下で沖縄は多くのものを奪われてきた。人命や土地、表現や身体を拘束されない自由、労働者の権利、その他、本土の日本国民が戦後当たり前のように享受している基本的人権の諸権利が〝銃剣とブルドーザー〟といった即物的な暴力、理不尽な高等弁務官布令によって強制的に奪われてきた。米兵らは、幼い子供を含む沖縄のひとびとを傷つけ、殺しながら、罰せられることも裁判にかけられることもなく、大手を振って帰国し、平気な顔で暮らしている。

奪われ続けてきたのは、人間としての尊厳だ。

――米軍占領以前の沖縄を自分たちに返して欲しい。

沖縄がそう望むのは当然だろう。「即時無条件全面返還」とは、まさにそうした意味であった。

一方、本土日本政府が沖縄に示したのは「核ぬき、本土なみ」。言葉を変えれば条件付返還だ。

屋良朝苗は主席就任後、何度も東京に足を運んで沖縄の思いを本土政府関係者に伝えてきた。が、そのたびに返ってきたのは、

「基地抜き返還と言われても、本土政府としては引き受けられない」（愛知外相）

「安保堅持で日本は栄えている。その中に沖縄を迎えたい」（保利官房長官）

といったピント外れの言葉だ。

米軍基地が存続するのは本土も同じ。「本土なみ」で何の不満があるのか。文句ばかりいわず少しは我慢しろ。

そういわんばかりの態度である。

「核ぬき、本土なみ」といわれても、米軍は沖縄に危険な毒ガス兵器を無断で持ち込みながら、自国の反対という自分勝手な理由でいまだ具体的な撤去工程も示していない。そもそも毒ガス漏れ事故のさいは、在沖縄米軍からも、また日本政府からも、地元沖縄には何の連絡も説明もなかったではないか。この状況で、自分たちに任せておけ、信用してくれという方がどだい無理な話だ（事実、佐藤・ニクソン共同声明の裏で「有事の際は沖縄への核兵器持ち込みを認める」との密約が交わされていたことが後年明らかになった）。

また、沖縄がそのために危機的状況におかれ、戦争に巻き込まれる恐怖と罪悪感（肝苦《チムグリ》サン）に苦しんでいる米国のベトナム政策（戦争）に理解（支持）を示す一方、復帰については「米国の努力に影響を及ぼすことなく沖縄の返還が実現されるよう」と、まるで他人事のようないいぐさだ。期待は失望に、失望は怒りへと変わっていく……。

29

「アメリカ館は、入場まで二時間待ちだってさ」

新一郎は額に浮かんだ汗をハンカチでぬぐいながらそう言うと、小腰をかがめ、ミチコと二人、木陰で待っていた娘のあゆみの顔を正面からのぞきこんでたずねた。

「どうしようか？」

あゆみは小学校四年生。母親ゆずりのうりざね顔に切れ長の目、鼻から口にかけての線は父親に似てやわらかい。

五月の飛び石連休を利用して、ミチコたち家族は三人で大阪で開催されている万博《ばんぱく》を観に来た。義母は「万博にはお友だちと行くから」ということで今回は不参加。親子三人で旅行なんて何年ぶりだろう。

旅行が決まると、娘のあゆみは意外なほど素直によろこんだ。このところやや反抗期気味で、家族旅行などいやがるかと思ったが、聞けば「万博で月の石が見たい」とのこと。「友だちに自慢できる」というから、ミチコは夫と顔を見合わせ、目配せを交わした。アポロ十二号が月面からもちかえった「月の石」は、万博アメリカ館の目玉展示品だ。テレビや新聞、週刊誌が連日のように取りあげ、そのせいだろう、世間で大いに話題になっている。「月の石、月の石」と言ってはしゃいでいる娘を見て、まだまだ子供だと微笑ましく思ったものだ。

東京から新幹線で新大阪に。あゆみは新幹線に乗るのも初めてだ。ところが、大阪吹田《すいた》の万博会場に来てみると、予想をうわまわる大変な人出であった。お目当てのアメリカ館には唖然とするような長蛇の列ができている。五月とはいえ、屋根のない場所での大行列だ。大阪の日差しは、心なしか東京よりきつい気がする。

いったい、どのくらい並ばなくてはいけないのか？　夫・新一郎に聞きにいってもらったところ「二時間待ち」との話だ。そうこうするあいだにも、入館待ちの人の列はさらに長く伸びている。

あゆみは小首をかしげ、少し考えるようすだった。あんなに楽しみにしていたのだ。二時間並ぶというなら付き合う気でいたが、あゆみはあっさり首をふり、「別のにしよう」といった。

「いいの？」ミチコの方が意外に思ってたずねた。

「だって、せっかく大阪まで来たのに、二時間ただ並んでるだけじゃ、もったいないもの」

あゆみはミチコの顔を見あげ、「どうせ石でしょ」と唇を尖らせて言った。

ミチコは、あっ、と片手で口を押さえた。「どうせ石でしょ」と言った皮肉な口ぶりが、自分にそっくりだ。さてはどこかで喋っているのを聞かれたかと思い、ひやりとしたが、あゆみは拗《す》ねているわけではなさそうだ。母と娘、妙なところで妙な具合に似たということか。

「それじゃ、アメリカ館はなしとして」高校で数学を教える夫の新一郎は、いつものように建設的に話をすすめる。会場の地図を見ながら、およその方角を指さして、

「第二人気はソ連館だね。宇宙船のドッキングの様子がリアルに展示されているそうだけど……。ソ連館も〝いまは入館一時間半から二時間待ち〟という話だったなぁ」

と、のんびりした口調でいった。

「ほかのにしよう」あゆみが首をふって言った。

「ほかのにしよう」夫が娘の言葉をくりかえす。「ひとまず会場をぐるっと回ってみようか？　見たいものがあれば入る。それでどうかな？」

「そうしよう」

あゆみはミチコのそばを離れ、父親と一緒に歩きだした。二人についていきながら、ミチコは、あゆみが父親のシャツの後ろをしっかりとつかんでいるのに気づいて苦笑した。最近は父親と手をつなぐのはむろん、並んで歩くのもいやがることがあるが、会場のあまりの人込みと熱気に恐れをなしたとみえる。

ミチコは前を歩く二人の姿を目の端にとらえながら、万博会場をぐるりと見まわした。

広さ三三〇万平方メートル。一面の竹林だった丘陵地帯を切り崩し、ブルドーザーで平坦《へいたん》にならしてつくった広大な敷地に、さまざまな奇妙な形をしたパビリオンがいくつも建ちならんでいる。そんな中でも最初に目に飛び込んでくるのが、会場の一角、連日イベントが行われる〝お祭り広

場〟の大屋根を貫いてそびえたつ巨大な「太陽の塔」だ。二本の腕(?)と、三つの顔(?)をもち、曲線的な力強い線で構築された白い塔本体には赤いジグザグの線が力強く描かれている。最初目にしたとき、ミチコは唖然とした。塔から突き出しているものが〝腕〟なのか、頂上の装飾は〝顔〟なのか、そもそもこれが〝塔〟と呼べるのか、よくわからない。

今回の万博が掲げるテーマは「人類の進歩と調和」。モノレールや動く歩道、データ通信システムなど、無機的、直線的、機械的な未来都市を顕現した会場のなかで、曲線的、かつ原始的ともいえる造形の太陽の塔は、むしろ飛び抜けて異質な存在だ。それにもかかわらず、大屋根を貫いて空にそびえる巨大な白い塔は、万博を代表する存在として認知されている。「黄金の顔」「太陽の顔」「黒い太陽」という塔の三つの顔が万博会場全体を睥睨《へいげい》し、支配している。

テレビや新聞で事前に情報を得ていたはずだが、実物を目の当たりにすれば、あらためて、これはいったい何なのかという驚きを禁じ得なかった。

(バンパク、バンパクと言っているけど、じつはみんなこの塔に吸い寄せられて来ているんじゃないかしら?)

万博が掲げるテーマとは正反対の呪術的な力で人々を呼び寄せている――。見ていると、そんな気さえしてくる。

「お母さん、何やってるの! おいてくよ。迷子になってもしらないからね」

ふり向くと、夫と娘が足をとめ、太陽の塔を見あげるミチコを不思議そうな顔で眺めていた。

一九七〇年三月十四日に開幕した大阪万博(公式名称は日本万国博覧会)は、開会式直後こそ出足低調であったものの、五月の飛び石連休を迎えるころから一気に入場者数が増え、その後は連日、大変なにぎわいとなった。

大阪万博には過去最大となる七十七か国が参加。それぞれのお国柄の民族衣装や流行のファッションで着飾ったコンパニオンが各パビリオンを案内してくれる。

会場には各国著名人や有名アーティスト、映画スター、宇宙飛行士などが日替わりで訪れるほか、お祭り広場では連日さまざまな珍しい催しものが行われていた。タイから来た二十頭以上の象たちによる「象まつり」、青森の「ねぶた祭り」に秋田の「竿燈《かんとう》祭り」、世界中の警官がオートバイで行進する「世界の警官」といったものだ。

さまざまな万博情報が、NHKはじめ民放テレビ各局の特集番組によって、全国津々浦々のお茶の間に毎日届けられた。万博開催期間中、関連記事が掲載されない新聞や雑誌はなく、万博のテーマソング『世界の国からこんにちは』がテレビやラジオから流れない日はなかった。当時のメディアを振りかえると、日本国中が万博一色、あたかも万博以上に重要な話題は存在しないかのような雰囲気だ。

「太陽の塔」を作ったぎょろ目のゲージュツ家、岡本太郎はすっかり茶の間のおなじみとなった。会場では「月の石」のアメリカ館、「宇宙船ドッキング」のソ連館などが人気をあつめ、開催期間中、長蛇の列が途切れることはなかった。

大阪から帰った翌日、ミチコはアルバイト先の「沖縄資料センター」に顔をだした。

事務所のスタッフに旅先でのことをあれこれ尋ねられ、話しこんでいたミチコはふと、中野さんが渋い顔で腕を組んでいるのに気がついた。目の前には、ミチコが渡した万博土産が手もつけずに置いてある。

ミチコはもしやと思い、恐る恐るたずねた。

「中野さん、お煎餅《せんべい》はだめでしたっけ？」

叡山僧兵の大将と称せられる中野さんも今年六十七歳。見るからに堅そうな「月の石煎餅」ではなく、「万博饅頭《まんじゅう》」か、さもなければ「太陽の塔クッキー」あたりにしておけばよかったか。と思っていると、中野さんはミチコに目をむけ、ニヤリといつもの癖のある笑みをうかべた。

「最近色んなところから万博土産をもらうが、月の石煎餅ははじめてや。〝太陽の塔クッキー〟に〝万博饅頭〟、今度は〝月の石煎餅〟ときたか。大阪商人いうのは、つくづく商魂たくましいもんやなア」

そう言いながら「月の石煎餅」に手を伸ばし、バリバリとあっという間にかみ砕いてしまった。堅いもの云々は、ミチコの取り越し苦労だったようだ。

中野さんは出されたお茶を一口呑んだあと、おもむろに口をひらき、ベトナム戦争とアポロ計画の対比を滔々《とうとう》と論じはじめた。アメリカの国家予算における六九年単年のベトナム戦争費用は九兆五千億円。アポロ計画八年の総計費八兆六千億円を上回る。この一事をみても、アメリカが戦争と宇宙開発計画の、本当はどちらを重視しているかは明らかだ——。

最近、中野さんはきげんが悪いことが多かった。

原因は、前年十一月に発表された佐藤・ニクソン日米共同声明だ。

共同声明では、沖縄返還の大枠合意が発表された。

日本政府の説明は「核ぬき、本土なみ」「七二年中の返還」。本土の大方のマスコミは、あたかもこれで沖縄問題はすべて解決したかのような論調だ。

だが、ことはそう単純なものではなかった。

日米共同声明を巡って、沖縄資料センター唯一の無給正職員アラサキさんと、中野さんのあいだで激しい論争が起きた。

アラサキさんは共同声明をきっぱりと否定した。この声明はどうにもうさん臭い。そもそも声明内で「核ぬき」が明言されているわけではない。日本政府の説明では「(アメリカは)沖縄の返還を日本政府の政策に背馳しないよう実施する」の文言をもって、「日本政府の政策とは非核三原則を指す。拠《よ》って沖縄から核兵器が撤去されるのは明らかだ」という。それが本当なら、なぜこんな回りくどい、はっきりしない説明をしなければならないのか?

在沖米軍基地の「本土なみ」についても、「(アメリカは)沖縄において安全保障上必要な軍事上の施設及び区域を保持する」とあって、言い換えれば「米国が必要とする限り沖縄の軍事基地は返還後も現状のまま。今後もし状況が変われば削減するかもしれない」ということではないか。

先の主席公選で示された沖縄の民意は「即時無条件全面返還」、「基地のない沖縄を返せ」だ。今回の日米共同声明は、そこからはるかに遠い。

こんなものを認めるわけにはいかない。日米両政府に突き返して、もう一度最初からやり直させるべきだ。そのために返還時期が多少遅れたとしても、やむを得ない。アラサキさんはそう主張した。

中野さんの立場は、やや異なる。これがロクな協定ではないのは確かだが、それにしても、このさいアメリカの支配だけは断《た》っておくべきだ。今回の合意を踏まえて、沖縄は三年後、七二年中に復帰する。ひとまず米軍の支配を断つ。そのあとは、本土政府との交渉で状況を改善すればいい。漸進の途《みち》をえらぶべきだ。

「沖縄はすでに四半世紀の長きにわたって、本土とは異なる米軍の支配を受けてきた。このさい、取れるものはなんでも取っておこうじゃないか。落ちているものは、たとえ釘一本でもひろっておくべきだと思う」

それが中野さんの考えだ。不満げな顔のアラサキさんに、中野さんは、

「本土政府もまさか、拾った釘を沖縄の脳天深く打ちこむような酷《むご》いことまではすまい」

そう言って苦笑してみせた。

アラサキさんは、無言で首をひねっている。どうだか、と疑わしげな顔つきだ。

ミチコが知るかぎり、一緒に仕事をしてきたこの二人のあいだでここまで意見が対立するのは初めてのことだった。


佐藤首相は米国から帰国すると「今回の返還は歴史上まれにみるアメリカの好意によるものであり」、そのアメリカの好意を引き出したのは自分一人の手柄であるかのように喧伝した。

佐藤の自己宣伝の目的が、一か月後に控えた衆議院選挙にあることはあきらかだった。

中野さんは、共同声明発表直後から駿台荘《すんだいそう》にたてこもって「日米共同声明に関する内外解釈の重大な食い違いについて」という小冊子《パンフレット》を書きあげた。お得意の英語の能力を駆使し(中野さんは元東大英文科教授)、アメリカ側の資料や共同声明発表直後の記者会見記録、現地の新聞記事などに原文で目をとおして、日米政府の説明のくいちがいと、そのちがいがいかなる政治的理由にもとづくものなのか、共同声明の欺瞞《ぎまん》性を鋭く指摘した内容だ。

中野さんはこの小冊子を一万部、自分一人の費用で作成した。

選挙まで一か月。付き合いのある出版社と交渉していたのでは間に合わない、との判断だ。

表紙に「投票前に、これだけはぜひ知っておいて下さい」、裏に「沖縄資料センター気付　中野

好夫」とのみ記した小冊子を、中野さんは関係各所に送りつけ、街頭でもひろく配布した（ミチコも、当然のごとく手伝わされた）。

選挙期間中、本土のテレビや新聞は佐藤の日米交渉をあたかも歴史的偉業であるかのごとくもちあげつづけた。

衆寡敵せず。

中野さんの奮闘もむなしく、年の瀬に行われた第三十二回衆議院選挙では佐藤率いる自由民主党が二八八議席を獲得。その後、無所属当選議員の追加公認で三百議席を超えることが確実となる。

わずか一か月前に「沖縄返還」をぶちあげた日米共同声明は、選挙への影響を計算したものだろう。佐藤らしい、けれん味溢れるアクロバティックな政治的演出だ。逆に言えば、佐藤にとって今回の訪米は絶対に失敗できないものだった。もし手ぶらで帰ってくれば、選挙で惨敗した可能性が高い。事務方による事前交渉済みとはいえ、何が起きるのかわからないのが国際政治の場だ。絶対に失敗できない交渉は、不利な条件を強いられる場合が多い。事実、佐藤はこの訪米中、土壇場でアメリカから「核持ち込み密約条項」へのサインを迫られたことが後に明らかになる。

佐藤は選挙のために沖縄を利用した。政権安定のためにアメリカに沖縄を差し出した。サンフランシスコ講和条約締結時と同じことがまた繰り返された——。それこそが、日米共同声明に拭いがたく漂ううさん臭さ、いかがわしさの正体というわけだ。

佐藤・ニクソン共同声明は、沖縄に複雑な反応をもたらした。

諸手《もろて》を挙げて歓迎する者はさすがに少ない。が、ひとまず復帰が決まったことを喜ぼう、米軍支配からの解放と本土復帰は沖縄が長年望んできたことではないか、と中野さんの考えに近い人たちがいる。一方で、アラサキさんのように、これでは何も変わらない。沖縄は今回の協定を拒否すべきだ。こんなうさん臭い内容ではなく、もっとちゃんとした復帰を要求しよう。目先の復帰時期にこだわって今回の声明を受け入れれば、沖縄は今後もずるずると米軍と本土政府の言いなりになるだけだ、という声も少なくない。さらには、

こんな条件で本土復帰を押しつけられるくらいなら、沖縄独立の途を模索すべきだ。

という意見も一部でつよく主張されはじめた。

日米共同声明は、あたかも三人の女神のあいだに投げ入れられたリンゴの実（「一番美しい女神に」）さながら、復帰運動をすすめてきた者たちのあいだで諍《いさか》いのタネとなった。

共同声明によって、復帰協を中心にこれまで一枚岩の活動を保ってきた復帰運動は分断された。

こともあろうに沖縄復帰問題が政治利用され、佐藤自民党に空前の大勝をもたらす結果となった。

中野さんに言わせれば、佐藤の口車にまんまと乗せられ、アメリカ主導の沖縄返還を礼讃《らいさん》する不勉強な本土のマスコミと、そのマスコミに煽《あお》られて佐藤自民党政権に盤石の基盤を与えた本土の選挙民のせいだ。

年明け一月十四日、第三次佐藤内閣発足。

東京五輪直後に池田勇人が病気辞任して以来の長期連続政権だ。七二年の沖縄復帰まで政権を維持すれば、〝戦後最長〟となることが確実となった。

この前年、経済企画庁は日本のＧＮＰ（国民総生産）が西ドイツを抜き、西側世界でアメリカに次ぐ世界第二位となったことを発表する。もっとも国民一人当たりの所得水準は二十位前後なので、国民一人一人の安価な労働力と長時間労働に支えられた「(西側) 世界第二位」だ。相も変わらぬ滅私奉公。本来は胸をはって誇るような話ではない。ところが、「世界第二位」の数字が一人歩き

をはじめる。

日本国内で〝エコノミック・アニマル〟なる言葉が肯定的な自負の意味をもって流行し、自分たちは金持ちなのだ、という認識が急速にひろまった。万博も、計画当初は「日本製品（メイドインジャパン）の〝安かろう悪かろう〟の印象を払拭する」という目的があったのだが、そんなみっともないことは初めからなかったかのようにけろりと忘れ、日本の社会に金持ち気分のおごりと成金特有のいやらしさが見え隠れしはじめる。

こうした情勢まるごとすべてが中野さんの気にくわなかった。状況への不満は〝陽気な諧謔家《かいぎゃくか》〟を自称する中野さんをして、しばしば不機嫌にさせた。

叡山僧兵の大将とあだ名される中野さんが仏頂面で腕組みをしているときは、ミチコを含め事務所スタッフはうかつに冗談を言うこともできない。

七二年返還が決まってから、沖縄資料センターへの問い合わせが増えた。新規の問い合わせの多くは、

「沖縄は投資先として有望か？」

「沖縄で商売をした際の税金について教えてほしい」

「〝ドルが使える観光地〟で間違いないか？」

「返還後、アメリカが沖縄から資金を引き上げることはないか？」

といったもので、問い合わせの内容を報告するたびに中野さんはますます不機嫌になった。

数日後、ミチコが事務所に行くと入り口のドアにこんな張り紙がしてあった。

――エコノミック・アニマル用の資料なし。

ミチコはしばらく張り紙を眺め、事務所にいた中野さんに、いくらなんでもこれは少しひどすぎ

るのではないか、と忠告した。

そのときは反応がなかったが、次に事務所に行くと張り紙がなくなっていた。事務所の人にこっそりたずねると、中野さんがご自分で剝《は》がしていたそうだ。

少しは反省したのかもしれない。


九月十三日、大阪万博閉幕。

期間中ののべ入場者数は、目標の五千万人を大きくうわまわる六千四百二十一万人。日本の総人口のほぼ三分の二に相当する数字だ。

最高入場者数記録は閉幕まぎわの九月五日。一日に八十三万人以上が会場を訪れ、チケットを持っていても入場できない人や、終電に乗れずに地べたで一夜を明かす家族の姿が多く見られた。

〝ひとびとは小雪舞うなかに、炎天下に、あるいは台風の吹き荒れるなかに、黙々と行列をつくった。毎日二百五十人以上の迷子、迷大人を出し、四百八十人が目眩や腹痛などの手当をうけ、二百九十五個の落とし物、忘れ物をし、二百トンものゴミを出し、五千個のトイレットペーパーを消費した……〟(『週刊朝日』一九七〇年九月二十五日号)

後に行われたアンケートでは、会場を訪れた多くの人々が自分が何を見たのか覚えていなかった。ひたすら人が多かったこと、並んだこと、暑かったこと、寒かったこと、大変だった印象はあるが、何を見たのか覚えていない。それにもかかわらず回答者の満足度は非常に高かった。

万博開催期間中、日米安全保障条約は十年間の固定期限切れを迎える。

六〇年に岸内閣が強引な手法で締結した条約および地位協定の内容を見直す重要な機会だったが、佐藤首相は「引き続きこの条約を堅持する」とのみ発表して国会を閉じる。

万博騒ぎのかげで盛りあがりに欠けたまま、六月二十三日、日米安保条約は自動延長となった。

30

亀次郎は赤じゅうたんが敷かれた国会議事堂の階段をのぼり、「瀬長亀次郎」と書かれた札を赤地から黒地に返した。

赤地は「不在」、黒地は「登院中」の印である。

（ようやくここまで来た）

亀次郎は自分の名を確認し、ある種の感慨を禁じ得なかった——。

戦後二十五年のこの年、沖縄で戦後初となる国会議員選挙が行われた。衆議院議員五名、参議院議員二名の定員枠だ。沖縄の代表を日本の国会に送ることは復帰協設立以来の悲願であり、亀次郎がそれ以前から演説会で訴えてきたことでもあった。

十一月十五日の投票日は強い北風《ミーニシ》が吹き荒れる生憎《あいにく》の天候にもかかわらず、投票率は目標とする八割を大きく超え、ひとびとの関心の高さがしめされた。

戦後沖縄初の国政選挙は、予想以上の混戦となった。

当落の多くは即日に決せず、翌日の開票分待ちとなる。そんななか、瀬長亀次郎と西銘順治の二人が頭ひとつ抜け出し、初日で当選を確実にした。

翌日開票の結果、最終的に本土政府の復帰方針に批判的な野党候補が衆院定数五名中三名を占め、参院も元復帰協事務局長の喜屋《きゃん》武真栄が僅差でトップ当選を果たした。

予想以上の混戦。初日は瀬長亀次郎（人民党）と西銘順治（自民党）の二人抜け。五名中三名が野党候補。元復帰協事務局長が僅差当選。……

二年後に控えた本土復帰への期待と不安――自分たちの知らないところで勝手に復帰が決められ、結果だけが日米共同声明の形で発表された――どんな形の復帰になるのか、詳細はいまだよくわからない――期待より、不安や戸惑いの方がやや強い――といったことが、ある意味正確に反映された結果といえよう。

十一月二十四日、沖縄選出議員七名が揃って本土の国会に初登院する。

戦後沖縄初の国会議員たちをかこんで、つめかけた新聞記者がいっせいにカメラのシャッターを切った。無数のフラッシュがたかれる。

一瞬まぶしそうに目を細めた亀次郎は、首をめぐらせ、他の六名の沖縄選出議員を順に眺めた。

西銘順治、上原康助、国場幸昌、安里積千代、喜屋武真栄、稲嶺一郎。

立場はちがえど、それぞれいい面《つら》がまえだ。沖縄のために全力をそそぐ気がまえに変わりはない。復帰を二年後に控え、難題が山積みだ。呉越同舟。しばらくは沖縄出身者同士でいがみ合っている場合ではない。

「さあ、行こう。沖縄が待っている」

亀次郎の呼びかけに、みなが力づよく頷いた。

本土のひとびとが大阪万博にうつつを抜かしていたこの年。

沖縄では、Ｂ52と毒ガス兵器の撤去が喫緊の問題であった。

屋良主席は何度も上京し、本土政府関係者に状況の改善を訴えた。Ｂ52も毒ガス兵器も、黙っていれば〝受け入れた〟とみなされる。ことは住民の生命にかかわる問題だ。撤去されるまで、しつこく言いつづけるしかない。

そのかいあってか、九月になって突然、米軍司令官が屋良主席に面会を求め「今月中にB52を撤去する」と約束する。沖縄のひとびとはほっと胸をなでおろした。まずはB52問題の解決だ。数日後、嘉手納米空軍基地からB52が次々に飛び立ち、常駐状態は解消されたかに見えた。

ところが、立ち去ったはずのB52はすぐに嘉手納基地に舞い戻ってくる。抗議に対して、米軍は「これは常駐ではない」と平然とうそぶいた。呆れたことに、日本政府も米軍の見解を支持。「常駐にはあたらない」という。毒ガス兵器も七二年の復帰まで我慢しろといわんばかりの態度だ。

やはり、何としても、本土の国会で実情を訴え、改善を求めるしかない。そもそもこれまで、沖縄の代表がいない場所で復帰問題があれこれ決められてきたことの方が異常なのだ。

（ようやくここまで来た）

国会で名札を確認したさいの亀次郎の感慨はそういう意味だ。一方で、

（遅きに失した……）

という苦い思いが、心中どうしても否めなかった。

沖縄の復帰基本方針を決める前に、佐藤首相は当事者である沖縄の意見をきちんと聞くべきだった。沖縄の声を、アメリカとの交渉に反映させるべきだった。沖縄抜き、日米政府の都合だけで復帰交渉をすすめさせてしまったのは、何としても間違いだった――。

強い後悔と、反省の念が、亀次郎にはある。遅きに失した、とほぞをかむ思いがある。

だが、たとえ遅きに失したからといって、為すべきことをやらない理由にはならない。

沖縄が抱える問題は、B52や毒ガス兵器ばかりではない。

戦後四半世紀の長きにわたって米軍支配下にあった沖縄では、復帰にさいして解決すべき問題がまだいくつも残っている。米ドルから日本円への通貨切り替え。経済振興策はどうなるのか。施政権返還によって公務員の政治活動は〝本土なみ〟に制限されるのか。戦後補償や沖縄で頻発する米兵犯罪も何とかしなければならない。

最大の懸念が基地問題だ。復帰後、沖縄は〝本土なみ〟に安保条約に組み入れられるというが、米軍基地は本当に〝本土なみ〟に縮小されるのか？

さらに、日米安保の問題がある。

一九六〇年、当時の岸政権が米国と取り交わした日米安保条約は国民のあいだに死者を出すほどの激烈な反対運動をひきおこし、岸内閣は退陣をよぎなくされた。そのさい定められた〝十年後の条約見直し時期〟となる今年、岸の実弟、佐藤栄作首相は「日米安保は見直さない」とのみ宣言。国会を休会にして日米安保は自動延長となった。

日米安保を違憲とした東京地裁判決（伊達判決）を前代未聞の手段（跳躍上告）で強引にひっくりかえした「砂川裁判事件」の結果、亀次郎がかつて国場幸太郎に示した式でいえば、

日米安全保障条約　＞　米軍基地　＞　日本国憲法

という日米二国間条約が国家最高法規の憲法より強い倒錯した本土の状況が、復帰後は沖縄にも適用されることになる。だが、

「沖縄の中に米軍基地があるのではなく、米軍基地の中に沖縄がある」

といわれる沖縄では、基地の意味が本土とはまるでちがう。日本政府がいう〝本土なみ〟が「本

土にも米軍基地がある。沖縄にも米軍基地がある」といった程度の認識なら、それはまちがいだ。沖縄に広がる基地は、米軍が沖縄の土地や水を〝銃剣とブルドーザー〟で暴力的、強制的に収奪した結果だ。復帰は、土地を奪われる以前、基地がつくられる以前への復帰でなければならない。

広大な米軍基地が、復帰後どのように沖縄の人たちに返還されるのか？

具体的なスケジュールは、まだ何ひとつ示されていない。

――復帰の結果、沖縄は本当はどうなるのだ？

亀次郎は、国会の場で日本政府や佐藤総理に直接問いただすつもりだった。

曖昧なまま、黙ったままでは、結局、矛盾や不利益を押しつけられる。日本国民が見守る国会の場で、日米政府が沖縄復帰で本当は何をしようとしているのかを明らかにする。不正があればそれを正し、改善できる点があれば改善する。

為すべきことはあまりに多い。復帰までに残された時間は限られている――。

覚悟と期待を胸に臨んだ初の臨時国会で、亀次郎はきつく眉を寄せた。

亀次郎に与えられた質問時間はわずか十分。いみじくも、かつて亀次郎が沖縄で罪を着せられ、刑務所に送られた米軍事裁判の弁明と同じ時間だった。

日本政府は、本当に沖縄の声を聞くつもりがあるのか？

（これは、よほど性根を据えてかからなければならない）

亀次郎は改めてふんどしを締め直す思いだった。

沖縄選出の国会議員七名が揃って初登院をはたしたおよそ一か月後。

事務局に顔を出すと、何やら慌ただしい雰囲気であった。

亀次郎の姿に気づいた事務員が、戸惑ったようすで沖縄から届いたばかりだという情報を伝えた。

「くわしいことは、まだ確認中なのですが……」

続いて発せられた言葉に、亀次郎は耳を疑った。

沖縄で反米民衆暴動が起きたという。

コザ騒動
と後に呼ばれる事件が起きたのは、十二月二十日未明のことであった。

本島中部に位置するコザ市（現沖縄市）は、戦後の混乱期に米軍によって制定された十六市（地区）の一つだ。コザは〝基地の街〟として早くから内外に知られてきた。嘉手納基地に通じるビジネス《B》センター《C》通りは、バーやキャバレーなどの〝Aサイン（Approved for U.S. Forces　米軍許可済の頭文字）業者〟が軒を連ねる沖縄最大の歓楽街である。

コザ市は、米軍機の騒音や米兵犯罪の被害に苦しむ一方、米兵がばらまく米ドルに強く依存してきた。アメリカによるベトナム戦争本格的介入後は「毎夜ドルの雨が降る」「米兵が払ったドルを箱に入れて足で踏んでいた」という話があるほどの「ベトナム特需」の恩恵を受け、住民の多くは、復帰協の活動や亀次郎らが主導する米軍基地撤退要求運動に一貫して距離をとってきた。

雰囲気が一変したのは、B52墜落爆発事故からだ。

未明の空を焦がす巨大な炎と、耳を聾する爆発音、衝撃波は、コザ住民を震えあがらせた。さらに、知花弾薬庫に沖縄全住民を殺し尽くして余りある大量の毒ガスがひそかに持ち込まれていたことが明らかになると、住民のあいだに米軍への反感、嫌悪感が水に落とした墨汁のように黒くひろがった。**次に事故が起きたら終わりだ。男も女も年よりも子供も関係なく、みんな死ぬ。自分たちはこの状況にいつまで我慢しなければならないのか？**

ビジネスセンター通りで金を使う米兵たちも、ベトナム戦争が泥沼化するにつれて、雰囲気が荒《すさ》みはじめた。ベトナム戦争は、若い米兵たちにとってさえ、もはや〝正しいもの〟ではなくなっていた。自分たちが何のために戦っているのか、なぜベトナム人を殺し、なぜ自分が殺されなければならないのか、わからなくなっていた。

かれらはアメリカ本国で徴兵され、訓練のために沖縄につれてこられる。沖縄には訓練のため。だが、沖縄を出たあと待っているのは、無意味で不気味なベトナムの戦場だ……。

不安にかられた若い米兵らは、異国の見知らぬ土地で容易に酒や麻薬に溺れ、車を暴走させ、暴力で弱い立場の者を傷つけた。

米兵による沖縄人女性への犯罪被害が続発した。

浦添村牧港で一昨年起きた「メイド殺人事件」では、現場が米軍施設内のため琉球警察の捜査権がおよばず、容疑者は帰国。事件は迷宮入りとなった。

昨年二月に那覇市辻でおきた「ホステス強姦傷害事件」では、犯人の米兵はその場で逮捕されたが、軍法会議で無罪となった（「無届け欠勤」のみ処罰対象）。

今年一月十九日、那覇市北部上之屋《うえのや》の米軍住宅地で近隣に住む主婦が突然銃で撃たれた。米軍は〝狙ったものではなく、流れ弾が当たっただけ〟と発表。銃を撃った米兵は処罰を逃れた。

五月二十八日、浦添第二兵站《へいたん》部隊内で早朝出勤途中の女性が襲われる。

同月三十日、具志川で下校途中の女子高校生が見ず知らずの米兵にナイフでめった刺しにされた。

八月二十五日、基地のハウスメイドに雇われた女性が暴行された事件に軍法廷で無罪判決。

九月十八日、本島南部糸満で近所の主婦が轢殺される。若い米兵が酒を飲み、規制速度をはるかに超えるスピードで車を運転していてカーブを曲がり切れず、歩道の女性を撥ねて即死させたのだ。運転していた米兵には軍事裁判で無罪判決が出た。……

新聞記事になった事件だけをざっとひろい読みしてもこの有り様だ。このころ沖縄で起きていた米軍人・軍属による犯罪は年間約一千件にのぼる。さらに泣き寝入りさせられた事件、危うく難を逃れた未遂事件、諸般の理由で記事にならなかった事件を含めれば、こんな数ではとうてい済まない。米兵による凶悪犯罪が沖縄でこれほど起きていること自体異常である。

この年、米軍はベトナムの隣国カンボジアに侵攻を開始した。北ベトナム軍の補給経路を断つ、という理由だが、当事国のカンボジアは承認していない。あくまでアメリカの都合だ。若い米兵のあいだにひろがる道徳的退廃が厭戦《えんせん》気分につながらないよう、米軍上層部は戦場外での兵士たちの犯罪にあえて目を瞑《つむ》る傾向にあった。その結果が、軍法会議での「無罪判決」の乱発だ。

基地周辺住民にしてみれば、米兵の犯罪に目を瞑られてはたまらない。

毒ガスとB52。さらに〝ベトナムに送られる〟あるいは〝ベトナム帰り〟の米兵たちによる凶悪犯罪の急増だ。

自分たちはいつまで我慢しなければならないのか？

沖縄のなかでも特に米兵相手の歓楽街が集中するコザは〝キチ街〟と呼ばれ、米兵問題が集中し、矛盾が噴出する場所だ。事件が起きたのは、ある意味必然だった。

きっかけは、深夜におきた一件の交通事故だ。米兵が運転する車両が道路を横断中の沖縄住民（男性）を撥ねた。幸い命に別状はなかったが、事故現場処理に来たMPが運転手の米兵を連れていくのを見て、事故発生後から成り行きを見守っていた者たちのあいだに声があがった。

「また無罪にするのか！」

飲酒運転の米兵が糸満の主婦を轢殺しながら無罪となった記事が、ちょうど新聞に出たところであった。事件現場もろくに調べず、運転していた米兵をこのままMPに連れていかせたのでは、またぞろ「無罪」となるだけだ。

「運転手を連れて行くな！」

「これじゃ、糸満事件の二の舞《まい》だ！」

「ちゃんと調べろ！」

住民に取り囲まれ、聞き馴れない言葉で怒鳴られた。

怯えたMPは銃をぬく。

威嚇のつもりだったのだろう。近くに止まっていた沖縄住民の車（ナンバープレートの色で区別される）に発砲したことで、住民の怒りに火がついた。

現場に集まった沖縄のひとびとは米軍MPが乗ってきた車を手はじめに、付近に駐車していた〝黄色ナンバー〟の米軍関連車両を次々にひっくり返した。

投石し、火をつけた、といわれる。

残された映像を見ると、重いアメ車を何人かで勢いをつけて揺さぶり、ひっくりかえした瞬間、火が出ている。車をひっくり返した者たちの顔に一瞬驚いたような表情が浮かび、のち勝利の笑顔となるさまが記録されている。漏れたガソリンに金属と路面がぶつかったときの火花が飛んで発火した——。すべてとはいわないが、最初はそうだったのではないか。

応援要請を受けてMP三百人が出動する。が、現場に集まった沖縄住民はすでに五千人を超えていた。

出動にさいして、米軍司令部はＭＰに対し民衆への発砲を厳禁した。返還前の沖縄を取材にきた各国ジャーナリストがペンとカメラをかまえて取材をしている。地元テレビ局のカメラも回っている。丸腰の住民に発砲して被害が出るようなことがあれば、騒ぎがさらに大きくなるのは無論、世界中のメディアから袋だたきにあうのは必至だ。ベトナム戦争で米国に非難があつまるなか、沖縄をさらなる〝戦場〟にすることだけは何としても避けなければならなかった（逆に言えば、もしメディアの監視がなければ、米軍がコザ騒動を武力で鎮圧した可能性は否定できない。一九四八年、韓国・済州島《チェジュ》では、目撃者のいない状況で多数の反対派住民が虐殺されている）。

三百人対五千人。武器使用を禁じられては、ＭＰたちに為すすべはない。

深夜のコザに集まった沖縄のひとびとは、出動した米軍ＭＰ三百人、さらには通りがかりの米兵たちを片っ端からとりかこんで、基地内に追い返した。一部の者はそのまま嘉手納第二ゲートから基地内になだれこみ、米軍施設を破壊した。

この夜、コザでは朝までに車両八十七台が焼かれた。黒焦げになった車八十七台すべて米人所有を示す黄色ナンバーだ。沖縄人所有の車は一台も含まれていない。米軍関連車両だけが選択的に破壊された。しかも道路脇の店舗に被害が及ばないよう、車は道路の中央でひっくり返された。群衆五千人余りが集団的狂気にとらわれることなく、ある種のルールをもって破壊行為をおこなったのは人類史上はじめてのことかもしれない。かれらは誰かに扇動されたわけでも、どこかの団体に組織されたわけでもなく、自発的に集まり、自律的に行動した。破壊のさなかでさえ、ある種の気遣《きづか》いが失われなかった——。

かつて沖縄を訪れた米国のプライス調査団は、沖縄住民の特徴を〝柔順で、おとなしい〟と記録した。

事実、戦後の沖縄では自分たちを軍事支配する米軍への武力闘争は試みられなかった。〝銃剣とブルドーザー〟で強制的に土地を取りあげられ、飛行機からガソリンを散布して農作物を焼き払う暴挙が行われた伊江島においてさえ、「米兵に向き合うときは声を荒らげない」、「肩より上に手はあげない」などの徹底した非暴力闘争が選択されてきた。

だが、どんなことにも限界が存在する。

未明のコザで起きた出来事は、沖縄住民の我慢が限界に達していることを世界にしめした。

――米軍の沖縄支配はもはや破綻している。

その事実を、日米両政府の鼻先につきつける事件であった。

31

うりずん。ゆがふ。かりゆし。ちゅらさん。……

ミチコは沖縄方言《ウチナーグチ》の勉強をはじめた。

きっかけは前回の沖縄訪問だ。「沖縄資料センター」でアルバイトをしている関係で、ミチコはそれ以前にもウチナーグチを聞く機会はあった。事務所には、沖縄復帰運動関係者が大勢出入りしている。勉強会の講師に沖縄の人を招くことも珍しくない。センター唯一の無給正職員アラサキさんは沖縄出身者だ。かれらのあいだで交わされるウチナーグチを耳にしても、ミチコには外国語のように聞こえるばかりで、会話に参加できる気がしなかった（もっとも東京生まれ東京育ちのミチコには、沖縄方言だけでなく、東北や九州、北関東、関西地方の人たちの会話も聞き取れないことが多かった）。

けれど、四度目の申請でようやくパスポートが交付された中野さんや、アラサキさんと一緒に訪れることになった沖縄で耳にするウチナーグチは、東京で聞く言葉とはまるで印象がちがった。沖縄で聞くウチナーグチは美しかった。柔らかで、豊かな感じがした。

言葉が、その土地の自然や文化といかに密接に結びついているのか、ミチコは沖縄に行ってはじめて実感した。東京に帰ったあと、ミチコは沖縄出身の詩人、山之口貘（ミチコにとっては〝貘さん〟）の文章を読みかえした。

戦前の沖縄では、学校で生徒がウチナーグチを話すたびに罰として「罰札（方言札）」が渡された。罰札を渡された生徒はウチナーグチを使った別の生徒に押しつけなければならず、生徒同士で言葉のスパイをさせられた。貘さんは学校、というか、日本政府の指導方針に反抗して、わざとおっぴらにウチナーグチを使って罰札を集め、まとめて便所にたたき込んでいた——。

そんなエッセーを貘さんは書いている。

その後沖縄を離れ、三十四年ぶりに沖縄に帰った貘さんは、故郷那覇《ナーファ》の言葉が失われていることを知ってショックを受けた。東京に戻ってからも仕事が手につかず、亡くなるまでずっとそのことを言い続けた。

沖縄でウチナーグチを耳にして、ミチコははじめて、貘さんが受けたショックが少しだけわかった気がした。自然や風土、文化と結びついた言葉、自分がその中で生まれ、育まれた言葉が、煙のように消えうせてしまった。詩に生涯を捧《ささ》げ、詩人としての生涯を貫いた貘さんにとってそれは、何よりつらいことだったにちがいない。

いまの沖縄を知るためには、歴史や米軍基地が支配する現実だけでなく、文化や考え方の基礎となる言葉を学ぶ必要がある。そう思って勉強をはじめた。

勉強にとりかかってすぐ、ミチコは自分が知らないことの多さに驚いた。

ウチナーグチでは、父はスー、母はアンマー、めでたいことはカリユシという。豊作はユガフ、みんなで集まって楽しくおしゃべりすることをユンタク、「助け合い、相互扶助」（貨幣によらない労働交換）にはユイマールという言葉をあてる。美しいはチュラサン。愛《いと》しいはカナサン。さらに〝他人に《チュンカイ》痛めつけられても《クルサッテー》眠れるが《ニンダリーシガ》、他人を痛めつけたら《チュクルチェー》眠れない《ニンダラン》〟という格言や、幼い子供が魂を落とした時の魂込み《マブイグ》の呪文——マブヤー　マブヤー　追《ウー》ティ　来《クー》ヨー——といった沖縄ことばに出くわすたびに、ミチコには目からうろこが落ちるような気がした。

美しさ、豊かさ、だけではない。のんびりしたところ、ユーモラスなことばもある。ウチナーグチでは現実を柔らかく受け止める。その一方で、事大主義に陥ることなく、空想的な世界との共存が重要視されている。ことばや考え方を学ぶたびに、新しい沖縄が目の前に広がる感じだ。

（だから、なのか……）

ミチコは思い当たることがあった。貘さんの詩は、本土の言葉で書かれていても、背後からウチナーグチがもつ大らかさが時折ひょいと顔をのぞかせる。それが、詩の不思議な魅力になっている。

それから——。

ミチコは我にかえり、机の上の大量のコピーの山に目をやって、唇の片端をきゅっとひきあげた。

昨年十一月、沖縄で戦後初の国政選挙が行われ、七名の国会議員が誕生した。

沖縄選出の七名の議員は、十二月から早速、国会内で行われる委員会討議に参加している。それに伴い、ミチコが整理しなければならない書類（国会での沖縄関連記録のコピー）が飛躍的にふえた。設立当初から、センターは沖縄に関する資料を収集整理し、本土のひとびとが沖縄問題を正確に知り、議論のたたき台とすることを目的としてきた。復帰方針決定後、沖縄関係書類がふえたのはある意味喜ばしい状況なのだが、机の上の大量のコピーの山を前にしては、ミチコは思わずため息をつかざるを得ない。

しかも、整理にとりかかっても、作業の途中、気がつくといつのまにか発言記録をついつい読みふけってしまっていることがあって、未整理の資料がたまる一方だ。中野さんは何も言わないが、時給をもらっている身としてはどうにも申し訳ない感じである。

ついつい読みふけってしまう――。

沖縄選出議員たちの発言からはいずれも、地元沖縄のための懸命な思いが伝わってくる。

発言記録を読んでさえ、おのおのの議員の特徴が伝わってくるのは不思議なくらいだ。かつて屋良朝苗氏と主席の座を争った西銘順治議員は、理知的な、鋭い錐《きり》をもみ込むような理論で沖縄が抱える問題を本土政府につきつける。一方、全軍労（全沖縄軍労働組合。在沖縄米軍基地従業員による労働組合）元委員長の上原康助議員から発せられるのは、重い鉈《なた》を打ち込むような力強い言葉だ。長く社大党を率いてきた安里積千代議員は、年長者らしいバランスの良い議論で政府に理解を求めている。

しかしなんといっても、読んでいて抜群に面白いのは瀬長さん――瀬長亀次郎議員――の発言記録だ。中野さんつながりで、当人の独特の声や演説のリズム、飄々とした人柄をじかに知っているせいもあるのだろうが、発言記録を読むと瀬長さんの魅力、面白さが文面から飛び出してくる。

瀬長さんの発言は、具体的な事件の例を引きつつ、細かい数字をあげて沖縄の現実を可視化する。年末にコザで騒動が起きたとき、瀬長さんはすぐに沖縄に戻って現地調査をしている。次の国会では、コザから持ち帰った米軍車両の溶けたバンパーをふろしき包みからとり出して、「沖縄住民の怒りは鉄をも溶かすほど熱く燃えさかっている」と、沖縄の現実を他人ごとのように思っている本土議員の鼻先につきつけた。少し後の話になるが、沖縄の海岸で若い女性が米兵に襲われる事件が発生したときは、彼女たちが逃げた崖に生い茂るアダンの葉を国会にもちこみ、尖《とが》った葉先を示しながら、「この鋭い葉が生い茂る危険な崖を裸同然で逃げなければならなかった彼女たちの恐怖が、あなたたちにわかるか」と、怒りを込めて米兵たちの沖縄人女性への犯罪を糾弾した。

一方で、瀬長さんの演説には独特のユーモアがある。議論の相手はやりこめられながら、怒り出すのではなく、思わず苦笑してしまうような不思議な魅力がある。瀬長さんは「アメリカはけちだ。そのことを私たち沖縄はよく知っている」といったフレーズを議論の途中にひょいと投げ込むので、ミチコは発言記録のコピーをとっていて、何度もふきだしてしまった。議論でやっつけるのが目的ではない、どうしたら沖縄のためになるか。そのことを常に考えている感じだ。

本土と沖縄のちがいについて、ミチコはまだまだ驚くようなことが多い。使用通貨然《しか》り、交通ルール然り。法律、税制、社会保障、福祉、教育、公文書の書き方。沖縄では会計年度の数え方さえちがうことを最近になって初めて知った（本土は四月始まりだが、沖縄は米国と同じ九月始まり）。戦後、沖縄はずっと米軍の支配下におかれてきた。講和条約第三条で本土から切り離されて二十五年以上。四半世紀にわたって積み重なってきた本土と沖縄のちがいは目眩がするほど大きい。そのちがいを復帰時に一気になくすのは簡単なことではない――。

奮闘している沖縄選出議員たちの苦労に比べれば、目の前の（山のような）書類の整理など、何ほどのことがあろう……。

「ヒヤミカチ、ウキリ」

ミチコは口のなかで小さく唱えた。最近覚えたウチナーグチで「えいい、と気合を入れる。さあ、やろう」といったほどの意味だ。

腕まくりをして、書類の山の整理にとりかかった。


一九七一年一月一日。

ランパート高等弁務官は、琉球政府に対して、

――知花弾薬庫に貯蔵中の毒ガスを、今月中に米領ジョンストン島に移送する。

と通告した。

ジョンストン島はハワイの南西約一千百五十キロの洋上にある、サンゴ礁を埋め立てた島だ。年末に起きたコザ騒動で示された沖縄の怒りの強さを見て、米軍民政府もさすがにこれ以上の延期は不可能と判断したのだろう。

但し、「島の弾薬庫は現在建設中で、全量を一度に運び出すことはできない。収納可能な分を分割して運び出す」という。米国本土はダメだが、本土から遠く離れた太平洋上の島ならいいらしい。

ひとまず第一次輸送は、一月十日から十二日の二日間。VXやGB（サリン）と比べて致死性の低い糜爛性のマスタードガスを一五〇トンだけ運び出す。ルートは知花弾薬庫から美里村、具志川市、石川市をへて、東海岸までの約一、二キロ。毒ガス入りコンテナをトレーラーで運んで、天願《てんがん》桟橋で船積みする計画だ。

名付けて〝レッドハット作戦〟。

何食わぬ顔で発表されたこの毒ガス運搬計画に対して、運搬経路の沿道住民から当然猛反発が起きた。計画では、毒ガスを積んだトレーラーが住宅地の真ん中を突っ切ることになっている。道のすぐ側《そば》には小学校もある。ろくな説明もなく、はい、そうですか、わかりました、ではどうぞ、と

認められる話ではない。

「安全を絶対に保障できるのか」「別ルートも検討しろ」という地元住民の声に、米軍担当者はうるさげに肩をすくめ、計画は絶対安全である、沿道住民の避難も必要ない、と答えた。

米軍の説明が嘘であることは、すぐに判明した。米本国では、同様の移送にさいして通常、周囲八キロの住民を事前避難させることが義務づけられていた。さらに、米軍関係者、作業員、報道関係者等には防毒マスクが配られる一方、住民用にはいっさい用意されていないことが判明すると、反発は必至となった。

日本政府は、米軍の調査結果をもとに安全を強調。説明会で、

「万一毒ガスが漏れても、住民はパッ、サッと避難できる態勢にある」

と発言して、住民からたちまち、

「そんな忍者みたいに逃げられるか」

と野次り倒された。

米本国では国民の反対で送り返すことができない危険な毒ガス輸送が、どうして「絶対安全」などと言い切れるのか？　米軍は「今回発表した輸送ルートが最短コース」と言っているが、それはあくまで既存の生活道路を使う前提だ。地図を見れば、嘉手納基地を突っ切って西海岸に出るのが最短ルートであることくらい子供でもわかる。その点を指摘すると、米軍担当者は、

「毒ガスをすぐに撤去してほしいというのが沖縄住民の要望ではないのか。新たに道路を作るとなれば、時間も費用もかかる。撤去時期がいつになるかわからない。それでもいいのか」

と開き直った。

説明会に集まった地元の人たちは顔を見合わせ、さすがに呆れ返った。

われわれは安全を求めているのだ。

安全を保障するのは、毒ガスを勝手に持ち込んだ米軍側の責任だろう。

住民説明会は揉めに揉め、結局十日の移送計画は延期になった。

その後「移送期間中に避難を希望する者は手配をする」、「次回、ＶＸ、ＧＢ（サリン）など致死性の高い毒ガスの移送は別コースとする」などの条件で何とか地元了解をとりつけ、当初計画から三日後、知花弾薬庫貯蔵からマスタードガス運び出し作業がはじまった。当日は沿道住民約五千人が避難。毒ガスを積んだトレーラーは静まり返った無人の町を進み、天願桟橋で積み替え作業が行われた。

マスタードガスを積んだ米船ロビンソン号は十四日に沖縄を離れる。

残るは一万二千八百五十トン。第一次輸送とは一桁ちがう大量の化学兵器、しかも致死性の高い神経ガス（ＶＸ、ＧＢ）が依然として知花弾薬庫内に貯蔵されたままだ。

沖縄を死の島としてなお余りある大量の毒ガス撤去までには、まだまだ難問が立ち塞がっている。

32

「それで、返還協定の内容はいつ教えてもらえるのです？」

質問に立った亀次郎は問題の要点をずばり尋ねた。すぐに答弁に立とうとする政府担当者を片手で制して、

「返還協定交渉が順調にすすんでいることは、繰り返しお聞きしています。ですが、今回の返還協

定というものは沖縄百万県民の将来を決める、きわめて重要な取り決めであるわけです。そこで私は、いったいいつになったら返還協定の具体的な中身を沖縄に知らせてもらえるのか。そのことをお伺いしているのです。前広《まえびろ》に知らせてもらえれば、沖縄の側でも『ここはこういうふうにやってほしい』『こうやったほうがいい』『それはやらないほうがいい』といった建設的な意見を出すことができる。ところが、返還協定の中身が全然わからないような状態で調印されてしまうと、沖縄の現状とはかけはなれた、とんでもないことになる可能性が出てくる。返還協定の具体的な内容の発表時期はいつになるのか？　この問題については、調印前なのか。調印後なのか。それとも返還協定の批准国会の時点でないと明らかにできないものなのか。三つに一つしかないわけです。しかと御答弁お願いします」

答弁に立ったのは、総理府（現内閣府）総務副長官湊《みなと》徹郎。

「これまで再々申し上げてきましたように、交渉は順調であるということは私もお聞きしております。おりますけれども、具体的な返還協定の個々の内容は承知していないのです。担当の外務省や防衛長官、アメリカの担当者と連絡しておりますが、いま申されたような署名、あるいは沖縄国会の前後、いずれかと問われましても、ちとお返事を申し上げる立場にはございません」

亀次郎はふたたび質問に立った。

「湊さん、あなたは返還担当省庁の副長官だ。沖縄であなたは、本土の相当えらい役人だと思われているわけです。ところが、そのあなたが、外務省の関係もあるし、防衛長官の関係もあるし、アメリカの都合もあるし、ということで具体的な内容は何も知らない、発表のスケジュールもよくわからないという。そうすると、返還協定の内容などというものは、日本国総理大臣か、さもなければアメリカ合衆国大統領以外は結局誰ひとり全然わからぬということになる。そう理解していいのですか。いかがでしょう」

　ふたたび答弁に立った湊副長官はまじめくさった顔で、

「これは先ほどのご質問にも関連するのですが、わが国の内閣制度では各省それぞれ、管轄、権限、責任の分担がございまして、現在の制度のなりたち上、これはいたし方がないのじゃなかろうか。そう思うしだいであります」

（何を言ってやがる）

　絵にかいたような官僚的答弁に、亀次郎は憮然として腕をくんだ――。

＊

　沖縄の復帰運動は、本土の国会に代表者を送ったことで一息ついた感じがあった。

　沖縄選出の国会議員七名。立場や政治信条は異なるが、いずれも米軍占領下の沖縄で不屈の闘いをつづけてきた一騎当千のつわものたちだ。七人は国会内に「沖縄議員クラブ」を結成し、「復帰まではただ沖縄のために」を合言葉に、心をひとつにして日々活動を続けているという。

　――かれらに任せておけばなんとかなるさぁ。

　そう思って、やや気が抜けたところがある。

　ところが、年が明け、復帰が翌年に迫っても、具体的な話が何ひとつ沖縄に伝わってこなかった。本土の中央省庁からあれこれ書類を提出するよう細かい指示はあるのだが、肝心の「復帰後、沖縄はどうなるのか？」については、依然として何だかよくわからない対応だ。直接本土の官公庁担当者に問い合わせても「施政権返還は国と国との問題」、「沖縄には迷惑をかけない」、「決まったら連絡しますので、あとはこちらの指示どおりに」といった具合でろくな説明がない。

おかしい。何か変だ。

琉球政府職員のあいだに疑問の声があがりはじめた。東京から戻った国会議員に尋ねても、本土政府が復帰に関してどういう処置をとるつもりなのか、具体的な話はやはりもう一つ見えてこない。隔靴搔痒《かっかそうよう》。どうにももどかしい感じだ。

どうやら沖縄選出の議員たちは、本土の国会という慣れない場で戦いあぐねているようだった。たしかにかれらはそれぞれ頑張っている。国会内で行われる各委員会で積極的に質問に立ち、本土に沖縄がおかれている現状を伝えるべく、一歩もひかず、懸命に言葉を尽くしている。ところが、かれらの真摯《しんし》な問いかけに対して、答弁に立った本土政府の大臣、官僚その他の役人連中は揃いも揃って、調査中、検討中、米国に問い合わせ中、施政権が戻ったら、いまは立場上言えない、確かに承りました、詳細は後日調べて担当者から、などと嘯《うそぶ》くばかりだ。

沖縄では、沖縄が唯一無二の問題だった。選挙でえらばれた者たちは、政治的立場や主張はちがえど、地元の要望や声援を背に受け、お互い納得がいくまで徹底的に議論してきた。だが、本土の国会では、沖縄は全国四十七都道府県がかかえる問題の一つとされた。四十七分の一。議論も、質問の時間も限られる。そのうえ、それぞれの議員が所属する本土の政党本部の意向にも足を引っ張られて充分な活躍ができていない様子だ。

沖縄の切実な声が本土に届いていない――。

問題の深刻さにようやく気づいた琉球政府立法院は、二月九日、五か条からなる「返還協定に関する決議」を全会一致で採択する。

返還協定に関する沖縄の統一意見を、本土政府に示すのが目的だ。

ところが、全会一致の決議文を送ったにもかかわらず、本土からはその後もなしのつぶてであった。決議文を受け取ったかどうかさえ判然としない。

十二日の決算委員会では、沖縄選出の瀬長亀次郎議員が五か条の立法院決議全文を読みあげ、沖縄の統一要求をあらためて本土政府に突きつけた。その場で、返還協定の内容がいつ明らかになるのかと返答を迫った。だが、答弁に立った総理府のえらい役人の返事は「わからない」だった。自分は知らない。具体的法案がいつ示されるのか自分にはわからない。外交は国の専権事項。手元に資料がない。その件はアメリカに問い合わせ中、などなど。よくもまあ、次から次へとまことのない言葉を口にできるものだと呆れるばかりだ。

揚げ句、「時間が限られているので、続きは次回」と質問を打ち切られてしまった。

国会での質問ではらちが明かない。

本土の官僚やお役人たちは〝自分たちが抱えているのは沖縄復帰問題だけではない〟という。やることがたくさんあって忙しい、いちいち問い合わせてくるなと文句をいう。ついこのあいだまで〝沖縄のことは自分たちとは関係がない〟とばかり知らん顔だったのが、施政権返還方針が発表された途端、一転して琉球政府を本土の下請けあつかいだ。

施政権が返還されるまでは、政府同士対等な立場だと理解していないのではないか?

忙しいのは沖縄も同じだ。琉球政府が直面しているのは復帰問題だけではない。むしろ、差し迫った多くの問題に限られた人員で取り組まなければならないぶん、この時期、琉球政府職員は多忙を極めた。

目の前の最大の急務は、何といっても毒ガス移送問題だ。年明けに〝マスタードガス〟を対象とした第一次毒ガス輸送をバタバタと終えたあと、米軍側から突然「同じ経路であれば今年の夏じゅうに残量撤去も可能」との提案がなされた。

琉球政府関係者には寝耳に水、啞然とする話だった。

米軍はずっと「移送先のジョンストン島弾薬倉庫建築には一年から一年半かかる」といってきた。あれはいったい何だったのか？　かれらの言葉は相変わらず信用できない——。

とはいえ、知花弾薬庫に貯蔵されている危険な毒ガスがいつなんどき漏れ出し、沖縄を死の島に変えてしまうかもしれない。毒ガス漏れ事故は、すでに現実のものとして起きている。沖縄住民の文字どおり生死が賭かっている。米軍の真意はともかく、毒ガス撤去は一刻を争う事態だ。

琉球政府はひとまず、総力をあげて第二次毒ガス移送問題に取り組むことになった。

米軍案の最大の問題は沿道住民の反発だ。年明けの第一次毒ガス移送のさいに、沿道住民とのあいだで「次回以降は別ルート」と約束が交わされたばかりだ。地元小学校の前を通る「同じルート」は論外だろう。米軍は沿道住民を馬鹿だと思っているのか？

米軍と琉球政府、日本政府を交えた三者で交渉が行われ、最終的に嘉手納基地から山の中を通る新ルートの建設が決まった。道路の建設に二十万ドルかかるという。

誰がどう考えても、沖縄に勝手に毒ガスを持ち込んだ米軍が負担すべき支出だ。ところが、ベトナム戦争泥沼化で国内経済が疲弊した米国は、見栄もプライドもかなぐり捨てて新規道路建設費用二十万ドル（約七千二百万円）を露骨に出し渋った。米軍側から突然もちだされた「同じ経路であれば」云々の条件も、どうやらもとは金がらみの話らしい。

その後すったもんだあって、結局、日本政府が全額費用を負担することになった。米軍が勝手に沖縄に持ち込んだ毒ガス撤去にかかわる費用をなぜ日本国民が税金で負担するのか？　日本の国民がなぜ米軍の尻拭いをしなければならないのか？　さらに、移送作業中の周辺住民の避難にかかる費用や休業補償、警備費など、追加四十万ドルも日本政府が全額負担するという。何とも筋の通らない話で、この一件が、こんにちつづく「思いやり予算」の嚆矢《こうし》となったことはまちがいない。

一万二千八百五十トンもの大量の毒ガス（サリンとＶＸガス。いずれも高い致死性をもつ化学兵器。国際法上、製造も貯蔵も違法とされる）移送作業は七月十五日からはじまり、五十六日間、約二か月かけて行われた。

真新しい無人の舗装道路を、毒ガスを積みこんだトレーラーの列が粛々と進み、天願桟橋で船に積みかえられる。その様子を、防毒マスクをつけた琉球政府職員が、かたずを呑んで見守った。迎えた最終九月九日。車体に「これが最後（This is the end）」と、笑えない米軍ジョークが書かれたトレーラーが通過したあとを、琉球政府職員が厄払いの塩をまいてまわった。

ここで時計の針を少し巻き戻す。

沖縄で毒ガス移送のための新道路建設がすすめられていた六月十七日。

東京でおこなわれた沖縄返還協定調印式は、東京とワシントンを衛星テレビで中継し、日本の愛知外相とアメリカのロジャース国務長官が同時署名するという、いかにも佐藤政権らしい芝居がかった演出の〝政治ショー〟となった（標準時がちがうので同時署名の意味はなく、衛星テレビ中継なので厳密には同時ですらない）。

この日発表されたのは、沖縄の米軍基地存続を容認し、占領期間中の米軍の行為を免責、アメリカがつくった現存施設を買い取る（破壊し、作って、高値で買い取らせる。典型的なマッチポンプ方式）等の条件付き返還方針だ。沖縄が要求する「即時無条件全面返還」からはほど遠く、先に立法院が全会一致で採択した五か条の統一要求——沖縄の声——を完全に無視した内容だ。しかも、発表されたのは返還協定本文だけで、協定にもとづいて沖縄で実施されるはずの復帰対策関連法案の具体的な内容はいまだ明らかにならない。

琉球政府主席・屋良朝苗は、これでは意味がないとして、東京でおこなわれた返還協定調印式イベントへの出席を拒否する。

復帰協も、調停式当日に大規模な抗議集会を開催し、沖縄不在のまま進められている返還協定を白紙にもどして、もう一度いちからやり直すよう、強く求める声明を出した。

——本土政府は、はじめから沖縄の声を聞く気などないのではないか？

——こんなはずではなかった。

——こんな形の本土復帰を、自分たちは長年望んできたわけではない。

失望と怒りの声が、沖縄のあちこちで聞こえはじめる。


十月に入り、翌年に控えた本土復帰への不安と焦燥がひろがるなか、復帰対策室職員の一人が本土総理府から書類が届いていることに気がついた。封筒を開けると、

「復帰関連法案等（復帰対策要綱、関連法令案）」

とある。

琉球政府復帰対策室あげて、いつ来るか、いま来るかと、首を長くして待ち侘《わ》びていた書類だ。

慌てて周囲の者に告げると、復帰対策室職員一同ひっくりかえるほどの騒ぎとなった。

早速手分けして復帰関連法案に目を通す。かれらはすぐに顔をあげ、無言で顔を見合わせた。法律の専門家でない職員たちにも、この法案が沖縄が望んできたものでないのは明らかだった。

その日、たまたま登庁していた宮里副主席をつかまえ、事情を話すと、たちまち顔色が変わった。

「……屋良主席には、私から話をする。何とかする」

二日後、琉球政府内に宮里副主席をリーダーとする「復帰措置総点検プロジェクトチーム」が発足する。

本土では間もなく臨時国会が開催される予定だ。「沖縄国会」とまことしやかな名称がマスコミを通じて流布しはじめている。佐藤政権はどうやらそこで復帰関連法案をまとめて成立させるつもりらしい。

臨時国会開催直前のタイミングでようやく明らかになった復帰関連法案は、しかし、とてもではないが沖縄が受け入れられるものではなかった。特に「沖縄公用地等暫定使用法」（復帰後五年に限り、米軍及び自衛隊用地を強制的に確保する）や、教育委員の任命制への移行などは、沖縄の歴史や要望を一顧だにしない調整不能な内容だ。

――本土政府案を総点検して問題点をすべて洗いだし、解決策を提示する。

それが、プロジェクトチームに与えられた使命だった。

時間はごく限られている。

琉球政府職員、大学教授、弁護士、各種団体の代表者らが集められ、那覇市内の八汐《やしお》荘とゆうな荘にわかれて泊まり込みで本土政府案の点検にとりかかった。

連日連夜、根を詰めた点検作業が行われた。強行スケジュールに疲労が蓄積し、現場には刺々《とげとげ》しい言葉が飛び交った。

激論の末、プロジェクトチームが「意見書」をまとめあげたのは十一月六日。

本土国会では同十一日から法案審議がはじまる予定だ。

プロジェクトチームから「意見書」を受け取った屋良は早速、自分が信頼する大学教授や有識者の意見を聴くとともに、自ら筆をとって前文を起草。意見書の〝仕上げ〟にとりかかった。標題も「復帰措置に関する意見書」から、事の重大さを鑑みて「復帰措置に関する建議書」に改められた。

屋良は「建議書」の前文にこう記す。

「琉球政府は、日本政府によって進められている沖縄の復帰措置について総合的に検討し、ここに次のとおり建議いたします。

これらの内容がすべて実現されるよう強く要請いたします。

琉球政府行政主席　屋良朝苗」

（傍点著者）

沖縄の強い覚悟が伝わる文章だ。

建議書では、前文にあたる「はじめに」が十一ページ、つづいて「基本的要求」「具体的要求」、さらに「沖縄が抱える課題と解決策」が詳細に記述されている。

全文百三十二ページ。建議書が求めているのは「平和憲法の下での基本的人権の保障」と「沖縄の自己決定権の確立」、「民意の尊重」だ。

完成したばかりの建議書を携えて、十一月十七日、屋良は那覇空港を飛び立つ。琉球政府主席・屋良朝苗自ら日本国総理大臣・佐藤栄作に建議書を手渡し、沖縄の要望を国会で徹底審議するよう求める決意の上京だった。

衆議院沖縄返還協定特別委員会に出席していた亀次郎は、ふと鼻の奥に火薬の匂いをかいだ気がして、顔をあげた。

＊

本土国会議事堂内。

沖縄選出の上原康助議員が質問に立ち、在沖縄米軍基地の核兵器に関して政府を追及しているさいちゅうだ。

「……皆さんは、復帰の時点で夜が明けたら沖縄から核はきれいさっぱりなくなっているという。まるで御伽噺《おとぎばなし》の魔法使いだ。私は現実の話をしている。核撤去の点検の方法は具体的にどうなるのか。それをきいているのです」

元全軍労委員長。沖縄の米軍基地で実際に働いた上原康助は、自らの経験をもとに、政府の空論を問い糺《ただ》しにかかっている。

(気のせいか？)

亀次郎は首をかしげた。

火薬の匂いではない。だが、それならいまの気配は何だったのか？

亀次郎は目を細め、首を巡らせて、議場のようすを窺った。背後から、福田赳夫外務大臣の答弁が聞こえる。

「しばしば申し上げておるとおり、日本には施政権がないので、沖縄の米軍基地の点検、検査、これは不可能でございます」

ふたたび質問台に立った上原議員が福田大臣に食いさがる。

「点検が不可能であるとすれば、県民が疑惑をもつのは当然でしょう。この点、どうしても納得がいきません」

周囲を見まわしていた亀次郎の目が、一点にすいよせられた。やはり今日の特別委員会に出席している沖縄選出議員、西銘順治の顔が真っ青だ。視線が泳ぎ、亀次郎の方を見ようともしない。

亀次郎は二本の指であご先をつまみ、首をひねった。

(妙だな?)

「委員長――」

振り返ると、発言者は自民党議員・青木正久理事であった。青木は今日の質問者予定に入っていない。

「本件に関する質疑は……」

青木議員の発言途中で突然、周囲の議員たちがいっせいに立ち上がり、口々に怒号をあげながら委員長席に殺到した。亀次郎は驚いて立ち上がったものの、あっというまに背後から突き飛ばされ、体が宙に浮いた。小突かれ、つかみ掛かられる。誰にやられたのか、さっぱりわからない。

(なんてこった《アキジャビヨ》……)

委員長席に詰め寄る議員たちにもみくちゃにされながら、亀次郎は信じられない思いで呆然と呟いた。

強行採決。

話に聞いたことはあるが、いま行われているのは沖縄返還協定に関する法案審議だ。

審議開始からまだ二十時間余り。実質審議はこれからだ。地元沖縄での公聴会もまだ開かれておらず（政府関係者から「二十三日に沖縄で現地公聴会を開く」という話をきかされていた）、参考人も呼ばれていない。今日の特別委員会ではこの後、亀次郎と安里積千代、二人の沖縄選出議員の質問が予定されている。沖縄の本土復帰という重大案件、しかも今日は「復帰措置に関する建議書」を携えた琉球政府主席・屋良朝苗が沖縄から羽田に到着する予定だ。よりにもよって、そんな大事な日に強行採決の暴挙とは——。

（逆、なのか？）

周囲に渦巻く混乱と怒声のなか、亀次郎はしだいに冷めていく頭で考えた。

偶然にしてはいくらなんでもできすぎている。

目をやると、議場の混乱をよそに、佐藤首相は面白くもなさそうな顔で自席にすわっていた。素知らぬ顔で手元の書類を眺めている。

（やはり、そうだ）

亀次郎は確信した。

本土政府関係者のなかに、沖縄で作成された「建議書」の情報を聞きつけ、

——この時点で沖縄からまとまった要望が出てきたのでは、国会審議が紛糾する。今期国会での法案成立が危ぶまれる。屋良主席から「建議書」を受け取る前に採決してしまった方がよい。

佐藤の耳にそうささやいた者があった。

——どうせなら、面倒な瀬長、安里両議員の質問前にやってしまいましょう。

そう提案された佐藤首相は、沖縄の切なる声を聞くことより、アメリカと約束した返還協定の批准日程を守ることを優先した。だから佐藤は、建議書を携えた屋良が乗った飛行機が羽田に到着する直前、亀次郎が質問に立つ前に、民主主義的手続きを踏みにじるやり方で法案採決を強行させた

のだ。

反対側に顔をむけると、視界の隅に青い顔で目を瞑り、自分の席にじっと座り込んでいる西銘の姿が見えた。西銘は事前にこのことを党内で聞かされていた。今日、強行採決が行われることを知っていた。だからかれは、青い顔、ぎこちない態度で亀次郎を避けていた。沖縄選出の他の議員と目を合わさないようにしていた——さっき覚えたきな臭さの正体だ。

本土政府はさまざまな手をつかって沖縄の分断をしかけてくる。

(これが、本土の民主主義なのか……)

怒声と罵声が飛び交う混乱のなか、亀次郎の心に浮かんだのは強い失望と怒りであった。

33

琉球政府が沖縄県となる一九七二年五月十五日。ミチコは沖縄に来ていた。

昨夜、日付が変わる午前零時、那覇の港でいっせいに汽笛が鳴らされ、二十七年におよぶ米軍支配の終わりと本土復帰の世替《ゆーが》わりが告げられた。来たときは必要だった身分証明書も不要となり、帰るときはめんどうな手続きなしの国内旅行となるのが、何だか不思議な感じだ。

最初に沖縄を訪問したのは四年前。そのときはアルバイト先の「沖縄資料センター」の中野好夫さんやアラサキさんについていきただけだった。

二度目の沖縄訪問となる今回は、中学生になった一人娘のあゆみと二人だ。当初は夫も一緒に、親子三人で来る予定だったのだが、教頭試験に受かったばかりの新一郎は「残念だけど、今ちょっと学校を休めない」と申し訳なさそうに肩をすくめ、「今回はあゆみと二人で行ってきてくれないかな。帰ったら色々教えてください」と、最近急に白髪が目立つようになった頭をさげた。学校勤めも、なかなか大変そうだ。

復帰当日、沖縄は朝から雨。黒い雲が頭上を覆い、街を行き交う人たちの多くは傘をさしているか雨合羽姿だ。せっかくなら晴れてほしかった気もするが、沖縄はすでに梅雨の季節——こればかりは仕方がない。

この日、日本政府主催の「復帰記念式典」が東京と沖縄の二か所で開催された。

東京九段の日本武道館で行われた沖縄復帰記念式典では、佐藤首相が、

「戦争によって失われた領土を平和のうちに外交交渉で回復したことは、史上まれなことであります」

と己の手柄自慢をするうちに興奮して涙ぐむ一幕があり（中野さん曰《いわ》く「佐藤はなにかあると涙ぐむ、もしくはそう見せる癖がある」）、その後アメリカから参加したアグニュー米国副大統領の、

「偉大なわれわれ両国の、さらにいっそう大きな利害の一致を期待できる新しい時代がはじまります」

と、歯の浮くようなスピーチに続き、君が代斉唱、昭和天皇の〝お言葉〟、最後に佐藤首相の音頭で「日本国万歳！　天皇陛下万歳！」と参加者全員で唱和して、お開きとなった。

もう一つの式典会場の沖縄・那覇市民会館では、大ホールに集まったひとびとが舞台両端におかれた二台のテレビで東京のイベントを見させられたあと、ようやく式次第の進行となった。

沖縄県臨時知事屋良朝苗を式典の長とする沖縄での式典には多くの参加者がつめかけ、大ホールは満席となったものの、そこには長年沖縄の本土復帰に尽力してきた者たちの姿が見あたらず、会

場に時折気まずい雰囲気が漂うのは否めなかった。

日本政府主催の二つの記念式典が行われたあと、那覇市民会館隣の与儀公園で別の集会が開催された。

ミチコがあゆみを連れて訪れたとき、与儀公園は大勢の人たちで埋め尽くされていた。

小やみになったかと思うと、また土砂降りの激しい雨となる悪天候のなか、午前中に那覇市内で〝網の目行進〟を行い、その後公園に集まってきた人たちだ。

集会はすでに始まっていた。

公園正面に設けられた仮設演台の上方に大きく、

「沖縄処分抗議 五・一五県民総決起大会」

の文字が見える。

主催は「復帰協」。過去十二年間、復帰運動の中心的存在を担ってきた超党派の団体だ。沖縄教職員組合、青年団協議会、公務員労組が中心となり、手弁当で集まって、本土復帰運動を続けてきた。本土では六〇年代に多くの団体組織が内部の権力闘争で分裂、自滅していくなか、沖縄だけが統一的な復帰運動を継続してこられたのは復帰協の存在あってのことだ。

その復帰協が沖縄本土復帰の日となるこの日、復帰を祝う記念式典には参加せず、式典会場すぐ隣の公園で抗議集会を開催している――。

ミチコは傘をさしたまま、ぐるりと周囲を見まわした。与儀公園に集まったひとたちは、それぞれ傘を差し、あるいは雨合羽姿で、

「日本による沖縄併合断固反対」

「日本政府は〝沖縄処分〟を撤回せよ」

「これは復帰ではなく日米による沖縄共同管理だ」

「沖縄に軍事基地はいらない」

「平和の島・沖縄から軍事基地は出て行け」

など、思い思いの抗議の文言を書いたのぼりや旗やプラカードを手にして立っている。

「……重い鉛のような気持ちで、ここに立っています」

傘を打つ雨音のなか、前方の演台から聞こえたマイクの声にミチコは向き直った。挨拶に立っているのは喜屋武真栄参議院議員――復帰協の元事務局長だ。

「沖縄県民に引き続き差別と犠牲を強いる、このような結果になってしまったことに苦悩しています。過去の運動方針のあやまりと、微力をおわびしたい」

喜屋武はそう言うと唇をかみ、演壇の前に歩み出て、集まった人たちにふかぶかと頭をさげた。

「あんたが謝らなくていいサァ」

「悪いのはサトウだ」

「まだまだ」

「これからサ」

聴衆のあいだから激励の声が飛ぶ。拍手と指笛。不思議なもので、こんなときでさえ、高らかに吹き鳴らされる指笛の音《ね》は気持ちを明るくしてくれる。

ミチコも傘をあげ、励ます意味で頭の上で手をたたく。人垣の透き間から、背伸びをするようにして前方をうかがった。

演壇の奥に、見覚えのある顔が見えた。

瀬長さん――瀬長亀次郎、衆議院議員だ。

中野さんの仕事を手伝っている関係で、ミチコは瀬長さんにこれまで何度かじかに会ったことがある。多くの支援者から、カメさん、カメジロー、と親しまれ、いつも笑顔とユーモアを忘れない瀬長さんが、今日はいつになく厳しい表情だ。

壇上には他にも、上原康助、安里積千代といった、先の選挙で沖縄が本土の国会に送った者たちの姿も見えた。

二十七年ぶりの本土復帰となるこの日、壇上に立つ者たちの顔に笑みはない。

ここに至る経緯をふりかえれば、無理もない話であった。

一昨年十一月、沖縄で戦後初の国政選挙が行われ、七名の国会議員が誕生した。

東京でのミチコのアルバイト先「沖縄資料センター」では、沖縄関連の国会議事録の保存と整理をしている。沖縄選出議員の国会での発言記録をすべてコピーして、見出しをつけて整理する――。

それがアルバイトのミチコの新たな仕事として加わったというわけだ。気軽に引き受けたものの、言うは易し。実際にやってみると、センター長の中野好夫さんが最初に浮かべたいたずらっぽい笑みの意味が、すぐに判明した。

まず、国会に行って発言の速記記録をコピーしてくるだけで都度一日がかりだ。

さらに、見出しをつけて整理するためには、各発言の内容をだいたいでも把握しなければならない。

時間のかかる大変な仕事だが、おかげでミチコは沖縄の歴史や現状について、いろいろと知ることができた。と同時に、日本政府の佐藤首相以下各大臣や官僚たちが、沖縄ではなく、アメリカにいかに気を使っているかを知って憤慨することが多かった。

議事録を読むかぎり、復帰について意見を聞くために選ばれたはずの沖縄選出議員らの質問に、本土の大臣や官僚たちはろくに答えようとしていなかった。何を尋ねても、いまは沖縄に施政権がないから、アメリカに問い合わせ中、といった返事だ。読んでいると、議事録文面から沖縄選出議員たちの苛立ちがたちあがってくる。

きわめつきが、昨年十一月十七日、衆議院「沖縄返還協定特別委員会」での強行採決だ。大混乱のなかで強行採決が行われ、沖縄返還という重大案件が審議わずか二十時間余りで打ち切られた。

強行採決後、記者会見をした自民党・桜内特別委員会委員長は、

「審議時間が不足しているが、採決は適正合法」

と発言した。が、ミチコがコピーした議事録には「離席する者、発言する者多く、聴取不能」とあるだけで、「採決」の文字はどこにも見えない。

当日予定されていた瀬長亀次郎、安里積千代両議員の質問は封じられた。

さらにこの日、沖縄から屋良主席が自ら持参し、佐藤首相に直接手渡すはずだった「復帰措置に関する建議書」は沖縄返還協定特別委員会に提出されることなく葬り去られた。有り体にいえば、日本政府は琉球政府主席を〝門前払い扱い〟したわけだ。

ミチコは、なぜ日本政府が沖縄に対してこんなひどいことができるのか不思議でならなかった。家に帰ったあと、夫相手に疑問と不満をぶちまけ、その日はほとんど徹夜となった。

翌日から、ミチコは意地になってすべての国会記録に目を通した。

特別委員会で強行採決が行われた五日後、二十二日の衆議院本会議は強行採決に抗議する多数の議員(瀬長亀次郎、安里積千代、上原康助といった沖縄選出議員。プラス、社会党、共産党の全議

員）が欠席し、空席が目立つ本会議場での異例の審議となった。

与党自民党はここでもわずか二日で「審議は尽くされた」として決を採り、法案はそのままの形で参議院に送られる。

十二月四日に開催された参議院「沖縄及び北方特別委員会」では、衆議院議員の瀬長亀次郎、安里積千代両議員が「特別に認められた委員外発言」として発言の機会を与えられた。

参院でも圧倒的多数を占める与党・自民党議員のあいだから「言わせてやる」と品のない野次が飛ぶなか（残念ながら発言者氏名の記録なし）、瀬長さんはその日、佐藤首相に対してまずこう切り出した。

「去る十一月十七日、沖縄県民が予想もしなかった強行採決が行われ、私を含む沖縄選出議員二人の質問が封殺された。二十四日の本会議ではまたしても、野党欠席でろくろく審議も行われないまま、沖縄関連重要法案が衆議院から参議院送りになった。

これは実に、議会制民主主義の乱暴な蹂躙《じゅうりん》である。〝問答無用である、撃て〟とは、まさに五・一五事件を思わせる非常に危険な傾向であると思う。佐藤総理は再びこのような採決でないようなものを行わせない保証を、具体的に述べていただきたい」

対する佐藤首相の答弁は、

「われわれはどこまでも議会制民主主義を守る。こういう立場であって、ただいまお叱りを受けようとは、じつは思わなかった次第であります」

と、驚くべきことに、いけしゃあしゃあとしたものだ。

ミチコは読んでいて、思わず「クソッタレ」と小さく呟いた。最近は家でも気がつくと夫の新一郎が目を白黒させていることがあって、どうやら中野さんの口の悪さが多少うつってきたらしい。

瀬長さんはしかし、佐藤首相の挑発には乗ることなく、

「あなたが議会制民主主義を踏みにじったから私はそう言ったのであって、お叱りを受けると思わなかったなどというのは、総理としてもってのほかの発言だ。これはちゃんと記録に残りますので、その点お忘れなく」

冷静にそう言って、「次に祖国復帰の原点について申し上げたい」と質問を続けている（米軍支配下の沖縄でこのていどの挑発にいちいち反応していたのでは、傲慢な高等弁務官や米軍民政府相手の交渉などできたものではなかったのだろう）。

発言時間が制限されるなか、瀬長さんは質問の焦点を基地問題に絞る。

「沖縄に居座りつづけるマジムンをたたき出し、平和の島・沖縄を自分たちの手に取り戻すこと。沖縄が真の意味で豊かな島になるためには、何としてもこの目標を達成しなければならない」

以前、瀬長さんは講演でそんな話をしていた。

マジムンはウチナーグチで魔物、米軍基地を指す。

その瀬長さんにとって返還協定関連法案最大の問題は、沖縄の米軍軍用地継続使用を認める「公用地暫定使用法」の存在だった。

戦後沖縄では、米軍による〝銃剣とブルドーザー〟の土地強制収用がおこなわれ、沖縄住民は「島ぐるみ闘争」で文字どおり命懸けの抵抗を続けてきた。

――本土復帰によって、この苦しい闘いから解放される。

沖縄では誰もがそう思ってきた。

ところが、返還協定の公用地暫定使用法では、沖縄は復帰後も自分たちの土地を返してもらえるどころか、米軍基地としての継続使用を正式に認めることになる――。

酷《ひど》い話だ。ミチコは公用地暫定使用法がもつ意味を中野さんに教えてもらったのだが、最初は中野さんの理解の方がまちがっているんじゃないかと思った。

「それじゃ、高等弁務官布令と変わらないじゃないですか」

そう言って、中野さんに食ってかかったくらいだ。

こんな理不尽な法律は、日本の他の都道府県のどこを見回しても存在しない。日本の憲法で保障されている法の下の平等は、いったいどうなったのか？

瀬長さんは国会の場で、法の下の不平等について佐藤首相にこう尋ねる。

「沖縄県民が長いあいだ歯を食いしばって、いつかは祖国に帰れると頑張ってきたのは、主権在民、平和、民主主義、これを基調とする日本の憲法のもとに帰りたい、憲法のもとでは国民は法のもとで平等であるはずだ、そう思っていたからだ。施政権が返還されることになったまさにこのときに、なぜ日本政府は自ら沖縄県民の権利を――法の下の平等の原則を踏み破ろうとするのか？　なぜ沖縄にだけ裸の強奪法のようなものを適用するのか？　この点を、総理にぜひお答えいただきたい」

対する佐藤首相の答えは、

「ご承知のように、ただいまアメリカが沖縄に施政権をもっておるのです。沖縄と本土は違ったところがある。その違いを取りもどすために、いろいろ過渡的な法律をつくらなければならない。沖縄はいま過渡的な状態にある。瀬長君はこれを百も承知の上で、私どもを困らせるようなお尋ねをされておる。それはちょっと困ります」

再び質問に立った瀬長さんは、

「私は百も承知はしていないのです」

と、首相の媚《こ》びるような発言（中野さん曰く「これも佐藤のくせの一つ」）を一言でばっさりと

切って捨てた。そのうえで、

「いいですか総理。沖縄はいまアメリカの占領下にある。日本政府はそれをそのまま状態で引き継ごうとするから、こんな復帰じゃないような協定になるのです。

もう時間がないということなので申し上げますが、佐藤総理、あなたが言ったのですよ。今国会冒頭の所信表明での沖縄問題に対するあの結語――『軍事基地の継続使用は返還の前提ともなる』。覚えておられるはずだ。あれは、言葉をかえれば『返還が目的ではなくて、基地の維持が目的である』ということではありませんか。だとすれば、この協定は決して、沖縄県民が二十六年間、血の叫びで要求した返還協定ではない。これではまるで日米沖縄軍事条約だ。返還ではなく、非返還協定だ」

制限時間を理由に発言を遮ろうとする係の者を無視して、瀬長さんの論調はここからいちだんと激しさを増す。

「私たち沖縄県民は、沖縄の大地が再び戦場となることを拒否する！　基地となることを拒否する！」

そしてこう続ける。

「基地もない、アメリカ軍もいない、自衛隊もいない、そうなってはじめて、平和で、豊かな沖縄という言葉がつかえるんだということを、沖縄県民は戦争中、そして戦後の米軍占領下で、身をもって体験してきた。沖縄県民の望むあの紺碧《こんぺき》の空――総理はよく知っている、あの美しい沖縄の島。サンゴ礁に取り囲まれたあの美しい海。基地も、軍用道路もない沖縄。こうしたものが全部沖縄県民の手にかえって、はじめて平和な島が、沖縄県が回復できるのだ。そのことを、沖縄は二十六年間叫び、要求しつづけてきたわけです。沖縄県民の心は――何時間あろうが、とても伝えきれるものではない」

読んでいて、ミチコは感動のあまり涙が出てきた。

これはもはや国会質問などではない。沖縄の人たちがいう〝カメジローの演説〟だ。かれらが誇りを込めて語る〝カメジロー節〟だ。

議事録を読むミチコの脳裏に、胸を張り、拳を堅く握り締めて演説する瀬長さんの姿が浮かんだ。ミチコは胸をうつこの演説を――〝カメジロー節〟を――じかに聞きたかったと心から思った。

瀬長さんの演説を前に、佐藤首相の直後の答弁は、

「私と瀬長君のあいだには、ずいぶん隔たりもございます。しかし、この際ただいま言われたようなことを充分考えながら、踏まえながら、沖縄が一日も早く祖国に帰ってくること、そして、ただいま瀬長君がいわれたような意味での平和で豊かな沖縄県づくり――これにひとつ、邁進しなければならない。かように思う次第でございます」

と珍しく言を左右にしてはぐらかすこともせず、神妙な調子だ。さすがに何か感じるものがあったのだろう。

ところが、その舌の根も乾かない十二月二十九日――。

佐藤首相は、全野党議員が参院を欠席するなか、自民党単独採決という強引な手法で返還協定関連法案をまとめて通過させる。一部文言の修正があり、いったん衆院に戻された法案は、翌日三十日にやはり自民党単独で採決され、沖縄返還協定は正式に成立した。

ミチコは議事録より先に新聞報道でこの事件を知って、もはや唖然とするばかりであった。

佐藤首相は、先の選挙において「沖縄返還」を自分一人の手柄と吹聴《ふいちょう》することで衆院三百議席を獲得した。その圧倒的多数をもって、自民党単独採決という民主主義的手続きを踏みにじる議会

運営を連続で強行した。

一九六九年十一月の佐藤首相訪米を巡って、沖縄資料センターで中野さんとアラサキさんの意見が対立したことがあった。中野さんは「取れるものは何でも取っておこう。本土政府もまさか、拾った釘を沖縄の脳天深くうちこむような酷いことまではすまい」と苦笑し、アラサキさんは疑わしそうな目付きをしていたが、中野さんが〝まさか〟と思ったそのことを佐藤首相は平然と、しかも連続で行ったのだ。

年明け一月七日、米国サクラメントで佐藤・ニクソン共同声明が発表される。

日米両政府の都合で決まった施政権返還日は五月十五日。瀬長さんが国会質問で言及した五・一五事件――問答無用。撃て――と同じ日となったのは、何とも皮肉な話だ。

返還協定では、復帰後も沖縄に米軍基地が維持されることが正式にうたわれた。沖縄が拒否した「基地付き返還」だ。

本土の報道各社はしかしその点には一切ふれることなく、政府が発表した「核ぬき、本土なみ」の標語《フレーズ》を大きくとりあげた。

〝返還日程、ついに決まる〟

〝核ぬきはアメリカが保証〟

――沖縄が返還されても、本土に核が持ち込まれることはない。

各社、その結果にほっとした雰囲気だ。

政府関係者や本土マスコミがしきりに使う「核ぬき、本土なみ」の標語は、なるほどいかにも俗耳に入りやすい。沖縄の現実を知らない者は「本土なみで何が悪い」と、うっかり思う。閣僚のなかにも「沖縄をこれ以上甘やかすな」と発言する者さえ出てきている。

だが、この数年、米軍は日本における基地機能を本土から沖縄に次々に移してきた。サンフランシスコ講和条約締結時点での本土と沖縄の米軍基地面積比率はおよそ九対一（約十一パーセント）。本土の約百六十六分の一（〇・六パーセント）の面積の沖縄には、これでも充分すぎる過重負担だ。ところがその後、本土各地で米軍基地反対運動がわき起こり、日本国民のあいだに反米感情がひろがることをおそれた米軍は本土の基地を徐々に縮小してきた。この結果、復帰時には本土と沖縄の米軍基地面積比はおよそ四対六と逆転、沖縄の基地密度は本土の二百倍近くに達している。

とてもではないが「本土なみ」にはほど遠い状況だ。

米軍は今後、沖縄の軍事基地を〝本土なみ〟に減らしていく予定だという。が、具体的なプロセスは示されず、単なる〝努力目標〟だ。またしても口だけ。B52や毒ガスの撤去のときと同じだ。これまでの経緯を考えれば、米軍や本土政府の言葉を信じられるわけがない。

本土の者たちが胸をなでおろした「核ぬき」さえ、実際には怪しかった。「核ぬき」は「アメリカが保障する」というだけで、第三者の査察が入るわけではない。

要するに、「本土なみ」は「米軍の自由使用基地付き」、「核ぬき」は「核隠し」もしくは「核持ち込み密約付き」の謂《いい》ではないか？

さらに、返還前の四月から沖縄に自衛隊の配備がはじまっていた。

憲法で「一切の武力を放棄」した戦後日本に武力をもった組織が最初に生まれたのは一九五〇年、朝鮮戦争のさなかだ。当時日本を占領していた米軍（ＧＨＱ）トップ、Ｄ・マッカーサー元帥の鶴の一声で「暴徒鎮圧用の武力」を有する警察予備隊が設立された。朝鮮戦争に兵力を集中させたいアメリカは、混乱期の占領地域で起きる可能性があった共産主義革命鎮圧のための治安維持部隊を日本に自前で整えさせたというわけだ。

警察予備隊は二年後に保安隊、さらに五四年の防衛庁設立とともに自衛隊と名前をかえる。

日本国民による自主的な議論とは別のところで設立された自衛隊は、その後〝日本の経済的発展に応じた〟米国製武器の購入を要求され続け、沖縄復帰のこの年、日本の防衛予算はついに八千億円を超える。用途はともかく、すでに世界有数の（米国製）装備を保有する武装組織だ。

その自衛隊が、日米間の取り決めで復帰後二年間で沖縄に六千八百人配備されることになった。人口百万の沖縄に六千八百人。日本全国では六十八万人以上が必要となる計算だが、自衛隊員は陸海空あわせて二十五万人余り。他の都道府県には自衛隊員の配備人数の取り決めなど存在しない。またしても沖縄にだけ適用される特別措置、沖縄だけの過重負担だ。とうてい納得のいく話ではない……。


与儀公園では、降りしきる雨のなか、返還協定やり直しを求める抗議集会がつづいていた。

国会議員たちの挨拶につづいて（瀬長さんは最初に挨拶したらしく、ミチコは残念ながら聞きそびれた）、労組や婦人連合の代表が次々に演壇に立った。かれらのスピーチを聞きながら、ミチコは戦前戦中に日本の軍隊が沖縄で何をしたのか、何を守らなかったのかを考える。

前回初めて沖縄を訪れたさい、ミチコは中野さんやアラサキさんと一緒に地元の人たちとの懇親会に招かれた。その席で「昼間、ひめゆりの塔を見学してきました。米軍に殺された若い人たちの冥福を心よりお祈りします」というと、地元の女性たちの顔に妙な表情が浮かんだ。

「あの戦争で、わたしらは米軍に殺されたばかりではないんよ」

と懇親会に参加していた年配の女性の一人が、気まずそうな顔でミチコに言った。

「あの戦争で私たちが怖かったのは、むしろ皇軍（日本軍）の方やったサ」

「皇軍の兵隊がわたしらが避難していた壕《ガマ》にあとから入ってきて、赤ん坊の泣き声が漏れると敵に感づかれるから赤ん坊を殺せ、さもなければ赤ん坊を連れて出て行け、と怒鳴《どな》る声がいまも耳から離れんのですよ」

「何でわれわれが沖縄人のために闘わなければならないんだ。そう言う兵隊もいました」

ミチコは言葉を失った。沖縄の人たちのあいだに日本軍に対する不信感がいまだ根強く残っている。そのことを改めて思い知らされた気がした。自分たちを守ってくれると信じていた者たちに裏切られた。見かけも装備も異なる米兵ではなく、日本兵に死ねと言われた。言葉が通じる分、裏切られたショックは大きかったはずだ。

日本《ナイチャー》の軍隊は沖縄の住民を守らない。

それが、悲惨な地上戦を身をもって経験した沖縄の人たちの皮膚感覚だ。

復帰と同時に日本の自衛隊が沖縄に配備される。沖縄の人たちの目には、米軍基地に日本の兵隊が入ってくる感じだろう。

こんなはずではなかった。

自分たちは、こんな形での本土復帰を望んだわけではない。

待ち望んだはずの復帰は、日米の政治家たちにいいように使われ、政治の道具にされただけだった。沖縄に来て「沖縄の復帰なくして日本の戦後は終わらない」と発言した佐藤首相は、その後、沖縄返還をあたかも自分一人の手柄のように掲げることで、国会での圧倒的多数と空前の長期政権を実現した。アメリカは施政権を日本に売り渡すことで、沖縄の軍事基地をより安価に、より自由に使えるようになった。

復帰後も基地が集中する構図は〝戦前と同じ沖縄差別である〟として拒否反応が強い。ここにきて、本土復帰ではなく、琉球（沖縄）独立を望む声も無視できないものになっている……。

ミチコがあゆみを連れて与儀公園に到着したとき、壇上に垣間見えた者たちの厳しい表情は、そうした経緯の積み重ねの結果だ。

雨がまた激しくなった。

傘をうつ雨音が強くなる。

時折、壇上のスピーチが聞こえないほどだ。

気がつくと、傍《かたわ》らにあゆみの姿が見えなかった。さっきまでミチコの隣で傘をさして辺りを珍しそうに窺っていたはずだが、どこに行ったのか？

（離れるときは、声をかけなさいって言ったのに……）

左右に目をやると、公園の一角に運動会で使うような白い簡易テントが設営されているのが見えた。テントの下に、あゆみと同年代の少年少女がおおぜいあつまっている。

ミチコは傘をさしたまま人込みのなかを移動した。

抗議集会がつづく演台裏手にまわると、壇上のスピーチが嘘のように聞こえなくなった。

あゆみは、地元の子供たちの背後に立って、テントの中を一心に見つめていた。

ミチコはひとまずほっとしてテントに近づいた。傘をうつ雨音のなか、聞こえてきた声に、ミチコは、おや、と思った。声に聞き覚えがあった。あれは――。

簡易テントの奥で、瀬長さんが地元の小中学生らしき少年少女に囲まれて、質問に答えていた。

質問している子供たちは新聞社の腕章をつけている。復帰記念日ということで地元の新聞社が派遣した〝子供記者〟なのだろう。

さっきから瀬長さんの姿が壇上に見えないと思ったら、〝子供記者会見場〟に移動していたらしい。

瀬長さんは、抗議集会での厳しい顔が嘘のようなやわらかな表情で、ユーモアを交えた話しぶりだ。今年六十五歳。美声とはいえないその声には、人を魅《ひ》きつける独特の魅力がある。人を笑顔にする不思議な力がある。だからかれの周囲にはいつも自然に人が集まってくる。

あゆみは、地元の子供たちの背後から背伸びをするようにして、質問に答える瀬長さんの声に耳をかたむけていた。ミチコは少し離れた場所に足をとめ、一人娘の姿を見つめた。

十二歳。ミチコも覚えがあるが、難しい年頃だ。学校の勉強はよくできるのだが、人付き合いが苦手らしく、ときおり周囲を見まわして戸惑ったような表情をうかべていることがある。切り下げ髪に色白の横顔。よく日焼けした地元の少年少女のなかで、一人目立っている。

「沖縄は今日、本土に復帰しました」

瀬長さんの声が聞こえる。やわらかな声の調子で、子供たちの質問に答えている。

「これからは沖縄の人たちも、日本の憲法が保障するいろいろな権利を正当に主張し、行使することができるようになります。日本の憲法が国民に保障している権利には、表現の自由、基本的人権の尊重、法の下の平等、平和主義、地方自治、などがあります」

瀬長さんは、抗議集会で返還協定をいちからやり直すよう求める一方、若い人たちには本土復帰の希望の面を語っている……。

ミチコはふと、既視感を覚えた。どこかでこんな景色を見たことがある。そんな気がした。

――ああ、そうか。

すぐに思い出した。

——貘さんの詩だ。

ミチコはそう思ってくすりと笑った。思い出した貘さんの詩を、口の中で小さく呟いてみる。

ぼくの生れは琉球なのだが
そこには亜熱帯や熱帯の
いろんな植物が住んでいるのだ
がじまるの木もそのひとつで
年をとるほどながながと
気根《ひげ》を垂れている木なのだ
暴風なんぞにはつよい木なのだが
気立てのやさしさはまた格別で
木のぼりあそびにくるこどもらの
するがままに
身をまかせたりしていて
孫の守りでもしているような
隠居みたいな風情の木だ

昨日、あゆみと二人で沖縄に着いてすぐ、アラサキさんの知り合いの人に那覇市内を案内してもらった。壺屋《つぼや》通りや崇元寺跡で〝がじまるの木〟を見た。

戦争で、那覇は一面の焼け野原となった。大きな木はみんな焼かれてしまった。けれど、その後芽を出した若木が、二十七年経って、いまでは見あげるような大木に成長していた。案内してくれた人の話では、沖縄の中部や北部では、戦災をまぬがれた樹齢百年にあまる、もっともっと大きな木があるそうだ。

大きく育ったがじまるの木には、いくつものいろんな他の木が寄生していた。あちこちで枝分かれしたり、窪《くぼ》みがあって、子供たちの遊び道具が隠してあった。案内してくれた人によれば、よく子供たちが登って遊んでいるそうだ。歳を経たがじまるの木には〝キジムナー〟という子供の姿をした精霊が棲んでいるという話だった。

がじまるの木は、異なるものを受け入れ、一緒になってひとびとに分け隔てなく木陰をもたらしてくれる。子供たちにとって、かっこうの遊び場となる。がじまるの木は異なるものを排除することなく受け入れ、一つの生態系として一緒にたくましく成長していく。

(まるで瀬長さんのようだ)

と、ミチコは思う。

日本が沖縄を切り捨てて独立したまさにその日、ミチコは偶然、東京で貘さんに会った。銀座のバーの片隅で貘さんが読んでいたのが「瀬長亀次郎氏が那覇区立法院議員選挙でトップ当選」という新聞記事だった。

あの日ミチコは、本人の目の前で貘さんの詩「ミミコの独立」を暗唱してみせた。いまふり返れば赤面ものだが、ミチコもそのときは若かった。若いというのはそういうことだ。貘さんも、きっと苦笑して許してくれたはずだ。

あれから二十年。素直に喜べないのは、二十年前のあの日、本土では独立記念日、沖縄では屈辱の日と呼ばれる四月二十八日と同じだ。独立という言葉の、いまだなんと遠く感じられることか。

本土が講和条約で沖縄を切り捨てて二十年。米軍の沖縄支配は実に二十七年に及ぶ。瀬長さんは、そして沖縄は、その間ずっと闘い続けてきた。二十七年。口で言うのは簡単だが、容易なことではない。米軍の暴力的な圧政下となればなおさらだ。

そうしてかれはいま、日本国憲法の理念を子供たちに語っている。法の下の平等。平和主義。基本的人権。地方自治。これからの沖縄は、この憲法を武器に闘うことができる。復帰によって、米軍や日米の権力者たちと憲法の理想を掲げてやりあうことができる。そう教えている。

孫のような世代の子供記者の質問に答えて、瀬長さんはこんな話をする。

「沖縄はかつて、米軍の占領下で、本土復帰を願う署名を集めて日米政府に提出したことがある。一九五一年のことだ。そのとき日米両政府は、有権者の七割をこえる沖縄の声を完全に無視した。あれから二十年余りかけて、われわれ沖縄は今日、あのときの〝思い〟を実現した。亀のような歩みと思うかもしれない。それでも、沖縄は、自分たちの願いにむかって着実にすすんでいる。今日の復帰も、これがたどり着いた場所というわけではない。ここはまだ道の途中、一つの過程なのだ」

瀬長さんはそう言ってにやりと笑う。これからの沖縄を担《にな》う子供たちに不屈の笑顔とはどんなものなのかを、身をもって示してみせる。

「諦めなければ、この物語には続きがある」瀬長さんは、きっぱりとした口調で言った。

「沖縄は二十年かけて、あのとき日米政府から無視された復帰を成し遂げたのだ。決して諦めないこと。屈しないこと。それが沖縄の民主主義だよ」

＊

気がつくと、いつのまにか雨脚が弱まっていた。

もう傘をささなくても良いくらいだ。

亀次郎は近くにいた子供たちの肩に手をおいて、テントの外に歩み出た。

子供たちに囲まれた亀次郎は、頭上を覆う鉛色のぶあつい雲を見あげる。その上に広がる青空を透かし見るように、目を細める。

——これからだ。

自分に言い聞かせるように、小さく呟いた。

主な引用参考文献及び映像資料

○山之口貘『山之口貘全集』全四巻（思潮社）
○山之口泉『新版　父・山之口貘』（思潮社）
○瀬長亀次郎『不屈　瀬長亀次郎日記』全三巻（琉球新報社）
○瀬長亀次郎『沖縄の心　瀬長亀次郎回想録』（新日本出版社）
○内村千尋『瀬長フミと亀次郎』（あけぼの出版）
○中野好夫『中野好夫集』全十一巻（筑摩書房）
○中野利子『父　中野好夫のこと』（岩波書店）
○中野好夫・新崎盛暉『沖縄問題二十年』（岩波新書）
○屋良朝苗『屋良朝苗回顧録』（朝日新聞社）
○佐藤栄作『佐藤栄作日記』全六巻（朝日新聞社）
○『沖縄大百科事典』上、中、下、別巻一（沖縄タイムス社）
○『昭和　二万日の全記録』全一九巻（講談社）
○佐古忠彦『米軍が最も恐れた男　その名は、カメジロー』ドキュメンタリー映画（ＴＢＳ）

＊その他当時の新聞雑誌書籍映像他、入手可能な資料には極力目を通し、また関係者からたくさんの話を伺いました。その上で一部あえて小説的な改変を加えた箇所があり、万が一何らかの誤解を招くことがあったとすれば、その責任はすべて著者にあります。

＊「不屈館」館長内村千尋さんには瀬長亀次郎氏日記の未刊行箇所を確認頂くなど、大変お世話になりました。また、山之口貘氏御息女・泉さん（ミミコさん）には多くの詩の引用を御許可頂きました。深く感謝申し上げます。

【初出】『週刊ポスト』二〇二二年十月二十一日号〜二〇二三年一月六日号
◎単行本化にあたり、加筆・修正を行いました。
◎本書には、今日の人権意識に照らして不適切と思われる語句・表現がありますが、
時代背景と作品価値に鑑み、修正・削除は行っておりません。

カバー写真
©RBNTO/Adobe Stock
©Stocktrek Images/gettyimages

カバー・扉イラスト
吉實 恵

表紙イラスト
©kintomo/AdobeStock

装丁
bookwall

柳 広司（やなぎ・こうじ）
1967年生まれ。2001年『贋作「坊っちゃん」殺人事件』で朝日新人文学賞受賞。2009年『ジョーカー・ゲーム』で吉川英治文学新人賞と日本推理作家協会賞長編及び連作短編集部門を受賞。著書に『新世界』『ロマンス』『怪談』『象は忘れない』『風神雷神』『太平洋食堂』『アンブレイカブル』などがある。

南《ま》風《ぜ》に乗る

2023年3月8日　初版第1刷発行

著者　柳 広司
発行者　三井直也
発行所　株式会社 小学館
〒101-8001
東京都千代田区一ツ橋2-3-1
電話／03-3230-5961（編集）　03-5281-3555（販売）
印刷所　凸版印刷株式会社
製本所　牧製本印刷株式会社

 ISBN978-4-09-386674-3